LE REQUIEM

ALEXANDRA MARININA

LE REQUIEM

Accorde-lui, Seigneur, le repos éternel

r o m a n

TRADUIT DU RUSSE PAR
GALIA ACKERMAN ET PIERRE LORRAIN

ÉDITIONS DU SEUIL
*27, rue Jacob, Paris VI*ᵉ

Titre original : *Rekviem*
Éditeur original : Eksmo, Moscou
© 1998, Alexandra Marinina
ISBN original : 5-04-001565-8

ISBN 978-2-02-083934-1

www.editionsduseuil.fr

Note des traducteurs sur les noms russes

La construction des noms de famille russes pouvant s'avérer décontertante pour le lecteur français, il est bon d'en connaître quelques règles de base :

1. Les noms russes se composent d'un prénom, d'un prénom patronymique et d'un nom de famille (ex. : Anastasia Pavlovna Kamenskaïa, Viktor Alexeïevitch Gordeïev, Ivan Alexeïevitch Zatotchny, Nadejda Rostislavovna Kamenskaïa).

Le prénom patronymique est formé par le prénom du père suivi des suffixes « -ievitch » ou « -ovitch » (qui signifient « fils de… ») et « -ievna » ou « -ovna » (fille de…). Ainsi, Viktor Alexeïevitch est le fils d'Alexeï et Anastasia Pavlovna, la fille de Pavel.

2. Les noms de famille des femmes sont ceux de leur père ou de leur mari augmentés de la terminaison « -a » ou « -aïa » : Valeria Guennadievna Nemtchinova est la fille de Guennadi Nemtchinov alors que Svetlana Nemtchinova est sa femme. Comme en France, les femmes mariées peuvent garder leur nom de jeune fille. Ainsi Anastasia Kamenskaïa n'a pas adopté le nom de son mari, Alexeï Tchistiakov, dit Liocha.

3. Lorsqu'on s'adresse poliment à une personne qu'on ne connaît pas ou à qui l'on doit le respect, il est d'usage d'utiliser le prénom suivi du prénom patronymique : « Ivan Alexeïevitch » ou « Anastasia Pavlovna ». Cette forme équivaut aux formules françaises « M. Zatotchny » ou « Mme Kamenskaïa ».

4. Les prénoms russes autorisent un nombre considérable de diminutifs qui permettent d'exprimer des gammes complètes de sentiments, de la tendresse à la dérision : Alexeï devient Liocha ; Alexandre, Sacha ; Viatcheslav, Slava ; Pavel, Pacha ; Anastasia, Nastia ; Valeria, Lera ou Lerotchka, etc.

De manière à éviter des confusions, nous avons limité leur usage aux seuls cas où l'identité de la personne nommée était claire.

1

Le chanteur avait l'air mécontent et épuisé, mais, derrière le masque revêche que la lassitude plaquait sur son beau visage, Barsoukov voyait clairement une peur à peine retenue et une tension douloureuse. Il n'y avait aucun doute : on venait de le rappeler.

– Qu'est-ce qu'il y a encore ? Pourquoi es-tu revenu ? demanda le chanteur.

– Je voulais seulement vous demander votre numéro de téléphone, pas la ligne fixe, le mobile.

Barsoukov montra du menton l'appareil posé sur la petite table, à côté du divan.

– Pour faire quoi ?

– Oh ! N'ayez pas peur, je ne compte pas vous ruiner en communications hors de prix. S'il le faut, j'utiliserai la ligne fixe. Donnez-moi seulement le numéro.

Barsoukov s'efforçait de parler avec aisance pour ne pas inquiéter encore une fois son interlocuteur. Ces artistes étaient délicats à un point tel que les mots manquaient pour l'exprimer. Ils se faisaient un sang d'encre pour tout et n'importe quoi.

Il ne prit même pas la peine de noter le numéro, se contentant de le mémoriser d'autant plus facilement que c'était celui qu'il avait répété en marchant – comment ça, « en marchant » ? Il courait presque – dans le froid crépuscule d'hiver vers la grande datcha du célèbre chanteur.

Barsoukov entendit des pas sur le perron et le claquement de la porte.

– C'est moi ! lança une forte voix masculine dans le vestibule.

– Alors ? Qu'est-ce que tu attends ? Casse-toi, murmura le maître de maison, irrité. Tu vois, j'ai de la visite. Va, va...

*
* *

Nastia Kamenskaïa n'allait plus travailler à la Petrovka comme avant, mais à un tout autre endroit et n'arrivait pas à s'y faire. Depuis trois mois, elle ne sortait plus du métro à la station Tchekhovskaïa pour se diriger vers le grand immeuble jaune du siège central de la milice de Moscou, où se trouvaient les locaux de la Brigade criminelle. Elle descendait ailleurs, et sa destination était un ancien hôtel particulier vert clair de deux étages, plutôt délabré. C'était là, son nouveau bureau. Et elle n'avait pas non plus le même chef. Elle ne pouvait pas dire que son nouveau patron était pire que le précédent, son cher et familier Gordeïev, dit « La Boule ». Non, il n'était pas pire. Il était seulement différent. Nastia le connaissait très bien et depuis longtemps. Elle entretenait d'excellents rapports avec ce professionnel remarquable, décent et honnête de surcroît, mais... il avait un défaut majeur : il n'était pas Gordeïev.

Nastia s'efforçait péniblement de s'habituer à sa nouvelle situation. Elle n'était pas sûre d'avoir agi correctement en acceptant de changer de service, mais elle n'avait pas pu résister à l'insistance de ses deux chefs : l'ancien, Viktor Alexeïevitch Gordeïev, et le nouveau, Ivan Alexeïevitch Zatotchny. Ce dernier voulait embaucher une collaboratrice compétente dans le service d'information analytique qu'il venait de créer. Gordeïev, lui, aspirait à éloigner Nastia de la menace d'un brutal remaniement des cadres de la direction de la milice de Moscou. Et ils lui affirmaient à l'unisson qu'elle avait droit à une promotion au grade de lieutenant-colonel, mais qu'elle ne pourrait y parvenir qu'en occupant un poste correspondant à cet échelon. Sans compter qu'elle aurait toujours la possibilité de retourner à la Petrovka si elle en manifestait le désir.

Trois mois déjà qu'elle était là et elle avait toujours autant de mal à admettre que le coffre-fort ne se trouvait plus tout près, à gauche de sa table de travail, mais contre le mur opposé, et qu'elle ne pouvait pas faire bouillir l'eau du café sans bouger de sa place, parce que la seule prise accessible n'était pas fixée au mur dans son dos mais à côté de la fenêtre. Au fond, c'était peut-être mieux : avec sa manière de vivre sédentaire, quelques mouvements superflus n'étaient pas de trop.

Ce jour-là, il n'était pas loin de dix heures du matin et Nastia allait faire bouillir de l'eau pour sa deuxième tasse de café de la matinée lorsqu'elle fut convoquée dans le bureau de Zatotchny. Le général était en compagnie d'un homme jeune en uniforme aux galons de capitaine de la milice.

– Je vous présente Pavel Mikhaïlovitch Dioujine, commença Zatotchny, sèchement. Et voici Anastasia Pavlovna Kamenskaïa, notre chef analyste. Elle sera votre instructeur pendant votre première année de travail. Vous pouvez disposer, Pavel Mikhaïlovitch. Habituez-vous à votre nouveau poste de travail. Anastasia Pavlovna vous appellera lorsqu'elle sera libre.

Un léger embarras se lisait sur le visage du capitaine mais, discipliné, il se leva et sortit du bureau. Zatotchny fixa pendant quelques secondes la porte fermée avant de porter son regard sur Nastia. La sécheresse et la sévérité de ses traits s'évanouirent pour retrouver une expression normale, mais un rien préoccupée.

– Voilà votre premier élève, dit le général en souriant. Je tiens mes promesses. Dès que vous m'aurez formé deux analystes convenables, vous pourrez vous envoler où vous voudrez si vous ne vous plaisez pas ici.

– D'où vient-il ? demanda Nastia. Et plus largement, qu'est-ce qu'il sait faire ?

– Eh bien, ce qu'il sait faire, vous me le direz vous-même dans deux ou trois jours. Mais il arrive du service du personnel de la direction de l'Intérieur, région de Moscou. Cela vous convient ?

– Totalement, dit-elle avec soulagement. Les gens du service du personnel n'ont pas de mauvaises habitudes de travail sur les documents concernant des personnes qu'ils ne connaissent pas. Ils savent lire les lignes et entre les lignes. Je peux y aller ?

– Non, répondit brusquement Zatotchny en indiquant une chaise à la jeune femme. Asseyez-vous, Anastasia. Je voudrais vous proposer un cas à partir duquel vous formerez Dioujine. Je vous préviens, ce n'est peut-être qu'une coquille vide, aussi ne tentez pas d'y voir à toute force une affaire criminelle susceptible de nous intéresser. Ce que je veux dire, c'est qu'il doit bien y avoir un criminel, puisqu'il y a un cadavre, mais l'affaire n'est peut-être pas du tout de notre ressort.

11

Autre chose… J'aimerais vous demander d'être particulièrement prudente et rigoureuse parce que cela peut concerner mon fils.

Nastia leva des yeux étonnés vers son chef.

– Maxime ? Il a un lien quelconque avec le mort ?

– Le lien le plus direct. S'ils n'étaient pas vraiment des amis, ils entretenaient d'excellentes relations. Ils suivaient les mêmes cours à l'Institut juridique et étaient dans le même groupe. Il y a quelques jours, Maxime est revenu à la maison blême de frayeur. Leur directeur de cours venait de leur annoncer que leur camarade Sacha Barsoukov avait été retrouvé mort.

– Et vous croyez que Maxime connaissait les relations criminelles de son ami ? Vous le soupçonnez d'y avoir été mêlé ?

– Je ne crois rien, dit Zatotchny, de nouveau sec et sévère. Je n'ai aucune raison d'avoir de tels soupçons. Mais je n'ai pas de raisons non plus de me complaire dans l'angélisme. Il peut toujours arriver n'importe quoi à n'importe lequel d'entre nous. Et à nos enfants aussi. J'ai consacré bien trop de temps et d'attention au service pour être certain de connaître intimement mon fils. Il va bientôt avoir dix-neuf ans et c'est un homme qui a sa propre vie. Même s'il reste un gosse à mes yeux, ça n'a aucune influence sur la réalité objective. C'est un fait.

Zatotchny fit une pause que Nastia ne troubla pas, attendant qu'il précise sa pensée.

– Assez parlé de ça, Anastasia, reprit-il. Revenons à notre affaire. D'après mon fils, son copain Sacha Barsoukov était amoureux d'une jeune orpheline qui habite maintenant chez son grand-père. La situation est plutôt morbide, les parents de la jeune fille ayant été tués il y a dix ans et pas par n'importe qui. Par ce même grand-père qui a purgé sa peine et est revenu chercher sa petite-fille. Ce n'est qu'une supposition, mais on peut imaginer que ce Barsoukov s'est retrouvé sous l'influence du grand-père assassin. C'est un premier point. J'ai demandé aux archives de me transmettre le dossier de l'affaire.

Le général se leva avec aisance, ouvrit son coffre et posa devant Nastia deux classeurs épais. En le regardant évoluer ainsi, la jeune femme sentit une nouvelle fois la piqûre à peine perceptible de ce qu'elle devait bien qualifier de jalousie. Il lui était impossible de se lever avec une telle facilité. Elle ne parvenait à bouger qu'avec difficulté et maladresse en dépit de sa jeunesse relative (trente-sept ans seulement) et de sa maigreur à faire peur. À la différence de Zatotchny, elle ne faisait jamais de sport : elle avait mal au dos et manquait de souffle…

– Lisez tout ça, étudiez ces documents. Le premier classeur rassemble les pièces de l'affaire criminelle et le second, c'est le dossier personnel du grand-père, le condamné Nemtchinov. Je ne vous donnerai aucun conseil sur la manière d'utiliser ces documents, vous savez tout ça mieux que moi. Maintenant, le deuxième point. Vous avez une bonne mémoire et il me semble que vous n'avez pas oublié l'affaire de Sergueï Gradov, à l'automne 93.

– Je m'en souviens, confirma Nastia, étonnée. Mais je ne pensais pas que vous étiez au courant de cette histoire.

– À l'époque, nous ne nous connaissions pas, tous les deux, mais c'est là que j'ai entendu parler de vous pour la première fois. Je m'intéressais à l'affaire parce que Gradov était député et qu'il avait de bonnes chances de devenir un gros ponte dans la politique[1]. Mais ce n'est pas de lui qu'il s'agit. Vous vous souvenez du gamin qui faisait un stage chez vous à ce moment-là ?

– Bien sûr ! s'écria-t-elle en comprenant enfin où le général voulait en venir. Le garçon faisait ses études à l'Institut juridique du ministère de l'Intérieur, à Moscou. Là où étudie votre fils, aujourd'hui. Et nous avons découvert qu'il avait été enrôlé par une organisation criminelle avant même d'entrer dans notre école. En fait, on l'y avait infiltré pour qu'il devienne officier de la milice et qu'il puisse ainsi être les yeux et les mains de la bande au sein des organes du maintien de l'ordre. Vous pensez qu'il n'a peut-être pas été le seul dans ce cas ?

– Je dois envisager cette possibilité. Ne perdons pas de vue que le poste que j'occupe fait de mon fils Maxime une cible de choix pour certaines personnes malintentionnées. Et si l'un de ses camarades de cours a des liens avec des criminels, je ne peux pas fermer les yeux en me disant que mon garçon vit dans une tour d'ivoire et reste pur et innocent tandis que ses condisciples vivent dans ce bas monde de péché. La bêtise, l'avidité, la trahison et la saleté prolifèrent et il est absurde de penser qu'elles vont épargner nos proches. Tous les hommes sont égaux devant Dieu. Vous avez des questions ?

1. Voir *Le Cauchemar*, du même auteur, « Seuil policiers », 1998.

– Oui. Je ne suis plus officier opérationnel et je n'ai aucun droit d'enquêter sur cette affaire. Comment pouvons-nous contourner cette situation ?

– Vous n'êtes pas chargée de résoudre le meurtre de Barsoukov, mais d'analyser les documents qui pourraient mettre en lumière des liens éventuels entre les étudiants de l'Institut et le crime organisé. En outre, il n'y a aucune raison de se limiter aux seuls élèves. Les professeurs, les chargés de cours, le personnel administratif peuvent eux aussi être concernés. Et pas seulement dans cet établissement, mais dans toutes les écoles supérieures du ministère de l'Intérieur. Et elles sont nombreuses.

Nastia fit la grimace. Il est toujours facile de dire : vous vous occuperez de ceci ou de cela et les autres feront autre chose. Comment partager les domaines de compétence ? Si le meurtre de l'aspirant de la milice Alexandre Barsoukov était lié à la pénétration de la mafia dans l'Institut, la frontière entre les intérêts des différents services serait impossible à établir. Le juge d'instruction et les enquêteurs chargés du dossier ne manqueraient pas de remettre très vite à sa place cette Kamenskaïa qui mettrait le nez dans leurs affaires et se trouverait sans cesse dans leurs pattes. Zatotchny aurait dû en tenir compte et ne pas lui assigner cette mission en se disant que c'était aussi facile que de l'envoyer acheter un paquet de cigarettes au kiosque du coin.

Sa mine grisâtre et déconfite n'échappa pas au général qui afficha un vrai sourire pour la première fois de la matinée. Ce fameux sourire qui transformait ses yeux en deux petits soleils dorés capables de communiquer à ses interlocuteurs une chaleur inattendue. Ce sourire auquel il était impossible de résister.

– En guise de compensation pour ce travail délicat, enchaîna-t-il, je peux vous annoncer une nouvelle agréable. L'enquête sur le meurtre de Barsoukov a été confiée à votre cher juge d'instruction Olchanski, et les enquêteurs qui travailleront avec lui ne sont autres que vos anciens collègues. J'espère que vous pourrez vous entendre avec eux.

Ça, c'est autre chose, se dit Nastia en son for intérieur. Avec Konstantin Olchanski, elle n'aurait pas de problème si elle respectait la règle du jeu. Et sur les gars de la criminelle, il n'y avait rien à dire.

Elle ramassa les classeurs et avait déjà la main sur la poignée de la porte, prête à s'en aller, lorsque la voix moqueuse de Zatotchny l'arrêta :

– Et Maxime ?

– Comment ça, « Maxime » ? dit-elle en se retournant, étonnée.

– Vous ne voulez pas lui parler ?

– Bien sûr que si. Mais ça me gêne de vous le demander. Il est probable que les interrogatoires qu'il a subis à la Petrovka l'ont épuisé. Et vous m'avez demandé d'agir avec tact…

Zatotchny éclata de rire, mais Nastia n'y perçut aucune gaieté particulière.

– Anastasia, je vous connais depuis suffisamment longtemps pour savoir que vous n'êtes jamais gênée lorsqu'il s'agit de résoudre une affaire. Pas la peine de me bourrer le mou. Quand voulez-vous voir Maxime ?

– Je voudrais d'abord examiner ces documents, répondit-elle prudemment.

– Entendu. En deuxième année, ils ont cours l'après-midi et le soir. Ils ne sortent qu'à dix-neuf heures. Il sera ici vers vingt heures.

*
* *

Nastia retourna dans son bureau en retenant difficilement les classeurs qui lui échappaient des mains et en se demandant avec surprise et contrariété pourquoi elle permettait à Zatotchny de régler ainsi son emploi du temps. Il avait dit qu'elle devait voir Maxime à huit heures du soir et cela ne pouvait souffrir aucune discussion. Il ne s'était pas inquiété de savoir si elle avait d'autres plans, ni non plus si elle était encore au travail à cette heure-là. C'était décidé, un point, c'est tout. Gordeïev ne procédait pas ainsi. Mais il n'y avait rien à faire, chaque chef avait son propre style. Le problème était qu'Ivan Alexeïevitch Zatotchny possédait un pouvoir incompréhensible sur elle. Nastia pouvait se fâcher contre lui, se vexer et même le détester, parfois, mais elle était totalement incapable de résister à son charme et de lui refuser quoi que ce soit.

Arrivée enfin dans son antre, elle posa les classeurs sur sa table de travail et reprit l'activité que la convocation chez son patron avait interrompue : se faire un café. Puis elle s'assit devant les documents, sa tasse entre les mains.

L'affaire de droit commun sur le meurtre des époux Nemtchinov datait de 1987 et était singulièrement banale. Un meurtre de la vie quotidienne, comme il y en avait des milliers. Une beuverie dans une datcha à la campagne, une querelle qui enfle et s'envenime, et le vieux Nemtchinov, dans un état d'ivresse avancé, prend un fusil de chasse et tue son fils et sa belle-fille. Effrayé par son acte, il incendie la maisonnette dans l'espoir de dissimuler les traces et s'en va prendre le train de banlieue pour rentrer en ville. Hélas pour lui, les rames ne sont pas fréquentes et il doit attendre des heures et des heures sur le quai. Pendant ce temps-là, des voisins, alertés par les coups de feu, voient de la fumée sortir de la maison et appellent la milice. Voilà comment Vassili Petrovitch Nemtchinov, né en 1931, est arrêté à la gare où il patientait toujours dans l'espoir de voir arriver le train pour Moscou.

L'accusé avait reconnu les faits aussi bien pendant l'instruction que pendant le procès et n'avait pas varié dans ses déclarations. En vertu de l'article 102 du Code pénal, il avait été condamné pour homicide volontaire avec circonstances aggravantes (meurtre de deux personnes ou plus) à une peine de douze ans de travaux forcés à purger dans une colonie pénitentiaire à régime sévère. Il avait bénéficié d'une libération conditionnelle au bout de neuf ans – il avait fait preuve d'une conduite irréprochable « par son travail consciencieux et son respect du règlement intérieur ». En gros, c'était tout.

Il n'y avait rien d'intéressant dans cette affaire, mais Nastia sentait vaguement que quelque chose ne collait pas… Non, non… Pas l'air de déjà-vu tellement commun dans ce genre de situation, mais une impression de saugrenu. Peut-être que derrière la simplicité du dossier – une chose à laquelle elle s'était depuis longtemps déshabituée – une petite incongruité était simplement ressortie des documents pour irriter son regard. Mais sur quoi portait-elle ? Où se trouvait-elle ? À quelle page ? Impossible à dire. Elle n'avait que cette sensation intérieure qui la démangeait.

Elle savait que, dans de tels cas, la meilleure chose à faire était de distraire son attention en s'occupant d'autre chose, puis de reprendre le dossier avec un œil neuf. Allons ! Il suffisait de se plonger dans le dossier du prisonnier V. P. Nemtchinov.

Tiens, voilà qui était intéressant. Pendant sa préventive à la maison d'arrêt, il avait frappé un codétenu. « Ça, ce n'est pas bon du tout », pensa-t-elle avant de se raviser à la lecture du procès-verbal de l'incident. En fait, le type était un multirécidiviste qui n'arrêtait pas de s'en prendre à un jeune détenu de vingt ans, chétif et malingre. Bref, c'était bien fait pour ce connard si Nemtchinov l'avait battu. C'était même positif. En réalité, la loi prévoyait qu'il ne fallait pas mettre dans la même cellule des condamnés et des prévenus en attente du procès, mais qui les respectait, ces règles ? Les matons plaçaient les prisonniers dans les cellules où il y avait de la place sans tenir compte de leur situation pénale ou de leur dangerosité. En plus de la surpopulation, les choses étaient aggravées par l'état critique dans lequel se trouvaient de nombreuses prisons : les bâtiments avaient besoin de réparations majeures depuis des lustres, les plafonds dégoulinaient à cause des canalisations percées, certaines cellules étaient dans un tel état de délabrement qu'il devenait impossible d'y enfermer des détenus. Bref, tout partait à vau-l'eau. Y compris le respect de la loi.

Quoi d'autre ? Pendant l'exécution de sa peine, Nemtchinov s'était montré systématiquement sous son meilleur jour, dépassant toujours les normes de rendement fixées pour son travail… Ah non ! Il avait passé un mois entier au cachot au cours de sa sixième année de détention. La raison ? Il avait encore battu un codétenu. L'explication qu'il avait donnée était mentionnée dans le dossier :

« Je reconnais avoir frappé le condamné Fialkov cet après-midi à l'atelier n° 2. Fialkov s'en prenait en permanence au condamné Grekov, nouvellement arrivé. Il lui volait ses provisions, exerçait de la violence physique à son égard et menaçait de lui imposer des contacts homosexuels. Le condamné Grekov est physiquement faible et incapable de se défendre tout seul. Je reconnais ma faute. V. P. Nemtchinov, condamné à douze ans en application de l'article 102 du Code pénal de la Fédération de Russie. »

Quel curieux document ! Pas à cause du motif qui n'avait rien d'extraordinaire : se dresser en protecteur d'un pauvre gars sans défense. Mais le style ! La majorité absolue des prisonniers aurait écrit : « Il lui piquait sa ration et menaçait de le baiser. » Ou même : « de l'enculer ». Mais Nemtchinov avait rédigé son texte dans une langue normale, sans donner dans le trivial ni employer d'expression argotique et sans faire de fautes de grammaire. C'était quoi ? De l'ostentation ? Ou bien, au bout de plus de cinq ans de séjour dans le camp, il n'avait toujours pas adopté la sous-culture spécifique des zeks[1] ?

Tout cela était plutôt étrange. Ce grand-père Nemtchinov était difficile à cerner. D'un côté, il s'enivrait au point de tuer son propre fils et sa belle-fille et, d'un autre, il se dressait violemment pour défendre les faibles. Sans oublier qu'il travaillait bien et savait écrire de manière correcte et précise. Un type comme ça pouvait être très intelligent et dangereux. Et si, pendant son séjour de neuf ans en colonie pénitentiaire, il avait tissé des liens solides avec le monde criminel et que, une fois en liberté, il impliquait dans leurs réseaux de jeunes miliciens comme Sacha Barsoukov ?

Tout à sa concentration, Nastia ne vit pas le temps passer, et lorsqu'elle referma le deuxième classeur, il était déjà presque quatre heures. Il fallait bien manger quelque chose, mais quoi ? Au moins, à la Petrovka, il y avait une cantine. Et un buffet ouvert 24 heures sur 24. Là, il n'y avait rien, à part des bureaux. Le matin, la plupart des employés apportaient de chez eux des sandwiches ou des gamelles. Les autres allaient au café le plus proche. On y mangeait bien et pour des prix très raisonnables, encore fallait-il y aller. Et avant ça, s'habiller pour sortir… Au travail, Anastasia Kamenskaïa était infatigable, mais à la condition de ne pas être obligée de se lever de son bureau tellement elle était paresseuse à l'idée de faire le moindre effort physique. Il lui était plus facile de rester là, affamée, que de mettre ses bottes et son blouson fourré, de descendre l'escalier et de parcourir trois cents mètres jusqu'au café en question. Si elle n'était restée au travail que jusqu'à six heures, comme elle comptait le faire, elle aurait préféré se passer de manger jusqu'à son retour chez elle, mais puisqu'il était clair qu'elle ne pourrait certainement pas partir avant neuf heures, il lui fallait tout de même faire l'effort surhumain de descendre. Et pourquoi donc, tête de linotte, n'avait-elle pas emporté des sandwiches ce matin-là ? Pendant qu'elle se préparait, son mari lui avait dit de le faire à plusieurs reprises et avait même précisé qu'il y avait du fromage et du jambon dans le frigo. Mais, une nouvelle fois, elle avait été vaincue par la paresse.

Elle soupira tristement, mit ses bottes, s'enroula une longue écharpe bien chaude autour du cou et ferma soigneusement son blouson. Sur

---

1. Prisonnier, dans l'argot des camps. *(NdT)*

le palier du deuxième étage, elle poussa un nouveau soupir devant l'escalier, puis descendit les volées de marches et sortit. Ses poumons se remplirent aussitôt d'un bon air froid et le soleil éblouissant lui tira des larmes. Cette année-là, l'hiver ne prenait pas de libertés en se déguisant en automne tardif ou en printemps précoce : il suivait strictement le calendrier. Jusqu'à fin novembre, le temps avait été froid et sec et, le 1er décembre au soir, le gel s'était installé. Et ce jour-là, le 2, les rues étincelaient sous une chape de neige et le soleil brillait[1]. Si le sol n'avait pas été aussi glissant, la vie aurait pu sembler plus que satisfaisante au *maïor* [2] de la milice Anastasia Kamenskaïa.

En avançant prudemment pour ne pas déraper, elle parvint jusqu'au café au nom surprenant de « La Soif », qui était certainement ce qui s'approchait le plus des anciens établissements « Vins et eaux minérales » de l'époque soviétique. Elle avait déjà posé la main sur la poignée de la porte lorsqu'elle se ravisa et marcha encore quelques mètres jusqu'à l'entrée de la station de métro Krasnosselskaïa. Au kiosque, elle acheta une revue et une cartouche de cigarettes, puis elle retourna à « La Soif ».

Elle attendit que le garçon place devant elle une salade de crudités et une solide assiette de pommes de terre frites pour ouvrir la revue et se plonger dans la lecture d'un reportage sur les joies des promenades d'hiver à ski dans les Alpes. Pour elle, c'était aussi irréel qu'un article sur la possibilité de la vie sur Mars, car elle ne faisait jamais de ski et n'avait aucune intention d'aller dans les Alpes. Quant aux noms sonores des différentes marques d'équipement alpin, ils ne lui disaient strictement rien. En revanche, comme une telle lecture ne provoquait en elle aucune association d'idées, elle n'éveillait pas non plus de pensées parasites, lui donnant ainsi la possibilité de s'évader de tout et de mettre ses problèmes de côté. Elle avait eu l'occasion de remarquer à de nombreuses reprises que, pendant qu'elle lisait ainsi, son cerveau se lavait tout seul et elle était ensuite capable de poser un regard neuf sur de vieux problèmes.

1. Les Russes ne comptent pas les saisons de l'équinoxe au solstice et du solstice à l'équinoxe suivant, mais du 1er décembre au 28 février, du 1er mars au 31 mai, et ainsi de suite. *(NdT)*
2. Équivalent de chef de bataillon. En France, ce grade correspondrait à celui de capitaine de police. *(NdT)*

Elle avait presque fini son assiette de frites et la lecture de l'article lorsqu'elle s'aperçut qu'une assiette de brochettes venait d'être posée sur sa table. Mécontente, elle leva les yeux, prête à lancer la phrase acerbe qu'elle avait instantanément préparée sur les imbéciles qui s'ingénient à s'asseoir à des tables occupées alors qu'il y en a des libres à la pelle, mais son élan se brisa et elle afficha un sourire joyeux. Devant elle se tenait Iouri Korotkov, qui lui souriait de toutes ses dents.

– Tu m'as trouvée comment ?

– C'était hypercompliqué ! pouffa-t-il en piquant quelques frites dans l'assiette de Nastia. Je me suis présenté à ton bureau, j'ai bien vérifié que la porte était close, puis je suis allé voir Ivan, ton patron, et je lui ai demandé où tu étais. Le reste allait de soi. Ça fait un quart d'heure que je suis assis à la table d'à côté et que j'attends que tu daignes enfin lever les yeux sur moi. Mais toi, comme chacun sait, tu ne prêtes aucune attention à tes proches… Oh, dis donc ! Elles sont bonnes, leurs frites ! Je vais en prendre une part.

– Tu en veux ? lui proposa Nastia en poussant vers lui son assiette. Tu peux finir, j'ai déjà trop mangé.

Korotkov repoussa le plat et hocha doctement la tête.

– Mange, la maigreur ! On a envie de pleurer rien qu'à te regarder.

– Ce n'est pas vrai ! Depuis que je travaille chez Ivan, j'ai pris deux kilos.

– À cause de quoi ? La vie sédentaire ?

– Eh bien… Dans l'ensemble, oui. Si on compare avec la Petrovka…

– Tu t'ennuies ?

– Je ne sais pas, Iourik, avoua-t-elle honnêtement. Oui et non. Je n'arrive pas à m'habituer à ce cadre différent, ni à ces gens différents, ni au fait que vous ne soyez pas tout près, toi et nos amis de la Petrovka. D'un autre côté, le travail est intéressant, je l'adore et je sais ce que je fais. Et plus important encore, je n'ai pas à me cacher pour le faire, comme chez La Boule. C'est mon boulot officiel, je suis payée pour ça et personne ne me regarde de travers. Moralement, c'est plus facile, bien sûr.

– Et dans trois mois, tu seras lieutenant-colonel et mon supérieur, ajouta Korotkov qui était maïor, lui aussi. Bon, petite mère, ne versons pas dans la déprime. Je viens te voir pour affaires.

– Barsoukov ?

– Lui-même. La Boule m'a dit qu'il s'est entendu avec ton Ivan pour que nous collaborions. C'est bien ça ?

– Exactement, dit-elle. Raconte-moi tout ce que tu sais.

– Et moi, qu'est-ce que j'aurai ? demanda Korotkov en plissant les yeux avec malice.

– Tu as refusé mes frites, plaisanta-t-elle, et je n'ai rien d'autre à te donner.

– Et voilà ! Tu profites encore de mon caractère désintéressé… Bon, alors voilà : Alexandre Barsoukov, né en 1978, était étudiant en deuxième année à l'Institut juridique du ministère de l'Intérieur de notre Moscou natal. Son cadavre a été découvert dans la nuit de vendredi dernier, non loin de son domicile. Aujourd'hui, nous sommes mardi, mais nous n'avons pratiquement aucun indice qui nous permettrait d'avancer. Le garçon vivait chez ses parents. Bonne famille, normale et tranquille, mais personne ne sait où il était ce vendredi soir et d'où il revenait. Au fait, le gars était bien copain avec le fils de ton général bien-aimé.

– Je sais. Continue.

– Maxime Zatotchny nous a raconté que Barsoukov était à l'Institut avec lui vendredi, et qu'il ne s'est pas absenté. En deuxième année, ils ont cours tous les…

– Les après-midi et le soir jusqu'à dix-neuf heures, je sais, l'interrompit-elle encore.

– Ça, c'est bien toi ! constata Korotkov en secouant la main en un geste de reproche. Ce n'est pas drôle de discuter avec toi. Je t'explique comme un imbécile et toi, tu sais déjà tout ! À quoi bon me poser des questions, alors ?

– Non, je ne sais pas tout. Par exemple, j'ignore où et par qui le cadavre a été découvert. Et comment le garçon a été tué.

– Par arme à feu. À notre époque, c'est ce qu'il y a de plus facile. On peut se procurer des pistolets automatiques à tous les coins de rue et les criminels n'hésitent plus à se débarrasser de leur arme après usage puisqu'ils peuvent en avoir une autre facilement. Barsoukov a été abattu à côté d'un arrêt d'autobus, vers une heure du matin. Il avait pris le bus à la station de métro pour rentrer chez lui. Nous avons retrouvé le chauffeur qui se souvenait bien de lui ; à cette heure-là, il n'y avait pas plus de cinq personnes dans son véhicule et le gosse était en uniforme. À une heure dix, Barsoukov est descendu du bus, mais il n'est pas arrivé chez lui. Son cadavre a été découvert à deux heures moins le quart par un quidam qui passait en voiture. Voilà, la chanson, Nastia Pavlovna.

– Tu dis qu'il était en uniforme ? Alors on a pu le tuer tout bêtement parce qu'il était de la milice, tu comprends ? On visait un milicien anonyme et pas précisément Alexandre Barsoukov.

– C'est possible, dit Korotkov en mastiquant énergiquement son chachlik. On peut imaginer plein de choses. Il se peut aussi que quelqu'un qui n'avait pas l'esprit tranquille l'ait aperçu et abattu parce qu'il pensait que ce milicien surgi inopinément le suivait. Ou alors Barsoukov a pu assister à quelque chose d'illégal et intervenir sans se douter qu'il allait recevoir une balle. Il a aussi pu tomber sur un cinglé qui déteste la milice et rêve de nous exterminer tous. À quoi bon se perdre en conjectures ? Ce qu'il faut, c'est travailler.

– Oui, il le faut, conclut Nastia en se levant de la table avec un soupir à l'idée de l'exploit qu'il lui fallait accomplir : aller jusqu'à l'hôtel particulier et monter à pied les deux étages. Allons-y, ça ne va pas nous tomber tout cuit dans le bec.

– Comment ça ? Tu sais déjà où aller ? demanda Korotkov.

– Où, où… Au bureau, évidemment. D'abord, nous allons étudier les dossiers sur le bon grand-père de la copine de Barsoukov. Le jeune Zatotchny doit venir me rendre visite vers huit heures.

Ils sortirent et se dirigèrent lentement vers le bâtiment vert clair.

– Nastia, qu'est-ce que tu espères tirer du petit Zatotchny ? demanda Korotkov en marchant. Je lui ai déjà parlé deux fois depuis le meurtre : avant-hier, dimanche, et hier, lundi. Il m'a déjà dit tout ce qu'il savait. Et j'ai aussi rencontré la jeune fille que fréquentait Barsoukov, Lera Nemtchinova. Elle n'a pas la moindre idée de l'endroit où son copain était allé vendredi après les cours.

Nastia sourit.

– Et tu l'as crue, bien entendu…

– Et tu la croiras lorsque tu la verras. S'il te plaît, ne me traite pas comme un idiot qui n'a pas pensé au grand-père ex-taulard. C'est le premier sujet que j'ai abordé avec Lera. Tu sais ce qu'elle m'a dit ?

– Je le devine. Elle t'a dit que son Alexandre n'avait jamais rencontré son grand-père. Ou qu'ils se connaissaient à peine. En tout cas, qu'il n'y avait aucune relation particulière entre son papi et son soupirant. C'est ça ?

– Tu es futée, Nastia. Très futée. Mais tu ne sais pas forcément tout. Cette fille, Lera, m'a affirmé, entre autres, que Barsoukov évitait les contacts avec le grand-père et, à part « bonjour, bonsoir », il ne lui parlait de rien. Le grand-père, en revanche, appréciait le jeune homme et n'hésitait jamais à répéter à sa petite-fille qu'il le voyait comme un garçon digne d'elle et bien sous tous rapports. En d'autres termes, le grand-père ex-taulard voyait le garçon comme un parti plus que convenable pour sa petite-fille unique et bien-aimée. Tu sens à quel point c'est louche ? Depuis quand un type coffré pour douze ans rêve-t-il de voir un de ces salauds de flics qui lui ont causé tant de malheurs entrer dans la famille au titre d'époux de sa petite-fille ?

– Sans doute depuis le moment même où ce type s'est découvert un intérêt pour nous, les salauds de flics. Tu l'as rencontré, l'aïeul ?

– Pas encore. Pour le moment, je me concentre sur la petite-fille.

– Tu as raison, dit Nastia. Si le grand-père n'est pour rien dans notre affaire, il ne va pas s'envoler. En revanche, s'il y est mêlé, on peut l'effrayer si on le serre trop vite. Si la fille assure que Nemtchinov n'était pas en contact avec Barsoukov, il n'est pas censé savoir quoi que ce soit sur les raisons du meurtre.

Elle poussa le lourd battant de l'entrée de l'hôtel particulier et monta péniblement les marches.

– C'est dur ? compatit Korotkov, un rien railleur. À la Petrovka, tu prenais toujours l'ascenseur.

Eh oui ! Elle devrait encore souffrir quelque temps d'un mal inévitable et insidieux : la nostalgie qui la poussait sans cesse à comparer et à se désoler. Toutes les cinq minutes, le moindre détail la faisait revenir à la Petrovka et se remémorer comment c'était ou comment les choses s'y passaient. Tout de même, il n'est pas facile de jeter aux ordures de gaieté de cœur dix ans de sa vie, et même un peu plus. Là-bas, elle était dans son élément, tout lui était proche, cher et habituel. Alors que là…

*
* *

À dix-huit ans, Lera Nemtchinova considérait que chaque jour ressemblait au précédent jusqu'à en devenir répugnant. À sept heures, elle se levait ; à huit, elle quittait la maison ; à neuf, elle commençait les cours en fac de médecine ; et, à seize, elle rentrait chez elle. Elle n'aimait pas travailler à la bibliothèque universitaire, préférant emprunter sur abonnement les ouvrages dont elle avait besoin pour préparer examens et travaux dirigés. Elle ne faisait d'exception que pour les cours d'anatomie en amphi de dissection, où elle allait certains soirs. Ses camarades de cours la considéraient comme une fille casanière qui ne participait pas aux distractions de groupe et n'allait pas dans les bars ni aux soirées organisées chez les uns ou les autres en fonction des appartements libres. Mais si l'on avait demandé à Lera si elle aimait tant que ça rester à la maison, sa réponse n'aurait pas manqué de paraître étrange. Et même absurde, d'une certaine manière.

En fait, Lera Nemtchinova aimait son chez-elle autant qu'elle le détestait. Elle l'aimait parce que c'était là, dans cet appartement, qu'elle avait vécu toute son enfance à côté de sa maman qu'elle adorait et de son papa. Elle y avait été heureuse, jadis. Là se trouvaient le piano de son père et les rayonnages avec ses partitions et les disques de ses chansons exécutées par les chanteurs les plus connus de l'époque. Les murs de la chambre de la jeune fille étaient couverts de vieilles affiches annonçant ses concerts. Son nom, « GUENNADI NEMTCHINOV », y était porté en lettres immenses. Ce n'était que depuis peu de temps que les photos et les affiches de quelqu'un d'autre avaient fait leur apparition à côté de celles de son père.

Le chanteur Igor Vildanov était une étoile montante que Lera adorait parce qu'il était le seul en Russie, et même dans le monde, à interpréter des chansons écrites par son père. Vildanov était indiscutablement bourré de talent, mais la jeune fille n'était certainement pas en mesure de juger de ses aptitudes pour l'art vocal, car elle ne voyait que deux aspects de sa personne : *primo*, Igor était divinement beau et lui apparaissait comme le prince de ses rêves d'enfant et, *secundo*, non seulement il se souvenait de l'œuvre de Guennadi Nemtchinov, mais encore il l'appréciait. Tout le reste n'avait aucune importance. Il aurait pu ne pas avoir de voix ou d'oreille, il aurait pu être un interprète déplorable, Lera ne l'aurait même pas remarqué parce que son prince charmant chantait les chansons de son papa et que cela la reliait fermement à l'époque où ses parents étaient vivants, où le monde était clair et beau, et où elle était totalement heureuse. Et il n'y avait que chez elle, dans sa chambre en compagnie des affiches, des photos et de la musique enregistrée au magnétophone, qu'elle pouvait renoncer au présent et, au moins pour quelque temps, se plonger dans une quiétude illusoire. Voilà pourquoi elle aimait cet appartement. Mais elle le détestait avec la même force. Parce que son grand-père y vivait. Ce grand-père terrible, odieux, sale et stupide qui, par ses coups de feu d'ivrogne, l'avait privée de ce bonheur auquel elle revenait sans cesse. Ce grand-père qui lui avait volé tout ce qui comptait pour elle : sa mère, son père, leur chaleur et leur tendresse, et même l'amitié de ses camarades de classe. Car les enfants sont impitoyables et irraisonnables : la fillette de huit ans s'était vue affublée à demeure de l'étiquette de « fille d'alcoolos qui se sont butés les uns les autres ». Ils l'avaient blessée, et elle leur avait répondu par l'indifférence.

Devenue une paria, elle s'était elle aussi écartée d'eux en creusant au fil des ans un précipice que le temps n'avait pas pu combler. Ses camarades avaient fini par oublier pourquoi elle était orpheline, mais Lera n'avait pas oublié leur trahison. Et ne l'avait pas pardonnée non plus. Ainsi, jusqu'à l'année précédente, jusqu'à la fin de ses études secondaires, elle était restée seule. Toute seule. Évidemment, la vieille tante Zina, une cousine de sa défunte grand-mère, ne comptait pas. Tout de suite après la mort de ses parents, elle avait quitté sa province profonde pour venir à Moscou prendre soin de la petite fille. Au départ, son intention était de l'emmener avec elle au village, mais Lera n'avait manifesté aucune intention de partir, faisant crise de nerfs sur crise de nerfs, hurlant, sanglotant, implorant, cassant la vaisselle. Elle refusait catégoriquement de quitter l'appartement où elle avait toujours vécu. Par deux fois, elle s'était enfuie de la gare, où la pauvre femme était tout de même parvenue à l'entraîner. De guerre lasse, tante Zina avait fini par se faire une raison et avait décidé d'habiter chez la fillette plutôt que de la confier à un orphelinat et de l'abandonner à son triste sort. Elle était retraitée et, en dehors de ses habitudes et des voisins, personne ne l'attendait au village. Sans compter qu'il valait bien mieux vivre à Moscou que dans un trou perdu…

Lera avait vécu avec tante Zina pendant neuf ans, jusqu'au retour de son grand-père. Dès le lendemain, Zina était retournée au village. Elle ne pouvait pas supporter l'idée de vivre sous le même toit qu'un assassin. Avant son départ, elle avait proposé à Lera de partir avec elle, le plus loin possible du vieux Nemtchinov, mais la jeune fille avait encore refusé.

La vieille femme en avait été épouvantée.

– Comment peux-tu ne pas avoir peur de vivre avec lui ? C'est tout de même un type effrayant. Il n'a pas eu la moindre pitié pour son propre fils. Et il t'a rendue orpheline.

– Non, tante Zina, avait répondu Lera avec fermeté, je ne partirai pas d'ici. Ici, c'est ma maison. Et si grand-père se permet quoi que ce soit, je le ferai encore enfermer. Sans la moindre hésitation.

Et le grand-père ne se permettait rien. Au début, Lera ne le quittait pas des yeux, attendant le premier signe de mauvaise conduite : le plus petit geste brutal, la moindre disposition pour la violence, l'ivrognerie ou quoi que ce soit d'autre. C'est avec plaisir qu'elle serait allée se plaindre au commissaire du quartier ! Le commissaire n'était pas seulement brave et efficace, il habitait aussi dans leur immeuble. Il connaissait Lera depuis longtemps et, dès qu'il avait eu vent du retour du condamné, il l'avait prévenue : « À la moindre incartade de sa part, n'hésite pas ; viens me voir en courant. »

Mais il n'y avait rien eu. Le grand-père ne buvait pas et n'élevait pas la voix. Il était poli, calme et soigné. Avec des horaires aménagés, il s'était déniché des emplois de veilleur dans deux sociétés différentes. Il trouvait encore le moyen de faire des vacations chez un troisième patron. Ses salaires n'étaient pas très élevés mais, au moins, il ramenait un peu d'argent. Lera n'était pas du tout intéressée par les choses matérielles. Les droits d'auteur des chansons de son père tombaient régulièrement et c'était grâce à ça qu'elles avaient vécu pendant neuf ans, tante Zina et elle. Et elle pourrait encore vivre longtemps sans problèmes d'argent. Le grand-père avait légitimement le droit d'habiter là : c'était son appartement. Il l'avait acheté bien longtemps auparavant, avant la naissance de Lera. Mais, par-delà son droit de propriété, avait-il le droit moral de vivre avec sa petite-fille qu'il avait brutalement privée de ses parents ? Là, les choses se compliquaient.

Lera Nemtchinova était fermement persuadée que son grand-père n'avait aucun droit, ni celui de vivre avec elle ni celui de vivre tout court. La jeune fille estimait que l'homme honnête qu'il avait peut-être été jadis était mort depuis longtemps. Des gens comme lui ne devaient pas exister sur terre. Mais ce grand-père stupide et odieux ne le comprenait pas et continuait à lui empoisonner l'existence rien que par sa présence. Il devait donc en payer les conséquences et se sentir en permanence coupable de ce qu'il avait fait et gêné de vivre à côté d'elle.

Lera n'était pas allée aux obsèques de Sacha Barsoukov. Pas parce qu'elle aurait été abattue de tristesse. Non, elle n'en avait pas eu envie et ne trouvait pas que c'était nécessaire. Quant à la tristesse, bien sûr qu'elle était affligée, mais pour une tout autre raison. Après tout, qui était Sacha pour elle ? Un soupirant, un flirt, mais pas plus. Tout de même pas un fiancé ! Il n'y avait que le grand-père, avec son esprit d'un autre âge, pour croire que parce qu'un garçon la raccompagnait chez elle, venait prendre le thé et lui apportait des fleurs, elle devait à toute force se marier avec lui. Comme la majorité écrasante des filles de son âge, Lera ne pensait pas que des relations intimes devaient forcément entraîner des conséquences sérieuses. Et le fait qu'elle se soit régulièrement envoyée en l'air avec Sacha lorsque le grand-père était absent n'impliquait pas du tout pour elle l'obligation d'assister à l'enterrement du jeune homme pour lui faire ses adieux définitifs. L'aïeul, heureusement, ignorait jusqu'où étaient allées leurs relations, mais que Sacha ait fait une cour assidue à sa petite-fille lui avait paru être une raison suffisante pour oser lui faire une remarque.

– C'est quand, les obsèques ? lui avait-il demandé en rentrant vers dix heures du matin, après une garde de vingt-quatre heures.

– Aujourd'hui, lui avait répondu tranquillement Lera.

– À quelle heure ?

– Oh, ça a déjà commencé, lui avait-elle renvoyé avec indifférence.

– Mais alors, qu'est-ce que tu fais encore à la maison ?

– Je ne comptais pas y aller, voyons ! Je n'ai vraiment rien à y faire.

– Lerotchka, c'était ton copain, ton ami ! Comment peux-tu faire ça ?

– Ferme-la, lui avait-elle jeté froidement. Ce n'est pas toi qui vas me donner des leçons. Tu ne te prends tout de même pas pour un exemple de morale et d'honnêteté, si ?

Le grand-père n'avait pas répondu. Il avait ôté simplement son pardessus et s'était enfermé dans sa chambre. Lera avait poussé un soupir de satisfaction. Elle n'avait pas de leçons à recevoir. Surtout pas de lui.

Un an plus tôt, lorsqu'il était sorti de prison pour s'installer dans l'appartement, Lera ne s'attendait pas à avoir si facilement le dessus sur lui. Il lui avait suffi de lui rappeler son crime en permanence et de lui faire sentir qu'elle ne lui avait pas pardonné. Il était doux comme un agneau. En réalité, les choses étaient même plus simples avec le grand-père qu'avec tante Zina. Évidemment, ils étaient de la même génération et avaient tous les deux les mêmes idées démodées sur ce qu'il convenait ou non à une jeune fille, mais, à la différence du grand-père, Zina avait le droit moral de lui faire des reproches et de lui dicter sa conduite. En fait, la vieille femme avait un cœur d'or et, comme elle s'était occupée dès le départ de cette pauvre orpheline qu'elle avait prise en pitié, elle avait fermé les yeux pendant neuf ans sur des incartades et des conduites qui auraient valu des punitions à d'autres gosses.

À en juger par les faits, le grand-père n'était pas vraiment sensible à la pitié, mais elle pouvait le manipuler tout aussi bien, et même mieux, en se servant de son sentiment de culpabilité. Elle y était parvenue au-delà de ses attentes. Il marchait à la baguette et n'osait pas broncher. Seigneur, comme elle le détestait !

Conséquence de leurs relations délétères, le grand-père se chargeait de tout à la maison : il faisait le ménage et les courses, préparait les repas, lavait la vaisselle. Dès le début, Lera lui avait déclaré que, si elle ne pouvait pas éviter de vivre sous le même toit que l'assassin de ses parents, il était hors de question qu'elle lui serve de bonne : elle ne lèverait pas le petit doigt pour l'aider dans les tâches domestiques. Le grand-père s'était soumis à ce diktat sans rien dire, même si ses yeux étincelaient de colère. Qu'est-ce qu'elle en avait à faire de sa colère ? Comme s'il lui faisait peur ! Elle aussi, elle savait lancer des éclairs avec les yeux et certainement pas moins bien que lui.

Le jour des obsèques de Barsoukov, elle était donc restée à la maison sans même aller en fac, étendue sur le divan, dans sa chambre, à écouter la voix divine d'Igor Vildanov interpréter les chansons de son cher papa tout en contemplant les photos et les affiches accrochées aux murs, refoulant ses larmes et réfléchissant à ce qu'elle devait faire par la suite. Comment pouvait-elle bien l'aider ?

2

Dans la multitude de points positifs que présentait son nouveau travail, il y avait un point négatif mais d'une importance capitale : le maïor Kamenskaïa n'avait aucune autorité pour faire venir au bureau les personnes qu'elle avait besoin d'interroger. Le juge d'instruction avait, lui, le pouvoir de citer à comparaître devant lui qui il voulait. Les enquêteurs de la milice pouvaient convoquer des témoins. Mais Nastia ne disposait d'aucune prérogative particulière : en fait, elle n'était littéralement rien. Si elle jugeait utile de poser des questions à quelqu'un, elle devait appeler cette personne au téléphone, prendre son ton le plus aimable, convenir d'un rendez-vous, s'habiller pour sortir, descendre deux étages et prendre le métro pour aller Dieu sait où sur ses deux jambes. Il lui fallait lutter contre la paresse, oublier la douleur au dos qui lui faisait souffrir le martyre. Plus moyen de se la couler douce.

Quelque temps plus tôt, elle était « officier enquêteur » de la Brigade criminelle et rien que cela indiquait aux gens qu'elle avait le droit de les assaillir de questions. Maintenant, elle n'était plus que l'expert analyste en chef d'un service d'information et d'analyse et, à ce titre, elle n'avait plus aucun droit. Rien que des obligations.

Nastia Kamenskaïa n'avait aucun problème avec ses devoirs, mais l'absence de droits ne manquait pas de l'irriter périodiquement, en particulier lorsqu'elle se rendait compte à quel point ça lui compliquait la tâche. Ce jour-là, par exemple, elle allait au diable vauvert parce qu'elle s'était entendue avec un témoin dont les déclarations, portées dix ans plus tôt sur le procès-verbal de l'affaire du meurtre des époux Nemtchinov, l'avaient plongée dans un certain embarras. En outre, elle n'était pas du tout sûre que cet embarras ait un fondement quelconque. Peut-être que le témoin n'avait pas du tout dit ça et qu'en rédigeant l'acte le juge d'instruction avait formulé les choses d'une manière ambiguë. Cela valait-il vraiment le coup de passer une demi-journée dans les transports, aller et retour, pour poser une question idiote et ne pas y recevoir de réponse digne d'intérêt ? Elle n'était soutenue dans cette pénible aventure que par un espoir infime : et si la question n'était pas du tout idiote ?

Le témoin en question était en congé et passait ses vacances dans une maison de villégiature des environs de Moscou. Ils avaient prévu de se retrouver à une heure de l'après-midi, mais Nastia – qui avait mal calculé le temps de transport – se présenta à l'établissement beaucoup trop tôt, à midi et quart. Évidemment, selon la loi de l'emmerdement maximum, la pire possibilité se confirmant, elle trouva fermée la porte de la chambre dont elle avait soigneusement noté le numéro sur un morceau de papier avant de quitter son bureau. Il ne lui restait plus qu'à espérer que l'homme qu'elle voulait voir n'attende pas le dernier moment pour revenir.

Elle s'installa dans un fauteuil, dans le hall du premier étage et ouvrit le petit livre qu'elle avait pris pour passer le temps dans le train de banlieue. Le texte était ennuyeux, et l'auteur échouait lamentablement dans toutes ses tentatives pour manier l'humour, mais Nastia le lisait consciencieusement ligne après ligne en se disant que, si des gens achetaient ce bouquin, ils devaient bien y trouver quelque chose d'intéressant et d'attrayant. Pourquoi ne pas tenter de trouver ce quelque chose, elle aussi ?

Lorsque, vers une heure moins le quart, un homme en tenue de sport apparut dans le hall avec des skis à la main, Nastia ne douta pas une seconde : c'était bien Alexandre Vladimirovitch Belkine, l'homme qu'elle attendait. Elle ne l'avait jamais vu, pas même en photo, et le seul contact qu'elle avait eu avec lui était téléphonique, pour convenir du rendez-vous, mais la voix entendue au bout du fil et la manière de parler du type lui avaient donné exactement cette image de lui : robuste, sportif, bien de sa personne. Le procès-verbal de sa déposition, dix ans plus tôt, précisait qu'il était pilote dans l'armée. Elle était curieuse de savoir ce qu'il faisait maintenant. À en juger par le fait qu'il n'était ni enrobé de graisse ni avachi, il n'était sans doute pas passé, comme tant d'autres militaires, dans le monde des affaires et du commerce.

– Alexandre Vladimirovitch ? lança-t-elle sans forcer la voix.

L'homme aux skis se tourna vers elle et jeta un rapide coup d'œil à sa montre. Son visage sévère, taillé à grands traits secs et couvert de perles de sueur, laissa paraître un mécontentement teinté de surprise.

– Anastasia Pavlovna ? Notre rendez-vous n'est que dans un quart d'heure.

– Excusez-moi, je n'ai pas bien calculé le temps et je suis arrivée un peu plus tôt.

– Je viens de faire pas mal de kilomètres en ski de fond et je comptais bien avoir le temps de prendre une douche avant de vous recevoir.

– Pas de problème, dit-elle aussitôt. Je vous attends ici ?

Belkine se radoucit, ses lèvres bien dessinées esquissant un semblant de sourire.

– Allons dans ma chambre.

Il n'attendit même pas sa réponse et s'engagea à grands pas dans le long couloir qui menait à sa porte. Nastia rangea le livre dans son sac et le suivit.

Belkine occupait une suite « luxe » de deux pièces. La première était un salon aux meubles confortables, équipé d'une télévision, l'autre, selon toute vraisemblance, une chambre à coucher. Le témoin s'enferma dans la salle de bains, laissant Nastia dans le salon. Il ressortit à une heure tapante, habillé d'un jean et d'un chandail en laine, les cheveux mouillés mais soigneusement peignés.

– Voilà, je suis tout ouïe, dit-il en s'installant dans un fauteuil en face d'elle.

– Alexandre Vladimirovitch, ma question pourra vous paraître étrange parce qu'elle concerne des événements très anciens. Je veux parler du meurtre des voisins de votre datcha à la campagne, les époux Nemtchinov.

– Oui. Et alors ?

– Vous serait-il possible de rassembler vos souvenirs et de me raconter ce qui s'est passé ce jour-là.

– Excusez-moi, dit-il tandis que son visage exprimait encore le mécontentement, empreint de méfiance cette fois. Vous m'avez dit que vous travaillez au ministère de l'Intérieur, n'est-ce pas ?

– Oui, c'est exact. Vous voulez voir ma carte professionnelle ?

– Si cela ne vous dérange pas, répondit-il sèchement en tendant la main.

Il examina attentivement le document et ses yeux firent plusieurs fois l'aller-retour entre le visage de Nastia et sa photo. Puis, satisfait par son examen, il restitua la carte à la jeune femme.

– Je ne comprends pas le sens de votre question. Puisque vous travaillez à l'Intérieur, vous devez avoir accès au dossier de l'affaire. Tout y est écrit. Qu'espérez-vous que je vous dise de plus ?

– J'ai lu dans le dossier que c'est vous qui avez appelé la milice.

– C'est exact.

– Pourquoi ?

– Parce que j'ai entendu des coups de feu et que, après un certain temps, j'ai vu de la fumée sortir des fenêtres de la datcha voisine. J'ai fait le rapprochement entre les deux événements et j'ai pensé qu'il y avait de quoi appeler la milice. Ça vous étonne ?

– Non, bien sûr… reconnut Nastia avec bonhomie. Une question me vient à l'esprit : pourquoi n'avez-vous pas appelé les secours dès que vous avez entendu les coups de feu. Pourquoi attendre le début de l'incendie ?

– Parce qu'il n'y avait rien de surprenant à entendre des tirs. Ça se produit au moins trois fois par heure. Au village, tout le monde possède un fusil de chasse. Non loin de ma datcha se trouve une grande clairière qui a été aménagée un peu comme un champ de tir, et les gens viennent tirer pour s'entraîner. Sans oublier la réserve de chasse toute proche. À l'époque des faits, on était en plein milieu de la saison. Des coups de feu ne suffisaient pas pour appeler la milice. Mais des coups de feu en relation avec un incendie, c'est autre chose. Ai-je répondu à votre question ?

Oui, il avait répondu. Mais ce n'était pas cette réponse-là qui intéressait Nastia. Seulement, il était difficile d'en venir directement à la vraie question. Il fallait la préparer en laissant les choses se mettre en place peu à peu.

– La milice est venue rapidement ?

– Oui, assez vite, dit Belkine. Vos collègues n'ont pas mis plus de cinq minutes. Chez nous, les distances ne sont pas grandes.

– Vous vous souvenez de ce que vous avez dit aux gars de la patrouille lorsqu'ils sont arrivés ?

– Je leur ai expliqué que les voisins avaient reçu la visite d'un homme. Ils m'ont demandé comment il était et je leur en ai fait une description.

– Et ensuite ?

– Au bout d'un certain temps, on m'a convoqué au poste. On m'a confronté avec cinq hommes en me demandant si je reconnaissais celui que j'avais vu chez les Nemtchinov. Je l'ai identifié.

– Et… c'est tout ?

– Évidemment que c'est tout. Que pouvait-il y avoir d'autre ?

C'était bien ce qui était rapporté dans le procès-verbal de l'identification : « Le témoin A. V. Belkine a reconnu l'interpellé V. P. Nemtchinov comme étant l'homme qu'il a vu avec ses voisins assassinés peu de temps avant les événements. » C'était incompréhensible. Tout à fait incompréhensible.

– Dites-moi, Alexandre Vladimirovitch, cela fait combien de temps que vous possédez cette datcha ?

– Depuis 1982.

– Vous l'avez fait construire ou vous l'avez construite vous-même ?

– Je l'ai achetée déjà bâtie. Elle appartenait à un professeur d'université qui venait de mourir. Ses héritiers voulaient la vendre de toute urgence car ils avaient obtenu des visas pour le Canada et étaient sur le point de partir. Vous vous souvenez combien il était difficile d'émigrer à l'époque. Lorsqu'on en avait la possibilité, on ne la laissait pas passer. J'ai acheté la datcha pour un prix inférieur à sa valeur réelle.

– Vous étiez familier avec les Nemtchinov ?

– Pas spécialement. Bien entendu, lorsque nous nous trouvions dans nos datchas respectives, pendant l'été, nous étions constamment sous les yeux les uns des autres, de sorte que nous nous connaissions. Mais cela n'allait pas plus loin que « bonjour-bonsoir ». Je ne les invitais pas à passer chez moi et ils ne m'invitaient pas non plus.

– En réalité, que saviez-vous sur eux ?

– Pratiquement rien. Guennadi était un compositeur de chansons connu. Tout le village le savait. Toutes les jeunes filles défilaient chez lui pour demander des autographes.

Nastia tressaillit. Un compositeur connu ? Rien que ça ! Mais alors, se pouvait-il que ce soit le Nemtchinov qui… Eh oui, à la réflexion, c'était bien lui. En 1987, il n'était pas de bon ton de publier la triste vérité sur les célébrités. Nombre d'entre elles rencontraient des fins tragiques. Elles se suicidaient, mouraient d'overdose de drogues ou de médicaments, ou encore de delirium tremens, mais les journaux se contentaient d'annoncer évasivement : « un tragique accident », « une maladie subite… ».

Le compositeur Guennadi Nemtchinov n'avait pas échappé à la règle et on avait dû annoncer quelque chose dans le genre : « Il nous a été enlevé au zénith de son talent créateur… » Dans leurs rapports, les magistrats du parquet et les fonctionnaires de la milice ne s'étendaient pas non plus sur la personnalité des victimes lorsqu'elles faisaient partie de l'élite politique, culturelle ou artistique. Bien entendu, le dossier original devait contenir des renseignements plus précis sur les Nemtchinov, mais comme l'affaire s'était produite à l'extérieur de la capitale, il dépendait de la direction de l'intérieur de la région de Moscou et non de la ville elle-même. Nastia avait lu le dossier de l'instruction criminelle qui se bornait à collationner les faits sans contenir – et maintenant elle comprenait pourquoi – des précisions sur le couple assassiné.

Nastia s'efforça de ne pas montrer sa surprise et reprit ses questions :

– Est-ce que vous savez à qui appartenait la datcha ? Au compositeur ou à Vassili Petrovitch ?

Là, elle venait de commencer son attaque. En réalité, elle ne savait pas très bien ce qu'elle voulait obtenir, mais il fallait bien qu'elle résolve cette foutue incongruité qui la turlupinait. Les sourcils de Belkine se plissèrent dans la sacro-sainte mimique de l'incompréhension.

– Vassili Petrovitch ? Qui c'est ?

– Le vieux Nemtchinov, le père de Guennadi. Vous avez oublié son nom ?

– En fait, je ne l'ai jamais su. Je ne connaissais que Guennadi et sa femme, Sveta. Et bien entendu, leur fille, Lerotchka. Elle était toute petite à l'époque.

– Alexandre Vladimirovitch, c'est très important, aussi je vous demanderai d'être très précis, lui dit Nastia d'une voix tendue. Ce jour-là, lorsque vous avez vu vos voisins sur leur terrain, est-ce que vous saviez que l'homme qui se trouvait avec eux était le père de Guennadi Nemtchinov ?

– Je l'ignorais totalement.

– Et avant ça, vous ne l'aviez jamais vu ?

– Non, jamais.

– Vous en êtes absolument sûr ?

– Anastasia Pavlovna, j'ai une excellente mémoire visuelle et ma vision est plus qu'excellente. Comme vous le savez sans doute, ma profession…

– Oui, je sais, l'interrompit-elle. Vous êtes pilote dans l'armée de l'air.

– Vous comprendrez donc qu'on peut compter sur mes yeux. La datcha des Nemtchinov était bien chauffée et ils y venaient toute l'année, été comme hiver. La mienne n'est pas adaptée aux grands froids, mais j'y passe toute la saison chaude, et même en hiver, j'y passe tous les dimanches, pour faire du ski de fond. Si j'avais vu cet homme rien qu'une fois, je m'en souviendrais.

Telle était bien l'incongruité qui gênait Nastia. En lisant les documents du dossier, elle avait remarqué que le voisin, Alexandre Vladimirovitch Belkine n'avait pas mentionné Vassili Petrovitch Nemtchinov, le père du maître de la datcha. Il avait parlé d'un homme de quelque cinquante-cinq ans, de constitution robuste, avec une belle tignasse grise et une démarche pesante. Il portait un pantalon sombre, un pull bordeaux avec deux bandes blanches sur le dos et la poitrine. Nemtchinov avait été arrêté avant tout à cause de ce détail : l'exacte description de ce chandail rouge foncé aux bandes blanches.

– Et cette fois-là, l'homme, vous avez pu le voir de près ? demanda-t-elle.

– Oui, et j'ai même retenu sa voix. Je lui ai parlé.

– De quoi ?

– Il voulait arroser des fleurs et tournait dans le jardin, un arrosoir à la main, l'air désorienté. Lorsqu'il m'a aperçu, il m'a dit bonjour et m'a demandé si je savais où il pouvait prendre de l'eau. Je lui ai indiqué où se trouvait le robinet du jardin de Guena[1].

– Nemtchinov et sa femme n'étaient pas avec lui ?

– Non, à ce moment-là, ils n'étaient pas là. Ils sont rentrés un peu plus tard.

– Et lui, qu'est-ce qu'il a fait ensuite ?

– Il m'a remercié, il a rempli son arrosoir à plusieurs reprises et l'a vidé sur les plates-bandes fleuries. Puis Guena et sa femme sont arrivés et ils sont tous rentrés.

– Et après ?

---

1. Diminutif de Guennadi. *(NdT)*

– Comment ça, « après » ? Il n'y a rien eu après. Mes voisins étaient chez eux, je suis rentré chez moi. Je me suis installé sur le divan pour regarder la télé. À l'époque on passait *Dix-sept moments du printemps*[1] les après-midi et je tâchais de ne pas en manquer un seul épisode. Quand j'ai entendu les coups de feu, je n'y ai pas prêté d'attention particulière. Tout le reste, je vous l'ai déjà raconté.

– Dites-moi encore, Alexandre Vladimirovitch, est-ce que quelqu'un vous a posé les mêmes questions que moi, il y a dix ans ?

– Non. Et je dois reconnaître que je ne comprends pas pourquoi vous me demandez tout ça. Au fond, l'assassin a été pris et il s'agissait bien de l'homme que j'ai vu sur le terrain des Nemtchinov. Je ne vois vraiment pas où il peut y avoir un problème.

– Il n'y en a pas, reconnut Nastia. D'autant moins que le vieux Nemtchinov a avoué le meurtre aussi bien aux enquêteurs que devant la cour.

– Alors pourquoi perdez-vous votre temps avec ça ?

– Je crois que vous voulez dire pourquoi je vous fais perdre le vôtre ?

– Eh bien… si vous voulez, reconnut Belkine avec un sourire. Vous pensez peut-être que le temps d'un homme en congé n'a aucune valeur ?

– Non, je ne le pense pas, Alexandre Vladimirovitch. Ça ne vous semble pas étrange que le père du maître de la datcha ne sache pas où était le robinet d'arrivée d'eau dans le jardin ?

– Il ne m'a rien semblé du tout, lança Belkine, très clairement irrité. Je voyais cette personne pour la première fois. Pour moi, ce n'était qu'un visiteur et j'ai trouvé normal qu'il ne connaisse pas la maison. Je ne comprends pas ce que vous insinuez. Vous trouvez que ma déposition n'était pas sérieuse ?

Nastia éclata de rire. Elle comprenait enfin pourquoi Belkine était contrarié. La manière dont elle lui posait ses questions lui avait fait penser qu'elle était là pour contrôler ses déclarations, comme si elle ne lui faisait pas confiance.

– Je vous prie de m'excuser, dit-elle doucement. Je ne voulais pas vous donner cette impression. En fait, il s'agit d'une tout autre affaire.

---

1. Célèbre série d'espionnage mettant en scène les aventures d'un agent soviétique à l'état-major d'Hitler pendant la Seconde Guerre mondiale. *(NdT)*

Vous savez, la datcha n'appartenait pas à Guennadi Nemtchinov mais à son père, Vassili Petrovitch. Vous avez été leur voisin pendant cinq ans et, pendant tout ce temps, vous n'avez jamais rencontré le véritable propriétaire. Et le jour où il est enfin arrivé, il ignorait même l'emplacement du point d'eau dans le terrain. Cela signifie qu'il n'y mettait jamais les pieds. Et c'est là que se pose la question principale : pourquoi ?

– Posée comme ça, la question est intéressante, effectivement, mais vous frappez à la mauvaise porte. Comme je viens de vous le dire, ma relation avec les voisins était très superficielle ; nous échangions des banalités de politesse, nous nous rendions des services ou nous prêtions des outils et ça s'arrêtait là. En revanche, j'ignore pourquoi le père de Guennadi ne venait pas à la datcha et je n'ai aucun moyen de le savoir. Je ne m'intéressais pas à leurs affaires de famille.

La voix de Belkine était toujours sèche, mais l'irritation avait disparu. Nastia eut même l'impression qu'il la regardait avec un certain intérêt. Au moins, avec curiosité. Elle regarda sa montre et se leva.

– Vous allez sans doute déjeuner. Merci de m'avoir accordé de votre temps.

Belkine lui lança un coup d'œil moqueur avant de lui dire, sur un ton qui n'admettait pas de réplique :

– Asseyez-vous, maïor. Nous n'avons pas encore fini.

Les lèvres de Nastia s'arrondissant en un « oh » aussi muet que stupéfait, elle se rassit docilement dans son fauteuil. Belkine resta un instant silencieux, à l'examiner comme un microbe au microscope. Sous ce regard, la jeune femme se sentit mal à l'aise.

– Voilà ce qui s'appelle un réflexe conditionné, se força-t-elle à plaisanter pour venir à bout de la gêne qu'elle ressentait. Vous donnez un ordre et j'obéis, bien que je ne vous sois pas subordonnée. L'habitude de quinze ans de service.

– Cela fait donc aussi longtemps que vous êtes dans la milice ?

– Oui, j'ai revêtu l'uniforme juste après l'université. Et vous ?

– Pour tout vous dire, j'ai une ancienneté plus grande que mon âge réel. Un an de service en zone de combat compte pour trois années civiles. Mais revenons à nos moutons. Pourquoi vous intéressez-vous aujourd'hui à cette histoire vieille de dix ans ?

Nastia haussa les épaules.

– Tout simplement parce que Vassili Petrovitch Nemtchinov a été libéré de sa colonie pénitentiaire l'été dernier et, maintenant qu'il vit à Moscou, je veux me faire une idée de ce à quoi on peut s'attendre de sa part. J'ai sorti son dossier des archives et, en le parcourant, je suis tombé sur votre déclaration. Je suis venue pour préciser les choses. Vous comprenez, je ne pouvais pas laisser passer le fait que le propriétaire légitime d'une datcha n'y aille jamais, bien que son fils, sa belle-fille et sa petite-fille y soient toujours fourrés. Puis, soudain, sans rime ni raison, il apparaît, se soûle à la vodka avec les occupants des lieux, prend un fusil et abat ses compagnons de bouteille. Au fait, est-ce que Guennadi et Svetlana Nemtchinov étaient du genre à banqueter ?

– Si vous voulez parler de ces tablées où l'on boit plus qu'on ne mange, il est difficile pour moi de le savoir. En revanche, je sais qu'ils recevaient souvent des convives et qu'ils buvaient pas mal. Il n'y a rien de surprenant dans le fait que Guennadi se soit soûlé avec sa femme et son père. Mais si ce qui vous trouble, c'est l'apparition subite de ce dernier dans la datcha, on peut toujours trouver une explication plausible : une fête de famille, par exemple.

– Les fêtes de famille ont lieu chaque année aux mêmes dates. Mais vous, vous n'avez jamais vu le vieux Nemtchinov avant ce jour, lui objecta Nastia avec obstination. Pourquoi se sont-ils retrouvés à la datcha précisément ce jour-là ? Quelle raison particulière pouvait-il y avoir à faire la fête ?

– Et pourquoi vous n'allez pas le demander au principal intéressé ? Après tout, vous venez de me dire qu'il habite à Moscou maintenant. Pourquoi cherchez-vous à le savoir de moi ?

Ça, c'est trop fort, se dit Nastia avant d'afficher un sourire désarmant.

– Vous avez tort, mon colonel, je ne cherche pas à savoir quoi que ce soit de vous. Je voulais m'en aller parce que je vous avais posé toutes les questions prévues. Mais vous ne m'avez pas laissée partir. Maintenant, c'est à votre tour de vous expliquer. Pourquoi m'avez-vous retenue ?

– J'attends, répondit tout simplement Belkine.

Il se leva avec aisance de son fauteuil, traversa la pièce jusqu'à la croisée et resta debout quelques secondes à contempler le parc enneigé derrière la vitre. Puis il se tourna vers Nastia en s'accoudant à l'appui de la fenêtre.

– Si vous savez écouter, une question a dû vous venir à l'esprit et je pensais que vous alliez me la poser. Mais, à votre attitude, j'ai l'impression que j'attends en vain.

Déjà agacée, Nastia finit par se fâcher. Pour qui se prenait donc ce colonel ? Oui, il était pilote. Oui, il avait fait la guerre. Oui, il avait participé à des combats et reçu une foule de citations. Mais est-ce que tout cela lui donnait pour autant le droit de douter du professionnalisme de ceux qui n'avaient pas un travail aussi héroïque ? Un champion de sprint a-t-il le droit de considérer comme des nullités ceux qui ne courent pas, mais qui sautent en hauteur peut-être même mieux qu'il ne court ? Elle prit sur elle d'accomplir l'effort surhumain de se lever du fauteuil, pas aussi facilement que Belkine l'avait fait, mais sans faire preuve de maladresse. Elle prit aussi sur elle pour ne pas manifester son irritation et lui répondre calmement :

– Pas la peine d'attendre, dit-elle. Mais pas parce que je suis incapable de vous poser cette question. Vous m'avez fait clairement comprendre que vous ne vous intéressez pas aux secrets familiaux d'autrui. Il est donc peu probable que vous me répondiez.

– Posez la question et je vous répondrai. Il est temps d'en finir, autrement, je risque de me passer de déjeuner. C'est presque l'heure de la fin du service.

Nastia respira un grand coup, comme avant de plonger dans une piscine. Elle ne supportait pas ce genre d'examens, mais il n'était malheureusement pas toujours aisé d'éviter de telles situations. Par son imprudence, elle s'était mise dans la merde toute seule en permettant à ce colonel de prendre le dessus dans la conversation. Et maintenant, il lui fallait démontrer ses capacités professionnelles.

Elle n'avait pas le moindre doute que Belkine avait en tête la même chose qu'elle. Il avait précisé, et même lourdement insisté sur le fait qu'il avait une excellente mémoire visuelle. Malgré le passage des ans, il devait donc se souvenir d'au moins quelques-uns des visiteurs réguliers de la datcha de ses voisins. Peut-être que l'un d'entre eux connaissait la réponse à sa question. Le vieux Nemtchinov aussi, bien sûr, mais, s'il n'avait rien eu à cacher, tout serait apparu dans le dossier. Dans l'un ou l'autre des procès-verbaux de ses interrogatoires, l'explication aurait bien fini par éclater : « Ce jour-là, je suis allé avec mon fils à cette datcha où je ne mettais jamais les pieds, parce que... » Mais il n'y avait rien de tel. Qu'il ne soit pas venu avant n'avait intéressé personne puisque cela n'avait pas de rapport direct avec le double meurtre. Tout ça impliquait qu'il était inutile d'aller voir le vieux Nemtchinov pour le lui demander. S'il n'avait rien dit à l'époque, ce n'était certainement pas pour parler dix ans plus tard. Quant à la petite fille, Lera, que pouvait-elle savoir, puisqu'elle n'avait alors que huit ans ? En revanche, des amis de la famille, des visiteurs réguliers de la datcha pouvaient connaître la raison de la venue du grand-père précisément ce jour-là et s'en souvenir encore. C'était à eux qu'il fallait le demander.

– Vous vous souvenez de quelques noms ? dit Nastia en faisant l'économie de citer les étapes précédentes de son raisonnement.

– Les Nemtchinov n'avaient pas l'habitude de me présenter leurs amis. Mais j'ai pu identifier récemment l'un de leurs visiteurs réguliers. Je me souvenais très bien de son visage aussi lorsque je l'ai vu l'autre jour à la télévision, je n'ai pas hésité une seconde. C'est bien lui.

– Quel est son nom ? insista Nastia.

– Je ne l'ai pas retenu. Il participait à une émission sur Igor Vildanov. C'est un chanteur assez connu. Vous le connaissez peut-être ?

– Oui, j'en ai entendu parler. À quel titre participait-il à l'émission ?

– Il parlait de Vildanov. Sa frénésie de travail, ses répétitions, sa manière pointilleuse d'étudier les œuvres qu'il interprète et tout ce genre de choses. Il me semble que c'était son imprésario ou quelque chose dans ce genre. En tout cas quelqu'un qui a l'habitude de travailler avec le chanteur. Voilà, Anastasia Pavlovna, je dois y aller. La cantine ferme dans dix minutes.

Ils sortirent de la suite ensemble et se séparèrent sur le palier. Belkine monta au deuxième étage où se trouvait le réfectoire et Nastia descendit vers la sortie.

L'espoir de retourner à la gare en autobus s'évanouit tout de suite. À en croire l'horaire affiché, un car venait de partir quelques minutes plus tôt, et le suivant ne passerait qu'une heure et demie plus tard. Comme il était stupide d'attendre dans le froid, Nastia décida d'y aller à pied.

Elle parcourut en quarante minutes les trois kilomètres qui séparaient l'établissement de villégiature de la gare, sans cesser de s'étonner elle-même. En effet, la marche à pied lui faisait du bien, l'air froid lui nettoyait les poumons et ses pensées se mettaient en ordre. Pourquoi avait-elle toujours tant de mal à accepter l'idée d'une promenade ? Quelque temps plus tôt, lorsqu'elle travaillait encore à la Petrovka, Zatotchny l'invitait régulièrement à l'accompagner dans ses balades matinales au parc d'Izmaïlovski. À chaque fois, c'était un vrai supplice de quitter son cocon pour y aller, mais ensuite, elle ne regrettait jamais de l'avoir fait. Leurs promenades s'étaient interrompues trois mois plus tôt et elle comprenait très bien pourquoi. Lorsqu'ils travaillaient dans des services différents, ils pouvaient avoir certains rapports qui n'étaient plus de mise dès lors qu'ils étaient devenus chef et subordonné. La déontologie ne le permettait pas. Sans compter qu'ils se voyaient tous les jours au travail et qu'ils n'avaient pas besoin de ce contact supplémentaire pour aborder des sujets qu'ils traitaient de toute manière.

Tout au long du chemin, ses pensées se portèrent sur cette curieuse famille Nemtchinov. Le compositeur adulé occupait la grande datcha bâtie par son père, y recevait des visiteurs et organisait des repas bien arrosés. Le père, en revanche, restait en retrait, invisible. Le fils en avait-il honte ? Sans doute. Cela arrivait souvent : des enfants de familles modestes accédaient à un monde plus élevé, se faisaient des relations distinguées et feignaient de ne pas avoir de parents parce qu'ils ne souhaitaient pas les présenter à leurs nouveaux amis. Ils en avaient honte ou ne les trouvaient pas suffisamment « comme il faut » pour oser apparaître en leur compagnie : ils n'étaient pas assez instruits et cultivés, leurs manières n'étaient pas assez raffinées et leur apparence laissait à désirer.

Pourtant, une situation aussi lamentablement banale ne semblait pas se rapporter à l'image que les documents de l'affaire donnaient de Vassili Petrovitch Nemtchinov. Comment y faire coller ces phrases impeccables, écrites sans aucune faute d'orthographe ou de syntaxe ? Ou l'utilisation d'un langage châtié au bout de six ans de séjour dans un camp de travail forcé ? Non, le vieux Nemtchinov ne donnait pas l'impression d'être un moujik illettré. Bien sûr, il n'avait pas suivi d'études supérieures et, jusqu'à son arrestation, il avait travaillé comme ouvrier, mais comme ouvrier hautement qualifié. Exactement comme le personnage de Goga dans le film *Moscou ne croit pas aux larmes*[1]. Et comment associer le fait qu'il était un travailleur de choc avec sa conduite exemplaire dans le camp ? Cela signifiait qu'il savait se contrôler, prendre sur lui et se conformer rigoureusement aux règles, même lorsque celles-ci ne l'arrangeaient pas. Difficile de croire qu'un tel homme n'aurait pas pu se tenir correctement en société s'il l'avait voulu. Nastia gardait en mémoire les photos qu'elle avait vues dans le dossier criminel. Même l'air revêche et tête rasée, Vassili Petrovitch Nemtchinov ne donnait pas l'image d'un gougnafier campagnard mal décrassé qui aurait pu gêner un musicien célèbre.

Tout à ses réflexions, elle arriva à un carrefour et s'arrêta quelques secondes. À partir de là, elle pouvait suivre deux chemins jusqu'à la station : en suivant la route ou en prenant par un chemin qui longeait une zone boisée. La route était plus longue, mais plus accessible, le chemin plus court, mais un peu angoissant. Encore que… De quoi pouvait-elle bien avoir peur ? Il faisait jour et il n'était que deux heures et demie de l'après-midi. Nastia s'engagea en direction du bois.

Il lui suffit de deux minutes pour se rendre compte avec satisfaction qu'elle avait pris la bonne décision. Tout était calme et le paysage magnifique. Dans ce cadre, son cerveau se refusait à se concentrer sur le double meurtre commis dix ans plus tôt comme sur celui de Barsoukov, la semaine précédente. Seigneur ! Pourquoi toute sa vie devait-elle être rythmée par les cadavres, les décès, les larmes des uns et des autres, la haine… Les gens ne vivaient pas ainsi. Les jardiniers fleuristes, par exemple… Ou les forestiers des réserves naturelles. Ils travaillaient avec de l'excellente matière, pas forcément au sens de « bonne », mais toujours de « belle ». Et il n'y avait pas de haine dans leur job. Pas d'animosité.

Non, se raisonna-t-elle. Elle ne devait pas laisser ses pensées se disperser ainsi. Elle devait plutôt réfléchir à la tâche que lui avait confiée Zatotchny. Et cela n'impliquait pas de découvrir pourquoi Vassili Petrovitch Nemtchinov ne mettait jamais les pieds dans sa datcha personnelle. Son devoir était de trouver une éventuelle implication de

1. Comédie dramatique soviétique de Vladimir Menchov (1980) qui relate des tranches de vie de trois amies à Moscou entre les années 1950 et 1970. Oscar du meilleur film étranger en 1981. *(NdT)*

l'ex-détenu Nemtchinov dans des relations criminelles avec le jeune milicien Sacha Barsoukov, étudiant à l'Institut juridique du ministère de l'Intérieur, à Moscou. Et aussi de déterminer si ces éventuelles relations touchaient seulement ces deux personnes ou si elles impliquaient une organisation criminelle visant à infiltrer les forces de la milice. Elle devait se focaliser sur ça et non sur des sentiments quelconques à propos des relations complexes entre un père et son fils. Ainsi donc, il n'allait pas à la datcha ? La belle affaire ! Les parents de Nastia avaient une datcha, eux aussi, et alors ? Nastia y était allée une seule fois, sept ans plus tôt, juste par politesse, pour jeter un œil à l'acquisition parentale. Les datchas, ce n'était pas sa tasse de thé, tout simplement. Elle était avant tout une citadine et ne ressentait aucune attraction pour la campagne et la nature. Elle avait besoin d'eau chaude, de café et d'avoir en permanence un téléphone fixe sous la main. Et un ordinateur n'était pas de trop non plus[1]. Et elle ne supportait pas les moustiques et autres charmantes bestioles suceuses de sang. En d'autres termes, elle n'aurait jamais échangé son studio de la chaussée Chtchelkovskoïe, confortable et familier, contre une datcha hors de la ville.

Elle constata avec rage et surprise que ses pensées s'étaient encore éloignées au galop de la voie qu'elles étaient censées suivre. Non, le silence sylvestre et les arbres couverts de neige ne favorisaient nullement une concentration constructive. Elle revint à ses problèmes et s'efforça de déterminer ce qu'elle devait faire ensuite. La première chose était d'avoir une entrevue avec Lera Nemtchinova pour tâcher d'en savoir plus sur les relations entre son grand-père et Barsoukov. Deuxièmement : rencontrer Vassili Petrovitch pour se faire une idée, même approximative, de ce qu'il valait. Troisièmement : s'intéresser tout spécialement aux relations de Barsoukov à l'Institut juridique. Maxime Zatotchny lui avait déjà donné les noms de quelques étudiants qui pouvaient savoir plus de choses que lui sur leur copain assassiné. Iouri Korotkov procédait déjà à leur interrogatoire puisqu'il était chargé de résoudre l'affaire, mais Nastia n'interviendrait qu'un

---

1. Pour le lecteur, peu familier avec la réalité russe, il convient de préciser que les datchas, même dans la banlieue de Moscou, sont généralement rustiques et sans confort et ne correspondent que très marginalement à l'idée que l'on se fait en France d'une maison de campagne. *(NdT)*

peu plus tard, lorsque la fièvre des premiers jours de l'enquête serait retombée.

N'empêche que... Pourquoi le vieux Nemtchinov, qui n'allait jamais à la datcha, avait-il tué son fils et sa belle-sœur précisément le jour où il leur rendait visite ?

C'est quoi, ce délire ? s'écria intérieurement Nastia, dépitée. Pourquoi ce truc me vient-il continuellement à l'esprit ? Quelle importance ? Strictement aucune ! Peut-être qu'il n'avait pas mis les pieds à la datcha pendant les quinze dernières années, mais Alexandre Barsoukov, lui, avait été tué la semaine précédente. Au fait, elle était curieuse de savoir si Vassili Petrovitch se rendait à la datcha maintenant. Après tout, elle existait toujours et était à sa disposition. Elle avait été restaurée après l'incendie et on ne l'avait pas vendue. Non, le vieux Nemtchinov n'y allait sans doute toujours pas, autrement, le colonel Belkine n'aurait pas manqué de le préciser. Et ce n'était pas surprenant : qui aurait plaisir à fréquenter l'endroit où, dans les vapeurs de l'alcool, il avait tué deux personnes ? Et non de simples compagnons de bouteille peu connus, mais les parents de son unique petite-fille ?

« Calme-toi, Anastasia, se dit-elle très sérieusement *in petto*. Tu es comme ensorcelée par ce Nemtchinov. Tu ne l'as encore jamais vu mais, rien à faire, tu n'arrêtes pas de penser à lui. Décidément... »

Soudain, elle se retrouva devant un quai et constata avec surprise qu'elle était arrivée à la gare.

*

* *

Elle était incapable de se retenir de trembler chaque fois qu'elle entrait chez lui. Elle était venue là pour la première fois trois ans plus tôt alors qu'elle n'était encore qu'une collégienne. Même à l'époque, il ne lui avait pas été difficile de connaître son adresse. Tout chanteur célèbre possède des fans-clubs qui savent tout de lui, depuis l'endroit où il habite jusqu'à sa couleur préférée de préservatifs.

Lera était également une fan, mais pas comme tous les autres. Du moins, c'est ainsi qu'elle se voyait. Pour le commun de ses admirateurs, Igor Vildanov était célèbre, et cette qualité à elle seule justifiait leur admiration. Pour elle, qu'il soit très connu n'avait aucune importance. Une seule chose comptait : il interprétait les chansons de son père et d'une certaine manière prolongeait ainsi sa vie depuis longtemps détruite par le malheur. Et puis il y avait autre chose que Lera ne voulait pas reconnaître, mais qu'elle ne pouvait pas oublier non plus. Vildanov n'était pas simplement beau, il était le prince charmant de ses rêves de jeune fille. Il était exactement, trait pour trait, l'homme de ses rêves, son premier et unique véritable amour, pour toute la vie. Depuis l'enfance, à neuf, dix et même douze ou quatorze ans, elle dessinait des portraits de ce prince sorti de son imagination. Évidemment, elle ne les montrait à personne, c'était trop intime, trop personnel. Et soudain, à quinze ans, elle avait vu pour la première fois son Igor à la télé et était restée stupéfaite par la ressemblance entre son amour imaginaire et cet homme vivant et tout à fait réel.

Cependant, l'idée d'aller le voir ne lui était pas venue tout de suite. Ce n'était qu'au bout de deux mois, après avoir entendu Vildanov chanter avec talent une des meilleures chansons de son père, *Le Requiem*, qu'une pressante envie de le rencontrer était née en elle. À partir de ce moment-là, elle avait cessé de douter. Non seulement elle désirait de tout son cœur être près de lui, mais elle en avait encore le droit. N'était-elle pas la fille du compositeur Nemtchinov, dont il interprétait les chansons de si belle manière ?

Dès qu'elle avait appris l'adresse du chanteur, Lera avait rassemblé tout son courage pour aller le voir. Comme si on allait la laisser entrer ! Toutes les idoles disposaient d'un service de garde pour tenir éloignés les fans dans son genre. Pour cette raison, les admirateurs s'agglutinaient dans la rue, près de l'entrée, en attendant que l'objet de leur vénération apparaisse les trois secondes nécessaires pour faire les cinq pas entre la porte de sa maison et la portière de sa voiture. Pendant ces trois secondes, on pouvait avoir le temps non seulement de le voir de près, mais en plus de respirer l'odeur de son eau de toilette, de toucher la manche de sa veste ou d'attirer son regard distrait et las. Et même, parfois, avec beaucoup de chance, d'obtenir un autographe.

Ce jour-là, une quinzaine d'adolescentes enthousiastes étaient rassemblées près de l'entrée de l'immeuble où habitait Vildanov. À peine avaient-elles remarqué la jeune inconnue qui s'approchait d'un pas hésitant qu'elles l'avaient couverte de regards hostiles : une concurrente étrangère à leur groupe. Plus il y aurait de monde à attendre devant la porte et moins elles auraient de chances de pouvoir s'approcher furtivement de l'idole et, surtout, d'être remarquées par elle. Lera avait eu tout de suite le réflexe de se composer un air dédaigneux, d'ajouter de l'assurance à sa démarche et de pénétrer dans l'immeuble comme si ce n'était pas du tout Vildanov qu'elle allait voir, mais quelqu'un d'autre. Évidemment, elle n'était même pas parvenue jusqu'à l'ascenseur. Dans le hall se tenait un énorme gaillard au regard éteint dont il était difficile de déterminer s'il était un gardien, un concierge ou un garde du corps. En tout cas, le gars savait ce qu'il avait à faire et avait réagi instantanément dès l'apparition de l'intruse.

– Hé, toi, la fille ! Tu vas chez qui ? lui avait-il lancé d'une voix étonnamment haut perchée.

Elle s'était sentie vexée par cette interpellation négligente. « La fille » ? Qui était-il pour lui parler ainsi ? Il pouvait traiter ainsi les idiotes qui attendaient dehors. D'ailleurs, ce n'étaient que des gamines. Mais elle, c'était tout autre chose.

– Je viens voir Vildanov, avait-elle répondu froidement en s'efforçant de dissimuler la peur qui venait soudain de l'étreindre.

– Il t'attend ? avait insisté le gaillard à la voix aiguë.

– Oui…

Elle avait eu tout de suite honte de sa bêtise. À quoi bon mentir alors que le gars pouvait contrôler tout de suite son affirmation ? Un téléphone était posé sur le bureau devant lui. Il lui suffisait de tendre la main. Ce qu'il n'avait pas manqué de faire.

– Et si je l'appelle, il me le confirmera, bien sûr ? lui avait-il demandé d'un air moqueur.

Lera avait pris une profonde inspiration, comme si elle se jetait à l'eau.

– Dites-lui que la fille du compositeur Nemtchinov est en bas.

Le gars avait gloussé, mais ses yeux s'étaient allumés : au fond de son regard avait brillé quelque chose qui ressemblait à de la curiosité. Il avait pris le combiné comme à contrecœur et composé un numéro.

– Viatcheslav Olegovitch ? C'est l'employé de garde. Il y a ici une fille qui veut voir Igor. Elle dit être la fille d'un certain compositeur…

– Nemtchinov, lui avait soufflé Lera. Guennadi Nemtchinov.

– Guennadi Nemtchinov, avait répété docilement le gars. Non, je ne sais pas. Je vais lui demander…

Il avait fermé machinalement le combiné de la main en levant les yeux sur Lera.

– C'est quoi, ton nom ?

– Valeria Nemtchinova.

– Elle dit s'appeler Valeria, avait-il annoncé en s'attirant une réponse immédiate. Bien, d'accord... avait-il conclu.

Après avoir raccroché, il était resté deux ou trois secondes la main sur l'appareil, en jetant sur Lera un regard à la fois sceptique et intéressé.

– Tu peux y aller, fit-il enfin. Cinquième étage.

– Quel appartement ?

– On t'ouvrira.

Elle avait pris l'ascenseur jusqu'au cinquième et, lorsque les portes automatiques s'étaient écartées, s'était retrouvée face à face avec un homme. De premier abord, elle ne l'avait pas reconnu.

– Lerotchka ? avait-il dit d'un ton ému et elle s'était souvenue de sa voix.

– Oncle Slava !

Eh oui, c'était bien l'oncle Slava, l'ami de son père ! Elle ne l'avait pas vu depuis sept ans. Depuis que ses parents n'étaient plus. Mais avant, lorsqu'ils étaient vivants, il ne se passait pas trois jours sans qu'il vienne leur rendre visite. C'était fou comme les choses s'arrangeaient ! Si elle avait su que l'oncle Slava était proche d'Igor Vildanov, elle n'aurait pas attendu aussi longtemps pour faire la connaissance de son prince charmant. Deux mois ! Deux mois entiers depuis qu'elle l'avait vu pour la première fois et qu'un cri intense avait retenti à l'intérieur d'elle-même : « C'est lui ! » Depuis soixante-huit jours de vingt-quatre heures (elle tenait précisément le compte), elle rêvait de Le rencontrer et bâtissait des plans tous plus improbables les uns que les autres pour résoudre cette question qui dévorait chaque instant de sa vie : comment faire Sa connaissance et attirer Son attention ?

De près, Vildanov était encore mieux qu'à la télé. Il avait tout de suite fini de faire chavirer le cœur de Lera avec son sourire séduisant et sa tendre voix de basse. Si elle craignait, avant de le rencontrer, qu'un chanteur aussi connu ne la traite avec arrogance et dédain, elle avait été très vite rassurée : il n'était pas du tout ainsi. Le seul problème était que l'oncle Slava gâchait tout avec ses « Lerotchka, mon enfant… ». Qu'est-ce qu'il avait à la traiter comme une gosse alors qu'elle n'était plus la petite fille qu'il avait connue, mais une jeune fille indépendante de quinze ans. L'âge où Juliette épousait son Roméo. Mais Igor, évidemment influencé par l'oncle Slava, ne pouvait voir en elle qu'une enfant et pas une femme.

Depuis cette époque, trois ans s'étaient écoulés. Trois années riches en événements et au cours desquelles elle était restée constamment proche d'Igor. Bien sûr, elle n'habitait pas chez lui. Ni la vieille tante Zina ni le grand-père détesté ne pouvaient imaginer qu'elle avait fait la connaissance de la grande vedette qui la recevait chez lui. Elle lui rendait d'ailleurs visite deux ou trois fois par semaine. D'abord, les deux premières années, elle s'était contentée de discuter un peu avec l'oncle Slava et de s'installer tranquillement dans un coin pour observer son idole. De temps en temps, elle lui rendait de menus services : aller aux magasins, faire du café ou même répondre au téléphone : lorsque Igor s'absentait mais qu'il attendait un coup de fil important, il lui disait de rester « monter la garde ». Il lui arrivait aussi de faire la vaisselle lorsqu'elle se présentait, le matin, et qu'elle trouvait les reliefs d'une soirée animée (bien sûr, elle n'y était jamais invitée). Silencieusement, elle refoulait aussi ses larmes lorsqu'elle croisait dans l'appartement les filles qui couchaient avec Igor. Elle serrait les dents lorsqu'il l'appelait « Chaton » en se demandant comme il pouvait ne pas se rendre compte qu'elle l'aimait et qu'il ne trouverait jamais mieux qu'elle au monde. En tout cas, elle valait mieux que toutes ces putains. Elle se consolait en se disant qu'il fallait simplement lui donner le temps de s'apercevoir à quel point elle était extraordinaire.

Lera avait attendu patiemment, et son heure avait fini par arriver. Un an auparavant, l'événement tant rêvé, tant espéré, s'était enfin produit. Elle était en terminale lorsqu'elle était devenue la maîtresse d'Igor Vildanov.

L'événement avait épouvanté l'oncle Sacha. Il avait été le premier à l'apprendre parce qu'il avait les clés de l'appartement d'Igor, en ville, et aussi de sa datcha dans la campagne des environs de Moscou, et qu'il pouvait aller et venir comme il le désirait. Il était entré au moment où Lera et Igor prenaient un bain de mousse.

– Tu as perdu la tête ? s'était-il mis à crier. Elle est mineure ! Tu vas te retrouver devant les tribunaux !

– Inutile de hurler, avait répondu Igor d'une voix traînante en prenant entre ses mains un gros tas de mousse blanche comme la neige pour la poser comme un bonnet sur la tête de la jeune fille. Les lois sont plus humaines maintenant qu'à l'époque soviétique. Elle a dix-sept ans. Après seize, elle n'est plus considérée comme mineure du point de vue sexuel. Elle peut s'envoyer en l'air avec qui elle veut. À condition d'être consentante, bien sûr. Et toi, Chaton, tu es consentante, n'est-ce pas ?

Lera l'avait couvé d'un regard rayonnant de bonheur en défaillant de ravissement. Oui, elle n'était pas du tout comme les autres. Combien y en avait-il de ces autres ? Des foules entières couraient après Igor qui ne pouvait sortir sans qu'on le protège à chaque pas, mais il avait fini par la remarquer et par la prendre avec lui, elle. Et elle seule.

Le bonheur pourtant n'avait été serein et total qu'au cours de la première semaine. Au bout de dix jours, d'autres filles étaient apparues. De plus, de temps en temps, Igor partait en tournée en province pour plusieurs jours, voire des semaines. À en juger par sa conduite à Moscou, il n'était pas bien difficile de deviner ce qui pouvait se passer la nuit, après les spectacles. Sans compter qu'il ne lui avait pas donné les clés de l'appartement. Il lui interdisait de venir sans lui avoir téléphoné au préalable et, au bout du fil, il lui arrivait souvent de ne pas prononcer le « entendu, tu peux monter » tant espéré.

Mais elle l'aimait quand même et lui était fidèle comme un toutou. Elle levait vers lui des yeux chargés d'espoir et d'enthousiasme. Elle endurait et supportait tout, car elle savait que les autres filles ne passaient pas avec lui plus d'un mois, alors que son histoire avec elle durait déjà depuis un an entier. Et cela signifiait qu'elle n'était pas comme les autres. Elle était spéciale et avait quelque chose d'unique que toutes ces traînées n'avaient pas. Et rien que cette idée la rendait heureuse.

Mais le malheur avait fini par arriver. Igor avait un problème et seule Lera était capable de l'aider. D'abord, elle avait cru que tout serait très simple. Il suffisait de poser une question à son grand-père et non seulement de la lui poser, mais d'exiger une réponse. Et puis, au moment de passer à l'acte, elle s'était aperçue qu'elle ne pouvait rien lui demander. Entre le vieil homme et la jeune fille, un mur s'était dressé. Ou plutôt, Lera avait élevé soigneusement cette muraille, jour après jour, pierre après pierre. Son grand-père, maintenant, n'osait plus broncher et encore moins lui poser des questions plus précises, comme « D'où tu viens ? », « Avec qui tu étais ? », « Où tu vas ? », ou « Comment vont tes études ? ». Ils se lançaient à peine deux phrases par jour. Il lui demandait timidement :

– Lerotchka, que veux-tu pour dîner ? Des pommes de terre rôties ou des macaronis ?

Et elle lui répondait grossièrement.

– Je m'en fous. Fais ce que tu veux.

Voilà à quoi se résumaient leurs relations. Dans ces conditions, comment aurait-elle pu le solliciter ? Aller le voir pour lui dire :

– Grand-père, s'il te plaît, j'ai quelque chose à te demander…

Ce n'était pas possible. Elle ne pourrait jamais lui parler gentiment ni lui dire « s'il te plaît ». Cet homme était son ennemi juré et éternel, et le mur qu'elle avait construit entre eux ne tenait que par son silence, sa sécheresse et sa raideur. Si elle transigeait avec cette ligne de conduite, si elle lui donnait l'impression qu'elle comptait sur lui, même seulement un peu, c'en serait fini : toute la structure s'écroulerait et ce grand-père odieux ne tarderait pas à prendre ses aises et se permettre n'importe quoi. Non, non et non !

Alors Lera décida de s'adresser à Sacha Barsoukov, un jeune gars qui lui courait après depuis quelque temps. Il étudiait à l'école de la milice pour devenir agent opérationnel et faire des enquêtes sur le terrain. Il n'était qu'en deuxième année, mais il était déjà cadet et portait l'uniforme. Et puis il avait déjà dû apprendre des tas de choses utiles. Évidemment, il lui avait fallu céder à ses avances et baiser avec lui, mais les prétendants transis d'amour et désintéressés n'existent plus à notre époque.

Sacha avait accepté de lui rendre service, mais avait été tué sans avoir rien appris. Elle devait faire quelque chose pour aider Igor. Mais quoi ? Même si elle le voulait ardemment, elle ignorait totalement comment elle pouvait venir à son secours. Mais elle trouverait.

Elle était sûre de trouver.

3

Ça faisait longtemps que Nastia Kamenskaïa n'avait pas ressenti une telle bonne humeur. Et le plus extraordinaire n'était pas que la sensation soit agréable, mais qu'elle dure. En d'autres termes, elle ne s'estompait pas au bout d'une heure ou deux, mais perdurait jour après jour. Pourtant, elle n'avait aucune raison particulière d'être joyeuse ou même seulement contente. C'était plutôt un état d'esprit. Et le responsable principal de la persistance de cette ambiance n'était autre que le capitaine de la milice Pavel Mikhaïlovitch Dioujine, le collaborateur que le général Zatotchny l'avait chargée de former.

Pavel était, pour autant que Nastia pût en juger, un personnage totalement incorrect, en ce sens qu'il ne correspondait en rien à l'image qu'elle s'était faite d'un employé compétent et sérieux du service du personnel. Les gens comme Dioujine, elle avait l'habitude de les qualifier de « simples » et, selon son humeur, elle ajoutait : « comme des pierres tombales » ou « comme du pain d'épice ». Tout avait commencé dès le premier jour. Ils avaient à peine fait connaissance que le capitaine Dioujine lui avait demandé :

– Dis, c'est vrai que ton père est titulaire de la chaire des procédures opérationnelles à l'École supérieure de la milice ?

– Non, pas mon père. Mon beau-père, l'avait-elle corrigé prudemment. Pourquoi ?

– C'est pour un p'tit gars qu'il faudrait aider, avait-il répondu comme si la chose allait de soi. Cet hiver, aux examens semestriels, il doit passer une épreuve avec ton... beau-père.

Une telle candeur avait laissé Nastia stupéfaite. Depuis toutes les années qu'elle travaillait à la milice, jamais personne n'avait osé lui demander une chose semblable, bien qu'il y eût, à la Petrovka, une flopée de gens dont des proches étaient passés par l'établissement où

51

enseignait son beau-père. Ou qui y avaient eux-mêmes suivi des cours de perfectionnement. En fait, il y avait bien eu une première fois, mais qui avait également été la dernière car elle avait fait passer à tout le monde – définitivement, croyait-elle – l'envie de tenter d'obtenir sa protection. Un des chefs de service était venu la solliciter pour qu'elle intervienne en faveur de son fils qui avait quelques difficultés avec les procédures opérationnelles. Elle lui avait répondu de la manière la plus claire possible :

– Ça ne marche pas. Si votre fils n'arrive pas à comprendre les éléments de base des procédures policières, c'est vous qui devriez avoir honte. Vous êtes passé par là, vous savez tout sur le bout des doigts, vous êtes en mesure de l'aider. Si vous, pour une raison ou une autre, ne le pouvez pas, envoyez-le-moi et je le préparerai à l'examen. Mais intervenir ? Non, je ne le ferai pas.

Évidemment, le ponte s'était vexé et s'était répandu en récriminations dans toute la Petrovka, expliquant à qui voulait l'entendre que Kamenskaïa était une chienne. L'expérience avait été désagréable pour la jeune femme, mais au moins le message avait-il été reçu haut et fort. Plus personne ne l'avait sollicitée pour tenter d'obtenir des passe-droits aux examens.

Mais le capitaine Pavel Dioujine ne travaillait pas à la Petrovka. Il ne connaissait ni Nastia ni ses collègues et n'avait pas eu vent de cette triste leçon. Il avait donc trouvé tout à fait normal de demander à une collègue d'intercéder pour un ami.

– Il est débile et infirme, ton copain ? lui avait-elle rétorqué durement. Il est incapable d'étudier cette matière ?

Dioujine s'était lancé dans des explications :

– Il n'a pas le temps. Même le soir, il bosse comme un cheval de trait.

– C'est tout de même un homme. S'il persévère, il apprendra.

– Mais il ne peut pas. Il subit une pression terrible. Il n'a pas une minute à lui.

– La réponse est tout de même « non », avait conclu Nastia d'un ton ferme.

– Et pourquoi donc ?

Le visage du capitaine exprimait un authentique étonnement, comme s'il s'attendait à tout sauf à un refus. Il était disposé à écouter des questions sur le nom de son copain, le numéro du groupe de travail et la date de l'examen. Ou à se voir demander une certaine somme ou un service quelconque en contrepartie. Il était ouvert à tout marchandage et à toute négociation. Mais il n'était certainement pas prêt à ce « non » catégorique, sans explications ni justifications.

Nastia avait haussé les épaules.

– Pourquoi ? Parce que c'est non. Voilà tout. Je n'ai jamais fait ça et ce n'est pas maintenant que je vais commencer.

Dioujine avait ouvert les mêmes yeux ronds comme des billes qu'un enfant devant un phénomène qu'il ne parvient pas à expliquer. Et, comme un gosse, tous les rouages de son cerveau patinaient sur la même question.

– Et pourquoi tu ne l'as jamais fait ? avait-il demandé avec une curiosité sincère au fond de la voix. Tu ne t'entends pas avec ton beau-père ?

Pour la deuxième fois en deux minutes, Nastia était restée stupéfaite. Ils ne se connaissaient que depuis quelques heures et non seulement il quémandait déjà des services, mais encore il s'immisçait dans sa vie de famille !

– Pavel, je vais te l'expliquer puisque tu ne sembles pas en mesure de comprendre, lui avait-elle dit calmement. Ne pas savoir les matières principales est honteux. Et même indécent. Celui ou celle qui a décidé de s'engager dans la lutte contre la criminalité a l'obligation de connaître sur le bout des doigts les procédures opérationnelles. D'ailleurs, il doit connaître toutes les matières sur le bout des doigts. Tu sais en quoi un enquêteur se distingue d'un médecin, d'un plombier ou d'un ingénieur ?

Abasourdi, Dioujine avait fait « non » de la tête, mais ce geste était plus machinal que réellement conscient.

– Je vais te le dire, avait-elle poursuivi. L'ingénieur, le plombier ou le médecin ont parfaitement le droit d'ignorer les détails de la révolte des esclaves avec Spartacus, ou la date de la première réunion des états généraux en France. Ce n'est pas ça qui contribuera à augmenter la fiabilité de leur diagnostic ou leur capacité à faire leur travail en suivant les règles de sécurité pour le bien de tous. L'enquêteur, en revanche, doit savoir s'introduire dans n'importe quel milieu. Il doit être capable de soutenir une conversation avec n'importe quel interlocuteur et de gagner sa confiance. On ne sait jamais à l'avance à qui il faudra tirer les vers du nez le lendemain : peut-être à un philosophe ou à un historien, peut-être à un SDF, à un écrivain, à un musicien, ou même à un physicien nucléaire ou à un prêtre. Voilà pourquoi je ne demanderai rien à mon beau-père. Et ce serait la même chose s'il enseignait la science des cultures ou celle des religions. D'autres questions ?

– J'en ai une, avait répondu Dioujine en retrouvant sa gaieté naturelle, sans que Nastia remarque dans sa voix la moindre note d'aigreur ou de vexation. Est-ce que tu connais la date de ces états généraux ou est-ce que tes grandes exigences ne s'appliquent qu'aux autres ?

– 1302. Ils furent convoqués par le roi de France Philippe IV le Bel pour obtenir leur soutien contre le pape et se tinrent dans la cathédrale Notre-Dame de Paris. Je peux aussi te parler de Spartacus, si tu veux.

– Non, ça va. J'ai compris, avait dit Dioujine en riant. Tu as mémorisé toutes les réponses. Donc, je ne peux pas compter sur toi pour les examens, mais il doit bien y avoir des secteurs où tu peux te rendre utile, non ?

– Dans quel sens ?

– Au sens de tes possibilités. Tu as peut-être des relations dans le milieu médical ? Ou dans le service des visas d'une ambassade ?

Nastia avait éclaté de rire. Soudain, la conduite du capitaine Dioujine avait cessé de l'importuner : il était tellement direct et ouvert qu'il était impossible de se fâcher avec lui.

– Pacha, tu ne peux rien obtenir de moi, avait-elle dit en se laissant aller à employer le diminutif du prénom de Dioujine. Excuse-moi, mais je n'ai pas la chance d'avoir de telles entrées.

– Ce n'est pas possible, avait-il insisté avec assurance. Ça ne se passe jamais comme ça : tout le monde a des relations, proches ou lointaines. En revanche, il peut arriver qu'on n'estime pas à leur juste valeur les services qu'elles peuvent rendre. Tu as un mari ?

– Je crois que ce matin, avant de venir, j'en avais un... avait-elle plaisanté.

– Qu'est-ce qu'il fait dans la vie ?

– Il est mathématicien.

– Tu vois ? Il peut donc donner des cours à des cancres qui en ont besoin.

– Pacha, mon mari n'enseigne pas, il s'occupe de tout autre chose.

– C'est pareil. Le jour où il aura besoin d'argent, il donnera des cours particuliers. À propos de ton beau-père... je sais déjà tout. Et ta mère ?

– Ma mère est linguiste. Elle est spécialisée dans la mise au point de méthodes pour enseigner les langues étrangères.

– Et donc un autre prof potentiel ! avait-il dit d'un ton satisfait. Et tu disais ne connaître personne d'utile ! Tu as des frères, des sœurs ?

– Non, pas en ligne directe.

– Et en ligne tordue ?

– J'ai un demi-frère. D'un second lit de mon père.

– Et qu'est-ce qu'il fait ?

– Banquier.

– Ha, ha ! Et après ça tu vas me dire…

– Oh ! Tout doux, Pacha ! On se calme, l'avait-elle interrompu d'un ton amusé. Je ne te parle pas de ma famille pour que tu tires des plans sur la comète. J'imagine simplement que tu souffres de la maladie professionnelle de tous ceux qui viennent des services du personnel : la démangeaison d'information. Tu veux tout savoir sur moi, mais tu n'as plus accès aux dossiers individuels. Je suis venue au-devant de toi et j'ai accepté de répondre à tes questions exclusivement pour t'éviter de l'énervement. Mais tu ne pourras obtenir qu'une seule chose de moi : je vais tenter de t'enseigner le b.a.-ba du travail analytique. Espérer plus est sans espoir.

– Bien, avait-il dit sans difficulté. Alors, allons étudier.

Cette conversation s'était déroulée dans la grande pièce où l'on avait installé Dioujine et qu'il partageait avec trois autres officiers. Comme le processus de formation ne pouvait se dérouler au milieu des coups de fil et des allées et venues de tous ces gens, ils avaient convenu de se retrouver chez Nastia : en sa qualité d'analyste en chef, elle avait droit à un bureau pour elle toute seule. Et là, le capitaine Dioujine avait porté un coup encore plus rude à l'image que la jeune femme se faisait de lui. Elle avait déjà été stupéfaite en constatant son côté sans-gêne, mais là, elle était vraiment tombée raide.

Dioujine, à peine franchi le seuil du bureau de Nastia, avait humé à plusieurs reprises l'air de la pièce avant de faire marche arrière et de ressortir dans le couloir en lançant dans son dos :

– Je reviens tout de suite.

Effectivement, il était revenu au bout de deux ou trois minutes. Il avait soigneusement fermé la porte avant de tourner la clé dans la serrure.

– Pourquoi tu fais ça ? lui avait demandé Nastia très fortement contrariée.

Ce geste ne pouvait que laisser supposer une chose qu'elle considérait désagréable et déplacée : boire un coup à l'occasion de la rencontre.

– Attends, tu vas voir.

Il avait sorti de sa poche un cierge et une boîte d'allumettes. À peine allumée, le cierge s'était mis à craquer tandis que la flamme vacillait de tous côtés, en dégageant un filet de fumée noire.

Dioujine avait hoché la tête d'un air entendu avant de déclarer d'un ton sentencieux :

– Je l'ai bien senti. Il y a de mauvaises ondes. Tu vois la fumée ? Les radiations sont mauvaises, ici.

– Et où sont-elles bonnes ? avait demandé Nastia, moqueuse, tout en observant avec curiosité ce spectacle qu'elle trouvait incompréhensible.

– Là où la flamme est régulière et prend la forme d'une goutte renversée. Mais ne t'inquiète pas. On peut corriger tout ça. Tu as de l'eau bénite ?

– Comment ? !

– J'ai compris. Tu es d'une ignorance crasse, Nastia. Ah ! tu fais le cador avec les procédures opérationnelles qu'on doit connaître sur le bout des doigts et les conversations qu'on doit soutenir sur n'importe quel sujet. Tu raisonnes beaucoup, mais tu ne possèdes même pas les bases de la vie normale…

– Pavel, s'il te plaît, arrête de faire tout ce cirque, lui avait-elle rétorqué d'un ton très sérieux. Nous avons du travail.

– Ton travail ne va partir nulle part, mais travailler dans une telle atmosphère, ce n'est pas bon du tout. Comment peux-tu espérer que ton cerveau comprenne quoi que ce soit dans cette pièce. Nous devons prendre des mesures de toute urgence.

– Que… Quel genre de mesures ?

– Pour commencer, asperger les coins de la pièce avec de l'eau bénite. Ensuite, déplacer le cierge partout en attendant que la flamme brûle tout le mal qui s'est accumulé ici depuis Dieu sait quand. Et si cela ne résout pas le problème, alors il faudra apporter une petite icône. En tout cas, tant que le cierge n'aura pas cessé de fumer et que la flamme ne se sera pas stabilisée, je ne travaillerai pas ici.

– C'est donc ça, avait-elle dit d'un ton sec. Alors écoute, Dioujine, je n'ai pas d'eau bénite et je ne compte pas me promener en procession dans toute la pièce, un cierge à la main. Et les icônes, grandes ou petites, resteront où elles sont. Chaque personne a le droit d'avoir des araignées dans le plafond et je n'ai pas à te le refuser. Mais, je t'en prie, sois gentil de ne pas tenter d'exporter tes araignées dans ma tête. J'ai suffisamment de problèmes avec les miennes.

– Mais le cierge fume encore ! lui avait objecté le capitaine obstiné. Ce n'est pas bien. Il ne doit pas fumer. Et la flamme est irrégulière.

– Il y a un courant d'air.

– Non, il n'y a pas de courant d'air. La fenêtre et la porte sont fermées.

– Alors, la cire est souillée.

– Mais ailleurs, elle ne fume pas et la flamme brûle comme il faut. Ce n'est pas une question de cire. Non, mais regarde ! Regarde comment elle craque ! Peut-être que c'est toi qui es mauvaise ?

– Moi ? !

La surprise laissa Nastia les bras ballants et lui fit même oublier instantanément qu'elle allait allumer la bouilloire pour faire du café.

– Oui, toi… Peut-être que la pièce est tout à fait normale et que ton animosité crée des ondes négatives.

– Assez ! avait-elle dit en haussant la voix. Tu m'embêtes avec tes simagrées ! Éteins tout de suite ce cierge et mettons-nous au travail.

– Mais… S'il te plaît…

La voix du capitaine était soudain devenue plaintive et très sérieuse. Il se tenait devant elle, mince, bien habillé dans son uniforme vert-brun du service de l'Intérieur[1], les yeux tristes et le cierge à la main. Il avait l'air totalement idiot et déplacé, mais, pour une raison inconnue, Nastia n'avait pas eu envie de rire. Par bonté d'âme, sans doute.

– Que tu ne me croies pas, c'est ton affaire, avait dit Dioujine d'une voix douce. Mais laisse-moi faire ce que j'estime nécessaire. Sans quoi, je ne pourrai pas travailler dans ce bureau.

L'aigreur de Nastia disparaissant soudain, elle ressentit même de la pitié pour Pavel.

– Entendu, fais comme tu veux, avait-elle dit en balayant sa propre pusillanimité d'un revers de la main. Seulement, sois discret et ne m'empêche pas de travailler.

---

1. L'uniforme des troupes du ministère de l'Intérieur est vert-brun comme celui de l'armée, alors que celui de la milice est gris souris. (NdT)

Elle s'était versé une grande tasse de café pour se plonger dans la rédaction du compte rendu qu'elle allait porter à Ivan Zatotchny le soir même. Pendant ce temps, Dioujine était parti quelque part puis, à son retour, avait arrosé parcimonieusement les coins de la pièce avec une fiole avant de se promener lentement dans toute la pièce, son cierge à la main.

Dehors, la nuit tombait rapidement et Nastia avait rompu pour la première et unique fois le silence en disant :

– Allume la lumière, s'il te plaît.

Au bout d'un bon moment, Dioujine avait enfin annoncé :

– Voilà, c'est fait. Maintenant, on peut vivre et travailler ici. Regarde quelle belle flamme nous avons ! Elle ne fume pas et ne craque pas.

Nastia avait levé la tête et regardé la bougie sans en croire ses yeux. Le mince filet de suie noire avait disparu et la flamme était stable et avait adopté la forme d'une goutte d'eau renversée.

« Ça, c'est trop fort ! » s'exclama-t-elle *in petto*.

Il devait bien y avoir une explication scientifique à ce curieux phénomène, mais son esprit n'était pas en mesure de la chercher : elle était totalement focalisée par le travail que Zatotchny lui avait confié. Elle n'était plus fâchée contre le capitaine mais, sans qu'elle sache pourquoi, elle avait perdu l'envie de lui inculquer le sens du devoir. C'était sans doute un brave type, mais comme disait la sagesse populaire : « Être un brave homme n'est pas une profession. »

– Il est déjà cinq heures passées, avait-elle dit à Dioujine avant de se replonger dans ses documents. Allons, nous commencerons demain.

– Entendu, s'était écrié le capitaine avec un plaisir non dissimulé avant de se sauver.

Le soir, en apportant à Zatotchny le résultat de son travail, elle s'était enhardie jusqu'à demander :

– Ivan Alexeïevitch, je ne sais pas comment vous demander ça, mais… est-ce que vous pensez que Dioujine a toute sa tête ?

– C'est quoi, le problème ? Il a l'esprit lent ?

– Pour le moment, je n'en sais rien, avait avoué Nastia. Je n'ai pas encore eu le temps de le sonder comme il faut. Mais je suis presque sûre qu'il a des araignées dans le plafond. Des ondes, des cierges, de l'eau bénite… J'ai tout supporté aujourd'hui, mais demain, je risque bien d'éclater. Ça ne vous inquiète pas ?

Zatotchny avait souri en se renversant dans son fauteuil et se frottant doucement les tempes d'un geste qui lui était habituel.

– Vous allez devoir supporter ça et plus encore, Anastasia. On m'a prévenu que Dioujine est un garçon compétent, mais qu'il présente quelques particularités.

– Lesquelles ?

– Ne vous inquiétez pas. Il n'est pas fou. Dans sa tête, tout va bien, mais d'après les médecins, il est très sensible aux ondes en tout genre. Il a passé une visite médicale avant de venir travailler chez nous. Il fait partie d'une certaine catégorie de gens qui sont très réceptifs aux vibrations et aux ondes les plus diverses. Ainsi certaines personnes ne peuvent pas dormir correctement si leur lit n'est pas orienté exactement comme il faut, la tête au nord ou à l'ouest, je ne sais plus. Alors que nous autres, gens normaux, nous nous écroulons du sommeil du juste là où on peut, et parfois n'importe où, les plus sensitifs d'entre nous sont incapables de fermer l'œil si les conditions ne sont pas remplies et si leur cerveau n'est pas en phase avec ces ondes mystérieuses et invisibles qui nous entourent. Bref, Anastasia, essayez de ne pas prêter trop d'attention aux bizarreries de notre capitaine. Votre tâche est de lui apprendre le travail analytique. S'il n'y arrive pas, nous verrons bien en temps et en heure ce qu'il conviendra de faire de lui.

Les propos de son chef n'avaient pas le moins du monde contribué à apaiser les inquiétudes de Nastia. Zatotchny avait beau dire qu'il n'était pas cinglé et que, pour le reste, elle n'avait qu'à ne pas faire attention, elle savait très bien que ce serait à elle, et non au général, de supporter ce « reste » jour après jour. Le supporter et l'admettre. Et surtout ne pas s'irriter, et encore moins se fâcher.

Pourtant, contre toute attente, les bizarreries du capitaine Dioujine n'avaient pas fait sortir Nastia de ses gonds. En réalité, si ses excentricités étaient nombreuses, l'intéressé parvenait à désarmer toute animosité envers lui par sa bonhomie et sa bonne humeur. De plus, à la grande surprise de Nastia, le comportement de son collègue avait fait remonter à la surface un nombre considérable d'informations que son subconscient avait emmagasinées au fil de ses lectures au sujet des ondes ou des champs biologiques et de la sensibilité de certaines personnes aux phénomènes de ce genre. Évidemment, elle n'avait aucune connaissance spécifique sur la question, puisqu'elle ne s'y était jamais vraiment intéressée, mais des profondeurs de sa mémoire étaient ressorties peu à peu des notions sur les zones et bandes biopathogènes qui « sont une manifestation de la substance uniforme qui pénètre tout l'univers ».

Avec un grand effort, elle était même parvenue à se souvenir du titre du livre où elle avait lu ça : *Le Cosmos et la santé*. Il lui était tombé entre les mains par hasard, et Nastia l'avait feuilleté négligemment pendant une quarantaine de minutes en attendant quelqu'un. L'ouvrage traitait d'un ensemble de phénomènes qui, sur le coup, lui avaient paru sans grand intérêt et mal étayés scientifiquement. Pourtant, en observant Pavel Dioujine, l'idée que les gens qui s'occupaient de ce genre de questions ne soient pas forcément des idiots complets s'imposait à elle de plus en plus fortement. Après tout, si elle, matérialiste grossière, considérait leurs concepts comme du charlatanisme, ce qui était en cause, ce n'était peut-être pas leur science, mais sa propre ignorance et son incapacité à appréhender des phénomènes qui la dépassaient.

Dès son enfance, Nastia avait intégré (certainement sous l'influence de sa mère et de son beau-père) une vérité toute simple : qu'elle ne connaisse pas quelque chose ne signifiait pas que cette chose n'existait pas et ne pouvait pas être. Pour cette raison, elle trouvait toujours ridicule – et même un peu malsain – d'écouter des phrases péremptoires que beaucoup de gens n'hésitaient pas à prononcer, dans le genre : « C'est impossible, autrement j'en aurais entendu parler. » De tels arguments n'étaient pas sans évoquer la célèbre phrase de Tchekhov : « Ça ne peut pas être parce que ça n'a jamais été. »

Elle se souvenait très bien de la perplexité méprisante du juge d'instruction à qui elle avait remis son rapport d'enquête sur le groupe Saouliak[1], quelques années plus tôt. Saouliak et ses hommes utilisaient les méthodes de la programmation neurolinguistique, ou PNL, au service de personnalités haut placées qui aspiraient à ôter de leur chemin des concurrents politiques. Le juge d'instruction n'avait jamais entendu parler de la PNL et avait considéré le rapport de Nastia comme un délire complet, ce qu'il s'était dépêché de lui dire. Pourtant, lorsque avait éclaté une sinistre affaire dans laquelle était impliqué un médecin de Novossibirsk qui utilisait ces méthodes dans des buts criminels, le procureur général avait inclus le juge incrédule dans le groupe d'instruction de l'affaire. Nastia souriait encore en se

---

1. Voir *Ne gênez pas le bourreau*, du même auteur, « Seuil policiers », 2005.

représentant la grimace qui avait dû déformer son visage sévère. De son côté, avant d'avoir à s'occuper de Saouliak, elle n'avait, elle non plus, jamais entendu parler de programmation neurolinguistique. Et alors ? Elle s'était renseignée, avait consulté des spécialistes, et les choses s'étaient éclaircies. Elle avait même découvert que des recherches sur la PNL étaient menées dans un centre scientifique qui dépendait du ministère de l'Intérieur. Ça n'avait strictement rien à voir avec des « délires de science-fiction ».

Ainsi, il lui avait suffi de se dire que l'ignorance n'était pas un argument pour se mettre à considérer avec une tranquille bienveillance l'attention démesurée que Pavel Mikhaïlovitch Dioujine portait aux zones biopathogènes. Mais la raison de sa bonne humeur ne se trouvait pas là, même si la première impulsion lui avait été donnée par le capitaine. Elle avait soudain compris une vérité si simple qu'elle avait même honte d'en parler. Une vérité que personne n'ignorait, mais que chacun connaissait d'une manière purement théorique, aliénée, comme s'il la gardait de côté sans se l'appliquer à lui-même et sans l'intégrer dans sa propre conscience. Une vérité extraordinairement élémentaire : « Tous les hommes sont différents et aucun ne ressemble à un autre. »

Cette idée était tellement évidente qu'il était peu probable que quelqu'un puisse trouver un quelconque argument pour la réfuter. Malgré tout, Nastia avait souvent eu l'occasion de constater que très peu de gens – à commencer par elle-même – se laissaient guider par cette vérité : tout le monde l'admet, mais presque personne ne l'applique dans sa conduite. Pourtant, il suffit d'intégrer cette pensée toute bête dans la manière dont on se représente le monde pour changer instantanément sa perception de la vie ambiante. Et beaucoup de choses deviennent alors non seulement claires jusqu'à être d'une totale transparence, mais encore drôles, voire carrément comiques. Anastasia Kamenskaïa s'amusait de tout ça à un tel point qu'elle était en permanence de bonne humeur.

Contrairement aux craintes de la jeune femme, Pavel Dioujine était un garçon compétent et, même s'il était incapable d'idées originales, il comprenait au quart de tour tout ce qu'elle lui expliquait. Il pigeait vite, bien et presque toujours à demi-mot, ce qui évitait les explications pénibles et interminables et rendait le travail plaisant. Comme il arrive souvent, la tâche simple qui lui avait été assignée – savoir si le fils du général Zatotchny n'était pas l'objet de l'intérêt d'une bande criminelle organisée – se transforma bien vite en un vaste programme d'étude sur les possibles infiltrations mafieuses des écoles supérieures de la milice de Moscou. Ces écoles étaient au nombre de trois, sans compter les académies préparatoires. Le travail était donc énorme et nécessitait une grande minutie.

Pour commencer, il fallait contrôler les élèves : qui étaient leurs parents, de quelles familles et de quels milieux ils venaient, qui les avait orientés vers ces études, quels étaient leurs résultats aux tests psychologiques, et s'ils étaient médiocres, pourquoi avaient-ils tout de même été admis, etc. Deuxièmement, il fallait également contrôler les professeurs : leurs habitudes, leur train de vie, leurs rapports entre eux, savoir s'ils avantageaient tel ou tel élève... Et troisièmement, vérifier l'activité financière de l'établissement en s'attachant particulièrement à l'étude des ressources non budgétaires : d'où venaient-elles ? qui étaient les mécènes ? qui fournissait les provisions pour la cantine ? l'équipement pour les classes d'informatique ? les moyens techniques d'enseignement ? Tout cela représentait un véritable océan de travail que deux personnes, Nastia et le brave capitaine Dioujine, étaient incapables de mener à bien toutes seules. Mais ce n'était pas cela leur tâche. Ils devaient se borner à développer un programme que d'autres enquêteurs mettraient en application pour mener le travail à son terme. En revanche, Pavel et Nastia centraliseraient et analyseraient les résultats transmis par les agents de terrain.

– Qu'est-ce que tu fais ? demanda le capitaine Dioujine en entrant dans le bureau et voyant Nastia taper à toute vitesse sur le clavier de son ordinateur.

Le texte qui s'affichait sur l'écran ressemblait à un questionnaire.

– C'est un document supplémentaire pour ceux qui sont chargés de recueillir l'information, lui expliqua-t-elle. Comme ça, ils n'oublieront pas certains points sur lesquels il faut avoir des réponses. Tout ce qu'ils auront à faire sera de remplir le questionnaire à partir du dossier individuel de chacun des élèves. Ce sera plus pratique pour eux et ça nous facilitera le travail d'analyse. Il suffira d'introduire les données ainsi recueillies dans l'ordinateur qui les interprétera statistiquement pour nous donner une image nette de la situation.

– Je peux y jeter un coup d'œil ?

Nastia pressa sur la touche « home » pour remonter au début du document et se leva pour laisser la place à Dioujine. Le capitaine s'installa devant le moniteur et parcourut rapidement les points numérotés. À un moment, il tendit la main vers la souris pour ramener le curseur sur un des paragraphes.

– J'ajouterais ici l'historique juridique de la société. Nous n'avons pas seulement besoin du nom des entreprises où travaillent les parents des élèves, mais également d'où elles viennent : les fusions, les changements de nom, les filiales, tout ce qui peut nous permettre de détecter des sociétés-écrans et des liens avec des groupes commerciaux ou industriels.

– C'est vrai ! Ta suggestion est géniale. Tu en as d'autres en réserve ?

– Non, mais il y a tout de même deux ou trois points qui ne me semblent pas très clairs.

– Je t'écoute.

Elle répondit aux questions de Pavel en détail et de bon cœur. D'autres enseignants auraient peut-être rechigné à expliquer des choses qui leur paraissaient évidentes, mais elle savait que le capitaine devait apprendre et que, plus les informations qu'il recevrait seraient complètes, mieux ce serait pour la suite. Ah, si tous les professeurs pouvaient avoir de tels élèves, ce serait un péché de se plaindre ! Non seulement le cerveau du capitaine Dioujine était bien organisé, mais il savait s'en servir d'une manière intéressante. La seule ombre au tableau était ses caprices et ses lubies en eau bénite qui…

Comme à chaque fois qu'elle se faisait cette réflexion, Nastia esquissa un sourire et laissa sa pensée en suspens. Et alors ? Qu'est-ce qu'elle en avait à faire de ses caprices ? L'empêchaient-ils de travailler ? Non. Étaient-ils incompatibles avec le grade d'officier ? Pas davantage. C'était tout de même dingue la manière dont les clichés s'implantaient profondément dans la tête des gens : un officier de la milice se devait de coller aux standards de la normalité. Entendu, mais c'est quoi, la normalité ? Qui l'a inventée ? La norme n'est que la caractéristique la plus répandue dans une certaine catégorie de choses ou de gens. Des caractéristiques moins fréquentes sont « hors norme », mais qui a dit que c'était forcément mal ou mauvais ? Dans la majorité des cas, les blonds ont des yeux bleus ou gris. Parfois, certains les ont verts. Et encore moins souvent marron. Mais qui oserait dire qu'une blonde aux yeux noisette, c'est laid ? Au contraire, la

pratique montre qu'une telle femme est plus attirante et a plus de succès auprès des hommes. Voilà pour le « hors-norme » !

Et, exactement comme à chaque fois, Pavel prit la mouche et lui
demanda :

– Quoi, qu'est-ce qu'il y a ? Pourquoi tu ris ? J'ai dit une bêtise ?
J'ai l'air d'un imbécile à tes yeux ?

– Allons, Pacha ! lui répondit-elle précipitamment. Tu sais bien
que je suis ainsi : mes propres idées me font sourire. Je suis simplement de bonne humeur.

*

* *

Korotkov avait mené l'interrogatoire du grand-père Nemtchinov
dans les jours suivant le meurtre de Sacha Barsoukov, mais n'avait
pas creusé très profond. Il était d'accord avec Nastia : si le grand-père
était mêlé au meurtre du copain de sa petite-fille, il ne fallait pas lui
faire peur. Tant qu'il ne sentirait pas le danger, il ne jouerait pas les
filles de l'air.

Nastia décida de rendre visite à Lera Nemtchinova à un moment où
son grand-père, Vassili Petrovitch, ne serait pas à la maison. Elle devait
voir de ses propres yeux comment réagissait la jeune fille et ensuite
réfléchir à un moyen de s'introduire auprès du vieux Nemtchinov.

Elle mit au point un bobard peu compliqué, mais pratiquement
impossible à percer à jour. Nastia savait qu'une femme qui lui ressemblait travaillait comme assistante du doyen d'une des facultés de
l'Institut juridique que fréquentait Barsoukov. Elle décida donc de se
faire passer pour elle. Même si le jeune homme avait parlé d'elle à sa
copine, il ne lui avait certainement pas montré sa photo. Au pire, il lui
avait fourni une description sommaire : une grande blonde mince de
quelque trente-cinq ans. Tout ce que Nastia avait à faire, c'était de se
présenter sous le nom de la femme, car Barsoukov avait pu le men-
tionner.

L'appartement des Nemtchinov brillait par sa netteté aseptisée. Sans
qu'elle sût pourquoi, cela ne plut pas à Nastia. Pourtant, que pouvait-
il y avoir de mauvais dans la propreté ? En moins de deux minutes,
elle comprit : cette stérilité digne d'un laboratoire ne témoignait

64

d'aucun confort, comme si chacun des deux occupants de l'appartement s'était fixé pour tâche première de ne pas laisser derrière lui le moindre grain de poussière qui puisse donner à l'autre un quelconque prétexte à récrimination. Clarté et netteté, non pas par goût, mais par contrainte, telle était la définition la plus correcte.

– Comme tout est bien rangé chez vous ! fit-elle remarquer en entrant dans le salon. C'est toi cette excellente maîtresse de maison qui fais le ménage ?

Lera ne répondit pas. Elle garda le silence en regardant Nastia avec des yeux joliment maquillés et, dans ce regard, Nastia ne perçut ni souffrance, ni tristesse, ni même la rage d'avoir perdu un proche. Il n'y avait strictement rien, à part une goutte d'irritation qui clapotait dans le bleu profond de ses iris.

– Je m'appelle Alexandra Vassilievna et je suis l'assistante du doyen de la faculté où étudiait Sacha Barsoukov, reprit Nastia. Est-ce que je peux te poser quelques questions ?

– À propos de quoi ? demanda Lera d'un ton glacial. On m'a déjà interrogée plusieurs fois et j'ai même été convoquée par le juge d'instruction.

– On a pris ton témoignage dans le cadre de l'enquête pour meurtre. Les questions que je voudrais te poser sont tout à fait différentes.

– Je ne sais rien du tout, protesta rapidement la jeune fille. Tout ce que je savais, je l'ai déjà raconté aux flics ou au juge. Je ne peux rien vous dire de nouveau...

– Attends, l'interrompit Nastia. Je veux te parler d'autre chose. En fait, dans son groupe d'étude, Sacha avait la responsabilité de l'acquisition des nouveaux manuels et des documents pédagogiques. Ses camarades lui remettaient l'argent et il achetait les livres pour tout le monde. Deux jours avant sa mort, il avait collecté les sous pour un manuel de droit pénal en deux volumes : soixante mille roubles par personne, c'est-à-dire près de deux millions[1], en tout. Il n'a pas eu le temps de les acheter, mais la milice m'a dit qu'il n'avait sur lui qu'une petite somme, deux ou trois mille roubles, pour les dépenses courantes. Tu ne saurais pas où il a mis tout cet argent ?

1. L'équivalent de quelque 500 euros au change de l'époque. Le salaire minimum n'excédait pas 300 000 roubles. *(NdT)*

– Vous croyez que je l'ai volé ? lui demanda Lera, furieuse. Vous pensez peut-être que c'est pour ça que je l'ai tué ? Bien sûr, je l'ai liquidé pour lui voler l'argent... Allez ! Appelez le juge d'instruction ou qui bon vous chante ! Comment osez-vous...

– Arrête, arrête... dit Nastia en levant une main conciliante. Personne ne t'accuse de quoi que ce soit. Simplement, comme tu étais proche de Sacha et que tu le voyais presque tous les jours, il a pu te dire où il rangeait cet argent. Il t'a peut-être fait un gros cadeau. Ou à quelqu'un d'autre. Il a aussi pu perdre au jeu. Mais dans tous les cas, il t'en a certainement parlé. Est-ce que tu peux essayer de t'en souvenir, s'il te plaît ?

La jeune fille, qui s'était détournée de colère, ne mit que quelques secondes à se dominer. Le regard qu'elle posa sur Nastia était de nouveau tranquille et froid.

– Je ne sais rien sur cet argent, dit-elle. Sacha ne me faisait pas de cadeaux.

– Comment ? Il t'offrait quand même des fleurs, non ?

– Même pas.

– Pourquoi ?

– C'était comme ça. Il n'offrait jamais de fleurs.

– Et des chocolats ? De l'eau de toilette ou des produits de beauté ? Des CD ou des cassettes ?

– Non, ce n'était pas du tout son genre. Je ne peux même pas imaginer (elle esquissa un sourire) une occasion pour laquelle Sacha aurait pu m'offrir un cadeau. C'était encore un gamin. Il ne savait pas très bien comment faire la cour à une femme.

– Il était plus jeune que toi ? demanda Nastia.

– Non, il avait un an de plus.

C'est clair, se dit Nastia. Cette fille se croyait très adulte et expérimentée et pensait qu'à côté d'elle Sacha Barsoukov n'était qu'un bébé. Devinette : Pourquoi donc maintenait-elle des relations suivies avec lui ? Était-ce par dépit ? Avait-elle accepté le premier gars qui s'intéressait à elle par peur de ne pas trouver mieux ? Comme dit le dicton : « Faute de grives, on mange des merles... »

Ce raisonnement aurait pu tenir la route si Lera avait été un laideron, mais c'était loin d'être le cas. C'était une jolie fille, bien de sa personne, et il était difficile de croire qu'elle pouvait manquer d'admirateurs. Les hommes devaient même faire la queue rien que pour la voir sourire. Dans ce cas, pourquoi s'encombrer d'un Sacha Barsoukov encore tout jeune et qui ne savait même pas ce que le mot « galanterie » voulait dire ? Nastia aurait bien aimé approfondir ce sujet, mais ce n'était pas compatible avec sa couverture. Elle était Alexandra Vassilievna, assistante du doyen de la faculté et, accessoirement, lieutenant-colonel de la milice, et n'était pas là pour enquêter sur les amours de la belle, mais pour déterminer où avait bien pu passer l'argent que les élèves avaient donné pour leurs manuels de droit pénal. C'était de ça qu'il fallait parler.

– Dis-moi, Lera, est-ce que Sacha ne t'aurait pas dit qu'un de ses amis organisait une soirée d'anniversaire ou une fête quelconque ?

– Non, répondit tout de suite la jeune fille, sans même réfléchir une seconde.

– Tu n'as même pas essayé de te souvenir de quoi que ce soit, lui fit remarquer Nastia. Je comprends que tu veuilles que je déguerpisse au plus vite, mais je ne suis pas venue ici pour m'amuser. Les étudiants ont donné de l'argent et, pour certains, il s'agit vraiment de grosses sommes. Ils doivent savoir s'ils vont recevoir leurs manuels ou s'ils ont tout perdu et s'il leur faut rassembler la somme à nouveau.

Lera garda un instant le silence en regardant par la fenêtre. Puis elle finit par lâcher :

– Il n'y a rien à se rappeler. Sacha ne me parlait jamais de ses copains. Il ne m'en parlait pas, un point, c'est tout. Jamais. C'est clair ?

Nastia décida de jouer les mères poules.

– Seigneur ! Pourquoi tu te fâches ? Qu'est-ce que j'ai dit de tellement extraordinaire ? Lorsqu'un garçon et une fille se fréquentent, il est normal et naturel qu'ils discutent de leurs proches, de leurs amis, de leurs parents. De quoi peuvent-ils parler d'autre ?

– Vous pensez sans doute qu'on n'a pas d'autre sujet de conversation ? jeta Lera avec mépris. Les garçons et les filles n'ont évidemment pas d'âme, ni de cœur ni de goûts, et ils ne s'intéressent forcément à rien. Ils ne peuvent parler que des gens qui les entourent. Vous, les vieux, vous êtes les seuls à être dotés d'intelligence, alors que les jeunes n'ont même pas de cerveau !

Nastia parvint difficilement à retenir un sourire. La jeune fille était tombée bien vite dans le panneau d'une provocation aussi simple. Elle devait être très fortement complexée par sa jeunesse. Peut-être que les gens qui l'intéressaient la trouvaient encore gamine. Mais elle se prenait pour une grande et voulait être traitée en conséquence.

Oui, mais dans ce cas, elle n'avait vraiment rien à faire en compagnie d'un gamin comme Sacha Barsoukov. Sans doute fréquentait-elle des hommes plus âgés qui ne la considéraient pas comme une adulte, ce qui provoquait son irritation. Et comme elle ne pouvait pas exprimer son déplaisir en leur présence, elle le retenait au point d'être prête à éclater en d'autres circonstances. Quelle drôle de jeune fille !

D'un autre côté, il était difficile de la juger sévèrement après la tragédie de la perte simultanée de ses deux parents. Sans oublier le grand-père, le responsable de tous ses malheurs, qu'elle devait aimer à l'époque, qu'elle avait appris à haïr et avec qui elle devait désormais cohabiter. De telles épreuves ne pouvaient qu'inciter à l'indulgence pour n'importe quelle bizarrerie du caractère.

« Allons ! se dit Nastia. Assez de psychologie ! Revenons à nos moutons. »

– Mais tout de même, Lera, tu n'as pas la moindre idée de ce que Sacha a pu faire de tout cet argent ? Presque deux millions ! Il n'aurait pas acheté des CD, des cassettes ou des livres dans les jours qui ont précédé sa mort ? Des vêtements ? S'il te plaît, essaie de m'aider. Tout à l'heure, en rentrant à la fac, je vais trouver devant la porte de mon bureau trente garçons et filles qui attendent que je leur rende leur argent. Tous n'ont pas des parents à qui ils peuvent demander encore soixante mille roubles. Beaucoup d'entre eux entrent chez nous parce qu'ils sont pauvres et que la bourse dans les écoles supérieures militaires est plus importante que dans les établissements civils. Sans compter que les uniformes sont fournis gratuitement, et qu'ils peuvent donc faire des économies de vêtements pendant toute la durée de leurs études. Pour ces étudiants-là, perdre soixante mille roubles est une véritable catastrophe. Qu'est-ce que je vais leur dire ? Que Lera Nemtchinova refuse de m'aider parce qu'elle n'en a pas envie ? Qu'elle ne sait pas ce que sont les problèmes d'argent et qu'elle crache sur quelques pitoyables milliers de roubles ?

Nastia parlait de manière presque automatique, sans hésiter sur les mots. Au cours de sa carrière, elle avait mené des centaines de fois de telles conversations en essayant de soutirer aux personnes interrogées les informations qu'elle recherchait sans leur donner autre chose que des tirades sans signification particulière, voire totalement démagogiques. Bien entendu, elle avait d'autant moins besoin de renseignements sur les affaires financières de Sacha Barsoukov que cette

histoire d'argent était inventée de toutes pièces. Tout ce qui se rapportait au meurtre et à la personnalité de la victime était du ressort de
Iouri Korotkov et des gars de la Brigade criminelle.

Pour l'heure, le seul objet de l'intérêt de Nastia était le grand-père
de Lera Nemtchinova. Elle ne voulait savoir qu'une seule chose :
n'avait-il pas tenté d'impliquer le jeune Barsoukov dans des activités
criminelles ? Si oui, deux possibilités s'offraient à elle : ou bien le
vieux Nemtchinov avait fait ça à titre personnel (et dans ce cas, c'était
à Korotkov et son équipe de s'en occuper) ; ou il l'avait fait dans le
cadre d'une plus grosse affaire et il n'était qu'un élément dans un
vaste réseau criminel bien organisé dont le but était de corrompre de
jeunes miliciens avides d'argent. L'objectif de Nastia, en tentant de
brancher Lera sur les finances de Barsoukov, était d'orienter la
conversation sur les questions d'argent, le budget de la famille et,
pour finir, d'en venir d'une manière harmonieuse et naturelle au
grand-père. Elle venait de faire le premier pas dans cette direction en
jetant comme si de rien n'était sa phrase sur l'absence de problèmes
d'argent de la jeune fille. Celle-ci allait-elle mordre à l'hameçon ?

Ce fut le cas. En réponse à la phrase assassine, Lera couvrit Nastia
d'un regard méprisant.

– Vous n'avez pas le droit de me parler ainsi. Oui, j'ai de l'argent,
oui, je peux vivre sans rien me refuser, mais j'ai chèrement payé pour
ça. J'aurais préféré mille fois mener une vie plus modeste et ne pas
perdre mes parents lorsque je n'avais pas encore huit ans. Les perdre
surtout dans de telles circonstances...

À ce moment, les yeux qu'elle posait sur sa visiteuse exprimaient
moins la morgue qu'une attente impatiente. C'était comme un appel
qu'elle lui lançait. Bien sûr, se dit Nastia en son for intérieur, cette fille
veut que je lui pose les questions qui vont lui permettre de me river
mon caquet en me remettant à ma juste place de vieille femme bonne à
rien. Elle va me raconter de manière déchirante la tragédie qu'elle a
vécue et boire du petit-lait lorsque je me tordrai devant elle de gêne et
de honte pour mon inconvenance. Une fille si malheureuse et incom-
prise, qui a subi de telles souffrances... Comment peut-on oser lui
reprocher quoi que ce soit ? Oh, comme c'est méchant et laid !

– Voyons, Lera ! s'écria Nastia d'un ton à la fois étonné et conciliant.
Pourquoi te cabres-tu tout le temps ? Je ne voulais pas t'offenser, crois-
moi. Si je me suis exprimée d'une manière un peu trop brusque, c'est que

les étudiants n'arrêtent pas de me houspiller. Pardonne-moi si mes paroles t'ont blessée. Je n'avais pas à mettre en cause ton aisance financière. J'imagine qu'elle te vient de tes parents. C'est sans doute grâce à eux que tu peux vivre, comme tu dis, sans rien te refuser...

Lera esquissa un petit sourire et Nastia comprit qu'elle avait évalué correctement la situation. La jeune fille attendait une telle remarque car elle brûlait du désir de tout lui expliquer. En fait, Nastia savait déjà tout ce que Lera pourrait lui raconter, mais ne pouvait faire autrement que de franchir cette étape obligatoire vers le vrai sujet : le grand-père. Elle adopta donc un air attentif en écoutant les explications de son interlocutrice.

– Vous ignorez sans doute, commença Lera avec une fierté non dissimulée, que mon père était le célèbre compositeur Guennadi Nemtchinov...

Nastia ne lui prêta que le peu d'oreille nécessaire pour ne pas perdre le fil de la conversation, pousser les onomatopées qu'il fallait et pouvoir afficher à tout moment l'expression requise. Lera ne lui apprenait rien de nouveau. La vieille tante avait reçu la tutelle de la fillette et avait géré avec économie les droits d'auteur qui s'amassaient sur un compte à la Caisse d'épargne. Nemtchinov étant un compositeur prolixe qui parvenait à faire des tubes de presque toutes ses chansons, le flot d'argent avait été considérable. Et puis les modes avaient changé et le compositeur était progressivement tombé dans l'oubli, mais l'argent accumulé s'était révélé largement suffisant pour garantir un train de vie raisonnable. Et les droits avaient fini par se remettre à couler : la mode s'était inversée et une nouvelle génération de chanteurs avait redécouvert les airs presque oubliés, mélodieux et tristes. En fait, il n'y avait qu'un seul interprète, Igor Vildanov, mais sa popularité était telle qu'on entendait les chansons de Guennadi Nemtchinov partout sur les chaînes de radio et de télévision, sans oublier, bien entendu, les spectacles et les tournées publiques.

Tout en faisant mine d'écouter, Nastia eut le temps d'examiner attentivement l'appartement avant de reporter son attention sur la jeune maîtresse de maison qui la recevait. Lera était vraiment peu conventionnelle... Belle, jeune, intelligente et aisée. Elle portait des vêtements à la mode et visiblement de prix, des boucles d'oreilles en or, petites mais élégantes, ornées de perles, qui témoignaient d'un goût excellent. Au doigt, une bague d'une forme originale ornée d'une pierre blanche translucide attirait le regard. Sans doute du zirconium car, si ç'avait été un diamant, sa valeur aurait été astronomique. Une fille comme ça ne pouvait qu'attirer les hommes et elle aurait dû n'avoir que l'embarras du choix pour trouver l'élu de son cœur. Elle se voyait très adulte et, si elle voulait, elle pourrait sans problème sortir avec des hommes plus âgés qu'elle. Alors pourquoi fréquentait-elle ce Sacha Barsoukov ? Elle était indiscutablement avec lui, même si elle prétendait maintenant le contraire et faisait mine qu'il ne lui plaisait pas du tout : il était trop jeune et ne savait pas lui faire la cour ! La belle affaire ! Si c'était vrai, elle l'aurait envoyé au diable. Mais elle était restée avec lui. En revanche, elle n'avait pas assisté à ses obsèques.

Korotkov y était allé pour tenter de surprendre les relations entre les personnes présentes, mais Lera n'y était pas. Elle n'avait pas pris la peine d'aller dire adieu à son copain, comme si elle était contente d'en être débarrassée, comme si elle avait poussé le soupir de soulagement qu'ont les gens lorsqu'ils voient partir un visiteur qui s'est incrusté trop longtemps. Il est de bon ton de raccompagner l'invité jusqu'à l'ascenseur, mais parfois les hôtes se bornent à lui tendre avec impatience son manteau avant de fermer vite, vite, la porte derrière lui, de peur de le voir réengager la conversation sur un autre sujet. Un visiteur importun. Était-ce la définition qui convenait à Sacha Barsoukov ? Importun ou… imposé ? Par exemple par le grand-père de Lera ? Après tout, en rapportant les propos de la jeune fille, Korotkov n'avait-il pas dit que le vieux Nemtchinov appréciait le jeune Sacha et vantait par tous les moyens ses mérites auprès de sa petite-fille ?

Qu'est-ce que cela donnait ? Une hypothèse dont il fallait tenir compte : Vassili Petrovitch Nemtchinov était en contact avec le cadet de la milice Alexandre Barsoukov mais, pour que leurs rencontres n'attirent pas l'attention, il s'était arrangé pour que le jeune homme fasse la connaissance de Lera. Ainsi, si le jeune homme fréquentait l'appartement, il pouvait toujours prétendre que ce n'était pas pour aller voir Nemtchinov, mais pour faire la cour à sa petite-fille, et qu'il ne savait pas que le grand-père était un assassin qui avait purgé neuf ans de camp à régime sévère. Il pouvait dire que Lera ne lui en avait jamais parlé. D'ailleurs, Sacha et le vieux Nemtchinov n'avaient pas d'autre contact que « bonjour-bonsoir » et ne discutaient jamais ensemble. Qu'est-ce que Sacha avait à faire du grand-père ? Ce n'était pas lui qu'il venait voir. Il était impossible de coller le moindre délit à Nemtchinov et il n'y avait aucune preuve que Sacha ait perçu le moindre pot-de-vin.

Il y avait une variante à cette hypothèse. Le grand-père s'était seulement arrangé pour que Barsoukov rencontre Lera et attendait patiemment que le jeune milicien devienne un habitué de la maison. Ensuite, il n'aurait plus eu qu'à le cueillir comme un fruit mûr lorsqu'il aurait gagné sa confiance. C'était une possibilité intéressante mais, comme l'autre, elle ne reflétait que les conséquences alors que c'était la cause qui intéressait Nastia. Quelles étaient les motivations du vieux Nemtchinov ? Pourquoi faisait-il cela ? À son initiative personnelle ou pour le compte de quelqu'un d'autre ? Malheureusement, Lera n'avait certainement pas la réponse. C'était le grand-père qu'il fallait interroger. Mais comment ?

Nastia se rendit compte qu'elle était dans une impasse. Elle aurait pu poser à Lera une foule de questions. Oui, elle aurait pu... mais elle ne pouvait pas. À quel titre l'aurait-elle fait ? Qui était-elle ? Une certaine Alexandra Vassilievna, assistante du doyen de la faculté que fréquentait le jeune homme assassiné, venue l'interroger à propos d'une somme d'argent manquante. Quant à dévoiler sa véritable identité d'Anastasia Pavlovna Kamenskaïa, ça n'aurait rien changé : elle n'était finalement qu'une analyste de la milice et non une enquêtrice dûment mandatée par le juge d'instruction. Et même si elle avait surmonté ces difficultés, il lui était impossible de mener un interrogatoire efficace de la jeune fille sans prendre le risque de la voir tout raconter à son grand-père. Et ce dernier ne manquerait pas de comprendre que c'était à lui que la milice s'intéressait. Décidément, elle ne voyait pas de solution.

– Quelle belle bague ! s'écria-t-elle soudain. Je peux la regarder de plus près ?

C'était tellement féminin d'interrompre le récit attristé de son interlocutrice pour s'intéresser à un joli colifichet que Lera se tut, toute surprise, mais n'en tendit pas moins la main au-dessus de la table. Nastia dévora littéralement du regard la pierre qui jouait joyeusement avec les rayons de lumière qui tombaient du lustre. Elle n'en crut pas ses yeux.

« Ça, c'est vraiment fort ! se dit-elle. Il faut vraiment s'attendre à tout dans ce bas monde ! »

4

Avec dépit, Viatcheslav Olegovitch Zotov poussa du pied le T-shirt bleu sombre imprimé qui traînait par terre en plein milieu du vestibule. De la pièce voisine lui parvenait de la musique enregistrée : l'accompagnement musical de la nouvelle chanson que répétait Igor Vildanov.

– C'est encore le bordel chez toi ! s'écria Zotov en ouvrant la porte. Tu pourrais faire attention à ne pas laisser traîner tes fringues n'importe où !

Le chanteur, campé devant le miroir, examinait attentivement son reflet en cherchant la pose qui convenait le mieux aux accords finaux de l'air. En entendant Zotov, il se retourna et lui sourit gaiement en agitant la main comme pour balayer un souci mineur.

– Pas la peine de crier. Lera fera le ménage lorsqu'elle sera là. Et puis, avant tout, bonjour ! Tu aurais pu commencer par les salutations d'usage au lieu de te mettre tout de suite à hurler. Tu as apporté la cassette ?

– Évidemment que je l'ai apportée, le rassura Zotov. Tu vas voir comment travaillent les vrais maîtres ! Prends exemple sur eux puisque tu vas avoir la chance d'en contempler un de tes yeux.

– Oh, arrête avec tes leçons de morale, répliqua Igor en lui faisant une grimace. Moi aussi, je suis un maître et les gens n'ont qu'à prendre exemple sur moi.

Zotov soupira et, en gardant le silence, inséra la cassette dans le magnétoscope. Le gamin était plus prétentieux qu'un régiment de commandos parachutistes, mais il avait un talent fou. Si, en plus, il avait été doté d'un minimum de jugeote, Igor aurait réellement été un homme exceptionnel. Pourquoi donc la nature distribuait-elle ses bienfaits avec si peu de discernement ? Pourquoi avoir donné une

LE REQUIEM

telle capacité vocale à un idiot congénital ? Pourquoi lui avoir attribué une oreille parfaite et un tel sens artistique ? Dans la vie de tous les jours, il était incapable d'aligner deux mots ou de faire deux pas sans trébucher ou faire des bêtises. Un seul mot pouvait le qualifier : imbécile.

Sur l'écran télé apparut un célèbre chanteur américain. Jadis, il avait conquis la célébrité grâce à sa voix, à son charme et à sa belle gueule. Avec le temps, il avait pris de l'embonpoint jusqu'à finir par peser un quintal et demi. Pourtant, il n'avait cessé de se produire sur scène, et ses spectacles rassemblaient toujours des foules d'admirateurs. L'obésité ne lui permettait plus de danser ou simplement de bouger les bras au rythme de ses chansons, comme il le faisait dans son jeune temps : il aurait eu l'air ridicule. Il lui avait donc fallu changer son répertoire et sa manière de se tenir sur scène. Désormais, il se tenait presque immobile et soulignait le texte et les émotions de ses chansons par des mouvements de la tête et des expressions du visage, ne se permettant que très rarement de petits gestes bien calculés de la main. Son art était tel que Zotov et Vildanov comprirent parfaitement le contenu de la chanson. Pourtant, Igor ignorait l'anglais et, si Viatcheslav Olegovitch parvenait à bien lire cette langue, il n'avait aucune pratique de la conversation et ne parvenait pas à différencier les mots qu'il entendait.

Vildanov regarda jusqu'au bout la cassette d'une demi-heure.

– Non, Slava, je ne pourrai jamais faire ça, dit-il d'un ton peiné en pressant le bouton de la télécommande pour éteindre l'écran. Peut-être faut-il abandonner cette nouvelle version ? Je chanterai *Le Requiem* dans la même orchestration et avec les mêmes effets de scène qu'avant. C'était tout de même bien. Tu ne crois pas ?

– Bien sûr que c'était bien, dit Zotov en hochant la tête d'un air circonspect. Mais c'est tout de même le passé. Il est impossible de rester tant d'années avec le même répertoire sans le faire évoluer. Il faut l'adapter à l'époque et à ton apparence scénique. À vingt-cinq ans, tu ne peux pas chanter comme tu le faisais à dix-huit. Et à trente, tu ne pourras pas faire ce que tu faisais à vingt-cinq.

– Et pourquoi ? s'écria Igor, les yeux emplis d'indignation. Je chante pareil. Je n'ai pas perdu ma voix et je n'ai pas pris cent kilos. Qu'est-ce que tu as à chicaner comme ça ?

74

Zotov se versa un verre d'eau minérale et le but d'un trait. Et voilà ! Tout recommençait comme la veille et l'avant-veille ! Pourquoi fallait-il tout répéter mille fois à cette buse stupide avant qu'il daigne comprendre ?

Non ! se reprit-il. Il ne fallait surtout pas le braquer, mais être patient. Après tout, personne ne lui avait demandé de prendre les responsabilités qu'il assumait et il n'allait pas tout laisser en plan. Ce n'était tout de même pas la faute du gosse s'il n'avait pas de cerveau.

L'imprésario se disait toujours que l'intelligence, comme le talent, était donnée de manière aléatoire à certains et pas à d'autres. Pourtant, s'il était commun de considérer le talent comme une chose exceptionnelle, il n'était pas moins habituel de penser que tout le monde devait être également intelligent. L'absence de talent était perçue comme une situation normale, aussi objective que la couleur des cheveux ou des yeux. Mais l'absence d'intelligence apparaissait comme un défaut grave et même rédhibitoire. Pourquoi en était-il ainsi ? Cette manière de penser était particulièrement pernicieuse car nul n'est maître de ses capacités. Lorsque la nature octroyait ses bienfaits, il fallait lui en être reconnaissant, mais, dans le cas contraire, personne ne devait être blâmé.

– Mon petit Igor, avec l'âge, les gens prennent de l'expérience et mûrissent. Lorsqu'on lit un bouquin à quinze ans, on comprend certaines choses, mais lorsqu'on le relit à vingt, on découvre des idées que l'on n'avait même pas remarquées avant. Et à trente, c'est encore d'autres choses qui retiennent l'attention. C'est que, pendant ces années, on vit différents événements qu'on intègre et rumine, et ça change la vision des choses. Ce qui fait que, lorsqu'on revient à un livre déjà lu, on regarde d'une tout autre manière les situations décrites et les idées exprimées par l'auteur. Tu vois ? C'est pareil avec les chansons. Lorsqu'on en écoute une à quinze ans, on est sensible à certains sons et à certaines images que suggère le texte, mais plus tard, on ne retrouve pas forcément les mêmes sensations et elle nous évoque tout à fait autre chose. Et le chanteur n'est pas non plus le même. Les années passent aussi pour lui avec leur cortège d'événements, des joies certes, mais aussi des souffrances et des tourments. Tu es un être vivant et non un disque gravé une fois pour toutes. Tu vieillis et dois interpréter les chansons autrement, en harmonie avec ton âge et ton vécu. Tu as pigé ?

– Non ! Je ne comprends pas pourquoi tu me casses les couilles avec ces histoires ! s'écria le chanteur.

Il bondit de son divan pour se précipiter vers la grande table basse couverte d'affiches qui occupait le milieu de la pièce. Il en saisit une pleine brassée avant de poursuivre :

– Regarde ! Tu crois que ça ne représente rien ? Voronej, Nijni-Novgorod, Astrakhan, Kemerovo… Tu crois vraiment qu'il faut cracher sur tout ça ? Je donne des spectacles partout, dans les plus grandes villes du pays et jamais devant des salles vides. J'ai des milliers et des milliers de fans, ils aiment mes chansons, ils m'adorent, ils se bousculent et même se battent pour venir m'écouter et me voir. Qu'est-ce que tu veux de plus ?

Sans répondre, Zotov se leva et passa dans la cuisine. Il y régnait le même désordre que dans le reste de l'appartement. Heureusement que Lera passait deux ou trois fois par semaine pour y remettre de l'ordre sans quoi, au bout d'un mois, il aurait été impossible de faire un pas sans s'enfoncer dans les vêtements ou trébucher sur les tasses sales et les CD jetés par terre, n'importe où, même aux toilettes.

À une époque, Zotov s'était posé des questions sur la santé mentale d'Igor, tant le garçon lui semblait sauvage et réfractaire à tout comportement civilisé. Il ne lisait pas, faisait des fautes élémentaires en écrivant et semblait incapable de comprendre quoi que ce soit, y compris les notions les plus simples comme le fait qu'il fallait bien faire la vaisselle de temps en temps, ou que le meilleur endroit pour ranger ses affaires était une armoire.

Quelques années plus tôt, Zotov avait demandé à un psychiatre de ses relations de lui donner son avis sur le chanteur. Il l'avait fait venir chez Vildanov en le présentant comme un vieux copain. Ils avaient pris le café ensemble en bavardant de tout et de rien et, lorsque le jeune homme s'était senti suffisamment en confiance, le psychiatre avait engagé avec lui une discussion animée sur les sujets du moment. Après la visite, le diagnostic était tombé : le chanteur n'avait pas de problème particulier, il ne semblait pas souffrir d'une quelconque déficience mentale, même légère. En revanche, avait précisé le psychiatre, il existait une affection contre laquelle la science ne pouvait rien : la « bêtise congénitale ».

Le manque d'intelligence d'Igor s'associait au fait qu'il n'avait reçu aucune éducation dans sa petite enfance. Personne ne l'avait habitué, lorsqu'il était encore temps, à l'ordre et à la propreté, à la politesse, à l'assiduité dans le travail et à la lecture de livres. Et Zotov avait sous les yeux le résultat de la combinaison des deux facteurs. Il avait rencontré Igor lorsque ce dernier avait déjà quinze ans et il était trop tard pour le rééduquer. Le futur chanteur n'était alors qu'un petit vagabond qui avait fugué à l'âge de neuf ans et avait alterné les périodes de liberté avec des séjours en internat ou en maison de correction. Comme il ne voulait rien savoir de ses parents, ils avaient fini par lui sortir définitivement de l'esprit. Quant à ces derniers, la boisson aidant, ils l'avaient aussi oublié.

En revanche, les années d'errance du jeune Igor avaient développé chez lui un goût solide pour la liberté qu'il avait fini par considérer comme le bien le plus précieux au monde. Dans son petit esprit, elle occupait la première place, laissant la deuxième à l'argent. En fait, il n'était disposé à sacrifier un peu de cette liberté inestimable que pour de l'argent et non pour des valeurs douteuses comme l'éducation, une vie saine dans un environnement propre ou encore des vêtements lavés et repassés.

En fait, Igor n'était resté avec Zotov que parce que ce dernier lui avait promis d'immenses sommes d'argent. Le futur « imprésario » ne l'avait pas pris en traître et avait tout de go annoncé à son « poulain » qu'il devrait beaucoup travailler, étudier la musique et apprendre le piano. À quinze ans, le jeune homme avait déjà une belle voix, mais elle ne s'était pas encore stabilisée et Zotov lui avait dit qu'il devrait attendre encore un peu avant de prendre de vrais cours de vocalises. Un programme impliquant autant de sacrifices n'était évidemment pas du goût du jeune garçon qui avait à plusieurs reprises tenté d'échapper à l'emprise de Zotov, mais il avait fini par céder parce que ce dernier, en plus de lui promettre une belle carrière et la fortune qui allait avec, possédait un atout déterminant contre lequel le jeune homme ne pouvait lutter : il savait beaucoup de choses sur son passé. Devant la gravité de la situation, Igor n'avait eu d'autre solution que de reconnaître que son nouveau mentor avait raison. Soupirant après sa liberté perdue, le garçon s'était lancé à contrecœur dans l'apprentissage du solfège. Comme tout ça était loin…

Vildanov était incapable de se fixer de grands objectifs. Son cerveau était trop petit pour ça. De plus, il s'était habitué dès l'enfance à se contenter de peu : un quignon de pain pour se remplir le ventre, un endroit où dormir et il avait de quoi remercier le sort. Même en rêve, il n'avait jamais pensé à manger dans de grands restaurants ou à dormir dans des palaces. Il aimait l'argent et était prêt à faire des sacrifices pour en obtenir, mais il ne lui servait qu'à une seule chose : garantir sa liberté chérie, tant convoitée. Pas pour vivre dans le luxe et l'oisiveté. Pas pour le pouvoir ou pour se lancer dans le monde des affaires, mais seulement pour être libre de se coucher à l'aube, de ne pas se lever pour aller travailler et de draguer les filles qui lui plaisaient et pas seulement les laissées-pour-compte qui sortaient même avec des fauchés. La notion indigente qu'Igor Vildanov avait de la liberté allait de pair avec une relation misérable à l'argent. Et comment aurait-il pu en établir une autre ? Dans son cœur et son esprit, il était toujours un petit vagabond et ne pouvait que le rester.

De grands desseins, en revanche, l'imprésario n'en manquait pas. Il savait depuis longtemps qu'Igor avait le potentiel qui pouvait lui permettre, à lui, Zotov, d'atteindre ses propres buts, qu'il suffisait de le tirer des profondeurs de sa paresse, physique comme intellectuelle, et de le manipuler adroitement. Bien sûr qu'il donnait des spectacles, mais dans des salles de capacité moyenne qui ne rapportaient que deux à trois mille dollars. Ce qu'il fallait, c'était passer à la catégorie supérieure : le produire dans des stades et des palais des sports. Là, on commençait à gagner vraiment : au moins vingt mille dollars par soirée. Et puis, il fallait lui organiser des tournées à l'étranger. Ce n'étaient pas des « milliers et des milliers » d'admirateurs qu'il fallait, mais des millions. Pour y parvenir, il devait travailler sa maîtrise scénique et son image de manière à s'attirer de nouveaux fans sans perdre pour autant les anciens.

Évidemment, Igor avait une belle gueule et des générations de jeunes filles l'appréciaient, mais il ne devait pas tomber dans l'erreur de compter que sa beauté durerait éternellement. Toutes ces jeunes filles qu'il avait séduites tant par sa voix que par son physique et qui se précipitaient à ses spectacles grandissaient, se transformaient en femmes mariées et ne seraient plus attirées par un beau garçon aux allures d'adolescent attardé qui leur semblerait naïf et simplet. Le chanteur devait évoluer avec elles, conserver leur intérêt et leur amour tout en gardant assez de jeunesse pour conquérir de nouvelles générations. Il pourrait alors remplir des stades et gagner des centaines de milliers de dollars, voire des millions en comptant sur les ventes de tous les supports sonores.

Igor, pour sûr, n'avait pas besoin d'autant d'argent. De tels chiffres ne pouvaient même pas entrer dans sa petite tête. Mais Zotov, lui, savait très bien comment employer les sommes que lui rapportait sa commission de trente pour cent sur tous les revenus de Vildanov, selon le contrat qu'ils avaient signé des années plus tôt.

Mais entre le chanteur et son imprésario, la relation n'était pas seulement fondée sur l'argent. En réalité, Viatcheslav Olegovitch Zotov avait consacré à Igor toutes ses connaissances et son savoir-faire. Il avait recueilli un jeune vagabond de quinze ans, avec de grands yeux d'icône et un incroyable don artistique. Il l'avait sorti de la merde et l'avait installé dans son appartement parce qu'il avait trouvé en lui ce talent fou et unique qu'il aurait aimé avoir lui-même et dont il était privé. Zotov avait tout : la formation musicale, des années de conservatoire, un goût sûr et subtil, une belle voix et une passion folle et dévorante pour l'art vocal. Il ne lui manquait qu'une seule chose : la capacité à captiver un auditoire. Il voulait chanter. Il était prêt à chanter des nuits entières, mais pour une raison inconnue il n'arrivait pas à trouver des gens désireux de passer une seule heure à l'écouter, sans parler de nuits entières. Avec lui, les gens s'ennuyaient très vite. Ils étaient incapables d'entendre ou de comprendre les sentiments qu'il tentait d'introduire dans chacune des notes qui sortaient de sa gorge.

Au tout début, il avait pensé avec indignation que ses auditeurs étaient stupides et n'avaient aucun goût musical, puis il avait fini par se rendre compte que le problème ne venait pas des autres, mais de lui-même. Il avait l'impression de mettre toute son âme dans les chansons qu'il interprétait mais, en fait, personne ne l'entendait. Et personne ne pouvait l'entendre parce qu'il n'avait pas le don qui lui aurait permis de transmettre ses émotions. En écoutant attentivement des enregistrements de ses propres prestations, il avait conclu qu'il possédait effectivement une belle voix et une grande maîtrise technique, mais le résultat était fade et ennuyeux.

Pourtant, le livre *Les Secrets de l'art lyrique*, qui rapportait les techniques du grand Caruso, avait été son livre de chevet pendant tant d'années qu'il le connaissait par cœur. Et il avait eu les meilleurs professeurs. Ils lui avaient appris à poser sa voix et à s'en servir à la perfection, mais ils n'avaient pas pu lui donner ce petit détail sans lequel ne peut fonctionner le mécanisme subtil qui justifie le nom de « chanteur ». Et non parce qu'ils n'avaient pas voulu, mais simplement parce que ce petit détail ne pouvait pas être enseigné. C'était une étincelle divine que l'on possédait ou ne possédait pas. Si on l'avait, on pouvait parvenir à faire pleurer son auditoire, mais si on ne l'avait pas, personne n'écoutait ni la chanson ni le chanteur.

Ce petit détail, le jeune Igor le possédait. Sans oublier l'oreille absolue, un sens inné de l'harmonie et des cordes vocales impeccables qui laissaient présager une tessiture de ténor lorsqu'il aurait fini sa mue. Pour couronner le tout, il aimait chanter. En fait, il chantait comme il respirait, toujours et partout. Évidemment, comme sa voix était alors en pleine mutation, il lui arrivait de pousser des couacs au lieu des notes normales, mais Zotov avait assez d'expérience pour ne pas en être troublé. Ce qui comptait, c'était qu'il lui arrivait d'avoir les larmes aux yeux lorsque Igor chantonnait quelque chose, même à mi-voix. Tout le reste pouvait être amélioré. C'était tout bêtement une question de technique et d'apprentissage.

Zotov avait appris au gosse tout ce qu'il savait, l'obligeant à étudier et à faire des gammes jusqu'à l'épuisement, déliant ses doigts gourds et malhabiles et les habituant aux mouvements rapides et précis. Tout en lui interdisant de forcer son organe vocal tant que sa mue ne serait pas finie, il lui avait appris à chanter à mi-voix en s'accompagnant tout seul au piano. Une chose qui agaçait particulièrement Igor était que Zotov l'obligeait à regarder des enregistrements vidéo de spectacles donnés par de grands chanteurs d'opéra. Il ne comprenait pas pourquoi il devait se farcir « toutes ces merdes démodées que plus personne ne chante et que plus personne n'écoute depuis longtemps ». Zotov, prodiguant des trésors de patience, lui avait expliqué, jour après jour, que c'était des vrais maîtres qu'il fallait apprendre et non des apprentis, et qu'il fallait, dès le début, acquérir la capacité de ne travailler qu'avec sa seule voix.

– Rester pratiquement immobile tout en sachant transmettre à l'auditeur le sens et l'intensité dramatique de l'œuvre que l'on interprète, c'est comme de la haute voltige et tu dois savoir le faire, lui expliquait-il. Agiter les bras et courir en tout sens, c'est à la portée du premier venu. Pour ça, il ne faut pas beaucoup de maîtrise.

Mais Igor préférait clairement la solution de facilité. Pendant les séances de travail devant la vidéo, il bâillait et sommeillait en douce.

Parfois, il s'endormait même carrément. Son idole était le bondissant Michael Jackson qui parcourait la scène dans tous les sens. Zotov, cependant, demeurait inflexible.

– Je ne te laisserai pas imiter Jackson, ni chanter comme lui ni interpréter des chansons comme les siennes. Tu m'as compris ? Jackson est unique, mais il y a des milliers de gens qui cherchent à l'imiter, aux États-Unis comme en Russie. Tout le monde veut danser et faire le *moonwalk* comme lui. Tu veux être l'un d'eux ? Tu veux te perdre dans une telle foule ?

Igor haussait les épaules et boudait dans un coin. Il ne voyait pas ce qu'il y avait de mal à être l'un d'eux. Il ne serait certainement pas seul, mais au moins il serait en bonne compagnie.

– Non, tu dois être unique en ton genre. Imposer ton style. Tu ne dois pas être un imitateur parmi tant d'autres d'un chanteur célèbre, Jackson ou un autre, tu dois être celui qu'on a envie d'imiter. Il n'y a que comme ça que tu pourras gagner la gloire et donc l'argent.

Une lumière de compréhension n'avait percé les ténèbres du crâne d'Igor que le jour où Zotov avait pris un crayon et un papier pour lui expliquer.

– Lorsque tu n'es qu'un parmi tant d'autres, les spectateurs ne comprennent pas pourquoi ils devraient soudain t'apprécier plus que Truc ou Machin dont ils achètent les disques et qu'ils vont voir en concert. Puisque tu es exactement pareil, que tu chantes les mêmes airs et que tu as le même jeu scénique, ils vont simplement continuer à suivre les chanteurs auxquels ils sont habitués. Et même si tu parviens à percer un peu, lorsque vous êtes beaucoup à proposer la même chose, les gens qui aiment votre genre musical vont se partager entre vous. Plus vous serez nombreux et moins vous aurez de fans et cela signifie moins de spectateurs, moins de disques vendus et moins d'argent. Mais si tu es le seul dans ton domaine, tu rafles la totalité de la mise. Et plus tu seras difficile à imiter, moins tu auras de concurrents qui voudront s'insérer dans le créneau que tu occupes.

Si de telles explications parvenaient finalement à atteindre le cerveau d'Igor, il ne les acceptait pas toujours très longtemps. Mais Zotov savait persévérer et l'adolescent finissait par se lasser et céder à ses arguments. Mais il ne s'agissait pas pour autant d'un manque de caractère de la part du jeune homme. Pour s'obstiner dans une position, il faut savoir défendre ses idées, mais Igor en était incapable. Il manquait de l'imagination et de la flexibilité d'esprit nécessaires pour avancer de nouveaux arguments et Zotov finissait toujours par l'avoir à l'usure.

Pour cette raison, l'imprésario n'avait aucune inquiétude sur sa capacité à avoir gain de cause une nouvelle fois.

*

* *

Nastia était gelée. Littéralement. Il n'y avait d'ailleurs rien d'extraordinaire à cela : que ce soit l'hiver, l'automne ou le printemps, elle était toujours frigorifiée. Elle était une véritable plante thermophile incapable de supporter des températures inférieures à vingt-cinq degrés. Mais le froid qu'elle ressentait, ce jour-là, n'avait rien de subjectif et n'était pas lié à son métabolisme. La pièce était glacée et les deux archivistes qui y travaillaient avaient gardé leurs pelisses sur les épaules et se réchauffaient les mains à tout moment en serrant des tasses de thé bouillant. Le chauffage du bâtiment des archives de la direction du ministère de l'Intérieur pour la ville de Moscou était en panne, et ça durait depuis trois jours.

Elle rangea le dossier d'instruction ventru, compilé bien des années plus tôt, referma son blouson de fourrure, mit ses gants et plongea les mains au plus profond de ses poches. Elle avait appris ce qu'elle voulait savoir, même si elle n'était pas plus proche de la lumière pour autant. La bague qu'elle avait vue au doigt de Lera Nemtchinova ressemblait comme deux gouttes d'eau à une autre qui s'était trouvée au centre d'une vieille affaire de meurtre. Les faits avaient eu lieu dix ans plus tôt, quelques mois après le drame qui avait emporté les parents de la jeune fille. Était-ce le même bijou ou s'agissait-il de deux pièces très semblables ?

À l'époque, le service de Gordeïev avait été chargé de l'enquête et Nastia s'en souvenait très bien. Malgré toute leur bonne volonté, les enquêteurs avaient fait chou blanc : le criminel n'avait pas été identifié. La victime était l'épouse d'un haut fonctionnaire du ministère des Finances. Son cadavre avait été découvert dans l'entrée de la maison où le couple habitait. Dès le début de l'instruction, il avait été établi que la petite dame s'ennuyait depuis longtemps de sa vie familiale aisée et sans surprises, et qu'elle passait le temps en se livrant à de pas très innocentes distractions avec des hommes, jeunes ou moins jeunes. Le malheureux époux, accablé de chagrin, avait fait l'inventaire de leurs biens et déclaré la disparition d'une bague ornée d'un gros diamant qu'il avait offerte à sa femme pour son trentième anniversaire.

Malheureusement, l'enquête n'avait pas permis d'identifier la totalité des amants et des partenaires occasionnels de la défunte. Comme la dame semblait assez disponible de son temps et de son corps, le cercle de ses rencontres fortuites était particulièrement étendu. En revanche, la disparition de l'objet précieux laissait supposer que le vol était le mobile du meurtre et les enquêteurs s'étaient focalisés sur la recherche de la bague volée. Pourtant, des semaines, puis des mois avaient passé et le bijou n'avait pas refait surface, ni entre les mains des suspects, ni chez les receleurs et prêteurs sur gages clandestins, ni au mont-de-piété, ni aux contrôles douaniers. Il s'était volatilisé comme une flaque par temps de canicule. Évidemment, même les pistes les plus tordues avaient été explorées et les enquêteurs avaient vérifié plus d'une fois l'hypothèse selon laquelle le mari aurait dissimulé la bague lui-même. Toutes les recherches s'étaient révélées vaines.

Et voilà qu'au bout de dix ans elle réapparaissait par le plus pur des hasards au doigt d'une jeune fille. Et si ce n'était pas du tout la même bague ? Dans les archives, Nastia venait de retrouver des photos de la victime où elle portait le bijou, des descriptions détaillées données par le mari et d'autres membres de sa famille, ainsi qu'un dessin au crayon fait à partir des témoignages. Les signes particuliers ne manquaient pas, y compris une inscription que le mari avait fait graver à l'intérieur de l'anneau. En avoir le cœur net était un jeu d'enfants : il suffisait de retirer la bague de la petite main de Lera Nemtchinova pour pouvoir l'examiner attentivement. Mais en faisant en sorte qu'elle n'y prête pas beaucoup d'attention, autrement, elle en parlerait sans doute à son grand-père dont il était impossible de dire s'il avait joué un rôle dans toute cette histoire...

Sur le chemin du retour, Nastia s'arrêta à « La Soif » pour manger un morceau et avala une portion de frites en lisant le journal qu'elle venait d'acheter au kiosque à côté du métro. Son repas fini et son café avalé, elle se remit en route vers l'hôtel particulier où elle travaillait et constata, non sans surprise, combien sa vie avait imperceptiblement changé. Non seulement elle déjeunait maintenant presque tous les jours mais en plus elle lisait la presse, ce qui ne lui arrivait jamais avant. En réalité, elle ne lisait pas les articles politiques qui l'indifféraient. Aussi loin que portaient ses souvenirs, elle n'avait suivi un événement politique qu'une seule fois : le Premier Congrès des députés du peuple, en 1989. Elle avait regardé à la télévision certaines séances pendant les quelques jours où une mauvaise grippe l'avait obligée à rester alitée. Mais elle dévorait tous les autres articles où elle glanait souvent des informations passionnantes.

Une fois dans son bureau, elle poussa un soupir de lassitude en regardant la paperasse accumulée sur sa table de travail. Décembre était le mois des comptes et des bilans d'activité qu'il fallait transmettre à la direction centrale du ministère. Mais d'abord, elle devait préparer son rapport quotidien pour Zatotchny. Elle écrirait ensuite un résumé des activités du département analytique pour le ministère.

Elle était en plein travail et dessinait un nouveau graphique pour accompagner ses explications lorsqu'un Korotkov hilare apparut sur le seuil de son bureau.

– Alors, ces frites ? Tu les digères ?

La surprise lui fit écarquiller les yeux.

– Comment tu sais ça ? s'écria-t-elle. Tu m'espionnes encore ?

– Qu'est-ce que tu vas imaginer ? ! Non, c'est le petit Ivan qui m'a dit que tu avais bouffé une portion de frites avec des champignons et que tu venais de partir.

– Ivan ? Quel Ivan ?

– Seigneur ! s'exclama Korotkov en levant les yeux au ciel. Le serveur. Ivan est le garçon de restaurant qui t'a servie aujourd'hui à « La Soif ».

Tout en parlant, il empoigna d'une main une chaise par le dossier, l'approcha et s'affala dessus.

Nastia le regarda avec embarras. Ainsi, le serveur qu'elle voyait presque quotidiennement s'appelait Ivan. Elle fréquentait l'établissement depuis trois mois et n'avait même pas pensé à lui demander son nom.

– Vraiment, ma vieille, tu n'arrêtes pas de me surprendre par ta capacité d'inattention au monde qui t'entoure, reprit Korotkov sur le ton du reproche. Je sais maintenant que tu t'assois toujours à la même table à l'écart, près de la fenêtre, et que les deux garçons qui assurent le service à tour de rôle s'appellent Ivan et Igor. Pour eux, tu fais partie des habitués et ils se souviennent que tu prends toujours la même chose : des frites et un cappuccino. En passant devant, j'ai demandé si on t'avait vue, aujourd'hui, et Ivan m'a répondu que ça ne faisait même pas une demi-heure que tu avais fini de manger. Tu me fais honte, copine ! Et tu prétends faire partie de la grande confrérie des limiers ?

– De quelle confrérie et de quels limiers parles-tu, Iouri ? répondit Nastia en chassant le reproche d'un mouvement de la main. Je ne prétends rien. Moi, je travaille avec des documents, des chiffres et des schémas. Mais tu tombes très bien. Tu te souviens de l'affaire du meurtre de Solovieva ?

Des plis de concentration barrèrent le front du flic.

– Laquelle ? Celle de l'année dernière ?

– Non, celle de mars 1988.

– Oh, bien sûr ! Tu me parles d'un truc vieux de cent ans... Rafraîchis-moi la mémoire.

– C'était la femme d'un gros ponte du ministère des Finances. Une bague avec un gros diamant avait disparu et on ne l'a pas retrouvée.

– Ah, oui... Ça me dit vaguement quelque chose. Qu'est-ce qui t'arrive ? Une crise soudaine de nostalgie pour le bon vieux temps ?

– Non, il s'agit d'une affaire bien présente. Hier, j'ai rendu visite à Lera Nemtchinova en me faisant passer pour une collaboratrice du doyen de la fac où étudiait Barsoukov. Je voulais lui soutirer des infos sur les affaires financières de son soupirant : cadeaux, achats, dépenses et tout le reste.

– Et qu'est-ce que tu as pensé de la fille ? demanda tout de suite Korotkov, intéressé, en s'installant plus confortablement sur sa chaise. Pas mal, n'est-ce pas ? Une telle sincérité, ce n'est pas banal. Il est difficile de ne pas la croire.

– Au contraire, c'est plutôt très facile, Iouri. Cette fille est une excellente actrice. Et pas parce qu'elle aurait quelque chose à cacher, mais simplement parce que cela fait longtemps qu'elle a divisé les êtres humains en deux catégories : ceux qui peuvent lui être utiles et les autres. Tu es un homme et en plus d'un âge convenable, autour de la quarantaine, tu n'es pas non plus n'importe qui, puisque tu es maïor de la milice. Pour couronner le tout, tu es diablement séduisant. En d'autres termes, tu lui apparais comme un amant potentiel. Voilà pourquoi elle a fait le nécessaire pour être charmante avec toi. Avec moi, en revanche, comme je ne pouvais lui servir à rien, elle a été totalement différente.

– Qu'est-ce que tu racontes, Nastia ? s'écria Korotkov, indigné. Quel amant ? Tu as perdu l'esprit ? D'abord, je ne lui ai pas donné le moindre prétexte pour s'imaginer quoi que ce soit de ce genre. Ensuite, comme tu l'as dit toi-même, j'ai passé la quarantaine. Et elle, quel âge a-t-elle ?

– Évidemment, toi, tu sais qu'elle ne t'intéresse pas, mais elle, comment elle le saurait ?

– Mais elle a très bien vu mon âge...

– Et alors ? Tu sais, toi, que les jeunettes ne sont pas pour toi et qu'elles t'ennuient parce qu'elles n'ont aucune conversation, qu'elles ne connaissent rien de la vie et qu'elles sont trop inexpérimentées. Mais Lera se croit très adulte et intéressante même pour un homme entre deux âges. D'ailleurs, elle n'est pas la seule à penser ainsi. C'est un travers très répandu chez les jeunes filles de son âge. Ainsi, lorsqu'elle t'a vu, elle a tout fait pour attirer ton attention. Mais ce n'est pas ça, l'important. Est-ce que tu as remarqué la bague à son doigt ?

– Non, je n'y ai pas prêté attention. Elle en avait une ?

– Je ne sais pas, répondit Nastia avec un haussement d'épaules. Peut-être qu'elle n'en portait pas lorsque tu lui as parlé. Mais hier, je l'ai bien vue. Et ça nous mène tout droit au meurtre de Solovieva.

Korotkov se balança doucement sur sa chaise et poussa un long sifflement.

– Merde ! Tu es sûre que c'est la même ?

– Eh non, justement. Le problème, c'est que je n'en suis pas sûre. Si ce n'est pas la même, elles se ressemblent beaucoup. Il faudrait y regarder de plus près, mais je n'ai pas trouvé de prétexte pour l'obliger à retirer la bague et à me la montrer.

– Tu veux que j'essaie de vérifier par la bande ? Ou c'est peut-être plus simple de le lui demander officiellement ?

– Non, il ne faut pas qu'elle sache que la milice s'intéresse à la bague. J'ai peur du grand-père.

– Nastia, voyons ! Il ne peut pas être mêlé au meurtre de Solovieva : à cette époque, il était déjà en taule pour l'assassinat de son fils et de sa belle-fille. De quoi as-tu donc peur ?

– Je ne sais pas…

Elle poussa un soupir las et tendit la main vers son paquet de cigarettes pour en prendre une et l'allumer.

– Je ne sais pas, Iouri, répéta-t-elle après avoir tiré une longue bouffée. Ce grand-père Nemtchinov m'attire comme un aimant. Et, en même temps, j'ai peur de le toucher. Les suppositions les plus folles me viennent en tête.

– Lesquelles, par exemple ?

– Tiens, imagine que le vieux Nemtchinov soit lié à une bande criminelle organisée impliquée dans l'affaire de Sacha Barsoukov. Il est possible qu'un des membres de ce groupe ait tué Solovieva et récupéré la bague. Pour une raison ou pour une autre, ce gars et Nemtchinov sont en compte et le bijou tombe entre les mains de ce dernier qui l'offre à sa petite-fille bien-aimée. S'il s'aperçoit qu'on s'intéresse à la bague, il va s'inquiéter. Au pire, il va prendre la tangente et s'évanouir dans la nature ; au mieux, il va effacer toutes les traces. Nous n'avons pas besoin de ça.

– Bien sûr que nous n'en avons pas besoin, confirma Korotkov. Mais à t'écouter, il ne faudrait même pas s'approcher du grand-père bien que toutes tes hypothèses ne reposent que sur de pures conjectures. Il est fort possible qu'il ne soit mêlé à rien, mais qu'il possède, en revanche, des informations utiles. Comment espères-tu élucider le meurtre de Barsoukov s'il faut éviter tout le temps les contacts avec le vieux Nemtchinov ?

– Non, mon p'tit gars, c'est toi qui dois élucider le meurtre, pas moi, le détrompa-t-elle sur le ton de la plaisanterie. Tu t'adresses à la mauvaise personne. Mon travail à moi consiste à garantir l'intégrité des établissements d'enseignement supérieur dépendant du ministère de l'Intérieur situés à Moscou. Telle est ma mission. Je dois mettre au point une méthode de recherche et d'analyse de l'information pour qu'elle puisse être ensuite appliquée pour toutes les écoles de la milice dans l'ensemble du pays. Le meurtre de Barsoukov n'est que le prétexte qui a permis de poser le problème.

Tout en parlant, Nastia tendit la main pour couper le moniteur de l'ordinateur. Si elle ne laissait pas reposer ses yeux, le soir ils devenaient tout rouges, comme ceux d'un lapin.

– Dis, Iouri, et si on envoyait un beau jeune homme rendre visite à la petite Lera ? Tu penses que ce serait possible ?

– Bien sûr. Tout dépend pourquoi. Pour regarder la fameuse bague ?

– Évidemment. Est-ce qu'elle a déjà rencontré Micha Dotsenko ?

– Oui, elle l'a vu. Il était avec moi lorsqu'on l'a interrogée. Ce n'est pas le bon candidat.

– Et Igor Lesnikov ? proposa la jeune femme.

– Il est en mission en province. Il ne reviendra que dans quinze jours, si ce n'est plus.

– Dommage. Qu'est-ce que nous avons encore comme beaux garçons ? Lera ne se laissera pas embobiner par un moche.

– Excuse-moi, l'amie, mais Alain Delon n'était pas disponible au magasin et les stocks sont vides. Dotsenko et Lesnikov, voilà tout ce que nous avons dans les réserves stratégiques du service... Et ton gars, là... celui qui court avec l'eau bénite... Il suffirait peut-être de le lui demander ? En tout cas, il a la gueule de l'emploi : grand, mince, le visage agréable, l'âge qu'il faut...

– Laisse tomber, lança-t-elle avec une grimace en écrasant son mégot. En matière criminelle, Pavel Dioujine est un bleu absolu. Il n'a jamais fait d'enquêtes sur le terrain. Ça ne marchera pas.

– Il faut bien commencer un jour. Nous avons tous eu une première fois, lui fit remarquer Korotkov, philosophe. Il n'aura rien de particulier à faire, ni tirer des coups de feu ni sauter des obstacles, et encore moins s'infiltrer dans le milieu. Tout ce qu'il aura à faire, c'est de rencontrer une jeune fille, de lui faire un peu les yeux doux, de lui parler gentiment et, sous un prétexte quelconque, d'examiner la bague. Emballez, c'est pesé !

– Non, Iouri, s'obstina-t-elle. Ce n'est pas son travail. Il bosse dans les départements administratifs et pas dans les services opérationnels. S'il fait quelque chose de travers, on ne pourra même pas le lui reprocher.

Korotkov se leva brusquement, repoussa sa chaise et se mit à arpenter la pièce sans quitter Kamenskaïa des yeux.

– Qu'est-ce que tu as à me fixer ainsi ? finit-elle par demander, non sans amusement. Je suis mal coiffée ?

– Non, je regarde seulement comment tu es devenue.

– Et... ?

– Différente. Étrangère. Inconnue.

– C'est-à-dire ?

– Tu es devenue prudente jusqu'à l'indécence. Ton goût du risque a disparu. Qu'est-ce qui t'est arrivé, l'amie ? On t'a changée. On dirait même que tu as forci.

– Eh oui ! J'ai pris deux kilos, confirma Nastia en riant. Je te l'ai déjà dit il y a quelques jours, mais tu ne m'as pas écoutée. Les déjeuners quotidiens avec des frites ne passent pas sans laisser de traces...

Tout en parlant, elle se leva pour aller rincer des tasses au petit lavabo dans un coin de la pièce, et remplir la bouilloire pour faire du café.

– Et puis, je m'énerve moins, poursuivit-elle. Tu ne peux pas t'imaginer à quel point il m'est plus agréable de faire ce travail d'analyse que j'adore dans un cadre statutaire et en étant payée pour ça que d'agir en cachette, même avec l'autorisation officieuse de mes supérieurs. Pour le reste, j'ai toujours été une peureuse invétérée et j'ai toujours été hyperprudente, même pour des bêtises. Tu l'as tout bonnement oublié depuis trois mois que nous ne travaillons plus ensemble. En revanche, ma passion pour la recherche de la vérité est toujours là. Le vieux Nemtchinov ne me quitte pas l'esprit. Je n'arrête pas de penser à lui et à son affaire d'il y a dix ans. Jour et nuit. Impossible de le chasser de ma tête.

Korotkov la fixait toujours d'un regard sérieux.

– Tu sais, j'ai l'impression que tu tentes assez bêtement de me mener en bateau, lui dit-il très sérieusement. Avoue que tu as une aventure avec Zatotchny. C'est pour ça que tu es si tranquille et heureuse, que tu aimes ce travail administratif idiot, à remplir des formulaires dont personne n'a besoin, et que c'est pour ça que tu as abandonné le travail de terrain.

– Co... comment ?

Elle resta saisie d'étonnement, incapable de prononcer autre chose que des balbutiements. Sans s'en rendre compte, elle inclina la tasse à moitié pleine qu'elle tenait dans les mains et un mince filet d'eau coula timidement sur la manche de son chandail.

– Attention, tu vas te mouiller ! la prévint Korotkov d'un ton toujours sévère.

Nastia se ressaisit et reposa la tasse avant de se mettre à tressauter, saisie d'un rire hystérique.

– Voyons, Iouri ! Et tu te prends pour un limier ? Tu devrais écrire des scénarios pour des feuilletons comme *Les Feux de l'amour* au lieu de courir après les assassins et les violeurs. Tu as plus d'imagination que Sidney Sheldon et Jackie Collins réunis. Ils ne t'arrivent pas à la cheville, ma parole !

– Prouve-moi que je n'ai pas raison et je te ferai des excuses, rétorqua-t-il, buté.

Nastia prit un mouchoir pour s'essuyer les yeux que le rire avait embués et remplit enfin la bouilloire.

– Je n'ai rien à te prouver ! dit-elle enfin. Il n'y a rien entre Zatotchny et moi, c'est du délire. Voyons, Iouri, tu es bien placé pour savoir que Liocha Tchistiakov m'a demandé de convoler lorsque nous avions tous les deux vingt ans et que j'ai attendu jusqu'à trente-cinq pour accepter enfin de l'épouser. Je ne l'ai tout de même pas fait lanterner pendant quinze ans pour avoir des aventures tout de suite après le mariage. J'ai épuisé tout mon potentiel passionnel avant. C'est clair ?

– À la Petrovka, tout le monde pense que tu es la maîtresse de ton chef.

– Et alors ? Qu'ils pensent ce qu'ils veulent si leur cervelle ne va pas plus loin. Mais toi ? Comment peux-tu penser ça ? On se connaît depuis mille ans. On était déjà potes quand Iouri Dolgorouki n'avait pas encore fondé Moscou ! Bon, procédons par ordre. Comme on dit dans je ne sais plus quel film, je suis prête à partager ton chagrin, mais point par point. Je n'ai aucune aventure avec Zatotchny et c'est tout ce que je dirai sur cette question. Ensuite, le travail administratif n'est pas forcément idiot, mais ça, c'est mon opinion personnelle et tu as parfaitement le droit de ne pas être de mon avis. Mais tu n'as pas non plus à m'imposer ton point de vue, d'accord ?

Korotkov hocha la tête tandis qu'un mince sourire revenait sur son visage.

– Troisième point, poursuivit-elle. Oui, je suis tranquille et heureuse. En quoi ce serait mal ? Iouri, lorsque je me souviens de l'année dernière, j'ai les cheveux qui se dressent sur la tête. J'ai été à deux doigts de commettre un tas d'erreurs irréparables, d'abord avec mon beau-père et ensuite avec Liocha. Il m'a fallu faire des tonnes d'efforts pour me tirer du merdier où je m'étais moi-même joyeusement fourrée. On ne sait ce qui est bon que par comparaison avec ce qui est mauvais, mais lorsque la comparaison est impossible, ce qui est bon est considéré comme allant de soi et devient une source permanente de critiques et de jérémiades. Mais tout ça, c'est du passé. Mes relations avec Liocha se sont arrangées alors que nous étions au bord du divorce à cause de ma bêtise. Et maintenant, j'ai le droit d'être pleinement heureuse. D'autres questions ?

Cette fois, Korotkov sourit pour de bon et tendit la main pour donner une chiquenaude sur le nez de sa collègue.

– Tu es tout de même spéciale, Nastia. On peut aimer ou non le travail d'enquêteur, on peut y être dévoué jusqu'à la moelle ou le détester prodigieusement, et les deux positions sont faciles à expliquer et à comprendre. Mais comment peut-on prendre son pied avec de la paperasse et des chiffres ? Cela dépasse l'entendement de toute personne normale. Des schémas sans fin, des diagrammes, des statistiques, des pourcentages et tous ces trucs inspirés par le diable. Tu peux me dire comment on peut apprécier toute cette lie barbante ?

– Pour toi, c'est barbant. Pour moi, c'est un plaisir. Pourquoi je devrais avoir le même avis que toi ? Tu crois être normal et que tous ceux qui ne sont pas comme toi sont anormaux et doivent être rééduqués ? Imagine que je me mette à penser comme toi, que je te rebatte jour et nuit les oreilles avec la beauté du travail analytique et son utilité pour le progrès et la prospérité de l'humanité et que je considère tous ceux qui ne réfléchissent pas comme ça comme des imbéciles et des bornés. Ça te plairait ?

– OK ! OK ! fit Korotkov en levant les mains au ciel. Je me rends sans combat. Tu as de curieux arguments. D'où tu les sors ? De tes lectures ou de nouvelles rencontres ?

– L'expérience, Iouri, l'expérience. Et pour moi, cette expérience s'appelle Pavel Mikhaïlovitch Dioujine, le gars qui court avec son eau bénite et que tu trouves étrange. Moi aussi, au début, j'étais sidérée par ses sorties et je le trouvais excentrique et un peu idiot. Mais à force de le côtoyer, j'ai fini par comprendre qu'il n'a rien d'étrange. Il est différent. Tu saisis ? Simplement différent. En réalité, pour lui, c'est nous qui sommes bizarres parce que nous ne discernons pas des choses qu'il connaît et qu'il perçoit. Ainsi, il peut se sentir très mal dans une pièce et il ne comprend vraiment pas comment les autres peuvent travailler et communiquer tranquillement sans rien ressentir. Toi et moi, nous pensons d'une manière que nous estimons juste, mais pas Dioujine. Pour lui, c'est nous qui avons tort. Comment savoir qui a raison ?

– Toi et moi, bien sûr, s'écria Korotkov en riant. Deux voix contre une : notre opinion prévaut. C'est la base de la démocratie, non ?

– Pas tout à fait. La démocratie est une forme d'organisation de la société qui permet de prendre les décisions qui conviennent au plus grand nombre. Mais nous parlons d'autre chose : de ce qui fait l'identité de chacun. Nous sommes tous différents parce que la nature nous a dotés différemment et que notre éducation et l'expérience individuelle de la vie ont fait le reste. Que cela nous plaise ou non, que nous le voulions ou non, ce sont des données avec lesquelles on ne peut pas transiger. Il faut les accepter. Aucune démocratie ne peut supprimer les différences entre les gens. C'est même le contraire, elle n'existe que parce que nous ne sommes pas identiques et que nous ne pensons pas de la même manière.

Korotkov attendit la fin de la tirade pour pousser un gros soupir.

– Dis donc, Nastia ! Tu es tombée dans une marmite de philosophie ou quoi ? Ça vole trop haut pour moi. Je suis un homme simple, j'ai des pensées terre à terre et ne suis pas attiré par les hautes questions sur le sens de la vie et le destin de l'humanité. Je dois élucider le meurtre de Barsoukov, ce qui me donne suffisamment de migraines. Revenons donc à ton Dioujine. Ou plus exactement au problème de la bague de la petite Lera Nemtchinova. Si ça se trouve, c'est Sacha Barsoukov qui, par l'intermédiaire du grand-père Nemtchinov ou de quelqu'un d'autre, était lié à une bande criminelle qui a payé ses services avec cette bague. Et lui, il l'a offerte à sa dulcinée…

– Très possible, dit Nastia. Mais tous les raisonnements qu'on peut faire ne seront valables que si c'est vraiment la bague qui appartenait à Tamara Solovieva. Sinon, toutes nos constructions ne serviront à rien.

– Dans ce cas, envoyons Dioujine en reconnaissance auprès de Lera. Il faut trancher la question une fois pour toutes si nous voulons éviter de nous bourrer réciproquement le crâne avec des hypothèses idiotes qui peuvent nous mener seul le diable sait où. Fais venir ton petit Pavel et nous réglerons tout de suite la question.

Nastia ne fut pas enthousiasmée par l'idée. Elle n'aimait pas se servir d'amateurs pour l'aider dans ses enquêtes, mais elle devait reconnaître que cela lui arrivait assez souvent. Quel était le membre de son entourage dont elle n'avait pas déjà sollicité l'aide ? ! Elle avait demandé à son mari, à son frère Alexandre, à sa belle-sœur Dacha, et même à d'anciens taulards et à des journalistes. En réalité, ce n'était pas l'idée d'utiliser un amateur qui la gênait, mais celle de faire appel à Pavel Dioujine. Encore que... comment savoir ? Même s'il était différent de la plupart des gens qu'elle connaissait, peut-être qu'il jouerait tout de même un rôle positif...

– Entendu, se décida-t-elle enfin. Je vais appeler Dioujine et nous lui expliquerons ce que nous souhaitons qu'il fasse. Mais j'ai autre chose à te demander : je dois parler à un type qu'on voit ces derniers temps à la télé en compagnie d'Igor Vildanov.

– Vildanov ? répéta Korotkov en fronçant les sourcils. Qui c'est ? Tu veux parler du chanteur ?

– Lui-même. Tu peux m'aider ?

– Bien sûr que je peux ! Seulement tu sais que je n'avance jamais à l'aveuglette, alors je veux savoir pourquoi tu as besoin de ce gars.

– Je sais que cet homme qu'on voit souvent près de Vildanov était un visiteur régulier de la datcha des époux Nemtchinov avant leur décès, il y a plus de dix ans.

– Et qu'est-ce que tu lui veux ?

– Je veux lui parler du grand-père Nemtchinov. Savoir si c'est vrai qu'il ne se rendait jamais à la datcha et si la seule fois où il y a mis les pieds, c'est le jour où il a liquidé son fils et sa belle-fille.

– Seigneur, quelle importance ? C'est de l'histoire ancienne. Je comprendrais s'il fallait élucider l'affaire, mais elle est résolue depuis tellement longtemps que le coupable a eu le temps de purger sa peine et d'être relâché.

Nastia se leva et entreprit de ranger des papiers dans son coffre-fort. Korotkov garda le silence en attendant ses explications. Elles allaient venir, il n'en doutait pas. Pendant toutes les années où ils avaient travaillé ensemble à la Petrovka, jamais elle ne l'avait traité comme un garçon de courses qu'on peut envoyer au diable vauvert. Korotkov et ses collègues savaient que la tête de la jeune femme fonctionnait selon des schémas qu'elle seule comprenait et ils étaient souvent incapables de suivre la logique de ses déductions. Pourtant, Nastia ne se serait jamais permis quoi que ce soit qui puisse être interprété comme un ordre du genre : « Si tu ne comprends pas, tant pis pour toi, tu n'as qu'à faire ce que je te dis. » Elle expliquait toujours tout en détail et n'hésitait jamais à prendre une feuille de papier pour rendre plus clair son raisonnement à l'aide de flèches et de petits carrés, jusqu'au moment où son interlocuteur se demandait comment il avait fait pour ne pas trouver tout seul des choses aussi évidentes !

Nastia referma le coffre et rangea les documents restants dans des classeurs qu'elle empila soigneusement sur la table. Puis elle examina le résultat d'un œil critique avant de se rasseoir à sa place.

– Iouri, le vieux Nemtchinov joue un rôle dans certaines des hypothèses que nous avons émises au sujet du meurtre de Barsoukov. Et nous devons en savoir le plus possible sur lui avant d'aller l'interroger. C'est peut-être un criminel très expérimenté et dangereux, et si nous l'effrayons, on ne nous le pardonnera pas. Surtout toi, d'ailleurs, puisque je ne suis qu'une pièce rapportée dans l'enquête. Il y a un autre détail que je voudrais éclaircir. Le vieux Nemtchinov a été arrêté sur le quai, alors qu'il attendait le train de banlieue pour Moscou. J'ai trouvé un plan du village dans le dossier. Tu me croiras si tu veux, mais il n'y a pas plus de cinq cents mètres entre la datcha et la gare. Cela représente à peine dix minutes d'un pas normal, moitié moins en marchant vite. Et pourtant, le grand-père a été arrêté presque une heure et demie après le meurtre. Il me faut les horaires des trains de l'époque pour déterminer s'il y avait réellement une telle interruption dans le service. Dans le cas contraire, j'aimerais bien comprendre pourquoi il n'a pas pris le premier train qui passait et où il est resté pendant près de quatre-vingt-dix minutes. Une personne normale se serait éloignée à toutes jambes du lieu du crime.

– Est-ce que c'était tard le soir ? demanda Korotkov en plissant le front. Excuse mon ignorance, mais je n'ai pas lu le dossier.

– Non, soleil de mon cœur. C'était en plein jour. À la télé on donnait les *Dix-sept moments du printemps*, notre feuilleton d'espionnage préféré et impérissable. En plus, c'était un samedi. Même si je n'ai pas de datcha, je sais très bien qu'il n'y a jamais un tel temps d'attente entre deux trains, même les jours fériés. Dans un rayon de trente kilomètres autour de Moscou, les délais entre les trains sont de dix à quinze minutes, pas plus. Mais je tiens à vérifier les horaires, bien que je sache déjà qu'il y a quelque chose qui cloche dans cette histoire d'arrestation.

– D'accord, dit Korotkov. Tes explications me conviennent et je ravale tous mes doutes. Allons, fais venir ton extralucide.

– Ne t'avise pas de l'appeler ainsi en sa présence ou il va se vexer, le prévint Nastia en soulevant le combiné.

5

Zotov aimait déjeuner dans des restaurants de luxe. Déjeuner et non dîner. Dans la journée, il y avait toujours moins de clients et cela lui donnait une impression de raffinement et le sentiment d'occuper une situation privilégiée qui disparaissait toujours lorsqu'il y avait beaucoup de monde autour de lui. Où était le privilège s'il était accessible à tant de gens ? Il dînait habituellement chez lui, mais il préférait déjeuner au restaurant « Angleterre » ou dans d'autres établissements de la même classe.

En arrivant devant l'immeuble à l'angle de la rue Loubianka, il examina rapidement les voitures garées et aperçut très vite la Saab vert sombre. Levtchenko était déjà là. Ils n'avaient rendez-vous qu'à deux heures et il était moins vingt. Il était donc en avance et cela signifiait qu'il était impatient. Zotov, contrarié, ôta ses gants fins de conduite et balança rudement sur le siège passager, à côté de lui, ces deux accessoires en cuir, qui n'y étaient pour rien. Ce fils de pute de Levtchenko n'avait jamais été à l'heure de sa vie, non pas parce qu'il ne savait pas être ponctuel, mais parce qu'il aimait se faire attendre. Qu'il soit arrivé presque une demi-heure en avance signifiait clairement que l'affaire dont ils allaient s'entretenir était pour lui ce qu'il y avait de plus important au monde. Plus même que sa propre importance. Zotov, ce jour-là, aurait donné cher pour attendre son interlocuteur les quarante minutes habituelles. Il l'aurait même attendu une heure entière avec plaisir, car il n'avait rien à répondre à Levtchenko. Pas encore.

Il ferma sa voiture et marcha d'un pas lent vers l'entrée du restaurant. L'employé du vestiaire, un sourire poli sur les lèvres, lui prit la belle pelisse Versace en mouton retourné qu'il avait achetée à Paris et qu'il examinait chaque jour avec attention à la recherche de la plus petite tache ou du moindre accroc. L'essentiel, c'était de prendre les choses à

95

la base, de réagir à temps pour ne pas laisser les taches s'incruster et les accrocs se transformer en vrais trous.

En entrant dans la salle, il constata avec déplaisir que, bien entendu, Levtchenko s'était installé à la table qui lui plaisait le moins et qu'il s'était assis dos au mur, ne lui laissant d'autre possibilité que de prendre la chaise qui tournait le dos à la salle. Comment le qualifier d'autre chose que de fils de pute ?! Ils avaient déjà déjeuné là trois fois au cours des derniers mois et chaque fois Zotov était arrivé le premier et avait pris la table où il avait ses habitudes, un peu à l'écart et dans un coin, ce qui permettait aux deux convives d'être assis dos au mur et de voir toute la salle. C'était très important pour lui, car il lui était difficile de tourner le dos à la porte et aux gens en raison de sa nervosité et de son anxiété viscérales. Il avait eu le malheur de le dire à Levtchenko et ce n'était évidemment pas tombé dans l'oreille d'un sourd. C'était pour ça qu'il était arrivé plus tôt ce jour-là : il avait pris cette table exprès pour que son interlocuteur se sente mal à l'aise.

« Quel sinistre imbécile ! se dit Zotov en bouillant de rage mais affichant un sourire radieux tandis qu'il s'approchait de Levtchenko. Si tu veux que quelqu'un fasse quelque chose pour toi, oblige-le à t'apprécier et il se mettra en quatre pour toi. Mais tu fais tout pour me contrarier, comme si m'énerver pouvait faire avancer les choses. Non, l'affaire n'ira pas plus vite pour autant. Mieux : elle n'ira pas du tout. »

– Vous êtes très en avance, aujourd'hui, fit-il remarquer en guise de salutation, en prenant sur lui pour ne pas laisser transparaître son irritation. Excusez-moi de vous avoir fait attendre, mais j'étais certain d'être là le premier.

– Ce n'est pas grave, répondit Levtchenko d'un ton indulgent. Prenez place.

« C'est toujours ainsi, constata intérieurement Zotov en retenant difficilement une poussée de haine. J'arrive volontairement avec vingt minutes d'avance et je suis finalement obligé de me justifier comme si j'étais un vilain garnement. Seigneur, Levtchenko, comment vais-je pouvoir me débarrasser de toi ? En fait, je n'y parviendrai jamais, c'est clair. Je me suis embourbé avec toi jusqu'aux oreilles. Ma seule consolation est que tu baignes dans la même merde que moi. »

Selon une habitude prise bien des années plus tôt, ils n'abordaient jamais le véritable sujet de leurs entretiens d'affaires avant que le maître d'hôtel ait pris la commande. Ce jour-là, pourtant, Levtchenko semblait décidé à violer toutes les règles, tacites ou non, qu'ils avaient établies au fil du temps. D'abord, il arrivait avant l'heure et, ensuite, il entamait la conversation tout de suite et sans préambule.

– Alors, Slava, de bonnes nouvelles ? Quand puis-je compter avoir les documents ?

– Il n'y a rien dont on puisse se réjouir, Nikolaï Stepanovitch, soupira Zotov. Ça va de mal en pis. Je n'arrive à rien. Pour être honnête, j'ai épuisé toutes les possibilités de découvrir ce que sont devenus ces matériaux. Il m'est pénible de vous dire ça, mais j'ai bien l'impression que je n'arriverai jamais à l'obtenir. Ne serait-il pas possible de résoudre votre problème d'une autre manière ?

Levtchenko lança des éclairs sous ses sourcils broussailleux et se renfrogna. Zotov resta pantois devant le courage qu'il venait de manifester. Jamais au cours de toutes les années qu'ils se connaissaient, il n'avait eu l'audace de parler ainsi au tout-puissant Nikolaï Stepanovitch. Dès le début, leurs relations s'étaient établies de la manière suivante : Levtchenko formulait des souhaits, et Zotov suait sang et eau pour les réaliser. Et il y parvenait. En compensation, il recevait des remerciements en paroles et en espèces sonnantes et trébuchantes, celles-ci moins nombreuses que celles-là. À dire vrai, leur collaboration, entamée bien des années plus tôt, avait fini par s'essouffler jusqu'à s'arrêter ces dernières années. Soit Zotov ne convenait plus à Levtchenko, soit ce dernier avait des problèmes d'un autre ordre qu'il confiait à d'autres exécutants, mieux à même de les résoudre. Pendant quelque temps, Zotov s'était même laissé bercer par l'illusion que Levtchenko n'était plus de ce monde. Mais rien de mauvais ne lui était arrivé : il avait fini par refaire surface pour lui demander de lui trouver certains documents dont il avait besoin pour d'obscures intrigues politiques.

– Je comprends que ça vous soit pénible, Slava, mais à moi, il est encore plus pénible de constater que tout l'argent que j'ai investi en vous n'a servi qu'à arroser le sable. Vous avez donc oublié…

Il s'interrompit à l'approche du maître d'hôtel, un bloc et un crayon à la main. Zotov passa vite sa commande sans regarder le menu qu'il connaissait par cœur. Levtchenko, fidèle à son habitude, en tourna les pages et posa des questions sur tel ou tel plat.

Lorsqu'ils furent de nouveau seuls, Levtchenko reprit sa tirade exactement là où il s'était arrêté. C'était une autre de ses particularités : rien ni personne ne pouvait le détourner d'une pensée ou d'une phrase.

– ... comment vous êtes venu me voir, jeune, pauvre et stupide pour me demander du travail ? Vous ne saviez même pas chanter, même si vous aviez passé des années à apprendre avec de bons profs. J'ai trouvé le moyen de vous employer et même de vous faire obtenir un bon salaire. Je vous ai appris à travailler et à gagner de l'argent, je vous ai introduit auprès de personnes grâce auxquelles vous avez vécu dans l'aisance et qui vous permettent aujourd'hui de pousser partout votre protégé incapable, ce Vildanov. Vous devriez m'en être reconnaissant, et tout ce que j'entends, ce sont des mots pitoyables sur votre impuissance : c'est pénible, mais vous ne pouvez pas... Ce n'est pas une manière de parler, mon cher. Pour discuter avec moi, vous devez peser soigneusement votre vocabulaire de manière à ce que je n'entende plus de tels mots. Maintenant, revenons à notre affaire. On me presse et c'est pour cela que je vous presse. La situation, grâce au ciel, n'est pas encore dramatique. Il y a trois jours, une crise gouvernementale semblait inévitable. Si elle avait éclaté, j'aurais eu besoin des matériaux de toute urgence. Heureusement, c'est passé. Mes analystes estiment que l'accalmie durera jusqu'au printemps, ce qui vous laisse un peu de temps. Mais pas beaucoup, ne vous faites pas d'illusions. J'aime préparer mes armes à l'avance et je m'efforce de ne rien remettre à la dernière minute. Vous avez compris, mon petit Slava ?

– Je vous ai compris, répondit doucement Zotov en s'efforçant de contenir son animosité et son ressentiment. Je ferai de mon mieux.

On apporta les entrées et ils restèrent silencieux un petit moment, à savourer les mets recherchés.

– On dit de vous des choses amusantes, reprit Levtchenko en décortiquant les pinces et la queue d'un énorme homard à l'aide d'un casse-pinces. J'imagine, Slava, que vous êtes au courant ?

– De quoi voulez-vous parler ?

– De vous et de votre jeune gars que vous ne quittez pas une minute. C'est vrai, tout ça ?

Une bouffée de haine s'empara de Zotov, mais il parvint à prendre sur lui pour ne pas laisser une grimace de répugnance s'afficher sur son visage. Qu'est-ce qu'il pouvait comprendre, ce vieux porc tordu ? Pour lui, il n'existait que deux types de relations qui impliquaient la proximité entre deux individus : le partenariat d'affaires et le sexe. Deux hommes qui n'étaient pas liés par des affaires communes et qui passaient beaucoup de temps ensemble ne pouvaient qu'entretenir une relation sexuelle. Aucune autre possibilité n'entrait dans son esprit. L'amitié, l'affection ou le respect étaient inaccessibles à la compréhension de Nikolaï Stepanovitch Levtchenko. Lui expliquer ça était absurde, mais ne pas répondre était impossible.

– Ce sont des bêtises, rétorqua-t-il avec une indifférence feinte. Nous nous voyons en effet tous les jours. Parfois nous passons ensemble la journée entière et parfois seulement une demi-heure. Tout dépend des répétitions, des spectacles, des enregistrements et des contacts professionnels. Je passe avec Igor le temps qu'il faut pour faire avancer nos affaires. Sans oublier que je lui sers aussi de mentor depuis l'enfance, vous le savez bien. Et vous savez aussi que sur le plan sexuel, je suis branché femmes et n'ai aucun instinct homosexuel. Cela répond à votre question ?

– Slava, voyons ! s'écria Levtchenko en partant d'un rire abject et brandissant le casse-pinces qu'il tenait à la main. Je sais aussi autre chose. Quand vous avez commencé à vous occuper de ce jeune talent, vous étiez marié, non ? Où est-elle maintenant ? Et puis vous avez épousé quelqu'un d'autre, si j'ai bonne mémoire. Et votre deuxième femme s'est, elle aussi, évanouie dans la nature. Les femmes partent, mais le garçon reste. Avouez que l'image est éloquente. À propos, mon ami, comment vont vos enfants ? À moins que vous ne les ayez exclus de votre vie comme vos charmantes épouses…

– Les enfants vont bien, merci, répondit Zotov en se maîtrisant.

– De vrais petits anges ! s'écria Levtchenko, son homard fini, et il s'essuya soigneusement les doigts dans sa serviette. Je vous ai toujours envié un peu car mes fils ne m'apportent que peu de joie. Ils m'ont toujours attiré des tas d'ennuis, même quand ils étaient encore gamins. Je passais mon temps à les sortir du poste où ils finissaient toujours à cause de leurs bêtises. Maintenant qu'ils sont grands, il vaut mieux ne pas en parler… C'est vrai qu'on ne sait pas encore comment vont tourner vos angelots. Quel âge a votre fille aînée ? Pour autant qu'il m'en souvienne, elle doit avoir dans les quinze ans, non ?

– Elle en aura seize au printemps, lui confirma Zotov.

– Et le garçon ?

– Onze ans.

– Ah, Slava ! N'oubliez pas que c'est l'âge dangereux, le prévint Levtchenko sur un ton sentencieux. N'importe quoi peut arriver. Mais… Qu'est-ce que je raconte ? Comme si vous ne le saviez pas !

Les mots claquèrent aux oreilles de Zotov comme une gifle portée par une main enduite de merde. Était-il possible de parler de quoi que ce soit avec ce vieux connard sans ressentir de la répugnance et du dégoût ? Avec lui, il n'y avait jamais de sujets neutres. Même lorsqu'il parlait des enfants, le barbon s'ingéniait à l'écœurer.

Finalement, en dehors du déplaisir physique et moral qu'il ressentit, le déjeuner se déroula relativement bien pour lui. Son interlocuteur ne lui mit pas de pression excessive et ne tenta pas de l'intimider. Zotov devait bien reconnaître que Levtchenko ne le faisait jamais, tellement il était persuadé que personne n'aurait jamais l'audace de lui désobéir. Pour lui, si quelqu'un ne faisait pas quelque chose qu'il avait demandé, ce n'était pas par impertinence ou insubordination, mais seulement par négligence ou parce qu'il avait oublié. Il suffisait donc de lui rafraîchir la mémoire et de le tancer un peu. C'était censé suffire. Le plus déplaisant était qu'il avait raison. C'était le genre de type à qui on n'osait pas désobéir.

Ils en étaient au café lorsque Zotov finit quand même par demander :

– Nikolaï Stepanovitch, vous tenez absolument à récupérer ces documents ou vous accepteriez quelque chose qui vous permette d'atteindre le même but ?

Levtchenko fronça ses épais sourcils, lui jeta un regard méfiant et poussa un « humm » un rien dubitatif avant de décider de sa réponse.

– Je suis prêt à accepter n'importe quoi, à condition que ce soit efficace. Je n'imaginais pas, Slava, que vous aviez des possibilités et des relations suffisamment vastes pour obtenir n'importe quel objet ou document. Vous m'étonnez agréablement. Les leçons que je vous ai données il y a tant d'années ont finalement porté leurs fruits. Osez, mon bon et tendre ami ! Cherchez et apportez-moi ce dont j'ai besoin. Mais d'abord, je veux savoir où est passé tout ce matériel et ce qu'il est devenu. Car je ne vous apprendrai pas qu'on peut gagner de l'argent en utilisant ce genre de pièces, mais aussi en ne s'en servant pas. Beaucoup de gens bien installés aujourd'hui paieraient beaucoup pour avoir la certitude que ce matériel a définitivement disparu. En ce qui concerne d'autres documents, je vous engage à faire preuve d'initiative. Travaillez. Je ne vous lie pas les mains. Ça vous convient ?

– Dans un certain sens. Si des cadres rigides ne me limitent pas, alors j'espère pouvoir vous aider.

LE REQUIEM

Levtchenko reposa lentement sa petite tasse sur la soucoupe et ôta avec difficulté son doigt potelé de la petite boucle élégante de l'anse. Ses yeux cessèrent de briller comme si un écran mat s'était abattu devant son regard.

– Slava, ne vous trompez pas, dit-il avec un méchant sourire. Vous ne devez pas penser que vous me rendez un service. En fait, je vous ai aidé jadis. Et plus d'une fois. Je vous ai sorti de merdes sérieuses, et maintenant, vous payez simplement votre dette. Et ne vous posez pas la question idiote de savoir si vous en êtes capable. Il suffit de vous souvenir que vous en avez l'obligation. Vous devez faire ce que je demande. C'est tout. Merci, cher ami, pour cet excellent déjeuner.

Il se leva avec aisance, malgré son embonpoint et se dirigea rapidement vers la sortie. Zotov se retourna pour le regarder partir tout en songeant, avec mécontentement, qu'il se comportait comme un gosse qui vient de se faire réprimander par une grande personne et qui attend qu'elle se retourne pour lui lancer un sourire et agiter gentiment la main en lui faisant comprendre que tout va bien et que l'incident est clos.

Mais Levtchenko partit sans regarder en arrière.

*

* *

Étendue sur le divan de sa chambre Lera Nemtchinova écoutait encore un enregistrement de Vildanov lorsque le téléphone sonna. Elle s'empara du combiné à la hâte. Et si c'était Igor ?

C'était lui.

– Salut, Chaton ! Tout baigne ?

– Bien sûr ! répondit-elle avec un sourire béat. Et pour toi ?

– Pour moi ? C'est le bordel, annonça joyeusement le chanteur. Et si tu venais mettre un peu d'ordre. J'ai de la visite, ce soir.

– Bien sûr ! répéta-t-elle. J'arrive.

– Entendu, alors, conclut-il d'une voix soudain affairée. Je me sauve dans dix minutes. Tu viens et tu remets de l'ordre. En chemin, achète quelque chose pour que je puisse nourrir mes invités. Des zakouski, des salades… enfin… tu sais ce qu'il faut. Bon, Chaton, salut. Il faut que j'y aille. Je suis déjà à la bourre.

– Attends ! s'écria la jeune fille à la hâte. Et les clés ? Je n'ai pas les clés…

101

– Ah oui, j'ai oublié. Écoute, je ne peux pas t'attendre, j'ai des affaires à régler. Appelle le cerbère, en bas, et mets-toi d'accord avec lui. Entendu, Chaton ? Baisers gloutons !

Lera ôta le pyjama en pilou dans lequel elle traînait à la maison et entreprit de s'habiller. Elle n'avait pas besoin de faire beaucoup d'efforts pour choisir ses vêtements. Après tout, Igor ne l'avait pas appelée pour un rendez-vous mais pour faire le ménage. Il ne serait même pas à la maison. Il rentrerait sans doute tard et pas tout seul. Il ne l'avait même pas invitée à sa soirée, même à titre de domestique. Un jean et un pull suffiraient largement. Et elle pouvait rester sans maquillage…

« Non, mais ça ne va pas la tête ! » s'offusqua-t-elle intérieurement. Et s'il rentrait à l'improviste ? Et s'il l'appelait soudain pour lui demander de rester pour accueillir ses amis ? Elle devait être prête à tout. Avec Igor, elle devait toujours être séduisante.

Elle sortit de l'armoire des pantalons étroits en cuir et un chemisier d'un rouge éclatant qui couvrait le ventre mais laissait voir une bande de chair à la taille. Lera savait que ça plaisait à son Igor : l'alliance du rouge et du noir, un morceau de peau nue, le tissu fin qui moulait des seins hauts et bien plantés… Il n'aurait pas honte d'elle devant ses visiteurs. Évidemment, il lui était impossible de faire du ménage habillée comme ça, mais elle n'aurait qu'à tout ôter pour passer un vieux T-shirt d'Igor.

Elle se maquilla soigneusement et se regarda avec plaisir dans la glace avant de partir. Elle se chaussait dans l'entrée lorsque le grand-père entrebâilla la porte de sa chambre pour pointer son nez.

– Tu ne rentres pas trop tard ? demanda-t-il.

– Ce n'est pas ton affaire, grommela la jeune fille en remontant la fermeture Éclair de ses bottes.

– C'est seulement pour savoir si je dois préparer à manger. Tu déjeunes à la maison ?

– Non.

– Et pour le dîner ?

– Je n'en sais rien.

– Alors passe-moi un coup de fil, que je sache s'il faut faire quelque chose et à quelle heure.

– On verra, répondit-elle vaguement.

Elle boutonna sa pelisse, s'empara de son sac et claqua la porte derrière elle.

Dehors, il tombait de la neige fondue et Lera regretta immédiatement de ne pas avoir regardé par la fenêtre avant de sortir. Elle aurait dû prendre ses lunettes pour protéger ses yeux : par ce temps, tout son maquillage allait couler. Et dire qu'elle avait acheté des lunettes spéciales avec des verres légèrement teintés, mais optiquement neutres, sans dioptries. Mais elle ne pouvait pas retourner chez elle... Il faudrait supporter les questions du grand-père : et « Pourquoi tu es revenue ? », et « Qu'est-ce qui t'est arrivé ? »... Et puis, il ne fallait jamais retourner chercher un objet oublié : ça portait malheur. Bien entendu, le mauvais sort pouvait être conjuré en se regardant dans un miroir avant de ressortir, mais il valait mieux ne pas prendre de risques...

Comme à son habitude, elle fit ses emplettes dans le magasin d'alimentation de son quartier. Six mois plus tôt, elle s'était vu confier de la même manière la tâche d'acheter de quoi nourrir des invités. Comme il était tard et que les commerces seraient fermés lorsqu'elle arriverait dans le quartier d'Igor, elle avait décidé d'acheter les zakouski près de chez elle. Tous les convives avaient adoré la salade de crabe, le cocktail de crevettes et le tsatsiki à la grecque et personne n'avait voulu croire que ça n'avait pas été fait maison.

Depuis ce jour-là, elle était restée fidèle à ce magasin et y allait à chaque fois qu'Igor lui confiait la même mission. Le revers de la médaille était qu'elle était obligée de se coltiner les sacs de victuailles à travers la moitié de la ville. Elle n'osait jamais prendre une voiture à la sauvette : devant la pénurie de vrais taxis, de nombreux conducteurs arrondissaient leurs fins de mois en transportant des clients au noir, mais les journaux et les conversations étaient pleins d'histoires de jeunes femmes insouciantes que des pervers chargeaient ainsi dans leur voiture pour les emmener dans des endroits sombres et déserts pour les voler, les violer, voire les tuer.

Elle fit le tour des rayons du grand magasin en mettant dans un Caddie tout ce dont elle avait besoin. Au bout du compte, ses emplettes remplirent cinq sacs en plastique : trois dans une main et deux dans l'autre, c'était encombrant et lourd, bien sûr, mais elle parviendrait bien à tout porter. L'essentiel était de ne pas perdre les tickets de caisse. Bien sûr, Igor lui rembourserait l'argent qu'elle avait avancé, mais il vérifierait ses dépenses jusqu'au dernier kopeck. Non, il n'était pas avare. Au contraire, il était généreux et ne regardait jamais à la dépense, mais il ne pouvait pas supporter de se faire gruger, même d'un seul rouble. Il vérifiait toujours les additions. Il ne regrettait pas son argent, mais ne donnait jamais un sou de trop.

Lera était déjà arrivée à mi-chemin de la station de métro la plus proche lorsqu'elle entendit une voix qui s'adressait à elle :

– Mademoiselle, auriez-vous quelques minutes à m'accorder ?

Devant elle se tenait un jeune type, plutôt beau gosse, avec un carnet et un stylo dans les mains. Grand, les yeux bleus, la mine sérieuse. Quelques minutes ? Pourquoi pas ? Ça lui permettrait de poser les sacs sur le trottoir et de se reposer un peu : ses doigts étaient déjà gourds. Et puis, à midi, dans une rue fréquentée, elle ne risquait rien.

– Je vous écoute, dit-elle avec un gentil sourire.

– J'aimerais vous poser une question, mais elle peut vous paraître étrange et même un peu effrayante, aussi, je dois vous donner quelques explications préalables.

« Merde ! s'écria-t-elle intérieurement. Je le savais ! Une question étrange et effrayante : je suis tombée sur un maniaque qui veut mon avis sur les partouzes ou le sadomasochisme. Je suis vraiment conne de m'être arrêtée. Mais, bon ! Avec tout le monde qu'il y a autour, je m'en sortirai d'une manière ou d'une autre. »

– J'étudie l'influence sur l'homme de différentes sortes de radiations, poursuivit Yeux-bleus. On sait depuis longtemps que des formes géométriques différentes émettent différents types d'ondes. Vous en avez déjà entendu parler ?

Ces explications calmèrent un peu Lera. Ce n'était peut-être pas un obsédé sexuel, après tout.

– Non, reconnut-elle en hochant la tête.

– Mais vous avez entendu parler de la vieille coutume qui consiste à disposer sur les commodes sept petits éléphants alignés par rang de taille ? On pensait que ça portait bonheur.

– Bien sûr, reconnut-elle en éclatant de rire. C'était un truc d'une sinistre étroitesse d'esprit. Plus personne ne fait ça depuis longtemps. C'était à la mode à l'époque des mouchoirs en dentelle et des crinolines !

– Vous avez raison, lui confirma Yeux-bleus. Ça ne se fait plus et c'est bien dommage. Des savants ont établi qu'un tel alignement d'éléphants émet des ondes positives qui portent très loin. D'ailleurs, il est inutile que ce soient des éléphants. On peut utiliser n'importe quelles figurines et même simplement des contours en fil de fer, à la seule condition de respecter la règle principale : que les statuettes soient alignées en fonction de leur taille et que celle-ci augmente dans la proportion trois, cinq, sept, neuf ou plus de treize. Ça vous intéresse ?

Si ça l'intéressait ? Et comment ! Ce beau gars aux yeux bleus donnait l'impression de dominer un savoir très particulier. Et si elle, Lera, pouvait l'apprendre aussi, elle serait peut-être en mesure d'aider Igor. Elle serait capable de le rendre heureux et chanceux. Si elle réussissait, elle deviendrait pour lui un talisman porte-bonheur et il ne se séparerait jamais d'elle.

Elle acquiesça d'un geste volontaire du menton.

– Continuez, s'il vous plaît. Je n'ai jamais entendu parler de ça. C'est plutôt curieux.

– Bien. Il se trouve donc que les chercheurs ont pu déterminer que différents emblèmes politiques et religieux émettent également des ondes. Par exemple, les étoiles de Salomon et de David, les croix catholique et orthodoxe, sans oublier les yantras des philosophies orientales. Tous ces symboles émettent un rayonnement perpendiculaire à leur plan. Cela signifie que la personne qui porte la croix ou l'étoile, ou les voit simplement devant elle, ressent l'influence des ondes qu'elles émettent, bien que les gens qui le sentent vraiment soient très rares : il ne peut s'agir que d'êtres extrêmement sensibles qui ne courent pas les rues. Mais même si nous ne sentons pas quelque chose, cela ne signifie pas que ça n'existe pas. Vous comprenez ?

– Je comprends, reconnut encore Lera. Mais quelle question effrayante voulez-vous me poser ?

– Après ces préliminaires, je peux vous la poser.

Ils se trouvaient au milieu du trottoir, gênant de nombreux passants qui se dépêchaient d'atteindre le métro. Yeux-bleus regarda autour d'eux.

– Peut-être vaut-il mieux que nous nous écartions un peu, dit-il. Nous sommes en plein passage et j'ai peur qu'on vous bouscule.

Sans attendre son accord, il s'empara aisément des sacs volumineux posés à même le trottoir et fit quelques pas de côté pour les poser contre le mur d'un immeuble. Lera le suivit docilement.

– Alors, votre question ?

– Il semblerait que la croix gammée émette elle aussi des ondes. Ce qui n'est pas surprenant lorsqu'on sait qu'à l'origine le svastika est un yantra hindou censé porter chance. Mais c'est la croix gammée proprement dite qui m'intéresse car sa radiation serait assez particulière : elle serait positive d'un côté et négative de l'autre. Ainsi, celui qui la porte est-il baigné par des ondes favorables alors que ceux qui lui font face reçoivent un rayonnement négatif. La recherche sur le sujet est encore au stade empirique et je recueille des données pour aller plus loin.

– Pourquoi ? s'étonna Lera en fronçant les sourcils de peur d'être tombée sur un connard de néonazi. Quel est votre intérêt ?

– Parce que ma grand-mère et quatre autres membres de ma famille sont morts à Auschwitz. Bien sûr, à l'époque je n'étais pas encore né, mais ça ne me laisse pas indifférent. Et je veux comprendre où réside l'attraction, la force magnétique du nazisme.

– Je ne fais pas de politique, lui rétorqua vite Lera en se penchant pour reprendre les sacs.

La barbe ! pensa-t-elle. Elle s'imaginait déjà que Yeux-bleus allait lui donner la clé de la conquête définitive et irrévocable d'Igor et voilà qu'il s'occupait d'un truc politique idiot. Dieu merci, au moins, ce n'était pas un maniaque sexuel.

– Ce n'est pas de la politique, gentille demoiselle, mais de la science. Je ne m'intéresse qu'aux problèmes des radiations et des ondes. Et puis, je n'ai même pas eu le temps de vous poser la question principale que vous partez déjà…

« Il va me demander mon numéro de téléphone, ou m'inviter à dîner, se dit-elle. Quelle déception ! »

– Alors, allez-y, lui dit-elle indolemment. Posez votre question, qu'on en finisse.

Pendant quelques secondes, Yeux-bleus la regarda en silence puis il lança :

– Est-ce que vous dessiniez des croix gammées quand vous étiez gamine ?

Le rouge monta instantanément aux joues de Lera. Elle se souvenait très bien d'avoir dessiné une croix gammée au tableau, à l'école, quand elle avait neuf ans. Pour une raison mystérieuse, elle en avait eu terriblement envie et l'avait fait. L'instituteur avait convoqué tante Zina et celle-ci avait entrepris avec elle un travail éducatif en lui expliquant combien de souffrances le nazisme avait provoquées et combien de gens avaient péri des exactions nazies. Elle s'était procuré les lourds volumes du *Procès de Nuremberg* et lui avait montré les photos des camps de la mort ainsi que d'exécutions massives, de pendus et de fusillés. Avant ça, la petite fille n'avait jamais entendu parler de ces horreurs, mais le plus effrayant était que, même après, elle avait continué à avoir envie de dessiner des croix gammées. Elle était même incapable de se retenir.

Lorsqu'elle cédait, elle faisait seulement attention à ne pas être vue. Lorsqu'elle était seule dans la salle de classe, elle prenait une craie et dessinait rapidement la figure interdite, avant de l'effacer, tout aussi vite, d'un coup de chiffon. Puis elle jetait un coup d'œil en arrière pour vérifier que personne ne venait et recommençait. Elle avait honte, mais ne parvenait pas à se maîtriser. Lorsqu'elle dessinait, elle ressentait une impression de ravissement inexplicable associé à la montée d'adrénaline de la peur. Ça lui était passé quelques semaines plus tard : pendant les trois mois de vacances d'été, elle n'avait plus eu de tableau noir ni de craie sous la main. Elle avait bien essayé de tracer le symbole sur des feuilles de papier, mais elle n'avait ressenti alors aucune émotion particulière. Elle avait fini par oublier l'agréable sensation que cette activité lui procurait et, à la rentrée de septembre, elle n'avait pas recommencé.

– Vous ne dites rien, constata Yeux-bleus. Ça veut dire que ma question vous a touchée au vif. Aujourd'hui, vous êtes gênée et vous ne savez pas comment répondre, mais ne vous inquiétez pas, vous n'avez pas à vous sentir coupable. Un nombre considérable d'enfants et d'adolescents ont fait ça dans le passé et continuent à le faire aujourd'hui. Moi aussi, je dessinais des croix gammées à douze ou treize ans. Ça me procurait un grand plaisir, mais je ne connaissais presque rien sur le nazisme. J'avais bien lu deux ou trois trucs dans les livres et vu quelques films, mais, à cet âge-là, on comprend mal les souffrances et les chagrins d'autrui. Vous dessiniez sur les murs des porches des maisons ou sur les palissades ?

– Au tableau, en classe, avoua Lera en baissant la voix. Et vous ?

– Dans les entrées. Et sur le papier, vous avez essayé ?

La jeune fille tressaillit. Qu'est-ce qu'il était perspicace ! Comment avait-il deviné ?

– Oui, j'ai essayé.

– Et alors ? Vous n'avez pas aimé, n'est-ce pas ?

– Écoutez, comment vous…

Yeux-bleus la coupa d'un geste temporisateur de la main accompagné d'un grand sourire, tout joyeux.

– C'est simplement la confirmation de la théorie. Moi aussi, j'ai dessiné la croix gammée dans un cahier, mais je n'ai rien ressenti. Aucune sensation équivalant à celle que j'éprouvais en la traçant sur un mur. Et vous savez pourquoi ? Parce que la radiation est toujours émise perpendiculairement à la surface, comme je vous l'ai dit tout à l'heure. Quand on la dessine sur une surface verticale comme un mur, une palissade ou un tableau, les ondes viennent tout droit sur vous et vous subissez son influence. Si vous dessinez sur une feuille posée sur une table, c'est-à-dire sur un plan horizontal, les ondes s'élèvent vers le plafond et ne vous touchent pas. Est-ce que vous avez déjà remarqué qu'il est difficile de trouver aujourd'hui un immeuble à Moscou où les murs de l'entrée ou la cabine de l'ascenseur ne sont pas décorés par des graffitis en forme de croix gammée ? Et cela a toujours été ainsi, aussi loin qu'il m'en souvienne. Et on ne peut pas expliquer ces marques en prétendant qu'il y a chez nous un nombre considérable de disciples du nazisme, d'autant que ce sont généralement les enfants et les adolescents qui les tracent et non des grandes personnes. Il faut donc chercher une autre explication. Vous n'êtes pas d'accord ?

Lera approuva en silence. Elle l'écoutait comme ensorcelée. Tout ce qu'il disait était limpide parce qu'elle était passée par la même expérience. Ses actes d'enfants dont elle avait tant honte s'expliquaient-ils donc de manière aussi bizarre ? C'était dingue !

– Cette théorie explique aussi pourquoi les gens qui portaient une croix gammée sur leur uniforme éprouvaient un sentiment de confort psychologique alors que, face à eux, ceux qui n'en portaient pas ressentaient des émotions négatives, en particulier une peur inexplicable. Je vous ai déjà dit la particularité de la croix gammée : elle émet positivement en direction de celui qui la porte et négativement dans l'autre sens. C'est pour tenter de mieux comprendre le phénomène que je me promène dans les rues en interrogeant différentes personnes, en leur demandant si elles ont connu la même expérience que nous dans leur enfance et, pour ceux qui ont des enfants, si leurs gosses font de même et comment ils l'expliquent.

– Et vous interrogez aussi les adolescents eux-mêmes ?

– Bien sûr, mais généralement, ils savent que c'est mal et n'osent pas en parler. Ils n'ont pas le recul des grandes personnes… Mais, je vous retarde. Excusez-moi d'avoir pris votre temps, vous avez sans doute des choses à faire. Mais à titre de compensation, je voudrais vous faire un cadeau.

– Un cadeau ? répéta Lera, incrédule. Vous voulez m'offrir une brochure sur les ondes et les radiations ou m'acheter des fleurs ?

Yeux-bleus éclata de rire.

– Rien d'aussi banal. On offre des brochures ou des fleurs aux jeunes filles ordinaires, mais vous êtes particulière et je vais vous faire un cadeau très spécial.

– D'où vous tenez que je suis particulière ? demanda-t-elle en faisant mine de hausser les épaules pour dissimuler qu'elle était flattée.

– Voyez-vous, je fais partie de cette catégorie peu nombreuse de gens qui sont sensibles aux ondes et au rayonnement de certains objets. Non, rassurez-vous, je ne prétends pas être extralucide ou posséder des dons paranormaux, mais c'est quelque chose d'assez voisin. En tout cas, je sens que les ondes que vous émettez sont vraiment différentes de celles des autres. Vous êtes très spéciale et vous ne ressemblez à personne d'autre. On ne vous l'a jamais dit ?

Décidément, ce garçon lui plaisait. Toute sa vie, elle s'était efforcée de mettre en avant sa singularité pour attirer l'attention de ceux qui lui plaisaient ou ceux à qui elle voulait faire bonne impression. Mais ce bel homme mince avait compris tout de suite qu'elle n'était pas comme les autres. Elle décida soudain de prolonger un peu la rencontre et de faire un peu la coquette. Il n'était que midi et, dans le meilleur des cas, les invités d'Igor ne se pointeraient que vers dix heures du soir. Elle aurait mille fois le temps de faire le ménage, de dresser la table et d'y placer tous les zakouski qu'elle venait d'acheter. Si elle parvenait à séduire le gars, il pourrait peut-être même lui porter ses sacs.

– On m'a dit parfois que j'étais spéciale, mais je ne l'ai jamais cru. Qu'est-ce que vous voyez de particulier en moi ?

– Je ne vois pas, je le sens, la corrigea son interlocuteur. Mais tout est particulier en vous. Vraiment tout. Depuis le prénom jusqu'à votre passé. Je suis persuadé que vous portez un prénom pas très courant. Quant au passé, il sort de l'ordinaire. J'ai peur d'attirer le malheur en évoquant ça, mais il me semble que vous avez connu de grandes tragédies dans votre vie. Je me trompe ?

Pavel Dioujine constata qu'il avait tout fait comme il fallait. La jeune fille ne semblait pas pressée de se débarrasser de lui, même si elle avait visiblement à faire. Si elle se dirigeait vers le métro avec ses sacs de provisions, au lieu de remonter chez elle, c'était donc qu'elle allait quelque part. Il était parvenu à l'intéresser.

– Je m'appelle Valeria, reconnut-elle. Et c'est vrai que c'est un nom qu'on ne rencontre pas souvent. Vous ne vous êtes pas trompé. Quant à mon passé... Mes parents ont été tués lorsque j'avais huit ans et, récemment, on a assassiné mon fiancé. J'ai l'impression qu'une malédiction familiale pèse sur moi. Tous ceux que j'aime disparaissent.

Sa voix tremblota et quelques larmes apparurent au coin de ses yeux, manquant de faire couler le rimmel.

– Si vous voulez, on peut essayer d'y voir plus clair, lui proposa gentiment Dioujine. Je m'appelle Pavel, et si vous avez le temps, on peut aborder votre histoire plus en détail. Dans le cas contraire, je vous ferai simplement le cadeau promis et je ne vous dérangerai plus.

Lera jeta un coup d'œil à sa montre et esquissa un sourire.

– J'ai peut-être un peu de temps. Je veux bien que nous discutions un peu, mais pas trop longtemps parce que j'ai pas mal de choses à faire.

Dioujine rangea le carnet et le stylo dans sa poche et s'empara des nombreux sacs en s'étonnant de la manière dont cette fille était parvenue à retourner la situation. Elle se comportait comme si ce n'était pas elle qui était intéressée par lui, mais le contraire. Comme si elle déployait des trésors de bienveillance pour lui rendre service en lui consacrant une parcelle de son temps précieux. Toutes les jolies filles possédaient-elles donc un tel talent ?

La salle du bar où ils s'installèrent quelques minutes plus tard était petite mais cosy, avec des tables basses et des sièges moelleux. Le volume de la musique déversée par la sono était peut-être un peu trop fort, mais cela convenait à merveille à Dioujine : ça justifiait de s'asseoir côte à côte, plus près en tout cas qu'il n'était de règle pour des personnes qui ne se connaissent pas. Pour parler, il était presque obligé d'effleurer de sa tête l'abondante chevelure de la jeune fille.

Jusque-là les choses s'étaient très bien passées. Il lui avait été facile d'engager la conversation avec elle et de la captiver. Si elle n'avait pas eu de temps à lui consacrer, il aurait trouvé le moyen de l'accompagner dans le métro en l'aidant à porter ses sacs, mais tout s'était déroulé de la meilleure manière. Il pouvait maintenant se concentrer sur le deuxième objectif de sa mission : l'amener à retirer sa bague de manière à pouvoir jeter un coup d'œil à l'intérieur de l'anneau et vérifier s'il n'y avait pas une certaine inscription gravée. Mais il savait déjà comment il allait procéder. L'essentiel était de ne pas laisser retomber l'intérêt de la fille sur les problèmes des radiations.

Ils prirent un café tandis que Lera lui narrait par le menu les péripéties de sa malheureuse histoire. Le récit impressionna Dioujine qui ne perdit pas de vue pour autant le but principal de leur rencontre.

– Je ne peux évidemment pas changer votre vie car, malheureusement, il est impossible de revenir en arrière. Mais je peux tout de même vous donner un conseil.

– Lequel ?

– Je vous ai expliqué que certains objets qui nous entourent peuvent émettre des ondes positives ou négatives. Vous devez faire en sorte d'accumuler les influences positives. Tenez, par exemple, vous ne portez pas correctement votre bague. Si vous la mettez autrement, son influence deviendra bénéfique.

– Comment ça ? demanda Lera, étonnée. Pourquoi ? Qu'est-ce qu'elle a, ma bague ?

– Vous voyez, expliqua patiemment Dioujine, une bague est un anneau orné d'une pierre ou d'un motif en saillie. C'est donc une forme fermée sur elle-même dont l'énergie, très forte, ne peut s'évacuer que par la saillie. Si celle-ci est dirigée vers le bas, les ondes émises sont toujours négatives, ce qui est très mauvais pour la vie émotionnelle et même la santé de la personne qui porte une telle structure. En revanche, si la saillie est dirigée vers le haut, les radiations sont toujours positives. Sur votre bague, la pierre n'est pas centrée dans l'axe de la monture : le joaillier l'a présentée comme une fleur qui se lève au-dessus de l'anneau. Pourquoi la portez-vous dirigée vers le bas ?

– Je ne sais pas, répondit évasivement Lera en haussant les épaules. Ça me plaît plus ainsi.

– Ce n'est pas bien… Attendez, je vais vous montrer ce que je veux dire.

Il sortit de sa poche un morceau de fil de cuivre et un petit rouleau de ruban isolant. Il plia le fil de manière à faire une boucle avec deux branches. Il ouvrit son carnet pour arracher une feuille d'où il coupa deux petites bandes étroites de papier.

– Vous avez des allumettes ? demanda-t-il à la jeune fille.

– Non, je ne fume pas.

– Je ne fume pas non plus, mais j'en ai besoin. Je vais en demander.

Il se leva pour aller jusqu'au comptoir et revint tout de suite avec une boîte d'allumettes dans la main.

– Qu'est-ce que vous faites ? Vous pourriez au moins m'expliquer pour que je comprenne, lui dit Lera.

– Je fabrique un détecteur de radiation. J'ai fait la boucle avec du fil de cuivre, mais on peut utiliser tout aussi bien de l'acier ou de l'aluminium. C'est pareil. Maintenant, je dois charger l'indicateur avec un catalyseur. Pour ça, il faut le phosphore des allumettes. Je frotte avec les bandelettes de papier, vous voyez ? Ensuite, je les enroule, chacune autour d'une branche de l'indicateur et je colle de l'isolant par-dessus.

– Pourquoi ?

– Pour éviter le contact direct avec la peau. Je suis très sensible et si je pose les doigts sur le détecteur sans aucune protection, je vais me prendre toutes les radiations mesurées. Ce n'est pas très agréable... Voilà, j'ai fini. Retirez votre bague, s'il vous plaît.

Lera obéit docilement et lui tendit le bijou. Dioujine le posa doucement sur la table. Puis il prit son détecteur improvisé par les branches, entre le pouce et l'index de chaque main, pour le poser debout sur la surface plane, entre la bague et lui.

– Maintenant, regardez. Je vais lâcher. Si la radiation est positive, le détecteur va basculer de mon côté. Si elle est négative, il va tomber vers le bijou.

Lera regardait attentivement ses manipulations, mais une expression de méfiance incrédule s'était installée sur sa jolie frimousse.

– Vous voyez ? Lorsque la bague est posée avec la pierre tournée vers le haut, l'énergie émise est positive, mais elle devient négative lorsque la pierre est dirigée vers le bas.

– J'ai peine à y croire, dit-elle en hochant lentement la tête. Et si ce n'était qu'un tour de passe-passe ? C'est peut-être vous qui orientez le détecteur là où il faut ?

Dioujine lui tendit son appareil de bric et de broc avec une expression de bonne volonté.

– Je vous en prie. Essayez vous-même. Mais quelques précautions sont nécessaires : lorsque vous ferez l'expérience avec la pierre dirigée vers le haut, il faudra fixer le point supérieur de la boucle, mais il faudra regarder de côté lorsque la pierre sera vers le bas.

– De quel côté ?

– N'importe, mais il ne faut surtout pas fixer le détecteur.

– Et pourquoi ?

– C'est difficile à expliquer, Valeria, et il me faudrait y passer des heures. En gros, il vaut mieux ne pas insérer le regard dans un flux d'ondes négatives. Croyez-moi sur parole…

La jeune fille répéta l'expérience et, sur son visage, l'expression de méfiance céda la place au désarroi.

– Je n'y comprends rien, s'écria-t-elle en regardant le détecteur d'un air effaré. Il tombe effectivement comme vous l'avez dit. Alors vous pensez que je dois porter la bague avec la pierre vers le haut ?

– Absolument, répondit Dioujine avec assurance. Cela ne vous protégera certainement pas des problèmes avec vos proches, mais cela vous garantira une meilleure santé, vous donnera de l'assurance et vous rendra plus réceptive aux joies de la vie. Au fait, avez-vous déjà remarqué que les hommes qui portent des cravates sont en moins bonne santé et plus nerveux que ceux qui s'habillent de manière plus cool ? Observez les gens qui vous entourent et vous verrez que j'ai raison.

– Et pourquoi ? demanda encore Lera, comme l'aurait fait un enfant.

– Parce qu'une cravate nouée n'est rien d'autre qu'une forme fermée avec une saillie dirigée vers le bas.

– Oh, c'est vrai ! murmura-t-elle en ouvrant de grands yeux. Parlez-moi encore de ce sujet.

Dioujine partit d'un bon rire franc tellement était directe et naturelle la réaction de cette fille qui, une demi-heure plus tôt, se donnait des airs adultes et importants.

– Entendu, je vais encore vous dire quelque chose. Lorsqu'une personne se recueille et joint les mains en les pointant vers le ciel, il se forme aussi des radiations positives. C'est également une forme fermée avec une saillie vers le haut. On peut essayer, si vous voulez…

Lera joignit docilement ses paumes devant elle.

– Et qu'est-ce qu'on fait, après ?

– Rien, on prie. Ce n'est pas pour rien que c'est la pose traditionnelle de supplication pour les catholiques et les musulmans.

– Vous avez raison… Je n'aurais jamais imaginé que votre théorie se confirme de tant de manières.

– Ce n'est pas ma théorie. Des générations de savants se sont penchées sur le problème des radiations et des ondes. Moi, je ne suis qu'un amateur et je suis essentiellement intéressé par la croix gammée, bien que je touche ma bille sur tous ces problèmes. Je vais vous donner le cadeau que je vous ai promis.

Il ouvrit son carnet, en arracha une nouvelle feuille et dessina un motif simple, fait d'une série de lignes perpendiculaires. Puis il le tendit à la jeune fille.

– Tenez, prenez ça.

– Qu'est-ce que c'est ?

– C'est un ornement architectural de la Grèce ancienne. On les appliquait à la finition des bâtiments et des locaux. Il émet des ondes perpendiculaires au plan où il est posé. Si l'on en borde le haut des murs d'une salle, elle sera couverte d'une couche de radiations positives, comme un parapluie contre les ondes biopathogènes. Dans une telle pièce, vous serez en meilleure santé et de bien meilleure humeur.

Lera prit le feuillet et le tourna entre ses mains.

– Qu'est-ce que je dois en faire ?

– Ce que vous voulez. Mais je vous conseille d'essayer de l'utiliser dans la pièce où vous avez le plus souvent des altercations et des conflits. Ou dans celle où vous vous sentez le moins bien, qui vous donne mal à la tête ou qui vous plombe l'humeur. En vous faisant ce cadeau, j'ai levé un coin du voile d'un très important secret. À vous de savoir ce que vous allez en faire.

Il paya et aida Lera à mettre sa pelisse.

– Où allez-vous avec des sacs aussi lourds, lui demanda-t-il avec sympathie. Loin ?

– Loin.

– Vous voulez que je vous aide ?

– Si vous voulez. Mais seulement jusqu'au métro. Ensuite, je me débrouillerai.

– Comme vous voudrez.

Dioujine prit les sacs avec soulagement. Heureusement qu'elle ne lui avait pas demandé de l'accompagner jusqu'à sa destination finale ! En fait, il était pressé de trouver un téléphone au plus vite pour appeler Kamenskaïa et lui annoncer que leurs efforts n'avaient pas été vains.

Une inscription gravée ornait effectivement l'intérieur de la bague : « À ma bien-aimée. »

6

– Et maintenant, qu'est-ce qu'on fait ? demanda Iouri Korotkov en portant son regard sur Nastia, puis sur Dioujine.

– Déterminer d'où Lera Nemtchinova tient cette bague, lança Nastia en poussant un soupir.

– Arrête de te faire des idées ! s'écria Korotkov, indigné. Comment espères-tu y parvenir si on ne peut toucher ni au papy ni à la petite-fille parce qu'elle pourrait raconter au papy des choses malvenues sur ces méchants messieurs de la milice.

– Excusez-moi, les gars, dit Dioujine en entrant dans la conversation. Vous n'exagérez pas un peu ? Lera est une jeune fille très bien et je ne crois pas qu'elle soit au courant des affaires de droit commun de son grand-père. Sans compter qu'elle a un tel chagrin…

– Tiens, et pourquoi donc ressentirait-elle un tel chagrin ? demanda Nastia en se renfrognant.

– On lui a tué ses parents, puis son fiancé. Les larmes lui montent aux yeux dès qu'elle en parle.

Korotkov se borna à glousser, mais Nastia éclata d'un rire aussi caustique que sonore.

– Mon petit Pavel, tu es tombé dans le panneau, toi aussi ! finit-elle par expliquer en reprenant son sérieux. Ses parents sont morts il y a dix ans et n'importe quelle personne normale aurait surmonté ce traumatisme depuis longtemps et cessé de pleurer. Quant à l'histoire du fiancé tué, c'est un bobard d'une eau encore plus belle que son diamant.

– Comment ça ? Il n'a pas été tué ? s'écria le capitaine Dioujine d'un air étonné. Elle m'aurait menti ? Mais alors, pourquoi ?

– Non, non, répondit gaiement Korotkov. Il a bien été tué. Seulement, ce n'était pas son fiancé, mais un simple soupirant qu'elle voyait de temps en temps et avec qui elle n'a sans doute que rarement eu des relations intimes. Elle n'a même pas assisté aux obsèques. Pour couronner le tout, elle a déclaré à Nastia qu'elle ne l'avait jamais considéré comme un prétendant sérieux parce qu'il était encore trop gamin.

– Alors, pourquoi ? répéta Dioujine, abasourdi. Pourquoi m'a-t-elle joué cette comédie ? Ses larmes semblaient tellement vraies...

– Pavel, toute sa vie durant, cette fille s'est habituée à tirer profit de la tragédie, expliqua Nastia. Ah ! vous ne pouvez pas comprendre comme c'est terrible de perdre ses parents, et de la main de son propre grand-père. Et maintenant, je suis obligée de vivre sous le même toit que ce salaud de grand-père assassin. Ah ! Personne ne me comprend alors que je suis si particulière, personne ne m'estime à ma juste valeur alors que je suis extraordinaire et que personne n'a traversé autant de malheurs que moi. Je ne discute pas le fait que Lera Nemtchinova soit une bonne fille. C'est même probable. Elle est gentille et courageuse, mais il n'en reste pas moins qu'elle s'efforce toujours de profiter de ses malheurs. Elle ne parvient pas à comprendre que ça fait dix ans que les événements se sont passés et que ses tentatives pour faire croire qu'elle est accablée de chagrin deviennent de plus en plus risibles. Elle cultive soigneusement son image de personnage tragique et incompris. Heureusement, l'assassinat de Barsoukov est tombé à pic pour lui permettre de continuer à apitoyer ses contemporains en prétendant que c'était son fiancé et verser des larmes claires de jeune fille.

Dioujine jeta à Nastia un regard chargé de reproche.

– Dis donc, Kamenskaïa, tu es d'un cynisme saisissant. Les choses ne sont pas forcément comme tu les décris. J'ai l'impression que tu as toujours tendance à ne voir que le mauvais côté des gens. Pourquoi les soupçonnes-tu toujours de manquer de sincérité ?

Nastia posa sur son collègue un regard surpris. S'il y avait quelqu'un qu'elle ne soupçonnait pas d'être capable d'une telle sortie, c'était bien le jeune Pavel qu'elle jugeait simple comme du pain d'épice, selon son expression favorite en ces circonstances.

– Tu sais, Pavel, je crois qu'il vaut mieux penser du mal des gens et se réjouir après de s'être trompé en constatant qu'ils sont mieux qu'on ne le croyait que de leur faire aveuglément confiance et ensuite de s'en mordre les doigts, dit Korotkov, conciliant. Considère qu'il

LE REQUIEM

s'agit simplement d'une déformation professionnelle. Et puis, tu te trompes sur Nastia, elle n'est pas cynique mais rationnelle. Ainsi donc, mes chers amis, puisque vous vous agitez dans les doutes et les spéculations, je vais vous faire une proposition que je vous demande de ne pas examiner.

– Laquelle ? demanda Dioujine.

Korotkov ne répondit pas, mais Nastia dit d'un air pensif :

– Tu as peut-être raison, Iouri. Puisque nous avons pris la décision de faire preuve d'une prudence absolue en ce qui concerne le grand-père Nemtchinov, nous n'avons pas d'autre choix.

– Quelle proposition ? répéta le capitaine avec impatience. De quoi parlez-vous ?

Korotkov écarta les mains dans un geste théâtral d'impuissance et fit une grimace de clown.

– De la proposition. J'ai dit que je la faisais, mais qu'il ne fallait pas l'examiner. Donc, la question est close.

– Mais, je...

– Pavel, excuse-nous, mais il vaut mieux que tu sortes, dit Nastia d'un ton gentil destiné à ménager la susceptibilité de Dioujine. Ce qui suit ne nous concerne pas, toi et moi. Nous sommes des rats de bibliothèque et n'enquêtons pas sur des crimes. Iouri sait ce qu'il fait.

Vexé, Dioujine partit en adoptant une mine boudeuse. Nastia se sentait très gênée : elle avait conscience qu'ils ne s'étaient pas très bien comportés avec lui. Ils l'avaient intégré dans leurs plans lorsqu'ils avaient eu besoin de lui, l'avaient envoyé exécuter une mission plutôt difficile dont il s'était très bien sorti, et là, ils le laissaient tomber comme une vieille chaussette en l'excluant de la discussion. À sa place, n'importe qui l'aurait mal pris.

– Et alors ? Qu'est-ce que tu as à me regarder comme ça ? s'écria Korotkov. Nous avons froissé la susceptibilité de ton Pavel ? Tu parles d'un tendre. Si ça se trouve, il va se dépêcher d'aller rapporter tous nos soupçons à cette Lera... Qu'est-ce que nous ferons alors ?

– Et pourquoi penses-tu qu'il irait tout raconter ?

– Pourquoi ? Mais parce qu'il est amoureux de cette fille jusqu'aux oreilles. Ça se voit à l'œil nu ! Pour lui, elle est désormais la lumière de ses jours et le réceptacle de toutes les vertus possibles et imaginables. Est-ce qu'il est marié ?

117

– Je ne sais pas, répondit Nastia en ponctuant son ignorance d'un haussement d'épaules. C'est important ?

– Peut-être bien. S'il est tombé amoureux…

– Mais d'où sors-tu ça ? fit-elle, un peu énervée par la tournure de la conversation.

Korotkov rapprocha sa chaise de la table de travail, prit la main de Nastia et lui posa un baiser sur les doigts.

– Ma chère, je sais depuis toujours que je t'adore, mais j'étais incapable de savoir pourquoi. Maintenant, j'ai enfin compris…

Elle se radoucit et le gratifia d'un chaud sourire.

– Et pourquoi donc ?

– Parce que tu es une sainte. Au sens propre du mot. Dans n'importe quel être humain, tu vois toujours en premier lieu la personnalité, l'esprit et le caractère, mais tu ne te rends compte qu'il possède des caractéristiques sexuelles que lorsqu'il va aux toilettes et qu'il choisit celles pour hommes ou celles pour femmes. C'est une belle qualité et je t'aime sincèrement rien que pour ça. Tu ne sais pas flirter, tu ne connais pas le jeu de la séduction et tu ne vois pas lorsque d'autres y cèdent. C'est pour ça que tu ne sais pas distinguer les signes de l'amour qui sautent aux yeux de toute personne expérimentée.

– Et toi, tu te prends pour quelqu'un d'expérimenté, évidemment ?

– Évidemment. Comme d'ailleurs l'écrasante majorité de la population de notre planète. Dioujine est tombé amoureux de Lera Nemtchinova et, si tu ne l'as pas vu, tu peux me croire sur parole.

– D'accord, je te crois. Et, en réponse à ton extraordinaire sincérité, je peux te dire que je sais flirter mieux que tu ne penses, que le jeu de la séduction est loin de m'être inconnu et que tu ne t'en sois pas encore aperçu témoigne de mes énormes capacités de dissimulation.

– Sérieux ?

– Totalement. D'ailleurs, où en es-tu, avec la mission que je t'ai confiée ?

– J'ai trouvé ton gars, répondit-il en sortant de son portefeuille une petite feuille verte. Tiens, voici ses coordonnées, le nom, l'adresse et le téléphone. Et qu'est-ce que j'aurai en récompense ?

– Un café avec des viennoiseries, mon cher désintéressé. Ça te convient.

– Et comment !

*

* *

Viatcheslav Olegovitch Zotov se préparait pour un dîner d'affaires. La conversation ne promettait pas d'être particulièrement agréable et il la repoussait depuis quinze jours en prétextant des raisons plus spécieuses les unes que les autres. Il aurait continué à la reporter s'il n'avait pas déjeuné avec Levtchenko. Le vieux dégueulasse l'avait mis au pied du mur et il ne lui restait aucune autre solution que de forcer les événements.

Il avait rendez-vous avec une femme et, en arrivant à l'endroit prévu, il s'efforçait d'anticiper la conversation et de déterminer s'il lui faudrait être charmant et séducteur ou, au contraire, froid et sec. « Bien, pensa-t-il en garant sa voiture dans un parking gardé. Je crois que je sais comment je dois procéder. »

En entrant dans la salle du restaurant, il lui suffit d'un regard sur Inga pour comprendre que la froideur et la sévérité n'étaient pas de mise ce soir-là. La dame qui l'attendait portait une robe longue du soir avec un décolleté profond et chacun de ses gestes faisait voler un nuage de microparticules d'un parfum hors de prix qui chatouillèrent agréablement le nez de Zotov. Elle n'avait pas encore prononcé une parole qu'il l'entendait déjà dire : allons, sois mignon, mettons-nous d'accord, tu comprends que c'est mutuellement avantageux... Entendu, pensa-t-il, mignon pour mignonne, on se mettra d'accord...

Inga lui tendit une jolie main, bien manucurée, pour le laisser y poser un baiser et Zotov remarqua aussitôt les belles émeraudes qui ornaient la bague et le bracelet qu'elle portait. Elle n'était pas dans la misère, la petite Inga, et elle avait du mérite car elle s'était faite toute seule. Il se demanda comment la vie aurait évolué si Zotov et elle s'étaient mariés à une certaine époque ?

– Bonsoir, mon doux, dit-elle d'une belle voix profonde qui révélait la chanteuse. Nous nous rencontrons enfin. Tu sais quoi ? Je commençais même à m'imaginer que tu ne voulais pas me voir et que tu m'évitais.

Il posa les lèvres sur la main tendue et respira l'odeur depuis longtemps familière de sa peau. Seigneur, comme il l'avait adorée, jadis ! Il aurait bien aimé savoir où disparaissaient ainsi les choses. Les sentiments s'en allaient, la mémoire s'évanouissait et même les désirs se perdaient. Mais comme il avait souffert à l'époque ! Tant de tourments et de nuits sans sommeil...

– Tu es magnifique ! s'exclama-t-il sincèrement. Et si je ne t'avais pas évitée, ma chère, j'aurais fait des tas de bêtises qui auraient sans doute ruiné toute ta carrière et ta vie familiale. Toujours mariée ? Tu en es à ton combientième mari ? Le quatrième ?

– Le cinquième, le corrigea-t-elle en éclatant d'un rire un peu rauque et en s'asseyant élégamment sur la chaise que lui avançait un garçon de restaurant prévenant. Tu ne lis pas les journaux ?

– Tu veux battre le record de Liz Taylor ?

– Tu ne vas tout de même pas me comparer à elle ! Mes maris ne seront jamais moins âgés que moi. Je n'ai aucune attirance pour les jeunes. Et toi ? Si mes souvenirs sont bons, il me semble que tu t'es remarié après ton deuxième divorce, non ?

– Eh oui ! dit-il avec un soupir. Je me suis marié et je le suis encore. Nous nous sommes séparés, mais nous n'avons pas formalisé le divorce.

– Pourquoi ?

– Pour le moment, nous n'en voyons pas la nécessité. Lorsqu'il le faudra, nous le ferons. J'étais très occupé, ma femme était tout le temps en voyage, nous ne nous voyions pratiquement pas et il nous était difficile de consacrer du temps pour remplir les formalités à l'état civil. Et puis nous avons fini par nous habituer à la situation.

– Ce n'est pas correct, comme diraient les Anglais. Dans n'importe quelle question, l'aspect juridique est toujours le plus important et le premier à traiter. Quelle heure est-il ? demanda-t-elle soudain.

Zotov jeta un coup d'œil à sa montre en s'étonnant de la question. Elle attendait peut-être encore un convive au dîner. Dans ce cas, ce n'était pas bon signe : elle ne comptait pas sur une victoire facile et avait préparé l'artillerie lourde.

– Huit heures moins vingt. Tu attends quelqu'un ?

– Non, personne, le détrompa Inga avec un sourire qui révéla une denture excellente. L'orchestre commence à jouer à vingt heures tapantes. Ce sera mièvre et assourdissant, mais on pourra aborder des sujets délicats. En attendant, parle-moi de toi, de ta vie, de tes projets.

Ils bavardèrent de choses et d'autres jusqu'à vingt heures, évoquant leur jeunesse et des amis communs. À l'heure dite, les musiciens montèrent sur l'estrade et, la mine affairée, préparèrent leurs instruments. À vingt heures et deux minutes, les décibels grimpèrent de manière si assourdissante que Zotov ne s'entendit plus lui-même. Il y avait beaucoup de monde dans le restaurant et les tables étaient relativement proches. Pour aborder des « sujets délicats », comme avait dit Inga, il aurait fallu élever la voix, ce qui aurait été stupide et imprudent. Zotov se leva et tendit la main à sa compagne pour l'inviter à danser.

Une fois sur la piste, Inga ne perdit pas de temps. Elle posa ses mains sur les épaules de son partenaire, approcha sa joue de la sienne et lui dit à l'oreille :

– Slava, on m'a demandé de te proposer quelque chose.

– Qui représentes-tu aujourd'hui ? demanda-t-il alors qu'il connaissait d'avance la réponse.

– Oh, mon doux, aujourd'hui je représente plein de gens, comme chaque jour que Dieu fait. Tu sais que c'est ma spécialité : négocier des affaires délicates pour des personnes qui ne peuvent pas le faire elles-mêmes. Je travaille toujours pour deux ou trois mandants. Mais ce soir, à notre dîner romantique, je parle au nom de Stella. Tu sais de qui je veux parler ?

– Cette vieille ronchonne veut se payer un jeune mari ? demanda Zotov sur un ton qui correspondait plus à une réponse qu'à une question.

– Tu as deviné, mon doux. À un petit détail près : elle n'est pas vieille. Elle n'a pas encore la cinquantaine et elle est encore magnifique. Personne ne lui donne plus de quarante.

– Qu'est-ce que ça peut bien faire qu'on lui en donne quarante si tout le monde connaît son âge réel ? N'importe quel trentenaire se souvient très bien qu'elle chantait déjà lorsqu'il était encore au berceau. Et ça implique qu'elle ne peut pas avoir leur âge. Tu ne le feras croire à personne.

– Mais il n'en est pas question ! le détrompa Inga avec un petit rire sonore tout en se serrant contre Zotov. Au contraire, il faut que tout le monde sache qu'elle a cinquante ans et qu'à cet âge elle est tellement belle, intelligente, attirante et talentueuse qu'un jeune et beau chanteur de vingt-cinq ans est tombé amoureux fou d'elle. Ça ne peut que réveiller l'intérêt pour elle : elle ne s'est plus produite nulle part depuis presque deux ans.

– C'est vrai qu'elle a un talent fou, reconnut Zotov. Impossible de le nier. En revanche, elle a fini par lasser tout le monde à force de se produire sans arrêt depuis trente ans…

– Justement, mon ami, roucoula Inga. Il faut rafraîchir son image. Et pour ça, elle a besoin d'un mari beaucoup plus jeune qu'elle. Et il ne doit pas s'agir de n'importe quel jeune Roméo, mais d'un homme connu et populaire. Stella ne veut surtout pas qu'on puisse dire qu'elle s'est dégotté un jeune aventurier qui n'a épousé une étoile vieillissante que pour son argent. Son jeune et beau mari doit être aussi une star. Mais, évidemment, pas aussi célèbre et talentueux qu'elle.

– Et pourquoi donc ? demanda Zotov en simulant la naïveté.

En fait, il connaissait bien ce genre de stratagème. Il savait qu'on l'utilisait souvent à Hollywood et qu'il avait été employé également à Moscou à plusieurs reprises. Mais… livrer son Igor à cette prédatrice insatiable ? ! Deux jours plus tôt, il aurait répondu sans hésiter : « Non ! Il n'en est pas question ! » Seulement, deux jours s'étaient passés. Il avait déjeuné avec Levtchenko. Et là…

– Parce que Stella doit conserver une marge de progression. À quoi pourrait bien lui servir une star qu'il faudrait médiatiser ?

– Alors il faut préciser les choses : quelle utilité peut bien avoir ta Stella pour un chanteur qui n'a pas besoin d'être médiatisé ? Que peut-elle lui donner s'il a déjà tout ?

– Tu as une bonne tête, murmura Inga tandis que ses lèvres lui touchaient légèrement le lobe de l'oreille. C'est vraiment agréable de négocier avec toi. Je crois qu'on peut passer à la partie financière de l'accord, non ?

La danse finie, Zotov ramena sa cavalière à leur table. Ils allaient boire un peu, manger quelque chose, puis ils retourneraient sur la piste de danse. Ils devaient encore aborder une foule de questions.

*
* *

La gaieté était excessive. Comme d'habitude, Igor fit irruption dans l'appartement en compagnie d'une flopée d'invités vers dix heures du soir et, au ton échauffé des voix, Lera comprit qu'ils venaient d'un endroit où ils avaient déjà bu. Et bien bu. Avant leur arrivée, elle avait mis de l'ordre dans toutes les pièces, dressé la table, préparé les zakouski et les salades, et s'était installée dans un coin pour attendre patiemment l'arrivée de son amant, en espérant secrètement que cette fois Igor l'inviterait à se joindre à la fête. Ça signifierait qu'il la reconnaîtrait comme sa copine devant toute la bande. Il ne l'avait encore jamais fait, mais peut-être… Un jour…

Elle était assise dans le salon, bien coiffée, maquillée comme une starlette d'Hollywood, vêtue de son pantalon en cuir moulant et du provocant chemisier vermillon, lorsque la joyeuse bande arriva. Mais, cette fois encore, il n'y eut pas de miracle. Dès qu'il franchit le seuil de l'appartement, Igor se mit à brailler :

– Lera, tu es là ?

Elle courut comme un bolide dans l'entrée et composa pour les invités son sourire le plus radieux. Elle espérait toujours que l'un d'entre eux dirait :

« Igor, d'où tu sors cette beauté ! Pourquoi tu nous caches un tel trésor ? »

Et Igor répondrait :

« Pas touche ! C'est ma Lera. Faites connaissance. Lera, occupe-toi des invités. Comporte-toi en maîtresse de maison. »

Mais ça ne se passait jamais comme ça. Lera s'élançait à leur rencontre en souriant, Igor lui tendait les bouteilles qu'il apportait et c'était tout. Les hommes qui venaient pour la première fois remarquaient bien cette jolie jeune fille et la couvaient un peu du regard, mais Igor leur lançait :

– Inutile de la mater comme ça, elle est encore petite. Elle m'aide à tenir la maison.

Et dès la deuxième fois, ces hommes ne la remarquaient plus. Puisqu'elle était encore petite, les adultes n'en avaient rien à tirer, n'est-ce pas ?

Cette fois-là, comme toutes les autres, Igor lui tendit le sac avec les bouteilles.

– Tiens, range tout ça dans le frigo, lui ordonna-t-il avant de se retourner vers l'une des filles qui venaient d'entrer : Valia, ma chatte, enlève ton manteau.

Lera comprit qu'Igor s'était déniché une nouvelle poule et lança des regards furtifs à sa rivale. Elle était jolie, certes, mais qu'est-ce qu'elle avait de plus que Lera ? Le visage de la fille reflétait une certaine stupidité et il y avait quelque chose de méchant dans ses traits.

« Quand est-ce que tout ça va enfin finir ? pensa-t-elle. Quand va-t-il devenir raisonnable et comprendre qu'il ne trouvera jamais mieux que moi ? »

Elle prit les bouteilles et passa à la cuisine. Soudain, elle se sentit terriblement fatiguée. Elle avait fait les courses, elle s'était colliné les sacs trop lourds à travers la moitié de la ville, elle avait nettoyé et lustré cet immense appartement désordonné, et maintenant, elle devait servir les convives. Elle rentrerait tard chez elle et serait bien forcée de se lever aux aurores pour aller en cours.

Elle venait de ranger les bouteilles dans le réfrigérateur et de prendre le plateau sur lequel elle avait préparé à l'avance des assiettes de hors-d'œuvre, lorsqu'elle le reposa brusquement sur la table pour s'effondrer sur un tabouret, secouée de sanglots.

– Lera ! lança la voix d'Igor depuis le salon. Rapplique ! Qu'est-ce que tu fous ?

Ses sanglots s'amplifièrent. Des années d'offenses accumulées et d'amertume qu'elle s'efforçait de ne pas remarquer, d'enfouir au plus profond de sa conscience, remontaient soudain à la surface sous forme de larmes amères et irrépressibles. Et en plus, au pire moment qu'elle pouvait concevoir : chez Igor, un soir où il recevait des invités.

– Eh ! cria encore le maître de maison. Pourquoi tu traînes ? On a faim, ici… Ne fais pas attendre mes amis !

Lera bondit vers l'évier.

Elle devait dire adieu au maquillage. Quelle imbécile ! Non, mais quelle sotte ! Se mettre à pleurer… Elle devait toujours être charmante, aimable et gaie pour compter sur la bienveillance de son idole. Toutes les émotions, elle devait les refouler, les garder pour chez elle. Dans son appartement, elle pouvait pleurer, se désespérer, piquer des crises de nerfs et casser la vaisselle. Tout ça plombait ses relations avec son grand-père et c'était tant mieux. Mais chez Igor, elle devait se tenir. Sinon, elle risquait de perdre définitivement le chanteur.

– Qu'est-ce qu'il y a encore ? entendit-elle derrière son dos.

Elle sursauta et se retourna avec effroi. Igor était là, s'avançant vers elle. Le bruit du robinet avait couvert celui de ses pas quand il était entré.

– Excuse-moi, balbutia-t-elle d'un air coupable. Quelque chose m'est entré dans l'œil et je n'arrête pas de pleurer… Donne-moi une minute, le temps de m'essuyer, et j'apporte tout.

– Grouille-toi ! Ce n'est vraiment pas convenable de faire attendre les gens. Apporte les plats et casse-toi, il est tard.

– Il n'est pas encore onze heures, protesta-t-elle faiblement en sachant pourtant bien que c'était inutile.

C'était toujours comme ça : fais les courses, fais le ménage, sers les plats et va te faire foutre, t'as qu'à revenir demain pour faire la vaisselle et nettoyer le bordel laissé par les invités ! Il la renvoyait toujours et ne lui proposait jamais de rester pour la nuit. Et Lera savait très bien que la nuit, il y avait toujours quelqu'un d'autre avec lui. En tout cas, ce soir, la nouvelle a l'air vicelard.

– Il est tard, répéta Igor sur un ton sans réplique. Tu as encore une heure de trajet. Une jeune fille ne doit pas rentrer chez elle après minuit.

Il ne lui avait jamais proposé de lui payer un taxi, non parce qu'il était avare, mais parce qu'il n'y pensait même pas. Après tout, quel était le problème ? Elle devait être bien contente qu'on lui permette de venir. Et si elle n'aimait pas rentrer tard, elle n'avait qu'à rester chez elle : Igor s'en passerait.

Eh bien, non. Ça commençait à suffire. Tant qu'elle avait eu besoin de lui, elle s'était montrée obéissante et faisait tout ce qu'il voulait. Maintenant, c'était lui qui avait besoin d'elle et elle ne se soumettrait plus jamais sans objecter.

– Je veux rester. J'ai à te parler, dit-elle en rejetant de côté une mèche torsadée de cheveux épais qui lui tombait sur le front.

– De quoi veux-tu parler ? Tu en as marre ?

– Pas encore, mais il faut en discuter.

Une flamme malveillante s'alluma dans les yeux d'Igor. Elle comprit qu'elle s'était trompée et qu'elle n'arriverait à rien. Il n'était pas simple au point de mordre à un hameçon aussi primitif.

– Reste là. Je vais faire le service moi-même, jeta-t-il en prenant d'un geste décidé le plateau avec les assiettes de hors-d'œuvre.

Il revint au bout d'une dizaine de minutes et, à ses yeux brillants et à son sourire carnassier, Lera comprit qu'il avait eu le temps de boire encore quelques bons coups.

– Viens avec moi, dit-il.

Il la prit par la main et l'emmena dans sa chambre.

C'était une grande pièce au milieu de laquelle trônait un lit immense. Chaque fois que Lera faisait le ménage, elle restait longtemps à moitié allongée sur la couche, à caresser le couvre-lit tout doux et les oreillers, en rêvant au jour où elle s'endormirait là, pour se réveiller le matin serrée contre le flanc de son idole adorée, le prince de ses rêves d'enfant.

Curieusement, même si elle faisait l'amour avec Igor depuis plus d'un an, ils ne l'avaient encore jamais fait dans la chambre à coucher. Ils s'envoyaient en l'air n'importe où – dans le salon, par terre, sur le divan, dans un fauteuil, dans la salle de bains, dans la pièce dotée de grands miroirs et d'un piano où Igor répétait et qu'il surnommait son « cabinet de travail », et même dans la cuisine. Mais jamais dans la chambre.

Et pourtant, c'était ce que Lera désirait le plus au monde ! Il lui semblait que faire l'amour à cet endroit était un premier pas vers le mariage. En tout cas, le signe et le symbole d'un engagement officiel et de longue durée. Mais Igor, qui sentait vraisemblablement qu'elle se trouvait dans cet état d'esprit, ne cédait jamais à la tentation de l'entraîner dans son lit...

Après avoir fait entrer la jeune fille dans sa chambre, il referma soigneusement la porte et s'y appuya.

– Voilà. Tu voulais discuter, je suis tout ouïe.

Lera se dépêcha de sortir de sa poche la feuille de papier que le jeune homme rencontré par hasard lui avait donnée, plus tôt dans la journée.

– Prends ça. Ça va t'aider.

– Qu'est-ce que c'est ?

Il ouvrit la feuille de carnet pliée en quatre et son visage prit une expression abasourdie en découvrant le dessin des droites perpendiculaires.

– C'est quoi, cette connerie ? Qui t'a donné ça ? Une guérisseuse ?

– Tu ne comprends pas, lui expliqua Lera avec chaleur. C'est un ornement de la Grèce ancienne. Si on en fait une frise en haut des murs, il protège contre les radiations négatives.

– Et ça sert à quoi ?

– Eh bien... hésita-t-elle, troublée. Les choses vont aller bien. Tu auras encore plus de facilité à chanter et tu n'auras pas d'ennuis.

– Tu es folle ! s'écria-t-il, la voix vibrante de colère. Comment ça, pas d'ennuis ? Ils sont déjà là. Je baigne dedans ! Et toi, au lieu de m'aider, tu poursuis des lubies. As-tu fait quelque chose d'utile pour moi ? Hein ? Dis-moi ce que tu as fait ? Que dalle, voilà ce que tu as fait ! Allez, rentre chez toi, mes invités m'attendent.

Lera ne s'attendait pas à un tel éclat. Pourquoi lui parlait-il ainsi ? Igor ne comprenait-il donc pas qu'elle se mettait en quatre pour lui ?

Était-ce sa faute si jusque-là rien n'avait réussi comme elle l'espérait ? Des larmes de déconvenue, de rage et d'impuissance lui montèrent encore aux yeux, mais elle parvint à les ravaler en prenant une grande inspiration. Igor n'aimait pas quand elle pleurait. Il aimait la voir gaie et insouciante.

– Igor, pourquoi ne veux-tu pas en parler à l'oncle Slava Zotov ? Il me semble que tu t'obstines inutilement. Slava est malin et il a des relations. Et puis... Il me semble qu'il trouverait quelque chose...

– Il lui semble ! s'écria encore Vildanov, exaspéré. Dieu nous garde ! Slava passe son temps à surveiller chacun de mes pas. Il a dirigé toute ma vie comme si j'étais un chiot aveugle. Ça suffit, j'en ai marre. Si je me précipite vers lui au moindre prétexte, je ne pourrai jamais m'en débarrasser. Déjà que je suis obligé de lui demander la permission d'aller aux toilettes, il en profitera pour me serrer encore la bride. C'est ce que tu veux ?

Lera ne savait pas si elle le voulait ou pas. Elle se fichait complètement de l'ascendant que Slava Zotov pouvait avoir sur Igor. Pour elle, une seule chose comptait : qu'Igor soit avec elle, qu'il l'aime et qu'il passe avec elle le plus de temps possible. Tout le reste n'intéressait la jeune fille que si ça permettait d'approcher cet objectif. Elle ne comprenait pas l'obstination stupide d'Igor qui refusait tout net d'aller exposer son problème au mentor qui avait remplacé simultanément son père et sa mère, qui l'avait hébergé, nourri, élevé et instruit. Lera devinait bien qu'Igor tentait de lutter pour son indépendance et prouver au monde et à lui-même qu'il pouvait résoudre ses problèmes sans l'aide de l'omniprésent Zotov, mais elle croyait, de manière très raisonnable d'ailleurs, que la lutte pour l'indépendance ne devait pas se faire au détriment de tout le reste, et surtout pas lorsque, pour des questions d'amour-propre, on mettait en danger sa carrière et sa réputation.

– Si tu ne veux pas en parler à l'oncle Slava, j'essaierai encore de t'aider, Igor, dit-elle d'une voix douce. Parole d'honneur. Mais je ne sais pas comment faire. Tu as vu ? J'ai fait ce que j'ai pu. Je t'ai amené Sacha. Ce n'est tout de même pas ma faute s'ils l'ont tué.

– Trouve un autre Sacha, répondit le chanteur, toujours aussi irrité. Ou fais quelque chose toi-même. Démerde-toi, Chaton, démerde-toi. Souviens-toi que c'est dans ton intérêt. Si je cesse de me produire, les droits d'auteur des chansons de ton père ne tomberont plus. De quoi tu vivras alors ? De ta bourse ? Ou tu espères que je vais t'entretenir ?

– Qu'est-ce que tu dis ? s'écria la jeune fille, effarouchée. Je n'ai pas besoin de ton argent, ne t'inquiète pas. Je ne serai jamais à ta charge.

– Bon, admit Vildanov en se calmant et en retrouvant un peu de bonne humeur. Je ne vais pas m'inquiéter. Mais tu as intérêt à te bouger, Chaton. Fais quelque chose, parce que tant que cette saleté ne sera pas résolue, je ne pourrai pas monter sur scène, tu m'as compris ? Il faut trouver ce mec et le faire taire pour de bon, de manière à ce qu'il n'ouvre plus sa grande gueule.

Il embrassa la jeune fille et ce baiser un peu obligé suffit à la rendre heureuse, bien qu'elle sût qu'après son départ Igor allait se distraire avec sa nouvelle poupée, cette Valia au visage de salope.

Dans le métro, il y avait peu de monde. Elle n'attendit pas longtemps l'arrivée de la rame et s'installa dans un coin de la voiture. En fermant les yeux, elle s'enfonça encore dans des pensées douloureuses sur la meilleure manière d'aider son prince.

*
* *

En passant dans le couloir devant le bureau de Zatotchny, Nastia s'était arrêtée un court instant en fixant avec hésitation la poignée de la porte, elle avait poursuivi son chemin vers les toilettes de l'étage. Quelques instants plus tard, en revenant, elle avait pris sa résolution : elle tapa sur le battant. Un « entrez » péremptoire lui répondit.

– Ivan Alexeïevitch, j'ai une hypothèse dont j'aimerais contrôler la validité dans un premier temps.

Le général lui lança un rapide regard en s'arrachant avec une évidente difficulté aux documents sur lesquels il travaillait.

– Quel est le problème ?

– Il faut que je parle encore à votre fils.

– Anastasia, vous n'avez pas besoin de ma permission pour ça. Cessez de faire l'enfant et travaillez.

– Vous ne voyez donc pas d'objection à ce que je le rencontre ?

– Aucune. Vous voulez passer chez nous ?

– Comme vous voudrez.

Zatotchny reposa son stylo et éclata de rire.

– Vous êtes incorrigible. Qu'est-ce que vous avez à me demander sans cesse ma permission ? Vous êtes incapable de prendre vos propres décisions ou quoi ?

– C'est vous le patron, répondit-elle laconiquement. Je ferai ce que vous direz.

– Et même si je n'ai pas raison, vous m'obéirez aveuglément ? demanda-t-il ironiquement.

– Bien sûr, vous êtes le chef et je me suis engagée à exécuter vos ordres.

Zatotchny se leva et contourna sa table de travail pour s'approcher de Nastia et lui poser doucement la main sur l'épaule.

– Asseyez-vous, Anastasia. Si deux personnes veulent garder le respect l'une de l'autre, il ne doit pas y avoir de réticences ou de malentendus entre elles. Que se passe-t-il ?

– Rien, répondit-elle en s'installant docilement sur une chaise à la table de conférences. Rien... encore. Mais je ne sais pas ce qui peut se passer. Vous m'avez demandé d'être très prudente et consciencieuse parce que l'affaire peut toucher votre fils. C'est pour ça que je suis venue vous demander l'autorisation de lui parler.

– Prudence est mère de sûreté, bien sûr, mais vous avez tendance à vous surprotéger, constata le général avec un sourire. Je vous connais depuis assez longtemps et je n'en suis pas surpris. Mais, en ce qui vous concerne, l'essentiel est ailleurs. Pourquoi vous ne finissez pas de grandir, hein ? Vous avez trente-sept ans et vous vous comportez comme un stagiaire qui sort de l'école et a peur de sembler stupide. Vous avez le meilleur des stages sur les épaulettes : dans trois mois, si Dieu le veut, vous serez lieutenant-colonel. Tout le monde parle de vous au ministère, mais vous avez encore peur de ne pas agir comme il faut et de provoquer le mécontentement de vos supérieurs. Quand cesserez-vous de vous comporter comme une petite fille ?

Nastia poussa un soupir et regarda ses mains. « Il est peut-être temps de me faire les ongles, pensa-t-elle soudain. Le vernis s'écaille. C'est honteux. »

– Jamais, sans doute, répondit-elle franchement. C'est mon caractère et je n'en changerai pas. Vous dites qu'on parle de moi au ministère, mais je ne le crois pas. C'est-à-dire, je sais qu'on dit beaucoup de choses sur moi et il arrive même qu'on me les rapporte, mais je ne parviens pas à admettre que c'est vraiment de moi qu'il s'agit. Je ne peux pas imaginer qu'on me cite comme si j'avais inventé quelque chose ou résolu les affaires d'une manière géniale ou extraordinaire. C'est quelqu'un d'autre. Moi, je ne vois que le nombre de fois où je me suis trompée.

– Ce n'est pas la bonne optique. Ce que vous devez garder à l'esprit et ne pas oublier, c'est le nombre de fois qu'on a tenté de vous débaucher du service de Gordeïev. Est-ce que vous pensez que quelqu'un prendrait la peine de proposer des ponts d'or à des collaborateurs qui n'en valent pas la peine ? Vous prenez les gens pour des imbéciles ?

– Pas du tout. C'est même le contraire. Je les trouve plutôt intelligents. Et c'est bien pour ça que j'ai peur d'avoir l'air d'une sotte.

Zatotchny hocha la tête avec désapprobation, son sourire radieux ne pouvant pas tromper Nastia. Elle voyait très bien que son chef était mécontent.

– Ça ne vous plaît pas, et je le comprends, conclut-elle sur un ton éteint. Mais vous saviez très bien que je suis comme ça lorsque vous m'avez demandé de travailler avec vous. Vous le regrettez ?

– Pas du tout. J'arriverai bien à vous rééduquer.

– Il ne faut pas. Je suis déjà trop vieille pour les expériences pédagogiques.

– Vous voyez, maintenant vous me faites le coup de l'âge. Tantôt vous êtes petite, tantôt vous êtes vieille… Allons, dites-moi plutôt ce que vous avez trouvé.

Nastia reprit son souffle, soulagée. Elle préférait largement parler de l'enquête en cours que de son caractère et d'expériences de rééducation.

– Vous comprenez, commença-t-elle, pour un groupe mafieux, envoyer des jeunes garçons ou des jeunes filles dans les établissements de la milice dès le début de leur scolarité est une affaire risquée. En effet, un gosse change. Même si la racaille lui a bourré le crâne avant sa première année, il n'est pas du tout certain qu'il restera dans le même état d'esprit au bout de quatre ans, lorsqu'il entrera dans le service actif. À cet âge-là, quatre ans, c'est très long et n'importe qui a le temps d'évoluer du tout au tout. Qui peut garantir que le meilleur des infiltrés ne finira pas par trahir ? Il me semble donc que les infiltrations précoces, si elles existent, ne sont que très rares. Car il existe une autre méthode, plus efficace et, surtout, plus sûre.

– Laquelle ? demanda Zatotchny en s'éloignant de Nastia pour retourner derrière son bureau.

Ça signifiait clairement qu'il avait cessé de lui jouer du pipeau pour revenir aux affaires.

– Le truc est de viser des élèves de deuxième ou de troisième année qui aiment l'argent ou qui ont d'autres faiblesses et ne sont pas très prudents, de les compromettre et de les recruter en les faisant chanter. Vous me suivez ?

– Poursuivez, je suis tout ouïe, confirma Zatotchny en se massant les tempes d'un mouvement circulaire de ses doigts longs et minces.

– Allons plus loin. Qui peut déterminer le plus facilement quels élèves constituent les cibles les plus convenables ? Qui bénéficie de la confiance des étudiants ? Qui peut leur faire faire ce qu'il veut pendant la période scolaire ? La réponse est d'une simplicité enfantine : les enseignants eux-mêmes. J'ai étudié la question de leur recrutement et je me suis rendu compte que, pour l'essentiel, ils ne viennent pas de la milice, mais de l'armée. Beaucoup de militaires ont été licenciés à cause de la baisse des effectifs. Beaucoup sont restés sans logement et se sentent offensés par l'armée, qui leur a enlevé les meilleures années de leur jeunesse sans rien leur donner en échange. Ils ont besoin d'argent parce que leur retraite, quand elle leur est payée, est misérable. Et ils sont encore assez jeunes pour commencer une nouvelle carrière. L'enseignement dans les établissements qui dispensent aussi une formation militaire comme ceux du ministère de l'Intérieur est tout de même plus gratifiant que le travail de surveillant ou de garde du corps. En réalité, ils constituent le gros des effectifs des directeurs de cours qu'on place à la tête des groupes d'étude. Ces gens, à la fois surveillants, précepteurs et répétiteurs, constituent le maillon le plus faible du personnel enseignant. Ils peuvent se laisser entraîner dans des entreprises délictueuses et entraîner à leur tour certains de leurs étudiants. Et ces derniers, en entrant dans le service actif à la fin de leurs études, vont peut-être décider de vivre honnêtement, mais il sera trop tard, car on les tiendra, même s'ils n'ont que des broutilles sur la conscience. Je sais comment je pourrais contrôler tout ça grâce aux statistiques, mais une conversation avec votre fils pourrait me permettre de vérifier mon hypothèse sans perdre de temps.

– Vous croyez qu'il peut savoir des choses là-dessus ?

131

– Je l'ignore. Mais je ne veux surtout pas le lui demander. S'il ne sait rien, il ne sait rien, point. Mais s'il sait quelque chose, des questions le mettraient en fâcheuse posture. Compromettre des camarades... Pas très agréable.

Zatotchny resta un instant silencieux, puis il finit par hocher la tête.

– Entendu, Anastasia, venez à la maison à huit heures du soir et nous dînerons ensemble. C'est tout ?

– C'est tout.

– Alors, vous pouvez disposer...

Nastia avait déjà fait demi-tour lorsqu'il la rappela :

– Non, une minute ! Encore une question. Où en est l'enquête sur le meurtre de l'étudiant ? Vos amis ont trouvé quelque chose ?

Nastia lui signifia que non.

– Rien du tout. Mais il y a une possibilité d'approcher le vieux Nemtchinov sans l'inquiéter. Nous nous en occupons en ce moment.

– Pourquoi c'est si long ? Il est en fuite ?

– Non, il est toujours là, mais j'ai peur qu'il ne s'échappe s'il sent qu'on le serre de trop près.

– Et pourquoi donc ?

– Je ne sais pas... (Elle eut un petit rire et se rapprocha de la porte tout en parlant.) Il m'inspire une terreur sacrée. Et je crois que j'ai contaminé Iouri Korotkov avec mes craintes.

Le général ébaucha un sourire.

– Et Dioujine aussi, dit-il. Ce n'est pas bien, Anastasia.

– Aïe-aïe-aïe, dit-elle sarcastiquement d'une voix traînante. Ce bon Pavel Mikhaïlovitch s'est dépêché de nous dénoncer ? Ce n'est pas bien non plus.

– Je suis d'accord. Vous n'avez pas besoin de me demander la permission de faire quoi que ce soit, mais vous devez tout de même m'en rendre compte. D'accord ?

– Entendu. Excusez-moi, murmura-t-elle en se hâtant de sortir de l'antre du chef.

Ça alors, ce Dioujine ! Quel reptile ! Il était incapable de tenir sa langue ou quoi ? Bien sûr, Nastia n'avait rien fait d'illégal en l'envoyant auprès de Lera Nemtchinova. C'était un service qu'elle lui avait demandé à titre amical et non un ordre. D'ailleurs, elle n'avait pas eu besoin de le prier : il avait accepté avec plaisir, comme un défi qu'il lui fallait relever, en se demandant comment il allait y arriver. Et dès son retour, il s'était dépêché d'aller cafarder au chef.

La première impulsion de Nastia fut d'aller voir Dioujine et de lui dire tout ce qu'elle avait sur le cœur. Elle remonta le couloir jusqu'à la porte de la pièce où se trouvait le bureau du capitaine. Mais là, alors qu'elle était presque arrivée, elle s'arrêta soudain. Pourquoi aller le voir ? Qu'avait-elle à lui dire ? Qu'il n'avait pas agi de manière correcte ? Sauf que... qu'avait-il fait d'incorrect ? Avait-il dit quelque chose qu'il ne devait pas ? Avait-il trahi un secret ? Non. Pavel s'était borné à faire ce qu'il croyait être juste. En d'autres termes, de son point de vue, il n'avait rien à se reprocher et tout ce que pourrait lui dire son instructrice Kamenskaïa n'aurait pour lui aucun sens. Des deux manières de voir les choses, y en avait-il une de bonne ? Et en plus, Dioujine était en droit de lui reprocher de ne pas avoir fait son rapport à Zatotchny.

En se faisant cette réflexion, elle manqua d'éclater de rire et retourna dans son bureau presque en sautillant. Vraiment, l'idée que tous les gens étaient différents valait quantité de bons moments. Surtout lorsqu'on prenait le contre-pied de l'habitude de juger les autres à partir de ses propres standards. Non seulement c'était une idée très utile, mais même féconde.

*

* *

Ce soir-là, Nastia rentra très tard chez elle : le dîner chez Zatotchny s'était prolongé. Il lui fallait maintenant traverser les quelques centaines de mètres qui séparaient l'arrêt du bus de son immeuble à travers des passages déserts et pas du tout éclairés. Elle avait toujours peur de prendre ce chemin la nuit, surtout depuis qu'elle avait été agressée à cet endroit et qu'elle avait vu sa dernière heure arriver. Elle aurait pu passer un coup de fil à Liocha depuis le métro et lui demander qu'il vienne la chercher, mais elle ne voulait pas déranger son mari. « Ce n'est pas possible à quel point je suis devenue timide ! » s'écria-t-elle, amusée, en son for intérieur.

Toute la soirée, Nastia avait discuté avec Maxime Zatotchny en l'interrogeant sur les règles en vigueur à l'Institut qu'il fréquentait, sur le rôle des instructeurs et des directeurs de cours, et sur les absences sans raison valable. Elle avait évité de lui poser des questions insidieuses qui l'auraient obligé à « vendre » ses condisciples ou des enseignants, mais, d'un autre côté, il était évident d'après sa manière de parler et d'exposer les choses qu'il ne savait strictement rien.

D'une certaine façon, cela confirmait partiellement son hypothèse : les « recruteurs » des bandes criminelles ne touchaient pas aux très bons élèves parce que ces derniers savaient que leur avenir était assuré et qu'il était donc difficile de les détourner de leur objectif. D'autant que ce qui intéressait les mafias, c'était de placer des gens à leur solde dans les services opérationnels de la milice. Or, les très bons éléments ne se destinaient pas forcément à devenir enquêteurs ou cadres au ministère. Ils pouvaient envisager de rester en fac, d'écrire une thèse et de devenir professeur d'université. D'autres mettaient à profit la gratuité des études pour acquérir un niveau très élevé en droit civil, ainsi que dans les matières économiques et financières. Ensuite, ils restaient dans la milice juste le temps nécessaire pour éviter l'appel sous les drapeaux, puis ils bifurquaient vers le civil pour devenir juristes d'entreprise avec des salaires mille fois plus élevés que ceux de l'administration. Certains pouvaient également se spécialiser en droit international et apprendre des langues étrangères pour obtenir un poste prestigieux à Interpol ou au département des relations internationales du ministère.

Si chaque élève de haut niveau avait son propre plan de carrière, ils étaient tous dans le même cas : ils ne risquaient pas de compromettre un avenir si prometteur pour des bêtises. Car avoir de très bons résultats dans une grande école n'était pas une chose facile. Les disciplines étaient nombreuses et tellement différentes qu'il était difficile d'avoir de très bonnes notes partout en comptant seulement sur la chance et l'érudition. Il fallait faire des efforts colossaux et travailler de manière intensive et constante, quitte à laisser tomber les soirées entre amis dans des bars ou des discothèques, la drague et même les jours de congé. Or, quelqu'un qui sait mener une telle vie de sacrifices ne se laissera pas entraîner à commettre des actes stupides qui risquent de lui lier les mains et les pieds dans le futur. Pour les éventuels « recruteurs », ce serait du temps perdu que d'essayer de les compromettre : ils n'arriveraient à rien.

En revanche, avec les élèves médiocres, la chanson était tout autre. Surtout pour ceux qui n'avaient pas choisi la milice par goût ou par vocation, mais pour éviter l'armée ou pour des raisons purement matérielles. Nombre d'entre eux s'inscrivaient à l'Institut juridique de la milice par facilité, parce que l'établissement était près de chez eux. D'autres parce que l'enseignement y était gratuit. De plus, les bourses dans les écoles militaires étaient cinq fois plus élevées que dans les établissements civils, ce qui n'était pas rien ! Sans oublier que le cursus était de quatre ans au lieu de cinq, alors que les diplômes obtenus étaient les mêmes qu'à l'université.

Et qui connaissait les élèves mieux que les directeurs de cours chargés des groupes d'étude ? Pour les jeunes cadets, ils jouaient le rôle de surveillant, de contrôleur et de Dieu le Père. Ils avaient le pouvoir de régler les emplois du temps et d'autoriser les uns ou les autres à manquer l'appel du matin. Ils pouvaient ne pas remarquer les retards. Mais ils pouvaient aussi ne rien laisser passer, ne pas fermer les yeux sur la moindre faute, même la plus petite. Tous les élèves dépendaient du bon vouloir des directeurs de cours. Évidemment, beaucoup de ces derniers ne manquaient pas d'en profiter. Certains le faisaient discrètement, mais d'autres de la manière la plus éhontée. Les élèves savaient bien qu'ils ne pouvaient présenter une demande – même la plus insignifiante ou la plus légitime – à leur directeur sans l'accompagner d'une bouteille.

Bien entendu, les cadets n'étaient pas aveugles. Ils voyaient très bien qu'ils étaient rackettés pour la moindre dérogation ou la plus petite permission de sortie, alors que d'autres se fichaient de la discipline et violaient le règlement sans s'attirer pour autant les foudres des directeurs de cours. Certains d'entre eux étaient protégés par des parents influents que la direction de l'établissement ne tenait pas à contrarier. Quant aux autres, il n'était pas difficile de deviner par qui ils étaient couverts.

Maxime avait de la chance. Il n'avait pas à se plaindre de son directeur, mais il ne lui donnait pas non plus de prétexte pour s'en prendre à lui : excellent élève dans toutes les matières, il était discipliné, soigné et bien élevé. Dans sa longue conversation avec Nastia, il fut incapable de lui donner le moindre fait concret sur des malversations possibles des précepteurs : il ne savait rien. En revanche, les explications du jeune homme permirent à Nastia de se faire une meilleure idée sur les informations qu'elle devait obtenir et les personnes qui

135

LE REQUIEM

pouvaient les lui fournir. Elle en fut d'autant plus satisfaite que tel était aussi le but de sa rencontre avec le fils du général.

En repassant dans sa tête tout ce qu'elle avait entendu au cours de la soirée, Nastia traversa la zone à risque des passages sombres et se retrouva dans l'entrée de son immeuble sans même s'en apercevoir.

Après le silence de la rue noire et traversée sans encombre, ce fut l'appartement qui l'agressa par la violence de la lumière, des odeurs et des sons qui s'abattirent sur elle dès qu'elle entrouvrit la porte palière. Elle s'étonnait toujours de la capacité de son mari à travailler avec la télé qui hurlait, alors qu'elle ne supportait pas le moindre bruit et s'irritait instantanément du son le plus ténu parvenant à son oreille.

Liocha Tchistiakov était assis dos à la porte et travaillait sur son ordinateur en écoutant l'édition de minuit du journal télévisé. Il ne tressaillit même pas à l'entrée de sa femme. Le monde pouvait s'écrouler, le mathématicien de renom ne loupait jamais les émissions d'information sur l'ensemble des chaînes. À une époque, Nastia avait tenté de comprendre pourquoi il éprouvait un tel besoin de savoir ce qui se passait ailleurs, mais elle avait fini par y renoncer. Après tout, les goûts et les couleurs ne se discutent pas et les besoins d'information sont différents pour chaque individu. Nastia, elle, n'éprouvait aucun intérêt pour les nouvelles et ne les écoutait pas. Et son ignorance en la matière ne lui avait jamais causé le moindre tort ni provoqué la plus infime catastrophe. Quant à Liocha, il n'avait jamais fait mine de s'intéresser aux raisons du total détachement de sa femme pour les événements grands et petits qui secouaient la planète en général et leur pays en particulier.

– Liocha ! cria-t-elle depuis l'entrée en tentant de couvrir la voix du présentateur à la télé. On pourrait enfoncer la porte et emporter tout l'appartement, et toi avec, et tu ne l'entendrais pas ! S'il te plaît, baisse le volume.

Le flot de décibels diminua presque instantanément et Liocha apparut sur le seuil du vestibule. En contemplant son visage fatigué et ses cheveux qui grisonnaient prématurément, Nastia se remémora soudain les paroles de Zatotchny : « Quand cesserez-vous de vous comporter comme une petite fille ? » Le général n'avait pas tort. Il était grand temps pour elle de ne plus se prendre pour un jeune milicien inexpérimenté. Elle allait sur ses quarante ans. Encore trois ans et elle

136

entrerait dans sa cinquième décennie... Ils avaient le même âge, son mari et elle. Il y a encore peu, ils s'asseyaient au même pupitre, à l'école. Et voilà que Liocha avait les cheveux à moitié gris et qu'il portait des lunettes pour corriger une presbytie qui venait d'apparaître. La presbytie : un autre signe de l'âge !

– Tu as dîné ? lui demanda-t-elle en ôtant ses bottes.

– Évidemment ! Je ne suis pas comme toi, moi. Ici, tu es la seule à pouvoir te passer de manger lorsque tu trouves la maison vide en rentrant. Mais je peux te chauffer quelque chose, si tu veux.

– Non, merci. J'ai été invitée chez Zatotchny. Quoi de neuf ?

– Que peut-il bien y avoir de neuf chez les modestes professeurs ? La fin de l'année approche et il faut faire des rapports d'activité. La routine... C'est chez vous, les combattants contre le crime organisé, que chaque jour apporte son lot de nouvelles et de cadavres aussi frais les uns que les autres...

– Arrête de te moquer !

Elle passa dans la pièce et s'installa sur le divan en allongeant les jambes avec satisfaction. Seigneur ! Comme elle était bien chez elle ! Bien sûr, il était grand temps de faire quelques travaux : changer les papiers peints, donner un coup de peinture. Avant, ils n'avaient jamais assez d'argent pour ça, mais depuis quelque temps le travail de Liocha portait ses fruits et il commençait à très bien gagner sa vie. Certes, ils devaient toujours s'échiner tous les deux au travail, même les jours fériés, mais ils savaient aussi se contenter de ce qu'ils avaient. Pour Anastasia Kamenskaïa, ce studio avec cuisine séparée dans un quartier périphérique de Moscou était toujours l'endroit le plus chaud et le plus agréable qu'elle puisse imaginer.

– Liocha, à ton avis, nous sommes jeunes ou vieux ? reprit-elle en sautant du coq à l'âne.

Tchistiakov retira ses lunettes et éclata de rire.

– Nastia, ça te fait du bien de te faire inviter par des généraux, dans ta tête bien faite naissent des questions philosophiques. D'où te vient cet intérêt soudain pour les questions d'âge ?

– Non, réponds-moi, insista-t-elle. Nous sommes jeunes ou vieux ?

– Ne me pousse pas à te faire des compliments. La femme reste toujours aussi jeune qu'elle se sent. C'est ça que tu veux entendre ?

– Pas du tout, Liocha. Je veux une estimation objective. Quand je te regarde, je vois tes cheveux gris, tes rides et je me souviens de tous les manuels que tu as écrits et de tous tes étudiants qui ont soutenu des thèses et je comprends que, selon toute probabilité, tu es un homme d'âge mûr. Et nous avons le même âge : tu as à peine six mois de plus que moi et, au travail, je me sens comme une jeunette qui vient de sortir de l'école. J'ai tout le temps peur de ne pas faire les choses comme il faut et de me faire gronder par les supérieurs. Et même lorsque je suis sûre de mieux savoir quelque chose qu'eux, je suis incapable de défendre mon opinion parce qu'ils sont plus âgés et plus expérimentés que moi. Je respecte l'âge, l'expérience et les galons. Le colonel Gordeïev me répète sans cesse qu'il est temps pour moi de grandir et Zatotchny m'a dit la même chose aujourd'hui. Ils ne peuvent pas se tromper tous les deux, n'est-ce pas ? Cela signifie que je ne me comporte pas comme ils pensent que je le devrais. Mais de mon côté, j'ai l'impression que tout est normal, que je suis encore jeune, et que je dois obéir aux aînés.

– Je comprends, dit Liocha. Et qu'est-ce que je suis censé faire dans cette situation ? Qu'est-ce que tu veux de moi ?

– La même chose que d'habitude, répondit-elle en soupirant. Je veux que tu me remettes la cervelle en place. Je ne suis qu'une brebis obéissante qui s'incline devant ton autorité en reconnaissant la supériorité absolue de ton intelligence sur mon chétif cerveau féminin.

– Alors, allons faire du thé.

Liocha lui tendit la main pour l'aider à se lever. Nastia se redressa d'une manière brusque, passa ses bras autour du cou de son mari et pressa sa joue contre son épaule.

– Liocha, c'était quand la dernière fois que je t'ai dit « je t'aime » ?

Il lui passa tendrement la main sur le dos et les cheveux.

– Je n'en garde pas le souvenir. C'était sans doute il y a longtemps. Peut-être jamais. Tu fais une crise de tendresse ?

– Ha, ha.

– C'est vraiment curieux. J'ai remarqué depuis belle lurette que tes accès de tendresse interviennent avec une exactitude mathématique après tes rencontres informelles avec ton général bien-aimé. Si j'étais pathologiquement jaloux, j'en tirerais la conclusion décevante que tu me trompes et que tu cherches à me donner le change après tes rendez-vous crapuleux.

Nastia leva la tête et l'embrassa sur la joue.

– Mais tu es un jaloux non pathologique, n'est-ce pas ?

– Effectivement, dans la limite de la norme.

– Et quelle est la norme ? demanda-t-elle malicieusement.

– La norme veut dire que ce serait vraiment très désagréable pour moi de te surprendre au lit avec un autre homme. Cette preuve criante de ta perfidie ne me laisserait pas indifférent. Mais tant que je ne suis pas le témoin d'un tel événement, je n'ai aucune raison de supposer qu'il a déjà pu se produire. Je l'ai bien formulé, non ? Allons, allons, j'ai envie d'un bon thé !

Liocha le prépara selon les règles et Nastia but avec plaisir une gorgée de la boisson chaude et parfumée.

– Puisque tu es jaloux dans la limite de la norme, reprit-elle après l'interruption, je vais te dire la vérité. Ivan Zatotchny est un homme comme il y en a peu. Un cerveau hors du commun. Un sourire à faire perdre la tête. Il sait être séduisant, charmant, sensuel. Et, chaque fois que je me heurte à tout cet ensemble de traits de gentleman dans un seul et même pot, je me dis que, si tu ne faisais pas partie de ma vie, je serais tombée amoureuse folle de Zatotchny.

– Alors, si je comprends bien, je t'empêche de succomber ?

– Évidemment, dit-elle dans un éclat de rire. Depuis vingt-deux ans que nous nous connaissons, tu m'as obligée à t'aimer si solidement que je n'ai pas de place en moi pour un sentiment à l'égard d'un autre homme. Tu as occupé toute mon âme sans en laisser libre le moindre recoin. Pour parler sérieusement, chaque fois que je me surprends à admirer Ivan, je me mets involontairement à vous comparer et je me rends compte que tu es tout de même mieux que lui. Il est formidable, mais tu es mieux, tu comprends ? Cette idée me réjouit à un point que tu ne peux pas imaginer et je réalise la chance que j'ai d'avoir un mari d'une telle classe et combien je suis idiote de l'oublier de temps en temps. Du coup, je ressens une flambée d'amour qui n'a rien à voir avec la volonté de dissimuler une faute, mais qui n'est que l'explosion soudaine et torride d'émotions refoulées par le travail. Et moi, comment je l'ai formulé ?

– Remarquablement. Je sens l'influence de mon école. Encore un peu de thé ?

– Pas question. Tu veux que je me retrouve demain matin avec le visage bouffi, comme après une gueule de bois ?

– Oh, la belle affaire ! À moins que tu n'aies un rendez-vous important demain matin, répliqua Liocha en se versant une autre tasse.

– Pas très important, mais c'est tout de même un rendez-vous et je dois être présentable.

– Qui est l'heureux homme ?

– Un gros bonnet du show business. Tu as des lumières sur les variétés contemporaines ?

– Pas plus que toi. Mais comme je regarde la télé plus souvent que toi, je sais deux ou trois trucs.

– Tu connais le chanteur Igor Vildanov ?

– Bien sûr. Il fait partie des rares que je peux encore écouter à mon âge. Il ne s'agite pas, ne secoue pas une tignasse hirsute dans tous les coins et ne hurle pas comme un damné. Mais il ne balbutie pas pour autant dans sa barbe comme tant de chanteurs anémiques. Au moins, il a une vraie voix et son goût est irréprochable.

– Son goût ? le reprit Nastia, étonnée. Comment l'exprime-t-il ?

– Dans son répertoire. Ses chansons sont mélodiques et harmonieuses, à la différence de la plupart des tubes à la mode, avec des mots humains et normalement articulés qui forment des phrases métrées par des rimes très convenables. Tu te prépares à focaliser sur lui ton attention d'investigatrice ?

– Pas du tout, se récria-t-elle. Je n'ai pas besoin de lui. Je m'intéresse à son imprésario.

– Oh ! Les forces de lutte contre le crime organisé s'intéressent enfin au monde sinistre du show business, fit remarquer le professeur de mathématiques tout en touillant son thé. Vous n'avez rien d'autre à vous occuper ? Vous feriez mieux de vous en prendre à ceux qui détournent des moyens budgétaires au lieu de consacrer cet argent à payer les salaires. Le danger le plus pressant pour l'État, ce sont les révoltes des travailleurs affamés et non les imprésarios qui font fortune. Ce n'est pas clair pour toi ? Nastia, je ne vois vraiment pas pourquoi tu as changé de job. À la Brigade criminelle, tu savais exactement ce que tu faisais et pourquoi. On trouvait un cadavre et ton travail consistait à découvrir qui avait tué le type, parce que personne n'a le droit de priver quelqu'un de la vie. Je comprends clairement les buts et le travail d'un tel organisme. En revanche, je ne comprends pas de quoi on s'occupe dans ton nouveau service. Et je ne suis pas le seul : personne n'y pige rien et toi non plus. Je n'ai pas raison ?

– Presque. Le crime organisé couvre une multitude d'activités particulières que cherchent à entraver non seulement la Brigade criminelle, mais aussi la police fiscale et les douanes. Tous ceux qui prennent part à la lutte sont obligés de marcher sur les plates-bandes d'autres départements parce que personne ne sait qui doit s'occuper de quoi. Et nous passons notre vie à nous marcher sur les pieds les uns des autres, ce qui ne fait qu'entraver notre action. Mais que cela ne nous empêche pas de dormir. Il est temps d'aller se coucher, Liocha. Le problème est complexe et cela nous entraînerait dans une trop longue conversation.

– D'accord, dit-il en finissant sa tasse d'un trait avant de la poser dans l'évier. Donc, tu admets que j'ai raison. Mais pourquoi « presque » ?

– Parce que nous ne nous intéressons pas au monde du spectacle. Je compte interroger un type qui était souvent reçu dans une certaine famille, il y a longtemps, et qui est devenu par la suite l'imprésario de Vildanov, comme il aurait pu être serrurier ou militaire.

Ces derniers mots firent se retourner Liocha qui se préparait déjà à passer dans la chambre. Il regarda attentivement sa femme en fronçant les sourcils.

– Une minute, il y a quelque chose que je ne pige pas. Tu m'as affirmé – et pas qu'une fois – que tu partais dans le service de Zatotchny pour faire à longueur de journée ce travail analytique que tu aimes tant et que, cerise sur le gâteau, ça te permettrait d'obtenir les épaulettes de lieutenant-colonel. Ton nouveau boulot devait donc être purement administratif et te tenir éloignée du travail opérationnel. Je ne me trompe pas ?

– Non, tout est exact. Quel est le problème ?

– Pourquoi t'intéresses-tu brusquement à une certaine famille chez qui était reçu, il y a longtemps, un type lié au monde musical ?

– J'aide les copains, reconnut-elle avec un sourire un peu contrit. Ils ont un cadavre sur les bras et l'affaire est tellement brumeuse que j'espère que l'imprésario de Vildanov parviendra à en éclaircir certains points. C'est tout. Tu n'as pas à avoir peur, Liocha. Je te jure que ça ne va pas tirer dans tous les coins et je ne risque rien.

– Tu essayes de m'entortiller, comme toujours, grommela Liocha. Entendu, allons dormir. De toute manière, je ne pourrai pas te tirer les vers du nez.

7

Viatcheslav Olegovitch Zotov portait sur Nastia un regard attentif mais, dans l'ensemble, bienveillant.

– Pourquoi cet intérêt pour des vieilles histoires ? demanda-t-il. Tant d'années ont passé...

Elle lui sourit en prenant une cigarette.

– Nemtchinov père a été libéré par anticipation pour bonne conduite et nous voulons savoir ce qu'on peut attendre de lui et de quoi il est capable. Nous nous intéressons à lui parce qu'il habite dans le même appartement que sa petite-fille. Or, un soupirant de cette jeune personne, presque un fiancé, a été tué. Donc, la première chose à laquelle pensent les enquêteurs de la milice est de voir si le papy qui a déjà purgé neuf ans de travaux forcés pour meurtre ne serait pas impliqué dans l'affaire. Qu'est-ce qui vous étonne ?

– Dans la mesure où vous posez les choses de cette manière, tout est clair. Mais je ne crois pas.

– Qu'est-ce que vous ne croyez pas ? demanda Nastia, étonnée. Que Vassili Petrovitch Nemtchinov ait pu tuer encore une fois ?

– Ça non plus, je ne le crois pas.

Zotov bondit du fauteuil où il se prélassait et se mit à arpenter nerveusement la pièce.

– Voyez-vous, à l'époque je n'ai pas du tout compris – et je ne comprends toujours pas – pourquoi le père a tué son fils. La surprise a été totale. Et pas seulement pour moi, mais pour tous ceux qui connaissaient Guennadi et Svetlana. Ils n'avaient aucun conflit avec le vieux Nemtchinov. Je suis incapable d'imaginer la moindre raison pour laquelle ils auraient pu avoir une simple brouille. Alors une dispute sérieuse au point d'en arriver au meurtre... Non, ça me semble impossible.

Nastia observait Zotov avec curiosité. Un bel homme de haute taille, la quarantaine bien sonnée, aux manières élégantes, la voix posée. Un homme qu'on aurait bien vu sur la scène d'un théâtre, ou à la tête d'une délégation lors de négociations sérieuses. Mais non, lui s'occupait des affaires d'un jeune chanteur. Elle aurait mieux compris si Zotov s'était trouvé à la tête d'une société de production et avait eu dans son « écurie » plusieurs jeunes talents, mais il ne travaillait qu'avec Vildanov. Pourquoi ? Même si Liocha le trouvait intéressant, ce jeune chanteur n'était pas un Pavarotti qui se produirait à guichets fermés pour les dix prochaines années. Il était évident qu'un grand ténor célèbre dans le monde entier et qui volait de scène en scène se devait d'avoir son propre imprésario. En revanche, la gestion des affaires d'Igor Vildanov ne devait pas prendre beaucoup de temps ni de forces. Pourquoi Zotov ne prenait-il pas sous son aile d'autres jeunes interprètes ? En lançant sa propre boîte, il aurait gagné indéniablement plus d'argent.

– Donc, vous me dites que les relations entre les Nemtchinov père et fils étaient bonnes, reprit Nastia sur un ton à moitié interrogatif.

– Oui, bonnes, lui confirma Zotov.

– Et en famille ?

– Comment ça, « en famille » ? demanda l'imprésario qui n'avait pas compris. Vous voulez dire avec d'autres parents ?

– Non, je veux parler de leurs relations intimes. Ils pouvaient donner l'impression de bien s'entendre devant des tiers, alors que dans l'intimité ils ne se supportaient peut-être pas. Un peu comme des époux qui se détestent mais qui donnent le change dès qu'ils sont en public. Les Nemtchinov père et fils avaient-ils des relations très proches ?

Zotov prit quelques secondes pour réfléchir.

– Eh bien… Il me semble, oui. Après tout, ils étaient tout de même père et fils.

– Et vos relations avec Guennadi ?

– Nous étions très liés, répondit-il simplement.

– Et vous vous voyiez souvent ?

– Souvent. Toutes les semaines. Parfois, jusqu'à deux ou trois fois.

– Guennadi vous parlait-il de son père ?

Zotov réfléchit encore, puis esquissa un sourire.

– Oui, vous avez peut-être raison. Guennadi ne m'en parlait presque pas et j'en tirais l'impression que tout allait bien entre eux. Vous savez comment ça se passe : souvent, lorsque des personnes sont en conflit ouvert, elles n'arrêtent pas d'en parler à leurs amis. En revanche, si elles ne disent rien, on a l'impression qu'il n'y a aucun problème.

– Vous connaissiez bien le vieux Nemtchinov ?

– De vue. Je l'ai rencontré à plusieurs reprises, mais en passant. C'était toujours en présence de Guennadi ou de sa femme et je n'ai jamais remarqué un quelconque mécontentement ou la moindre tension entre eux. Leurs relations semblaient correctes et ordinaires.

Ce fut au tour de Nastia de garder le silence et de ruminer ce qu'elle venait d'entendre. Elle avait eu tort de penser que Zotov pourrait l'aider. Il ne connaissait pas vraiment le vieux Nemtchinov et n'était pas au courant du conflit qui pouvait l'opposer à son fils. Et pourtant, ce conflit existait, c'était obligatoire. Il devait même y avoir une sacrée animosité entre les deux hommes car, lorsque les relations sont bonnes, une banale querelle ne conduit jamais à une telle violence. Les tensions devaient s'accumuler depuis longtemps. Mais qu'est-ce qui avait bien pu provoquer ces tensions ?

– Dites-moi, Viatcheslav Olegovitch, où rencontriez-vous le plus souvent le père de Guennadi ? Dans leur appartement en ville ou à la datcha ?

– C'est curieux, mais la plupart du temps c'était dans la rue. Nous nous croisions souvent en entrant ou en sortant de chez les Nemtchinov.

– Comment ça ?

– Nous sortions, Guennadi et moi, et son père rentrait ou le contraire. En fait, je voyais rarement Guennadi dans leur appartement en ville. Il n'aimait pas y recevoir des visiteurs. En revanche, à la datcha, c'était une tout autre affaire. J'y allais d'autant plus souvent qu'il y passait plus de temps qu'à Moscou. Son esprit créateur avait besoin du calme et du repos de la campagne.

« Le calme et le repos, voyez-vous ça ! se dit Nastia, *in petto*. Et Belkine, le propriétaire de la datcha voisine, m'a affirmé que les Nemtchinov recevaient constamment des visiteurs et organisaient des fêtes bruyantes. Et au milieu de ces beuveries, qui ce même Belkine a-t-il reconnu ? Monsieur Zotov en personne ! Mais après tout, on peut comprendre et respecter sa volonté de ne pas ternir la mémoire d'un ami disparu. »

– Si je vous ai bien compris, Guennadi Nemtchinov passait l'essentiel de son temps dans sa datcha de banlieue et c'était surtout là-bas que vous le voyiez ?

– Oui et non. Nous nous rencontrions aussi à Moscou. Voyez-vous, à cette époque, je travaillais au ministère de la Culture et nous devions résoudre une multitude de problèmes liés à son œuvre. J'imagine que vous n'avez pas oublié les contraintes de l'époque communiste. La censure fourrait son nez partout, y compris dans le domaine musical. Avant d'être interprétée en public, une chanson devait passer devant une commission qui l'approuvait et autorisait son exploitation, ou l'interdisait purement et simplement parce qu'elle véhiculait des idées amorales ou contraires à l'idéologie. Dans certains cas, la commission pouvait aussi établir une liste de recommandations pour rendre l'œuvre conforme aux standards du parti. Les modifications concernaient toujours le texte, et non la musique, mais le compositeur et le parolier se trouvaient dans le même bain face à la censure.

– Nemtchinov était à la fois le compositeur et le parolier de ses chansons, non ?

– Comment ? Vous ne savez pas ? s'écria Zotov avec surprise. Nemtchinov écrivait la musique, mais les paroles étaient de Svetlana, sa femme. C'était une poétesse de grand talent. Elle a publié plusieurs recueils de poèmes. Je crois que la seule œuvre dont Guennadi ait écrit les paroles est *Le Requiem*.

– Je l'ignorais, reconnut Nastia. Mais ça nous éloigne de notre affaire. Pouvez-vous me dire, s'il vous plaît, si le vieux Nemtchinov se rendait souvent à la datcha ?

Zotov réfléchit. Les pouces dans les passants de son jean, il se mit machinalement à se balancer sur ses deux pieds en faisant passer alternativement le poids de son corps des pointes aux talons et des talons aux pointes. Il n'était pas retourné s'asseoir dans son fauteuil et Nastia se sentait mal à l'aise parce qu'elle était obligée de lever la tête pour le regarder. Elle aurait pu se lever, elle aussi, mais elle n'en avait pas la moindre envie. Il n'y avait pas à dire : dans le salon de Viatcheslav Olegovitch, les sièges étaient vraiment confortables.

– Vous savez, maintenant que vous en parlez, je me rends compte que Vassili Nemtchinov ne venait jamais à la datcha. En tout cas, je ne l'y ai jamais vu. Remarquez, peut-être venait-il à d'autres moments. En tout cas, nous ne nous y sommes jamais rencontrés.

– Guennadi Nemtchinov ne vous a jamais rien dit à ce sujet ? Il ne vous a pas expliqué pourquoi son père ne fréquentait pas la datcha ?

– Non, pas du tout… Nous n'avons jamais abordé cette question. Mais pourquoi vous intéressez-vous tant à cet aspect des choses ?

– Juste comme ça. J'aimerais comprendre pourquoi un homme qui n'a pas mis les pieds dans cette datcha depuis des années s'y rend un beau jour et tue son fils et sa belle-fille. Et vous-même, cette énigme ne vous interpelle pas ? Après tout, Guennadi était votre ami.

– Attendez, dit Zotov en levant une main en l'air. Vous arrangez les faits à votre convenance. Ce n'est pas comme ça qu'il faut voir les choses.

– Alors, comment faut-il les voir ? demanda Nastia.

Elle trouva tout de même la force de prendre sur elle et de se lever. Ils étaient sensiblement de la même taille et elle pouvait maintenant regarder son interlocuteur bien en face. Le regard de Zotov était surprenant. Compliqué. Un instant, il lui sembla receler un abîme de tristesse et quelque chose de malsain, mais la seconde suivante cette impression avait disparu et il n'y avait plus que de grands yeux d'un beau gris sombre.

– Que je n'aie jamais rencontré le père de Guennadi dans leur maison de campagne ne signifie pas qu'il n'y allait pas du tout. Il pouvait très bien s'y rendre à sa convenance. Simplement, nos visites n'ont jamais coïncidé. C'est possible, non ?

– C'est possible, reconnut Nastia. Et je serais prête à accepter votre explication si vos visites avaient été très espacées. Mais vous êtes allé là-bas plusieurs années au rythme de deux ou trois fois pas semaine, non ? Un simple calcul de probabilités permettrait de déterminer que les chances pour que vous n'ayez jamais rencontré Nemtchinov père à la datcha pendant tout ce temps sont infinitésimales. Ça signifie donc qu'il n'avait pas l'habitude d'y aller.

– Bon, d'accord.

Nastia s'aperçut que Zotov commençait à se crisper et à prendre la mouche. Elle ne parvenait pas à se départir de la fâcheuse habitude de traiter les gens comme s'ils étaient coupables de quelque chose et qu'elle voulait les attraper en flagrant délit de mensonge. Elle s'était comportée de la même manière avec le colonel Belkine quelques jours plus tôt. Et le militaire avait manqué de mal le prendre. En tout cas, il l'avait remise à sa place. Et Zotov était sur le point de faire la même chose...

– D'accord, répéta-t-il. Vous m'avez convaincu. Je suis prêt à admettre que le père de Guennadi ne fréquentait pas la datcha. Qu'il n'y avait pas mis les pieds pendant plusieurs années. Vous comprenez ce que ça veut dire ?

– Je le comprends très bien, dit-elle. Ça signifie que le père et le fils s'évitaient.

– C'est juste, acquiesça Zotov avec une ardeur soudaine. Guennadi ne passait pas son temps à la datcha parce qu'il aimait le calme et la nature. En réalité, il se sauvait de leur appartement parce qu'il ne voulait pas se trouver près de son père.

– Ou que le père ne voulait pas se trouver à proximité du fils, lui souffla Nastia.

– Oui, ou le père ne voulait pas... répéta Viatcheslav Zotov comme en écho. On peut en déduire qu'il y a eu un grave problème entre eux dans le passé. Peut-être même au cours de l'enfance ou de l'adolescence de Guennadi. En tout cas, la brouille était telle qu'ils n'ont pas pu se réconcilier. Ils étaient obligés de vivre ensemble parce que l'appartement était coopératif, qu'ils ne pouvaient pas l'échanger contre deux plus petits et que Guennadi n'avait pas les moyens de s'acheter un logement à lui[1].

– Comment ça ? dit-elle, sceptique, en haussant les sourcils. J'avais pourtant l'impression que Nemtchinov recevait de très confortables droits d'auteur.

Zotov se rembrunit.

– C'est vrai. Mais l'argent lui brûlait toujours les doigts. Il le dépensait instantanément. Les alcools les plus chers, la bonne chère hors de prix, les restaurants, les réceptions... Et des voyages permanents. Svetlana et lui adoraient partir pour deux ou trois jours dans les pays baltes ou au bord de la mer. Et jamais en train : toujours en

1. Pendant la période soviétique, les logements étaient attribués par les autorités municipales. Il était impossible de louer un appartement à des particuliers. Le seul moyen de déménager était d'échanger son logement avec d'autres personnes en fonction du nombre de pièces (un F2 contre deux F1, par exemple) ou de s'en faire attribuer un autre par l'intermédiaire de son employeur. Cependant, les personnes qui en avaient les moyens pouvaient acheter un appartement « privé » dans des immeubles dits « coopératifs », mais il était impossible de les échanger. *(NdT)*

avion, ce qui n'est pas spécialement bon marché. La mer, c'était toujours à la saison chaude. En revanche, les pays baltes, c'était à longueur d'année. À l'époque, comme vous vous en souvenez probablement, aller à Vilnius ou à Tallinn, c'était pour nous comme partir à l'étranger. De belles villes anciennes, européennes, propres et bien entretenues, aux rues pavées, à l'architecture gothique et aux innombrables cafés. Faute de pouvoir voyager librement en Europe, on pouvait ainsi s'en créer l'illusion. C'était l'une des passions de Guennadi : il y laissait l'essentiel de l'argent qu'il gagnait.

– Mais il avait une voiture, n'est-ce pas ? demanda Nastia.

– Oui, bien sûr.

– Donc, au lieu d'acheter une automobile, il aurait pu entrer dans une coopérative pour avoir un logement bien à lui, puisqu'il semble bien que la situation avec son père était insupportable.

À nouveau, Zotov garda le silence quelques instants. Son regard se perdit au-dessus de la tête de Nastia et il donna l'impression de se trouver ailleurs, à des années et des centaines de kilomètres de l'appartement.

– J'aurais certainement posé la question à Guennadi si j'avais su à l'époque qu'il y avait des tensions dans la famille, finit-il par répondre d'un ton sec. Mais je n'avais aucun moyen de le deviner puisque leurs relations semblaient normales et que Guennadi ne m'a jamais parlé du moindre problème avec son père. Il me semble simplement qu'il tenait beaucoup à avoir une voiture.

– « Il vous semble » ? insista-t-elle. Ou vous en êtes sûr ?

– J'en suis sûr. J'étais là lorsqu'il a acheté sa voiture. Si vous l'aviez vu… Il rayonnait de bonheur en disant qu'il rêvait de cet instant depuis son enfance ! Guennadi en était littéralement cinglé. Il la prenait même pour aller au coin de la rue. C'était à peine s'il parvenait à faire cent mètres à pied. S'il avait pu la prendre pour aller aux toilettes, il l'aurait fait. Mais à l'époque, je pensais que tout allait bien. J'ignorais tout d'un éventuel problème avec son père… (Il regarda sa montre et hocha la tête.) Excusez-moi, je dois passer un coup de fil.

Il y avait un téléphone sur la petite table, entre les fauteuils, mais le maître des lieux passa dans une autre pièce. Au bout de quelques secondes, Nastia entendit sa voix atténuée par la cloison.

– Tu n'es pas encore debout ? Espèce de monstre. Tu as encore pris une cuite ? Bon, tu m'expliqueras plus tard, je n'ai pas le temps. Lève-toi, prépare-toi et commence à travailler. Prends quelque chose contre la gueule de bois... Non, pas de la bière, crétin. Un comprimé d'Alka-Seltzer, par exemple. Il n'y en a pas ? Eh bien, envoie ta connasse à la pharmacie en vitesse. Ne me bourre pas le crâne, il y en a une à la station de métro. C'est tout, Igor. Je n'ai pas le temps d'en dire plus. Lève-toi et travaille. Je serai là dans une heure et nous aurons une conversation sérieuse. Sérieuse, tu m'entends ? Et je ne veux voir aucune fille en arrivant. C'est clair ? Alors, vas-y.

« Ben dis donc ! s'écria Nastia pour elle-même. Est-ce donc à Igor Vildanov que M. Zotov parle si sévèrement ? » C'était étrange. À en juger par les répliques qu'elle avait surprises, le chanteur abusait de l'alcool et des filles. En plus, il était paresseux et ne respectait pas son emploi du temps. Et pourtant, Liocha lui avait affirmé la veille que le garçon avait un style et un goût irréprochables. Comment concilier ces deux facettes ?

« Tu es idiote, Nastia, se dit-elle. Après tout, peut-être que les artistes peuvent concilier ça avec facilité. Les magazines n'arrêtent pas de parler de la vie dissolue des grandes vedettes... »

Elle écouta un Zotov très contrarié dans la pièce voisine et mit à profit cet instant de solitude pour examiner attentivement le salon où elle se trouvait, ce qu'elle n'avait pas osé faire en parlant avec son hôte. Il était clair que la décoration était l'œuvre d'un bon architecte d'intérieur. La couleur du parquet et du tapis se mariait parfaitement avec les teintes des meubles et du papier peint des murs, tout cela dans un camaïeu qui inspirait un sentiment de repos et de sécurité. Il n'y avait rien de moderne, de métallique ou de brillant. Et le plafond était nu. Le lustre traditionnel était remplacé par des appliques fixées aux murs, des éclairages d'appoint sous les tableaux et deux lampes à pied halogènes, l'une à côté d'un fauteuil et l'autre, à l'opposé, près du divan d'angle. Nastia se demanda combien Zotov avait dû dépenser pour transformer un logement soviétique classique en un appartement comme on en voyait dans les films occidentaux. Vivre dans un tel environnement n'aurait pas été pour lui déplaire, mais les honoraires de Liocha n'étaient sans doute pas suffisants pour ça. Quel dommage. Et s'ils suffisaient malgré tout ? Elle n'avait qu'à poser la question... « Non, mais ça ne va pas ! se reprit-elle. Tu es folle, ma parole. » Elle était venue voir ce type dans le cadre de son travail, presque pour l'interroger, et elle allait lui poser des questions sur les travaux qu'il avait faits ? !

Tout à ses réflexions prosaïques sur le confort et le cadre de vie, elle ne remarqua pas le retour de Zotov.

– Vous avez encore des questions ? lui demanda-t-il. Je dois bientôt m'en aller.

– Une seule, répondit Nastia, prise de court. Pouvez-vous me donner les noms de personnes assez proches des Nemtchinov pour avoir eu vent du conflit entre Guennadi et son père ?

Zotov eut une expression dubitative.

– Je crains que non. J'étais certainement l'ami le plus proche de Guennadi. Et si même moi je n'étais pas au courant, je vois mal comment d'autres auraient pu l'être…

– Et leur fille ?

– Lera ? Voyons ! Elle avait huit ans lorsque c'est arrivé… Je veux dire la mort de ses parents. Mais le conflit, s'il existait réellement, a certainement eu lieu beaucoup plus tôt. Sans doute avant sa naissance et peut-être même avant le mariage de ses parents.

– Très bien, Viatcheslav Olegovitch, je ne vous retiendrai pas plus. Mais n'oubliez pas ma dernière question. Si vous vous souvenez de quelqu'un qui aurait pu savoir quelque chose, n'hésitez pas à m'appeler, de jour comme de nuit.

Elle écrivit rapidement son numéro professionnel et celui de son domicile sur une feuille de son bloc qu'elle arracha pour la lui donner.

– Et transmettez, s'il vous plaît, à M. Vildanov les compliments d'un admirateur qui apprécie son bon goût et son élégance sur scène.

Le visage de Zotov fut traversé de manière fugace par une expression étrange faite à moitié de sympathie indulgente et de moquerie retenue.

– Merci, Anastasia Pavlovna. C'est très agréable à entendre. Mais je me garderai bien de rapporter à Igor vos paroles.

– Pourquoi ? Il n'aime pas les éloges ?

– Pas du tout, la détrompa Zotov, visiblement amusé. Il en est avide. Il les aime autant qu'un gosse les bonbons. Mais vous savez qu'il ne faut pas donner trop de sucreries à un enfant, pour lui éviter les caries. Pour Igor, c'est un peu pareil. Il est encore trop jeune pour avoir un rapport correct avec les compliments. Il les prend pour argent comptant et, du coup, il ne voit pas la nécessité de continuer à travailler pour progresser, puisqu'il pense avoir atteint le summum de son art.

– Eh bien... C'est à vous de voir.

Nastia referma sa parka et en releva le col en fourrure pour tenter de se protéger tant bien que mal les oreilles. Elle ne portait jamais de toque ou de bonnet, même par les froids les plus rudes. Dans certains cas exceptionnels, lorsque le thermomètre chutait vers des profondeurs vertigineuses, elle mettait une parka avec une capuche fourrée. Ce jour-là, la température n'avait pas encore atteint ce niveau extrême. Il ne faisait que moins treize degrés Celsius et Nastia Kamenskaïa aimait aller tête nue dans le froid. Ah ! si seulement elle avait pu garder toutes les autres parties de son corps dans une chaleur tropicale...

*
* *

À peine eut-il franchi le seuil de l'appartement d'Igor Vildanov qu'un mélange d'odeurs insidieuses qui stagnaient depuis la veille au soir agressa les narines de Zotov. Abandonnés sur la table, les restants de zakouski et de salades répandaient des remugles d'oignons, de vinaigre et de saumure ; l'alcool s'évaporait des verres à moitié vides ; et tout ça se mêlait à la puanteur des mégots de cigarette. « Il aurait au moins pu ouvrir le vasistas, ce monstre, pensa l'imprésario avec une rage qui le surprit lui-même. Même habillé de velours et de soie, jamais un plébéien ne pourra devenir patricien. »

– Ouvre la fenêtre ! cria-t-il en direction de la cuisine d'où venait le bruit d'un robinet ouvert. Tu as transformé l'appartement en chambre à gaz, ou quoi ?

– Hé, ne la ramène pas ! lui renvoya faiblement Vildanov. J'ai déjà suffisamment mal au cœur.

Zotov accrocha sa pelisse en mouton retourné au portemanteau de l'entrée et se précipita dans la cuisine. Vildanov avait l'air lamentable : le visage enflé, comme toujours après une cuite, les yeux rouges et souffreteux. Il était en slip et buvait avidement de grandes gorgées d'eau à une chope en verre de deux litres.

– Qu'est-ce que je t'ai dit ? Je t'ai appelé il y a une heure et demie pour t'ordonner de tout mettre en ordre. Et toi, espèce de monstre mal fini, tu t'es recouché et tu t'es rendormi ! Tu viens juste de te lever ?

– Ce n'est pas ton affaire, grommela Vildanov avant d'avaler le reste de l'eau. Pourquoi tu m'emmerdes ?

– Espèce de connard, tu vas encore dire que tu es malade. Et t'apitoyer sur ton sort, comme les alcoolos le font tous les matins. Ma parole, tu n'en loupes pas une ! Tiens, prends ça !

Zotov sortit de sa poche la boîte de médicaments qu'il avait achetée en chemin et la jeta sur la table. Le chanteur s'empara du flacon en plastique et, les doigts tremblants, s'efforça de le décapsuler. Zotov se détourna de ce triste spectacle, incapable de surmonter sa répugnance. Un monstre ! Un idiot ! Un connard ! Il foutait en l'air la moitié de sa vie en se soûlant puis en soignant ses gueules de bois au lieu de bosser, de répéter, de préparer de nouvelles chansons. Être artiste, c'était travailler. Un travail infernal et quotidien et non la fête permanente, la vodka et les filles. Mais comment l'expliquer à ce crétin ? Il ne savait même pas ce que « bosser » voulait dire. Il ne pensait qu'aux plaisirs.

Zotov prit un moulin à café dans un placard et s'activa dans la cuisine. Pendant qu'il faisait chauffer un café fort, à la turque, il entraîna son loustic dans la salle de bains pour le pousser sous la douche : d'abord l'eau chaude, puis l'eau froide, puis encore l'eau chaude, puis encore l'eau froide. Il aurait volontiers flanqué une bonne gifle à Igor avant de partir en claquant la porte. Après tout, qu'il se débrouille avec sa gueule de bois ! Mais il ne pouvait pas. Il avait accepté cette charge bien des années avant et il devait l'assumer, même si c'était dur. Très dur.

Une demi-heure plus tard, Vildanov se sentait déjà mieux, assis sur un tabouret dans la cuisine, emmitouflé dans une robe de chambre bien chaude, en train de boire sa deuxième tasse de café bouillant.

– S'il te plaît, Slava, dit-il, tu peux passer un coup de fil à Lera ? Elle n'est pas venue.

– Vous étiez convenus de quelque chose ?

– Ouais…

Zotov leva les yeux au ciel, irrité.

– Comment ça, « ouais » ? Explique-toi. Et articule…

– Hier soir, je lui ai demandé de passer ce matin pour nettoyer.

– Et elle n'est pas venue ? constata Zotov de manière caustique.

– Non…

Visiblement, Vildanov n'avait pas senti l'ironie. Il poursuivit très
sérieusement :

– Je pensais qu'elle viendrait tôt et qu'elle ferait le ménage pendant
que je dormais encore. Comme d'habitude, quoi ! Mais je me lève et
c'est le bordel partout. Pas moyen de poser un pied par terre ! C'est
révoltant ! Elle est peut-être tombée malade ? Slava, tu ne veux pas
l'appeler, s'il te plaît ?

– Tu n'as qu'à l'appeler toi-même. Tu n'as pas trois ans. Tiens, j'ai
une meilleure idée : prends ton courage à deux mains et nettoie toi-
même ton appartement sans attendre qu'elle vienne. Qu'est-ce que tu
crois ? Que Lera va passer sa vie à essuyer derrière toi ? Tu crois
qu'elle ne fera jamais rien de plus intéressant que de servir un monstre
comme toi ?

– Tu n'y comprends rien, ricana Vildanov. Elle est folle amoureuse
de moi.

– Je sais bien qu'elle t'aime, reconnut Zotov. Mais tu te sers de ça
d'une manière éhontée. Tu as transformé cette gamine en une femme
de ménage. Si au moins tu avais eu le bon sens de ne pas coucher avec
elle…

– Quelle importance ? Elle prend son pied et moi aussi. Pourquoi
s'en priver ?

– Tu n'es qu'un imbécile, soupira l'imprésario. Et si demain elle se
mettait en tête d'avoir un gosse avec toi ? Qu'est-ce que tu ferais ? Tu
te marierais ?

– Et puis quoi encore !

– Très juste. Alors quoi ? Des querelles, des scandales, avec le
résultat qu'elle s'en ira s'occuper toute seule de votre gosse. Et ça
t'avancera à quoi ? Qui s'occupera de tes courses et de ton ménage ?

– Bof ! J'en trouverai bien une autre…

– Encore très juste. Tu t'en trouveras une autre et tout recommen-
cera comme avant : l'amour, le lit, le ménage, puis la grossesse, les
propositions de mariage, les querelles, la rupture… Et ça repartira
pour un tour. Il faut que tu tiennes compte d'une chose, mon petit
Igor : une autre n'acceptera certainement pas d'en supporter autant
que Lera. Déniche-toi d'abord une deuxième comme elle et nous en
reparlerons. Une maîtresse de maison jeune, belle, intelligente, folle-
ment amoureuse de toi et qui serait prête à oublier pour toi sa fierté et

sa dignité : tu crois que ça pousse à tous les coins de rue, des filles comme ça ? Que tu n'as qu'à claquer des doigts pour qu'elles rappliquent ?

– Et alors ? Il y en a combien qui passent leurs journées à attendre à côté de l'entrée ?

– Et à ton avis, pourquoi elles sont là ? Tu te l'es déjà demandé ?

– Comment ça, pourquoi ? Pour se faire tringler par une star. Tu ne vas tout de même pas prétendre le contraire ?

– Non, tu as encore raison. C'est exactement ce qu'elles veulent. Mais tu crois qu'elles aspirent aussi à nettoyer tes saletés ? À vider les cendriers, faire la vaisselle, passer la serpillière ? Et laver tes slips ? Tu crois qu'elles supporteraient tout ça à l'infini ? Elles n'ont toutes qu'un seul objectif : être avec toi, que tu les emmènes partout, dans les restaurants et dans les boîtes, qu'on les voie en ta compagnie dans les réceptions mondaines et, l'apothéose, que tu les épouses. Voilà ce qu'elles veulent, toutes. Et toi, petit connard inculte, tu devrais remercier le ciel d'avoir près de toi quelqu'un comme Lera. De grands changements se préparent dans ta vie et elle est la seule personne capable de les supporter avec toi.

Vildanov posa la tasse de café vide sur la table et lança à Zotov un coup d'œil intrigué.

– De grands changements ? De quoi tu parles ?

– Il faut que nous ayons une conversation sérieuse, Igor. Oublie toutes les bêtises qui traînent dans ton esprit pour une petite heure. La question que je veux aborder avec toi est très importante.

– Tu n'arriveras pas à me faire peur, dit crânement Vildanov tout en laissant involontairement percer une pointe d'incertitude. Qu'est-ce qu'il se passe ?

Zotov garda le silence et rassembla ses pensées. Ce n'était pas simple de dire à quelqu'un qu'on se prépare à le vendre, comme un esclave au marché. Et pourtant, s'il avait accepté la proposition de Stella transmise par Inga, ce n'était pas que pour l'argent. C'était aussi pour le bien d'Igor. Il devait faire en sorte que le jeune chanteur le comprenne bien.

– Le but est d'atteindre le summum de la médiatisation, lança-t-il. Tu dois devenir une grande star. Tu es déjà un petit astre, mais je ne veux pas que tu te contentes de ça. Tu dois viser plus haut, mais tout seul, je ne parviendrai pas à te pousser jusqu'aux hauteurs que tu mérites. Pour te donner vraiment une bonne impulsion, il faut que quelqu'un puisse t'apporter beaucoup d'argent, des relations importantes et une grande gloire. Tu me suis ?

– Euh... plus ou moins, répondit Vildanov, prudent. Continue.

– Tu dois te marier, Igor.

– C'est ça ! Je vais prendre la première venue et filer à la mairie ! Tu es devenu fou, ou quoi ?

– Non, mon cher, c'est toi qui es fou si tu crois que les choses sont aussi primitives. Tu dois épouser une femme connue dans tout le pays. Une femme riche et célèbre qui va investir de l'argent dans ta carrière et utiliser à ton profit sa gloire et ses possibilités d'organisation.

– Ouais... Et où comptes-tu trouver une femme jeune et célèbre qui voudra dépenser son argent pour moi ? Des femmes de ce genre ont de riches amants qui dilapident pour elles tout ce qu'ils ont.

Zotov éclata de rire. Décidément, la pensée de son pupille était bien linéaire.

– Qui a dit qu'elle serait jeune ?

La bouche de Vildanov s'arrondit dans un étonnement sincère.

– Une vieille ? s'écria-t-il. Ma parole, tu as perdu la boule ! Tu veux que je me marie avec une vieille ? Jamais de la vie !

Zotov fit une grimace en sentant qu'il recommençait à s'énerver et respira un grand coup pour tenter de se dominer. À quoi bon se fâcher ? Ce pauvre gosse était un imbécile et ce n'était pas sa faute. Il suffisait de faire preuve de patience et de tout lui expliquer d'une manière assez simple pour qu'un rien de compréhension finisse par se manifester dans sa cervelle.

– Une femme de cinquante ans n'est pas vieille du tout si elle est encore sexy, si elle fait le nécessaire pour se maintenir en forme et si elle a l'énergie et la soif de vivre et d'agir.

Les sourcils de Vildanov donnèrent l'impression de bondir au sommet de son front.

– Cinquante ans ? À cet âge-là, elle ferait mieux de se choisir un cercueil plutôt qu'un mari !

– Tu vas la fermer, oui ? s'écria l'imprésario avant d'avoir pu se retenir et regrettant aussitôt son éclat. Qu'est-ce que tu peux bien comprendre ? Tu es jeune et beau et tu veux chercher l'amour, mais tu as besoin de Stella pour les affaires et pour ta carrière.

– Stella ?

– Oui, Stella. C'est bien d'elle qu'il s'agit. Même si elle était nona-génaire, chauve et édentée, tu devras tout de même te marier avec elle parce qu'il le faut. Et tu peux t'estimer heureux qu'elle n'ait pas quatre-vingt-dix ans, mais seulement quarante-neuf.

– Ça alors ! Merci, non vraiment ! dit Vildanov avec un ricanement méchant. Merci à toi, Viatcheslav Olegovitch, un vrai papa qui m'a trouvé un bébé en guise de femme. Et qu'est-ce que ça me rapportera ?

– La gloire. Une vraie gloire. Et par conséquent, une vraie fortune. Ce n'est pas assez ?

– Et elle, qu'est-ce qu'elle aura ? Si je comprends bien, elle est dis-posée à mettre beaucoup d'argent. Mais pourquoi ? Pour que je la baise toutes les nuits ? C'est un jeune corps qu'elle veut se payer ?

– Tu es né et mourras idiot. Qu'est-ce qu'elle en a à foutre de ton corps ? Elle peut trouver bien mieux que toi quand elle veut. Une femme comme Stella peut avoir n'importe quel mec. Et sans payer. Des tas d'hommes se battent pour avoir le bonheur de sortir avec elle. Mais elle, elle n'a d'yeux que pour un seul : un jeune chanteur plein de talent. Toi ! Tu as compris ?

– Non, répondit Vildanov en hochant la tête d'un air buté. Je n'ai rien compris du tout. Pourquoi s'intéresse-t-elle ainsi à moi ?

– Pour sa réputation. Tu vas raconter partout comment tu es tombé amoureux fou d'elle parce qu'elle est belle, talentueuse, intelligente, sensuelle et désirable. Et elle, elle sera incapable de résister à la pres-sion de tes sentiments parce que toi, contrairement aux autres, tu es intelligent, sensuel et bourré de talent. De cette manière, vous renfor-cez réciproquement vos images et vos réputations respectives. Les admirateurs de Stella, qui ne te connaissent pas et qui se foutent com-plètement de ton existence, commenceront à te remarquer et à t'apprécier parce que, si tu as pu séduire leur idole, il doit bien y avoir quelque chose d'intéressant en toi : l'esprit, le talent… quelque chose qui sort de l'ordinaire, en tout cas. Et d'elle, on dira que si, à quarante-neuf ans, elle peut se faire aimer d'un garçon deux fois plus jeune, c'est qu'elle doit être un sacré coup ! Ceux qui ont déjà commencé à l'oublier reviendront vers elle en la regardant d'un autre œil.

– Putain ! La réputation, l'image ! C'est rien que des mots ! hurla Vildanov. Mais qui va la tringler ? Toi ? Tu me vends à une vieille gonzesse qui me pressera comme un citron toutes les nuits ! Tu veux

156

me rendre impuissant ? Tu veux détruire toute ma vie ? Je serai incapable de dormir avec elle et elle m'humiliera en permanence. Elle m'entourera de cerbères et de gardes du corps et je ne pourrai même pas faire un pas de côté !

Incapable d'en entendre plus, Zotov bondit de sa chaise, empoigna le chanteur par le revers de sa robe de chambre et le souleva légèrement du tabouret.

– Tu vas m'écouter, espèce d'avorton ! Écoute bien et concentre le peu de cervelle que tu possèdes pour enregistrer ce que je vais te dire. Personne ne va te forcer à tringler Stella. De plus, même si soudain tu te rendais compte à quel point elle est somptueuse et que tu craquais pour elle au point de vouloir la baiser, tu ne pourrais pas t'approcher à moins de trois mètres d'elle. Elle a sa vie et toi la tienne. Votre mariage ne sera rien d'autre qu'un accord, un contrat. Vous ferez tous les deux semblant d'être un couple heureux et épanoui. Aux yeux de tous, vous jouerez la comédie d'un amour passionné et éternel. Un point, c'est tout. Elle aura pour obligation de faire de toi une vraie star. Et de ton côté, tu auras l'obligation de nous obéir à elle et à moi, de travailler plus et de boire moins. Les droits de tes concerts reviendront à Stella tant qu'elle n'aura pas couvert les dépenses qu'elle aura engagées en ta faveur. Après, vous vous partagerez les recettes différemment et tu gagneras beaucoup plus. Mais pas tout de suite. Quant à la vie privée, tu pourras en avoir une, ce n'est pas interdit. Mais à condition d'agir dans la discrétion : rien ne doit se passer en public ou sous les yeux de gens qui ne sont pas dans la confidence. Tu peux te taper une gonzesse, mais à condition qu'elle soit prudente, discrète et sous contrôle. Il faut que ce soit une fille qui ne dira à personne qu'elle couche avec toi, parce que si elle le faisait, l'information ne tarderait pas à circuler. Tout Moscou serait très vite au courant et après, le pays tout entier. Ton accord avec Stella ne servirait plus à rien. Tu détruirais sa réputation de femme parvenue à conquérir le cœur d'un beau chanteur plein d'avenir pour la transformer en une bonne femme vieillissante qui s'est fait avoir par un gigolo. Et toi, tu n'aurais plus qu'à enfiler ton meilleur costume noir et monter dans ton cercueil, parce que Stella ne te le pardonnerait pas et qu'elle a des amis très puissants. Tu as pigé, espèce de petit connard ?

– Lâche-moi ! râla Vildanov. Tu me fais mal. S'il te plaît, lâche-moi.

Zotov desserra brusquement les mains et le chanteur s'effondra sur son siège.

– Quelle brute ! murmura-t-il. Qu'est-ce que tu as à sortir de tes gonds comme ça ? Tu ne pouvais pas m'expliquer tout ça normalement ?

– Il n'y a qu'aux imbéciles comme toi qu'il faut expliquer ces choses. Les gens normaux comprennent à demi-mot. Et tu as intérêt à être gentil avec Lera parce qu'elle sera la seule à pouvoir rester avec toi lorsque tu auras épousé Raïssa.

– Qui c'est celle-là encore ?

– Stella n'est qu'un pseudonyme de scène. Son vrai nom est Raïssa Ivanovna Baïdikova. Il me semble que je te l'ai déjà dit cent fois.

– Eh bien, j'ai oublié, fit Igor d'un ton pleurnichard. Je ne me suis tout de même pas engagé à tout me rappeler, non ? Si elle s'appelle Raïssa, grand bien lui fasse. Quelle différence ? De toute manière, je ne vais pas me marier avec elle.

Zotov, qui venait de se lever et se dirigeait vers la porte du couloir, s'arrêta et se retourna en s'appuyant sur le chambranle. Et cligna des yeux en regardant Vildanov.

– Qu'est-ce que tu viens de dire ?

– J'ai dit que je n'épouserai aucune Stella. Tu es devenu sourd ?

– Mais qui te demande ton avis, petite merde ? Si tu refuses, tu te retrouveras à la poubelle en un tournemain. Plus de spectacles, plus d'enregistrements. Je ne m'occuperai plus de toi, et toi, mon cher, il ne te restera plus qu'à crever dans ta merde. Tu n'as aucun contact et tu ne sais même pas comment te produire dans une fête de patronage parce que je me suis toujours occupé de tout à ta place. Et n'espère pas que quelqu'un vienne t'implorer de le laisser te produire. Tu n'en es qu'au stade où tu commences à être connu et on va t'oublier du jour au lendemain. Si tu veux continuer à vivre dans un bel appartement et à manger de bonnes choses, tu as tout intérêt à ne pas te fâcher avec moi, mon petit Igor. Autrement, tu risques de retourner dans le ruisseau où je t'ai ramassé dans ta jeunesse.

Vildanov, les yeux fixés sur un point derrière la fenêtre, ne semblait pas l'écouter. Puis il se leva lentement et, sans rien dire, sortit de la cuisine en passant devant l'imprésario qui ne bougea pas pour le retenir. La porte de sa chambre claqua et le silence se fit.

Satisfait, Zotov ouvrit le frigo pour prendre une bouteille d'eau minérale. En buvant à petites gorgées le liquide glacé, il se dit qu'il venait de mentir, mais qu'il l'avait fait avec les meilleures intentions du monde.

En fait, la notoriété et la popularité d'Igor étaient suffisantes pour que des producteurs s'intéressent à lui. Si Zotov le laissait tomber, ils se précipiteraient aussitôt pour tenter d'exploiter son talent. Des représentants de grosses boîtes de production avaient déjà approché l'imprésario à plusieurs reprises pour lui proposer leurs services en faveur d'Igor Vildanov. Ils étaient prêts à investir de l'argent, à lui faire de la publicité à la radio et à la télévision et à lui organiser de bonnes tournées. Un simple calcul permettait à Zotov de savoir qu'il gagnerait autant, sinon plus, mais il ne voulait pas en entendre parler.

Il avait fait Vildanov tout seul et il ne comptait céder à personne le résultat de son travail. Les producteurs n'étaient qu'une bande de vautours qui attendaient qu'on leur apporte sur un plat d'argent des succès garantis. Aucun d'entre eux ne voulait prendre de risque en misant sur un débutant inconnu, mais Zotov, lui, avait osé. Il avait pris chez lui le jeune vaurien en craignant à chaque minute de le voir s'enfuir en emportant l'argent et les objets de valeur que la famille possédait. Il avait sacrifié pour lui son premier mariage : sa femme était finalement partie avec les gosses parce qu'elle ne supportait pas la présence chez elle de ce petit monstre à qui son mari consacrait tout son temps et ses forces. Zotov avait fini par se remarier, mais sa deuxième femme n'avait pas admis non plus cette intrusion permanente du jeune Igor dans la vie familiale et avait fini par suivre le chemin de la première. L'imprésario y avait même sacrifié sa réputation : une rumeur envahissante prétendait que sa relation avec Igor était sexuelle. En réalité, il n'y avait rien de tel : ils aimaient les femmes, l'un comme l'autre, et n'étaient pas du tout attirés par leur propre sexe, mais le mal était fait et Zotov devait supporter les allusions déplacées de nombre de ses relations et connaissances. À commencer par cette vieille racaille de Levtchenko qui ne manquait jamais une occasion de revenir sur le sujet.

Toujours est-il que Zotov n'aurait jamais confié Igor Vildanov à une boîte de prod. En revanche, le donner à Stella, c'était une autre histoire. Premièrement, parce que Stella avait déjà conclu un tel accord et qu'elle l'avait respecté à la lettre. Elle avait pris sous son aile un jeune chanteur peu connu, l'avait lancé puis l'avait laissé voler de ses propres ailes. Et ce n'était pas sa faute à elle s'il n'était pas parvenu à se maintenir en orbite : il n'avait pas assez de talent. Confier Igor à Stella, c'était le placer entre des mains sûres. La seule chose à laquelle Zotov devait veiller, c'était de rester son directeur artistique, parce que les goûts de Stella n'étaient pas forcément les meilleurs. Igor, lui, n'en avait aucun. Tout ça, c'était le premièrement. Et le second point... Il n'aurait jamais accepté un tel accord si les circonstances ne l'y avaient contraint.

Au bout de vingt minutes, Zotov décida qu'Igor avait eu le temps de tout assimiler et qu'ils pouvaient reprendre la conversation. Il entra doucement dans la chambre à coucher. Le chanteur était étendu sur son lit à moitié défait et contemplait le plafond, la tête posée sur ses mains réunies derrière la nuque.

– Alors, tu as changé d'avis ? lui demanda Zotov d'un ton paisible en s'asseyant au bord du lit.

Igor resta immobile et silencieux. On aurait pu croire qu'il n'avait pas remarqué la présence de son mentor.

– Crois-moi, mon petit Igor. Ce sera bien mieux pour toi et pour ta carrière. Prends sur toi et habille-toi. Il va tout de même falloir travailler. Ce soir, nous rencontrerons les représentants de Stella et nous nous mettrons d'accord sur les premières étapes de notre plan. Il faut que tout soit fait avec beaucoup de compétence et d'attention pour que notre arrangement apporte les meilleurs résultats.

Les lèvres de Vildanov se desserrèrent à peine.

– Je ne peux pas, murmura-t-il.

– Quoi ? Qu'est-ce que tu ne peux pas ?

– Me marier avec elle.

– Pourquoi ?

– Je ne peux pas, c'est tout.

Zotov lui donna une petite bourrade paternelle sur le flanc.

– Ce sont des bêtises, Igor. Qu'est-ce que ça veut dire : « Je ne peux pas » ? Pourquoi tu ne pourrais pas ?

– Tu as dit toi-même que la condition principale dans cette affaire, c'est la réputation. Tu l'as dit, oui ou non ?

– Oui, je l'ai dit. Et alors ?

– Tu as dit que si je ne tiens pas mes engagements et si je ne suis pas à la hauteur de cette réputation, Stella me tuera. Pas vrai ?

– Oui, j'ai dit ça aussi. Évidemment, Stella ne te touchera pas elle-même, mais elle a des gens qui ne se gênent pas pour accomplir ses basses besognes. Tu as peur de faire des bêtises et de les payer ensuite ?

– Oui, j'ai peur. Je ne suis pas sûr d'être vraiment le gars qu'il lui faut.

– Allons, mon petit Igor, lui dit Zotov sur un ton apaisant. Il ne faut pas avoir peur pour rien. Est-ce que je t'ai déjà laissé tomber depuis toutes ces années ? S'il arrive quelque chose, je serai toujours près de toi et je parviendrai à te protéger. La peur ne doit pas être un obstacle parce qu'elle n'est pas fondée. Alors, je les appelle pour convenir de la réunion de ce soir ?

– Non !

Vildanov bondit du lit comme s'il avait été mordu par une bête féroce et saisit Zotov par la manche.

– Non ! N'appelle pas ! Je ne pourrai pas. Non, s'il te plaît, il ne faut pas…

Son visage se décomposait à vue d'œil tandis que sa voix se noyait dans des sanglots. Zotov le prit par les épaules et le secoua vigoureusement.

– Arrête ! Ce n'est pas le moment de me faire une crise de nerfs ! lui ordonna-t-il sèchement. C'est quoi cette histoire ? On te propose l'argent et la gloire. Tu vas te marier fictivement avec l'une des plus grandes stars du pays. Pendant ce temps, tu garderas près de toi une belle jeune fille, gentille et intelligente, qui t'aime jusqu'à l'abnégation, qui comprendra la situation et ne te laissera pas tomber. Tu auras aussi ton vieil ami, mentor et imprésario qui t'a toujours soutenu et qui continuera à s'occuper de toi. Qu'est-ce qui te bloque ? De quoi as-tu peur ?

– J'ai peur que Stella apprenne… Et pas seulement elle… Alors, finie la réputation…

– Qu'elle apprenne quoi ?

– Mais… Ça ! Tu sais bien.

– Et comment l'apprendrait-elle ? Nous n'allons rien lui dire. Nous ne sommes pas des idiots finis…

– Il y a quelqu'un d'autre… Quelqu'un qui sait tout.

– D'où tu sors ça ?

– On me fait chanter, murmura Vildanov avant de se mettre à pleurer.

8

En promettant à Igor de passer faire le ménage, le lendemain matin, Lera avait complètement oublié qu'elle avait une épreuve orale comptant pour l'examen de fin d'année sur le sujet : « Les organes de la digestion ». Elle ne s'en souvint que le matin même, en entendant la stridulation déchirante du réveil. Son premier mouvement fut de passer un coup de fil à Igor, mais elle y renonça tout de suite : à cette heure-là, il dormait encore à poings fermés. Et il n'était sans doute pas seul.

« Ce n'est pas grave, pensa-t-elle en rangeant rapidement dans son sac ses cahiers et ses manuels. Je me débrouillerai pour passer la première, répondrai rapidement aux questions et j'aurai le temps d'aller chez Igor. Il ne se lèvera pas avant midi, à coup sûr. J'irai d'abord chez l'oncle Slava Zotov pour prendre les clés, puis j'irai tout nettoyer. »

Évidemment, les choses ne se passèrent pas comme elle les avait prévues. Le professeur fit entrer l'ensemble du groupe dans l'amphi d'anatomie et se mit à interroger tout le monde à tour de rôle sur tous les points du cours qu'il abordait en détail. Les pensées de Lera, énervée, s'envolaient sans cesse des organes de la digestion pour voler vers Igor qui allait se réveiller et découvrir le désordre qui régnait dans l'appartement. Il allait se fâcher et penser que Lera n'était décidément bonne à rien et qu'il ne pouvait rien tirer d'elle. Non seulement elle était incapable de l'aider à résoudre son problème, mais encore elle n'avait même pas trouvé un moment pour aller faire le ménage chez lui. Pourquoi garderait-il une fille comme elle ?

Chaque fois que le prof s'adressait à elle pour lui poser une question, elle répondait de travers et, au total, elle n'eut pas le nombre de points requis.

– Qu'est-ce qui vous arrive, Nemtchinova ? finit-il par lui demander. Ça ne vous ressemble pas, aussi je vous donne une deuxième chance : vous allez réviser cet après-midi dans l'amphi et vous reviendrez demain pour repasser l'épreuve avec un autre groupe.

Lera sortit très vite et courut à travers les couloirs jusqu'aux cabines téléphoniques du grand hall. Comme la ligne fixe de Zotov sonnait dans le vide, elle dut se résoudre à l'appeler sur son mobile. Au bout du fil, la voix de l'oncle Slava résonna sèchement : inutile d'aller chez Igor à cette heure-là, il était beaucoup trop occupé.

– Et le ménage ? demanda-t-elle. Igor ne va pas être content. Je lui ai promis de passer le faire avant son réveil.

– Il est déjà debout et nous allons recevoir des visiteurs. Nous sommes déjà en train de mettre de l'ordre. Rappelle-nous ce soir, précisa-t-il avant de raccrocher.

De dépit, Lera faillit fondre en larmes. C'était dingue comment tout avait mal tourné ! Elle aurait tellement voulu être chez Igor ce matin-là. Elle adorait ces minutes pleines d'illusion, où elle attendait qu'un miracle se produise. Un miracle équivalant à l'espoir qu'elle entretenait le soir, au moment où Igor rentrait avec ses invités. Elle imaginait qu'Igor se réveillerait, un matin, après une nuit torride, à côté de l'une de ces filles au visage bouffi, aux cheveux défaits et à l'haleine répugnante. Il sortirait de la chambre, drapé dans son peignoir, et verrait autour de lui l'appartement bien rangé, idéalement propre, tandis qu'une odeur de café frais lui parviendrait de la cuisine. Et là, il trouverait Lera, belle, bien coiffée et maquillée, fleurant bon un parfum cher, souriante et tendre. Et il comprendrait l'imbécile qu'il était de la négliger pour des filles quelconques. Et là, il chasserait à coups de pied dans le derrière sa copine d'une nuit, prendrait Lera dans ses bras et la porterait dans la chambre à coucher avant de lui faire sa déclaration…

Parfois, ce conte de fées se réalisait, mais de manière partielle et insatisfaisante. Igor sortait de sa chambre, posait sur la jeune fille un œil égrillard où perçait une lueur carnivore, puis il poussait presque de force sa partenaire de la nuit dans la salle de bains, sous la douche, en lui disant : « Attends-moi, j'arrive tout de suite. » Puis il se jetait sur Lera sans même retirer sa robe de chambre et sans la faire se déshabiller. Il remontait simplement sa jupe et, exhalant une haleine empuantie par l'alcool, il l'allongeait sur la première surface horizontale, une table, un tapis ou le divan. Tout finissait très vite. Puis Igor rajustait sa robe de chambre et lui lançait une phrase convenue dans le genre : « Chaton, tu es merveilleuse », et courait rejoindre sa pouffiasse dans la salle de bains. C'était abject et humiliant, mais Lera se réjouissait d'avoir ainsi attiré l'attention et le désir de l'homme qu'elle aimait, tout en attendant le jour où tout se passerait comme elle le rêvait. « Patience, ma fille, patience ! » se disait-elle. Après tout, avec Igor tout avait commencé alors qu'elle pensait ne plus avoir aucune chance. Mais elle avait serré les lèvres et avait tout de même attendu le bonheur. Et là encore, elle allait attendre. C'était tout de même dommage qu'elle n'ait pas pu être là le matin même. Et tout ça, à cause d'un connard de prof.

Elle se traîna jusqu'au vestiaire pour prendre son manteau de fourrure et le mit tout en s'examinant dans le grand miroir qui occupait un pan de mur. Mince, la poitrine haute, de longues jambes, de beaux cheveux châtains bouclés, elle était incontestablement une belle fille. Qu'est-ce qu'Igor voulait donc de plus ? Pourquoi se comportait-il d'une manière aussi… Non, se reprit-elle avec détermination. Il était le meilleur de tous. Le plus remarquable, le plus beau, le plus talentueux, le plus digne d'être aimé. Il fallait seulement savoir attendre et tout réussirait.

Elle referma son pardessus et se retrouva dans la rue. Le soleil d'hiver étant aussi éblouissant qu'en plein été, elle sortit de son sac une paire de lunettes teintées, autant pour ménager ses yeux que parce qu'elle craignait l'apparition de rides précoces. Elle retournerait en fac un peu plus tard, lorsque les cours seraient terminés à l'amphi d'anatomie et qu'elle pourrait y travailler tranquillement. En attendant, que pouvait-elle faire ? Elle ne voulait surtout pas rentrer chez elle : c'était le jour de congé de son grand-père détesté et elle ne tenait pas du tout à se retrouver en sa présence. Aller chez Igor était impossible et elle n'avait pas d'amies ou d'amis chez qui elle pouvait passer prendre un café à l'improviste. Et elle n'avait aucune envie d'aller au cinéma. Ou dans un musée.

Elle descendit sans se presser Komsomolskiï Prospect en regardant les vitrines des magasins et en essayant de trouver ce qu'elle pouvait faire pour tuer le temps. Son attention fut attirée par l'enseigne d'un salon de beauté dont Lera poussa la porte avec détermination. L'établissement offrait un large choix de spécialités : coiffure, manucure, massages, esthétique et soins du visage… Bien sûr, chez les bons professionnels la liste d'attente était longue et ils ne recevaient que sur rendez-vous, mais il arrivait parfois qu'un client se décommande à la dernière minute ou ne vienne pas, libérant ainsi une des spécialistes. À l'accueil, Lera demanda s'il était possible de la caser quelque part : elle n'était pas difficile, elle irait là où il y aurait une place libre.

Le seul endroit où on pouvait la prendre était les soins du visage. Dans le cabinet, deux esthéticiennes s'occupaient déjà chacune d'une cliente, mais une troisième prenait tranquillement un café à côté de la table du gérant tout en lisant le dernier numéro de l'édition russe de *Cosmopolitan*. Dans un premier temps, elle fit semblant de ne pas voir Lera, mais le regard sévère du gérant la ramena à son devoir. Elle se leva à contrecœur de sa chaise.

– Suivez-moi, s'il vous plaît.

Quelques minutes plus tard, Lera, nue jusqu'à la taille était étendue sur une table de massage, couverte d'une grande serviette. À sa droite et à sa gauche, séparées par des paravents, deux autres femmes étaient étendues sur des tables similaires, le visage couvert par des masques de beauté. Si les clientes gardaient le silence (peut-être pour ne pas réduire par des mouvements intempestifs l'efficacité des crèmes), une radio déversait son flot de musique, de pubs et de paroles insipides, inspirant les commentaires des esthéticiennes qui n'arrêtaient pas de gazouiller en cassant du sucre sur toutes les célébrités de Moscou. Lera ferma les yeux et confia son visage à la dextérité de Natacha, la lectrice de *Cosmopolitan*.

– Nous commençons donc par vous démaquiller, puis nous faisons un massage suivi d'un masque de vitamines, puis un hydratant et un nouveau maquillage. Autre chose ? demanda l'employée.

– Ce que vous voudrez, murmura Lera sans presque desserrer les lèvres. Je vous laisse libre de choisir, en fonction du temps.

Elle sentait la fatigue s'abattre sur elle. Elle s'était couchée tard, s'était levée dès l'aube pour courir à la fac et s'était énervée à cause de l'examen. Sans oublier la déception de ne pas avoir pu aller chez Igor. Elle n'aspirait plus qu'à une seule chose : rester là sans bouger, se laisser faire sans penser et, si possible, sommeiller un peu.

Les mains de Natacha voltigeaient adroitement sur son visage, ôtant le maquillage avec des cotons imbibés de différentes lotions et Lera se détendit totalement. Très vite, elle se sentit sombrer dans une agréable somnolence qui ne laissait plus filtrer que des voix atténuées. Les premières images du rêve diffus dans lequel elle plongeait furent soudain déchirées par la voix d'Igor. Non, bien sûr, il ne se trouvait pas dans le salon de beauté : la radio diffusait une de ses chansons. Lera se réveilla instantanément. La conversation des esthéticiennes bifurqua rapidement vers ce qu'elles entendaient.

– Oh ! Vildanov, ronronna l'une d'elles. Je l'adore ! J'ai assisté à son dernier spectacle et j'ai failli m'évanouir tellement c'était bien.

– Et il est comment en vrai ? Aussi sexy qu'à la télé ? demanda Natacha.

– Ça ne va pas, non ! répliqua la groupie d'un ton indigné. Il est mille fois mieux ! Il dégage de telles ondes... Tu ne peux même pas t'imaginer. S'il était dans mon lit, je ne dormirais pas dans la baignoire...

– Et lui ? Il n'a pas l'air du genre à dormir dans les baignoires... constata Natacha d'une voix moqueuse.

– Tu parles ! intervint la troisième. Il saute sur tout ce qui bouge... L'autre jour, une cliente m'a dit qu'une de ses copines avait passé la nuit chez Vildanov. Alors, je lui ai demandé : « Elle est belle vot' copine ? » Et elle m'a répondu : « Elle est laide comme un péché mortel ! » Voilà ce qu'elle a dit. Il n'a pas l'air très difficile, le gars.

Lera eut un sourire intérieur. Donc elle avait raison : les maîtresses d'Igor étaient véritablement nulles et ce n'était pas la jalousie qui motivait son jugement. Elle était simplement objective.

– Et qu'est-ce qu'elle t'a encore raconté, ta cliente ? insista Natacha, avide de potins. Il habite où ? Comment il vit ?

– L'amie de cette bonne femme était enchantée par son appartement. Elle n'avait jamais vu un tel luxe, qu'elle a dit.

– Et lui, il est comment ?

– Très simple, sans prétentions, il adore rigoler, il raconte des blagues cochonnes et ce genre de choses...

– Et au lit ? Et au lit ? demanda Natacha, la mine gourmande.

– Ben... D'après ce qu'elle dit, au lit, ce n'est pas vraiment terrible...

– Évidemment, se fit entendre la troisième esthéticienne. Si on est comme ça dans la vie, on ne peut pas être autrement au lit. Il est tout bonnement simplet.

– Oh, arrête de dire des méchancetés ! lança la première, et Lera ressentit comme une certaine reconnaissance pour cette jeune fille qu'elle ne voyait pas, derrière le paravent, et qui volait à la défense d'Igor. Personne n'est parfait. Même le soleil a des taches. En revanche, il chante comme un dieu ! Tu ne me croiras peut-être pas, mais j'ai toujours les

166

larmes aux yeux quand je l'entends chanter *Le Requiem*. C'est une chanson à en rester baba et qu'il chante d'une manière incroyable.

– J'ai entendu dire qu'il a une femme de ménage qui travaille pour lui à l'œil. Ou plutôt qui se fait payer en nature en se laissant tringler de temps en temps... gloussa Natacha. Elle ne t'en a pas parlé, ta cliente ?

– Bien sûr qu'elle m'en a parlé. Tu imagines comme c'est super ? J'aimerais bien trouver un homme qui ferait mon ménage et que je récompenserais par une gâterie de temps en temps.

Les esthéticiennes éclatèrent de rire en chœur. Lera aurait voulu s'enfoncer dans le sol jusqu'à disparaître. C'était d'elle qu'elles parlaient ! D'elle ! Une femme de ménage qui acceptait de travailler gratuitement à condition de se faire baiser de temps en temps... Mais ce n'était qu'un tissu de mensonges ! Elle n'était pas une femme de ménage, mais son amie, son amie de cœur, sa bien-aimée ! Et de longue date, encore ! Et lorsque Igor lui faisait l'amour, ce n'était pas pour la récompenser : pendant ces instants privilégiés, il se rendait compte qu'elle valait mieux que toutes les autres et qu'il n'avait besoin de personne d'autre qu'elle.

Soudain, elle comprit que c'étaient ses maîtresses d'un soir qui colportaient ces ragots. Les salopes ! Elles se vengeaient d'avoir été larguées par Igor après quelques jours, rarement plus d'une semaine, alors que Lera était toujours avec lui après plus d'un an. Voilà pourquoi elles cancanaient méchamment.

– Dis donc, rebondit Natacha. Elle est comment, la femme de ménage de Vildanov ? Jeune ? Vieille ? C'est sans doute une vieille peau mal baisée...

– Tu parles ! Ma cliente m'a dit que c'est une jeunette à peine sortie de l'école, répondit encore la mieux informée. L'une de ces petites groupies imbéciles qui font le siège devant l'immeuble de leur idole et sont prêtes à tout rien que pour pouvoir toucher sa manche ou arracher un bouton de sa veste. Pour elle, le plus grand bonheur est évidemment d'être admise chez lui. On dit qu'elle reste suspendue aux lèvres de Vildanov en attendant ses ordres.

– C'est tout de même malheureux de s'humilier ainsi, constata Natacha dans un soupir sinistre. C'est ce qu'il y a de pire, non ?

– Peut-être qu'elle ne comprend pas, fit la plus sceptique des trois, celle qui avait traité Igor de « simplet ». Si c'est vraiment une toute jeune fille, comme tu dis, elle doit être encore bien innocente.

– Comment ça, « innocente » ? Comment ça, « elle ne comprend pas » ? Quand elle est au lit avec ce mec, elle doit bien comprendre, non ? s'écria Natacha péremptoire. Pas du tout, les filles, elle comprend très bien ce qui se passe. Elle fait simplement partie de cette catégorie de gens qui auraient dû se réincarner en chiens plutôt qu'en êtres humains. Pour eux, se dévouer à leur maître quel qu'il soit, l'aimer et passer leur temps à le regarder avec adoration est le sens de la vie. Ils ne peuvent pas – et ne veulent pas – vivre autrement. À tous les coups, cette fille est comme ça. Évidemment, les hommes aiment les femmes de ce genre. Ils se sentent à l'aise à côté de bonnes femmes qui les regardent bouche bée, ne les critiquent jamais et supportent toutes leurs frasques. Bien sûr, ils les trompent à droite et à gauche sans se gêner, mais au bout du compte, ils ne les quittent jamais. Jamais ! C'est moi qui vous le dis. Vous verrez que votre Vildanov finira par épouser sa femme de ménage.

Lera aurait voulu crier. C'était comme si on lui avait plongé un fer rouge dans les entrailles. Elle aurait aimé sauter de la table de massage et se sauver le plus vite possible, mais c'était impossible. Elles auraient compris que c'était d'elle qu'elles parlaient, autrement, quelle raison aurait-elle eue de s'enfuir ainsi. Non ! Elle n'avait aucune envie de leur faire comprendre que ce qu'elles disaient la concernait au premier chef.

Seigneur, quelle honte ! Est-ce que tout Moscou pensait exactement la même chose que ces filles ? Après tout, elles étaient des représentantes typiques de toute une catégorie de midinettes qui rêvaient de vedettes, qui aimaient les fréquenter au fil des conversations, par procuration, et se tenaient au courant de tous les potins les concernant.

Grâce à Dieu, elle s'était abstenue d'intervenir au début de la conversation en disant qu'elle connaissait Vildanov et à quel point elle en était proche. Elle avait bien fait de résister à la tentation de la vantardise. Si elle ne parlait jamais à personne de sa relation avec Vildanov, c'était pour d'excellentes raisons : elle avait besoin d'un secret qui la rende vraiment différente de toutes les autres et qui fasse d'elle une femme spéciale, d'élection. Lera ne voulait pas qu'on ait vent de sa relation intime avec une star adulée par les adolescentes et les jeunes filles. Rendre publique leur aventure ne lui semblait pas susceptible de lui apporter un bénéfice particulier.

Bien sûr, ses condisciples l'envieraient et elle grimperait de plusieurs degrés dans leur estime parce qu'elle serait celle qui avait attiré l'atten-

tion de Vildanov, mais qu'est-ce qu'elle en avait à faire de ses camarades de classe ? Pour elle, les seules personnes qui comptaient étaient
les adultes, les gens importants et bien placés. Lorsqu'on annoncerait
qu'Igor Vildanov allait épouser Valeria Nemtchinova, ce serait une tout
autre affaire. Ils verraient tous bien que Lera n'était pas une fille quelconque parmi des milliers, mais la seule, la meilleure. Celle que Vildanov
avait élue pour passer avec elle le reste d'une vie longue et heureuse.

En attendant, leurs relations intimes devaient rester secrètes parce
qu'un grain de sable pouvait toujours bloquer les meilleurs mécanismes
et que si tout le monde était au courant et que les choses ne se passaient
pas comme elle le souhaitait, elle deviendrait vite l'objet de la commi-
sération générale. Et ce serait bien si elle n'inspirait que la pitié...

Là, dans ce maudit salon de beauté, elle était heureuse d'avoir décidé
de garder son secret. Comment aurait-elle pu imaginer que ces filles
allaient déverser une telle avalanche de saletés ? L'idée que sa conduite
puisse être au centre de leur attention ne lui avait même pas traversé
l'esprit. Et si elles déblatéraient ainsi sur son compte, d'autres conversations similaires avaient certainement lieu ailleurs dans Moscou. Dieu
merci, au moins ces esthéticiennes étaient-elles à mille lieues d'imaginer que l'objet de leur discussion se trouvait directement devant elles,
avec un masque de vitamines sur le visage.

Elle supporta cette torture jusqu'à la fin, sans bouger, sans broncher.
Natacha finit par lui retirer le masque et passer sur sa peau une crème
base.

– Voilà, mademoiselle, vous pouvez vous lever et vous rhabiller.
Ensuite, asseyez-vous dans le fauteuil, là-bas.

Lera remit son chemisier et s'installa devant le pupitre de l'esthéticienne, face à un grand miroir qui lui renvoya son visage décomposé.

– Vous êtes bien pâlichonne, constata Natacha. Vous êtes toujours
comme ça ?

– Oui, toujours, grinça Lera entre les dents.

– Je vais vous mettre un fond de teint un peu sombre pour vous donner meilleure mine. D'accord ?

– Comme vous voudrez.

– Et le maquillage ? De jour ou du soir ?

– Le plus vif.

Elle avait des difficultés à parler. La tristesse et la contrariété lui
engourdissaient la mâchoire. Une femme de ménage ! Était-ce donc

ainsi qu'Igor parlait d'elle ? Est-ce que c'étaient ses propres mots que ces filles répétaient maintenant : qu'il avait une domestique qui bossait non pour de l'argent mais pour se faire baiser à la va-vite entre deux portes ? Non, c'était impossible. C'étaient ces salopes qui couchaient avec lui qui colportaient ça parce qu'elles étaient connes et jalouses. Elles voyaient bien toutes que Lera était belle et elles allaient raconter partout que ce n'était qu'une gosse, moche et idiote. Des salopes ! Des salopes de merde ! Et Igor ne perdait rien pour attendre : elle irait lui rapporter toutes les saletés que ses maîtresses d'un soir racontaient sur elle, qu'il ait bien honte.

– Vous serez habillée comment ?

– Pardon ? sursauta Lera. De quoi parlez-vous ?

– Qu'est-ce que vous porterez comme tenue ? précisa Natacha. Pour assortir le maquillage. Vous serez en sombre ou en clair. Et la coiffure, vous allez en changer ?

– Non, je resterai comme ça. Je veux simplement un maquillage vif. Le plus vif possible.

– Extravagant ?

– Oui.

Une sorte d'instinct la poussait à devenir différente de ce qu'elle était d'habitude parce qu'une peur incoercible s'était emparée d'elle : et si quelqu'un l'identifiait ? La moitié de Moscou savait déjà que Vildanov avait une domestique qu'il payait en nature. Il ne manquerait plus que quelqu'un qui l'avait vue chez Igor la croise dans la rue. Ce serait la fin : tout le monde éclaterait de rire en la montrant du doigt. Seigneur, quelle honte !

Lorsqu'elle sortit du salon de beauté, la nuit commençait déjà à tomber. Le mieux pour elle était de prendre un café quelque part, tout près, et de retourner en fac pour se préparer à l'épreuve du lendemain. Elle remonta tristement Komsomolskiï Prospect vers la station de métro Frounzenskaïa en ayant peur de lever la tête. Et si elle croisait une relation d'Igor ?

*

* *

Ce ne fut qu'en franchissant les portes de la fac que Lera se sentit un peu plus à l'aise. Ce n'était certainement pas là qu'elle allait croiser des amies d'Igor. Parmi les étudiants, personne ne connaissait rien de sa vie et ne pouvait deviner sa honte. Elle laissa son manteau au vestiaire, passa sa blouse de laborantine et se dirigea vers l'amphi d'anatomie.

– Salut ! lui lança un de ses condisciples qui portait dans les mains un plateau avec un crâne. Quand est-ce que vous passez avec Tounkine ?

– Je suis déjà passée ce matin, répondit-elle à contrecœur.

– Et il est comment ? Il est du genre à saquer sec, hein ?

– Non, pas si sec que ça, dit-elle en s'efforçant de ne pas être injuste. Juste comme il faut. En ce qui me concerne, je ne dois m'en prendre qu'à moi-même. J'ai répondu à côté de la plaque.

Le gars ouvrit des yeux ronds.

– Comment ça ? Tu n'as pas réussi l'exam ? s'écria-t-il. Pourtant tu es toujours dans les meilleurs éléments de la promo…

Elle se contenta de hausser les épaules d'un air fataliste et poursuivit son chemin. Elle n'allait tout de même pas expliquer au premier venu pourquoi elle s'était plantée, pourquoi elle était constamment distraite et ce qui l'énervait. Qui étaient-ils pour qu'elle soit obligée de se justifier devant eux ? Ils ne lui arrivaient pas à la cheville, ces avortons.

Elle passa prendre un plateau avec la préparation des organes qui l'intéressaient et le posa à une place libre sur une longue paillasse en marbre, dans l'amphi d'anatomie. La salle était pleine d'étudiants plongés dans l'étude de plateaux similaires et de leurs manuels.

Lera posa son sac à main par terre, près d'elle, et retira le solitaire qu'elle portait à son doigt. Elle enlevait toujours la bague avant de mettre ses gants et l'accrochait en pendentif à la chaînette en or qu'elle portait autour du cou. Elle avait déjà levé les mains pour en ouvrir le fermoir lorsqu'elle se souvint du type qu'elle avait rencontré la veille dans la rue et de ses explications sur les radiations et les ondes. D'après lui, porter un pendentif générait un champ négatif puisqu'il s'agissait d'une boucle fermée dont la saillie était dirigée vers le bas. Et s'il disait vrai ? Et si sa situation d'échec avec Igor venait simplement du fait qu'elle ne portait pas la bague comme il fallait ? En effet, avant, lorsqu'elle ne portait pas le bijou, tout allait bien. Elle avait rencontré Igor qui l'avait remarquée et l'avait aimée. Puis l'anneau était apparu et tout allait de mal en pis.

D'un geste décidé, Lera prit son sac, en sortit son porte-monnaie et y rangea la bague. À quoi bon prendre des risques ? Son humeur était totalement gâchée et son cerveau ruminait les déconvenues de la journée, mais elle s'efforçait de prendre sur elle et de se concentrer sur l'estomac et les intestins qui se trouvaient devant elle. Malgré tous ses malheurs, elle devait passer l'épreuve le lendemain et, surtout, la réussir. Le professeur n'avait pas à tenir compte des peines de cœur des étudiants.

Au bout d'un petit moment, elle était enfin parvenue à chasser les émotions dans un coin de son esprit pour se plonger dans son sujet lorsqu'une voix forte se fit entendre au-dessus des têtes penchées sur les paillasses.

– Une minute d'attention, mesdames et messieurs les futurs médecins. À qui appartient ce sac à main, s'il vous plaît ?

Lera se tourna du côté d'où venait la voix et remarqua un homme inconnu qui tenait un sac dans sa main levée. Son sac. Non, ce n'était pas possible, elle venait de le sentir à côté de son pied une minute plus tôt. Elle baissa les yeux par acquit de conscience : son bien n'était plus là. Comment était-ce possible ?

– C'est le mien ! cria-t-elle en forçant encore la voix de crainte de ne pas être entendue et en levant bien haut sa main recouverte d'un gant en latex. C'est mon sac !

Elle se fraya rapidement un passage entre les étudiants, craignant que l'homme ne disparaisse avec son sac. Mais, visiblement, le gars n'avait l'intention d'aller nulle part. Il attendait tranquillement près de la porte en regardant la jeune fille s'approcher de lui.

– C'est votre sac ? demanda-t-il lorsqu'elle arriva près de lui.

– Oui, c'est le mien. Pourquoi l'avez-vous pris ? Vous l'avez volé ?

– Qu'est-ce que vous allez imaginer ? fit le gars dans un éclat de rire. C'est-à-dire qu'il a été effectivement volé, mais pas par moi. Par ce type, là-bas.

Il tendit le doigt vers le grand hall, au bout du couloir. Lera aperçut deux grands gars qui tenaient fermement par les bras un troisième : un homme d'apparence plutôt minable, la quarantaine, petit et malingre. « Un bonhomme comme ça peut passer partout sans se faire remarquer », constata machinalement Lera pour elle-même.

– Vous comprenez, poursuivit l'homme. Je suis de la milice. Je passais devant la fac et je vois en sortir comme un bolide ce lascar qui n'a pas vraiment l'air d'un prof ou d'un étudiant et qui avait un sac de femme dans les mains. Curieux n'est-ce pas ? Si un homme porte un sac de femme, c'est qu'une femme l'a oublié quelque part et qu'il s'est dévoué pour aller le chercher. Et pourtant, il n'y avait aucune dame à proximité. Ce n'est pas pour me vanter, mais je connais mon métier et j'ai l'œil. J'ai donc intercepté le gars et lui ai demandé à qui appartenait l'objet et où était sa propriétaire. Il s'est lancé dans une histoire comme quoi il l'avait trouvé dans la rue et qu'il faisait les immeubles alentour pour essayer d'identifier celle qui l'avait perdu. Bref, l'air que nous chantent tous les voleurs pris en flagrant délit. Il est clair que vous n'avez pas perdu votre sac et que vous ne l'avez oublié nulle part, n'est-ce pas ?

– Bien sûr que non.

Lera reprit son souffle et esquissa même un sourire qu'elle essaya de rendre des plus agréables. Cet homme commençait à lui plaire. Il dégageait une impression de calme et même d'impassibilité, mais qui n'avait rien de guindé. Au contraire, on sentait qu'il pouvait passer à la plaisanterie et au rire au moindre prétexte.

– En fait, reprit-elle, je l'avais posé à mes pieds, dans l'amphi. Il y était encore il y a quelques minutes à peine.

– Quelques minutes, c'est peut-être un peu court, fit le gars de la milice, dubitatif. Il a bien dû se passer entre quinze et vingt minutes depuis le moment du vol. Mais il est clair que si vous travailliez à vos cours, le temps a dû filer sans que vous vous en rendiez compte.

– En tout cas, merci, dit Lera en tendant la main pour récupérer son bien.

Mais l'homme ne bougea pas et, à la manière dont il tenait fermement le sac, il n'avait pas l'intention de le lui rendre, du moins dans l'immédiat.

– Une minute, dit-il d'un ton sérieux. Je ne peux pas vous le restituer comme ça. Nous devons aller au poste pour régulariser tout ça.

– Régulariser quoi ? demanda Lera surprise. C'est vraiment mon sac. Je peux le prouver : mes papiers sont à l'intérieur.

– Je vous crois, il ne s'agit pas de ça, expliqua le milicien avec un geste temporisateur. Mais le vol est un délit qui doit être poursuivi. Et on ne peut traîner le coupable devant un juge qu'en fonction des articles du Code. La première chose à faire est de déterminer le montant du préjudice, vous comprenez ? De cela dépendent la qualification de l'acte et la peine encourue.

173

Lera n'avait aucune idée de ce que pouvait bien signifier la « qualification de l'acte », mais elle ne voulait pas montrer à ce flic sympathique à quel point elle était incompétente dans les matières légales.

– Oui, bien sûr, dit-elle, l'air sérieux. Mais avant, je dois rendre mon plateau...

– Ne vous inquiétez pas, nous allons vous attendre.

Lera restitua les organes qu'elle examinait, récupéra sa carte d'étudiant, prit son manteau au vestiaire et rejoignit l'homme qui patientait près de l'entrée.

– Où sont les autres ? demanda-t-elle en faisant des yeux le tour du hall.

– Dans la voiture, répondit le flic. Allons-y.

Ils arrivèrent très vite au commissariat : le voleur arrêté et les deux hommes qui le gardaient dans une voiture de patrouille, Lera et le flic sympathique dans la Jigouli de ce dernier. Le local de la milice ne plut pas à la jeune fille. Tout y était froid et laid. Les murs étaient peints d'une couleur huileuse et le lino était déchiré et portait les traces noirâtres de passages innombrables. Non loin de l'entrée se trouvait une cellule où s'entassaient plusieurs hommes sales au visage sombre et une femme que Lera reconnut tout de suite comme une de ces bohémiennes qui traînaient souvent dans un square, près de la fac, et disaient la bonne aventure à des jeunes gens trop confiants et impatients de savoir les joies et les ennuis que leur apporterait la vie.

– Hé ! La belle ! s'écria la bohémienne dès qu'elle aperçut la jeune fille.

Dès que Lera eut tourné le regard vers elle, elle poursuivit :

– Donne-moi ta main ! Ici, je m'ennuie et je perds mes habitudes. Donne-moi ta main et je te dirai ton avenir gratuitement. Parole, je ne te ferai pas payer. Je vais tout te raconter à l'œil, ton passé, ton futur, ce que tu as sur le cœur et quand finiront tes malheurs...

Tout en parlant elle se leva du banc où elle était assise et tendit les mains à travers la grille. L'officier de service leva des yeux fatigués de derrière son guichet.

– Eh, Zema, du calme ! Laisse-nous travailler en paix. Tu fais plus de bruit qu'un tracteur.

– Aïe-aïe-aïe, chef, pourquoi tu me traites comme ça ? s'écria la bohémienne faussement indignée en pleurnichant comme une mauvaise comédienne. Est-ce que je te dérange ? Dis, est-ce que je dérange quelqu'un ? Non, je ne dérange personne, je veux aider cette brave jeune fille qui a de grands malheurs et ne sait pas comment en venir à bout. Elle est jeune et sans expérience. Elle ne connaît pas la vie et on la trompe. On la trompe ! Je vais lui dire la vérité et elle m'en sera reconnaissante. Viens ici, la belle, donne-moi ta main…

Lera recula, effrayée. Son œil croisa le regard de la bohémienne et il lui sembla soudain qu'elle tombait dans un précipice. Les yeux de la femme n'étaient pas effrayants, pas du tout. Au contraire, ils étaient vifs et brillants, encadrés de longs cils épais. Mais, pour une raison inconnue, la jeune fille se sentait paralysée. Jusqu'à en oublier où elle était et pourquoi.

– Donne ta main, vas-y ! N'aie pas peur, je ne te prendrai rien. Je ne veux pas d'argent. Aie confiance, je suis en cellule, je ne peux pas te faire de mal…

La femme débitait son baratin à toute allure, comme si elle psalmodiait, et sa voix parvenait à Lera de très loin, comme déformée.

– Valeria Guennadievna ! résonna une autre voix forte directement à son oreille.

Lera se reprit.

– Comment ? Quoi ?

L'homme qui l'avait accompagnée – et que les autres appelaient Vladimir – était près d'elle et la tenait fermement par les épaules.

– Valeria Guennadievna, venez avec moi, lui ordonna-t-il d'un ton sévère.

Lera monta docilement derrière lui au premier étage. Elle avait les jambes en coton et tout semblait flotter devant ses yeux. Vladimir la fit entrer dans un petit bureau où se trouvaient déjà deux personnes, l'aida à retirer son manteau et la fit asseoir.

– Je n'aurais jamais cru qu'on pouvait vous suggestionner si facilement, constata-t-il avec un bon sourire. À l'avenir, souvenez-vous de ne pas passer à moins de trois kilomètres des bohémiennes. Et cinq, ce serait plus prudent. Sinon, elles vous plumeront et vous n'aurez même pas le temps de vous en rendre compte. Zema venait à peine de commencer son baratin et vous étiez déjà sous son emprise. Encore trente secondes et vous auriez pu vous retrouver en petite culotte en vous demandant ce qui s'était passé.

– Je n'étais pas du tout sous son emprise, répondit-elle d'un air sérieux. Je suis seulement épuisée. J'ai eu une journée éprouvante, on m'a volé mon sac et j'ai les nerfs en compote. Les bohémiennes ne me font pas peur.

– Ne vous racontez pas d'histoires, dit l'un des hommes qu'elle ne connaissait pas. La fatigue n'a rien à voir avec ce qui vous est arrivé. Il s'agit de certaines caractéristiques naturelles du cerveau qu'on possède à des degrés divers et que la fatigue peut amplifier dans certaines proportions. Vous avez tendance à céder à la suggestion, c'est très clair. Il vous suffira de faire attention, c'est tout. Si vous saviez le nombre de gens qui défilent chez nous après s'être fait avoir par les bohémiennes, vous n'en reviendriez pas ! Et il ne s'agit pas d'imbéciles, mais de gens très bien, avec une bonne éducation, des enseignants, des profs de fac, des chefs d'entreprise… En fait, il n'y a que très peu de gens qui parviennent à y échapper. Ne croyez donc pas qu'il y a quelque chose d'anormal en vous. Vous êtes comme tout le monde.

La tirade déplut fortement à Lera. Comment ça ? Ce type pensait qu'elle était « comme tout le monde » ?

Il ne manquait plus que ça ! Jamais elle ne serait « comme tout le monde ». Jamais et en rien. Dès que toute cette histoire de sac serait réglée, elle rentrerait chez elle et se plongerait dans des manuels de psychologie et psychiatrie pour étudier la question. Si elle découvrait que les propos du gars avaient un fond de vérité, elle trouverait le moyen de ne plus céder à la suggestion. Et si c'était impossible, elle apprendrait à se comporter de manière à faire croire qu'on ne pouvait pas la suggestionner. Jamais Lera Nemtchinova ne serait comme les autres.

– Bien, commençons, lança Vladimir. Sacha, veux-tu sortir les formulaires ? Nous allons régulariser cette affaire.

Sacha était le gars qui avait mis en garde Lera à propos des bohémiennes et de la suggestion. Il sortit plusieurs feuilles de papier d'un classeur posé sur la table et se mit à poser des questions en remplissant au fur et à mesure les cases correspondantes. Nom, prénom, prénom patronymique, date et lieu de naissance, adresse, occupation…

– Penchons-nous maintenant sur le contenu du sac. Au fait, il coûte combien ?

– Plutôt cher, répondit Lera – que la situation commençait à irriter fortement – sur un ton de défi ostensible.

– Je vois, constata Sacha avec l'ébauche d'un sourire. Mandarina Duck ! Ce n'est pas une marque bon marché. Vous n'avez pas gardé la facture ?

– Non, bien sûr. Je ne pensais pas qu'il le fallait.

– Ce n'est pas grave, on peut appeler le détaillant. Il nous donnera le prix de vente public. Voyons ce qu'il y a dedans. Le livret d'identité... aucune valeur marchande. Des lunettes de soleil Christian Dior... ça doit valoir pas loin de un million de roubles, non ?

– Un million deux cents, le reprit-elle sèchement.

– Très bien, nous allons noter ça... Encore une paire de lunettes, de vue celle-là. La monture... Voyons voir... C'est une monture Karl Lagerfeld qui doit coûter encore plus cher. Correct ?

– Un million et demi, lança très vite Lera.

Elle pensait avec effroi que, s'ils examinaient ainsi le prix de chaque objet, la procédure allait prendre des heures, ce qui ne l'arrangeait pas du tout. Au téléphone, l'oncle Slava lui avait dit de rappeler Igor le soir, et lorsqu'il disait « rappelle », cela voulait dire qu'on allait lui demander de passer. Ainsi, Igor l'attendait sûrement, il avait besoin d'elle, et elle restait là, dans ce commissariat puant, à essayer de se souvenir du prix de ses affaires. Et d'ailleurs, dans quel but idiot ? Sans compter qu'elle se sentait un peu gênée devant ces miliciens modestement habillés chaque fois qu'il lui fallait donner un prix qui dépassait de plusieurs fois leur salaire mensuel.

– Une pochette de produits de beauté de la société... Max Factor. Ça coûte combien ?

– Je ne m'en souviens pas, répondit-elle. Pas très cher. Et je l'ai depuis longtemps.

Elle voulait tellement ficher le camp qu'elle était prête à affirmer sous serment que toutes ses affaires ne valaient pas plus de trois roubles.

– Entendu, admit Sacha, accommodant. On verra plus tard. Un porte-monnaie en similicuir rouge...

Elle allait s'écrier que non seulement c'était du vrai cuir, mais qu'en plus il coûtait la peau des fesses, mais elle parvint à se retenir à temps. À quoi bon ralentir encore la procédure en essayant de donner le juste prix ? De toute manière, elle allait récupérer ses affaires. Quant au « montant du préjudice » et à la « qualification de l'acte », elle n'en avait strictement rien à faire.

177

– Des billets de banque pour un montant de… un, deux, trois… (Il compta méthodiquement les coupures.) Pour un montant de six cent quatre-vingt-sept mille cinq cents roubles. Ils vivent tout de même pas mal, les étudiants d'aujourd'hui ! Ça, c'est pour les coupures. Voyons maintenant la monnaie…

Sacha ouvrit le fermoir du compartiment à pièces et en versa le contenu directement sur son sous-main. Le solitaire tomba avec l'argent.

– Tiens ! Vous gardez votre bague dans votre porte-monnaie au lieu de la passer au doigt ?

– J'étais dans l'amphi d'anatomie et j'avais mis des gants de latex. Pour ça, on est obligé d'enlever les bagues, expliqua Lera. D'ailleurs, elle ne vaut pas grand-chose, c'est du toc.

– Vous avez presque un million de roubles en liquide sur vous et vous portez une fausse pierre en verre ? s'écria soudain Vladimir, incrédule, alors qu'il avait gardé le silence depuis le début. Je peux y jeter un coup d'œil ?

Il prit l'anneau et le présenta à la lumière.

– C'est la première fois que je vois un morceau de verre diffracter ainsi la lumière… Non, Valeria Guennadievna, ce n'est pas un simple morceau de verre, mais un diamant de la plus belle eau. Ce n'est pas bien de mentir. Pourquoi vous le faites ?

– Tout ça m'embête, déclara Lera avec aplomb. J'ai menti pour gagner du temps. Vous êtes drôles ! Vous pouvez écrire sur votre procès-verbal idiot que le bien volé est estimé à cent roubles et me laisser partir. Je ne demande aucun dédommagement. Qu'est-ce que ça peut vous faire ?

– Tout ça commence à me plaire, dit soudain le troisième homme qui s'était tenu à l'écart de la conversation. Madame ne demande aucun dédommagement. Mais, ma chère, à quoi pourriez-vous bien prétendre dans cette situation ? Vous allez récupérer votre bien et vous n'avez subi aucun préjudice réel. Nous avons arrêté le voleur, mais que se serait-il passé si on ne l'avait pas attrapé ? Vous voulez partir d'ici le plus vite possible, vous avez des choses à faire et vous êtes déjà en retard. Mais imaginez que le gars soit parti avec votre sac ? Ce ne sont pas seulement des millions de roubles que vous auriez perdus, mais des jours et des jours de démarches pour refaire vos papiers volés. Vous avez une idée des queues au bureau des livrets d'identité ? Sans compter les démarches auprès de la Banque d'épargne et d'autres organismes…

– Doucement, Vitia, dit Vladimir. Inutile de t'en prendre à la jeune fille. Sois indulgent, elle est réellement hypernerveuse. Quant à vous, Valeria Guennadievna, je vais vous dire une chose. Bien sûr que nous pouvons écrire dans le procès-verbal tout et n'importe quoi, y compris que les biens que vous aviez dans votre sac ne valaient pas un sou et que vous n'aviez que deux kopecks dans votre porte-monnaie. Et ce qu'on vous a dérobé n'ayant aucune valeur, on relâcherait le voleur vu l'insignifiance de son larcin... comme s'il avait pris une boîte d'allumettes sur une table de bistrot. Et dès demain, ce gentil bonhomme reprendrait ses activités lucratives. D'après ce que je vois, vous n'auriez pas beaucoup souffert de la perte de votre sac : il est clair que vous avez encore de l'argent et que vous ne resterez pas sans un morceau de pain. Mais que se passerait-il si la prochaine victime du type est une retraitée à qui il ne restera pas un seul rouble après le vol ? Cela ne vous ferait pas mal au cœur ? Vous pouvez évidemment m'objecter que ce voleur n'est pas le seul dans Moscou et que des dizaines de milliers comme lui courent dans toute la ville. C'est vrai : notre retraitée pourrait tout aussi bien se faire dépouiller par quelqu'un d'autre. Mais si nous raisonnions ainsi, il serait bientôt impossible de sortir dans la rue. En effet, à quoi bon mettre en taule quelques-uns d'entre eux si on ne peut pas les attraper tous ? Autant les laisser continuer à voler, violer, tuer. Cette logique ne vous trouble pas ?

Cette logique troublait d'autant moins Lera que son égoïsme lui empêchait toute généralisation, mais elle se sentait tout de même gênée car elle ne voulait pas passer pour un monstre et elle comprenait qu'elle devait avoir honte de son attitude. Le raisonnement de Vladimir était objectivement juste et il aurait été indécent de sa part de ne pas y adhérer. Elle n'allait tout de même pas expliquer que les règles « objectivement justes » convenaient certes aux gens ordinaires et banals, mais ne pouvaient se rapporter en aucune manière à elle, Lera Nemtchinova, qui était tellement extraordinaire et unique.

– Excusez-moi, murmura-t-elle. Je suis très fatiguée. Vous avez raison. C'est effectivement une bague de grand prix, en or, avec un diamant.

– Quel est son prix ?

– Je ne sais vraiment pas.

– Comment pouvez-vous ne pas le savoir ?

– C'est un cadeau.

– Alors, il faudra demander à celui qui vous l'a offert. On doit établir la valeur de l'objet de la manière la plus précise possible. Peut-être que cet homme a gardé la facture ou la garantie. Au pire, il nous dira où il l'a achetée et nous nous renseignerons par nous-mêmes à la bijouterie. Lera resta silencieuse à regarder le plancher, les doigts crispés sur ses genoux. Et si elle disait qu'elle tenait ce solitaire de sa mère ? Oui, mais la gravure ? Bien sûr, elle pouvait toujours dire que son père l'avait d'abord offert à sa mère, d'où l'inscription. Dans ce cas, les miliciens se précipiteraient chez son grand-père pour lui demander s'il avait une idée du prix et ce vieux bouc leur dirait immédiatement que son fils n'avait jamais offert un tel bijou à sa femme. Non, ce n'était pas possible…

– Cet homme ne pourra pas vous répondre, finit-elle par dire.

– Pourquoi ?

– Parce qu'il est décédé.

– Quand ?

– Récemment. Il y a un peu plus de quinze jours. Il a été tué.

– C'était votre fiancé ?

– Eh bien… Oui. Pourquoi ? demanda-t-elle avec une pointe de défi en levant les yeux.

– Pour rien, répondit Sacha en haussant les épaules. Vous pouvez nous donner son nom et son adresse, s'il vous plaît ?

– Pourquoi ?

– Nous demanderons à sa famille de regarder dans ses affaires pour trouver la facture…

– Il s'appelle Alexandre Barsoukov.

– Donc, Barsoukov… répéta le flic en écrivant. Il habitait où ?

Lera bafouilla. Elle ne connaissait pas l'adresse. Barsoukov venait toujours chez elle, mais le contraire ne se produisait jamais. Elle avait toujours refusé ses invitations : elle n'avait pas envie d'y aller. Au fond, elle n'avait aucune raison de rencontrer les parents du garçon. Ce dont elle avait besoin, c'était d'un serviteur dévoué et prêt à tout. On ne va tout de même pas en visite chez les domestiques.

– Je ne connais pas l'adresse exacte. Quelque part dans le quartier Kolomenskoï.

– Eh ben ! Quelle génération ! s'écria encore le troisième flic, celui que son collègue avait appelé Vitia. Ce garçon est considéré comme le fiancé et fait des cadeaux hors de prix, mais la fiancée, elle, ne connaît même pas son adresse. Encore heureux qu'elle se souvienne de son nom !

– Oh, arrête ! lança Vladimir en bondissant encore à la défense de Lera, ce dont elle lui fut reconnaissante. Ce n'est pas grave. Nous allons trouver l'adresse nous-mêmes. Vous dites que votre fiancé a été tué ?

Lera hocha la tête en silence.

– Il y a une enquête de droit commun ?

– Oui.

– Alors vous devez connaître le juge d'instruction ? Il a dû vous interroger ?

– Il s'appelle Olchanski.

– Kostia ? s'exclama Vladimir avec une joie dont la cause échappa totalement à la jeune fille. Kostia Olchanski ? Du parquet de la ville ?

– Oui, il me semble… répondit Lera, incertaine.

Elle se souvenait bien du nom, mais n'était pas sûre du prénom.

– Dans ce cas, c'est très simple. Il nous suffit de passer un coup de fil à Kostia et il nous donnera l'adresse de ce Barsoukov. Aucun problème…

« Oh que si, il y a des problèmes, pensait tristement Lera sur le chemin du métro, en se remémorant la conversation avec les miliciens. Et quels problèmes ! S'ils savaient… Et si ce salaud de grand-père avait raison lorsqu'il me disait que cette bague me porterait malheur ? Non, ce n'est pas possible ! Ce n'est pas possible parce que mon grand-père est un criminel et que les salauds et les assassins n'ont jamais raison… »

9

Nastia Kamenskaïa n'allait pas très souvent chez ses parents. Ils habitaient à l'autre bout de Moscou et elle n'avait pas vraiment beaucoup de loisirs. Pourtant, depuis le fameux jour où le général Zatotchny lui avait confié la mission d'étudier la situation dans les écoles supérieures de la milice, c'était déjà la troisième fois qu'elle leur rendait visite.

Son beau-père, Leonid Petrovitch, était un véritable réservoir d'informations car il enseignait dans l'institut que fréquentait Maxime, le fils du général. En outre, il avait présenté Nastia à des collègues d'autres établissements qui avaient accepté de partager avec elle leur regard averti sur les aspects invisibles de la vie intérieure de leurs écoles. Après avoir consacré des heures entières à parler avec eux, elle s'était fait une meilleure idée des choses qu'elle percevait précédemment de manière beaucoup plus floue. Elle connaissait désormais tout des filières d'entrée aux différents instituts juridiques. Elle savait ce que les étudiants devaient faire pour être admis aux examens et pour quelles raisons ils pouvaient être exclus et les façons de l'éviter, ou encore ce qui se passait pendant la journée et, surtout, le soir, sans oublier les relations entre les étudiants et le personnel quand l'établissement disposait d'un internat et quand il n'en avait pas. Elle avait aussi appris d'où venaient les ressources extrabudgétaires et comment on les dépensait. Quant à la procédure d'appel d'offres aux entreprises pour la construction ou la réfection de bâtiments ou de locaux, ça ne présentait plus aucun secret pour elle.

Au total, elle avait appris beaucoup de choses. L'idée de recueillir l'information non auprès des élèves, mais des profs et du personnel d'enseignement s'était révélée judicieuse. Les élèves étaient jeunes, très occupés et manquaient d'expérience. Ils ne prêtaient pas attention aux détails et regardaient peu autour d'eux, car ils étaient essentiellement préoccupés par la résolution de leurs problèmes personnels, sans comprendre qu'il était impossible de les régler en restant le nez sur eux, sans prendre de la distance. Ils ne savaient pas généraliser et analyser ce qu'ils percevaient, même s'ils voyaient et entendaient énormément d'informations. Les adultes, eux, prêtaient toujours plus d'attention à ce qui se passait dans leur entourage parce qu'ils avaient compris depuis longtemps que, pour résoudre n'importe quel problème, il faut tenir compte du contexte, du milieu où les choses se passent, ainsi que des lois et des règles propres qui le régissent. Les vieux briscards comprenaient bien mieux que les jeunes la nécessité de s'adapter au monde qui les entourait parce qu'ils avaient étudié et compris ce monde. En revanche, ceux qui sortaient à peine de l'adolescence trouvaient naturel de se croire le centre d'un univers autour duquel tout le reste devait graviter.

De la masse des faits qu'elle avait rassemblés, Nastia avait pu dresser douze hypothèses différentes et imaginer les moyens de vérifier chacune d'elles. Elle avait conçu des questionnaires *ad hoc* et, désormais, les employés des ressources humaines des trois plus grandes écoles supérieures de la milice de Moscou recueillaient les renseignements nécessaires en remplissant les énormes tas de formulaires (un par étudiant) qu'elle leur avait fait parvenir. Il leur faudrait sans doute plus d'un mois pour répondre à toutes ces questions, mais lorsqu'ils seraient de retour, tous ces questionnaires seraient envoyés au service informatique. Nastia transmettrait ses desiderata aux analystes programmeurs qui établiraient les programmes nécessaires pour trier les données et les lier entre elles. Et ce ne serait qu'au terme de ce processus que la jeune femme pourrait étaler sur sa table des kilomètres de listings sur lesquels elle pourrait vérifier les interactions entre les réponses à la question 18 et celles aux questions 6, 10 et 13. Cette première étape de l'analyse lui permettrait d'affiner de nouveaux questionnaires, et ainsi de suite jusqu'à l'obtention d'un résultat.

Nastia aimait ce travail plus que tout au monde et était disposée à passer ses jours et ses nuits penchée sur ses tableaux et ses statistiques. Elle n'avait pas peur des chiffres et était habile à les faire parler et les obliger à raconter des tas des choses intéressantes. Souvent, elle obtenait ainsi de meilleurs résultats que les autres enquêteurs en interrogeant des témoins. Mais, dans le cas qui l'occupait, elle devait encore s'armer de patience…

Ce jour-là, elle avait fait le déplacement jusque chez ses parents non pour parler de travail, mais pour rendre visite à des membres de la famille qui venaient d'arriver d'une petite ville de province. Ils avaient des contacts téléphoniques fréquents, mais ne s'étaient pas vus depuis tant d'années que des petits-cousins que Nastia n'avait jamais eu l'occasion de rencontrer depuis leur naissance étaient devenus grands. Et même si elle préférait passer son temps libre chez elle et détestait aller en visite, y compris chez ses parents, elle avait éprouvé un plaisir inattendu à se dépêcher de venir chez eux dès qu'elle avait appris leur arrivée.

– Mon Dieu, Larissa ! Quand as-tu eu le temps de devenir adulte ? s'écria-t-elle, surprise, en voyant dans l'entrée de l'appartement une grande jeune fille brune et bien faite : la fille de son cousin.

– On dit que les enfants des autres grandissent plus vite, remarqua celle-ci en embrassant Nastia, qu'elle considérait comme sa tante, même si c'était sa cousine.

Malgré la présence de visiteurs, Nadejda Rostislavovna, la mère de Nastia, ne dérogea pas à des habitudes depuis trop longtemps acquises et, confirmant la phrase de Larissa, démontra qu'on ne voyait pas grandir ses propres enfants en faisant passer à sa fille une visite d'inspection.

– Tu te promènes encore sans chapeau, lui dit-elle tandis que la jeune femme enlevait son pardessus. Tu vas attraper une méningite à force de marcher comme ça. Ma parole, tu te comportes comme une vraie gosse !

– Maman, je suis toujours sortie sans bonnet et je n'ai encore jamais pris froid.

– Oui, mais ça te pend au nez ! Un jour tu vas tomber malade, affirma sa mère, sûre d'elle. Seigneur ! Quel odieux chandail tu portes pour aller au travail ! Tu n'as pas honte ? Tout le monde met des tenues convenables. Avec une petite jupe, un joli chemisier et une veste assortie, tu vaudrais deux sous de plus. Mais non ! Tu ne peux pas porter autre chose que des chandails et des vieux jeans.

Dans de tels cas, Nastia était capable de miracles de patience, même si cette conversation se répétait à peu près dans les mêmes termes depuis plus de dix ans. En fait, depuis qu'elle était entrée dans la milice, quinze ans plus tôt, à la fin de ses études universitaires.

– Maman, ce chandail n'est pas horrible mais super à la mode et coûte un argent fou. C'est un cadeau de Liocha. Évidemment, tu es tellement habituée à t'habiller en tailleur et avec des robes très élégantes que tu trouves moche tout ce qui est différent. Ouvre n'importe quel catalogue et tu verras que ce genre de chandail fait partie des collections d'hiver.

Quant à mon jean, il n'est pas vieux : je ne l'ai que depuis trois mois. Si je portais un tailleur, je serais obligée de mettre des collants fins et, là, je me gèlerais vraiment et je serais sûre de prendre froid. Tu ne veux tout de même pas que je tombe malade ?

– Tu as déjeuné aujourd'hui ? demanda sévèrement sa mère en quittant un sujet glissant pour passer au suivant sur sa liste.

– Oui, ne t'inquiète pas, j'ai mangé.

– Quoi ?

– Maman, voyons ! s'écria Nastia d'une voix implorante. Tu veux bien ne pas oublier mon âge. Je vais avoir bientôt quarante ans et, chaque fois que je viens, tu me fais subir un interrogatoire comme si je venais d'entrer au cours préparatoire.

Nadejda Rostislavovna éclata de rire et donna une petite tape sur la joue de sa fille.

– Quel que soit ton âge, j'aurai toujours vingt ans de plus que toi. Et d'ailleurs, rien ni personne, même ton âge, ne pourra annuler le fait que je suis ta mère. Et, ma petite Nastia, il faut bien que tu vives avec ça, en tout cas, jusqu'à ce que je devienne sénile.

– Tu as des raisons de croire que ça va arriver ? demanda Nastia en pouffant de rire. Tu sens l'approche des premiers symptômes ?

– Demande à ton père, il te racontera. Pas plus tard qu'hier, j'ai fait une représentation très réussie, à ce qu'il semble : pendant une demi-heure, papa a eu le plus grand mal à s'arrêter de rigoler.

Nastia passa dans la salle à manger où, autour d'une table bien dressée, étaient installés Leonid Petrovitch et les nouveaux arrivés de province : Vera Rostislavovna, la sœur de sa mère, et son petit-fils de quinze ans, Iouri. Larissa, dix-huit ans, alla s'asseoir à côté de son frère. Les premières dix minutes passèrent en embrassades, en cris et en exclamations, en comparaisons sur qui ressemblait à qui et en gémissements compassés sur le fait qu'il était criminel de se voir aussi rarement.

Puis Nadejda Rostislavovna apporta de la cuisine un plat immense de pirojki, décida qu'il était temps de changer de sujet et demanda à son mari :

– Lionia, s'il te plaît, raconte à notre fille comment sa mère a ressenti les premiers symptômes de sénilité précoce.

Leonid Petrovitch possédait un indéniable talent de comédien et raconta une histoire qui fit éclater tout le monde de rire. Le mois précédent, le couple avait acheté un nouveau téléphone sans fil. Le modèle ne plaisait pas du tout à Nadejda Rostislavovna, mais son mari tenait absolument à l'avoir parce qu'il présentait des avantages techniques que d'autres appareils, esthétiquement mieux réussis, ne possédaient pas. La veille de la visite de Nastia et de l'arrivée des parents de province, Nadejda Rostislavovna, assise dans un fauteuil devant la télé, avait voulu téléphoner à une de ses amies. Après avoir composé en vain le numéro à plusieurs reprises, elle avait déclaré à son mari qu'elle n'aurait jamais dû céder à son insistance et acheter un modèle qui était déjà en panne au bout d'un mois : il n'y avait même plus de tonalité. Leonid Petrovitch s'était approché pour voir d'où venait le problème et n'avait pas eu besoin de longues recherches pour déterminer la cause de la « panne » : son épouse adorée tentait de passer son coup de fil avec la télécommande de la télé !

– Eh ! Ça n'a rien à voir avec Alzheimer ! s'écria Nastia après avoir bien ri. Les professeurs sont toujours distraits. Si vous voyiez mon Liocha quand il confond les jours ! Il lui arrive de se lever pour aller bosser alors qu'on est dimanche.

Une demi-heure plus tard, après avoir fait honneur aux talents culinaires de sa mère, Nastia sortit son paquet de cigarettes et passa dans la cuisine.

– Ça ne vous fait rien si je reste avec vous ? demanda Larissa timidement.

– Au contraire, répondit Nastia, surprise. Inutile de le demander. Et puis, c'est quoi ce « vous » ? Nous sommes de la famille. Tu penses que je suis tellement vieille que tu me dois le respect ?

– Excuse-moi, fit Larissa avec un sourire éclatant. En fait, comme nous nous voyons pour la première fois, j'avais peur que tu te vexes si je te tutoyais.

Elles s'installèrent de part et d'autre de la table de la cuisine.

– Tu ne fumes pas ? demanda Nastia.

– Non, reconnut Larissa en souriant encore. Dans ma classe presque toutes les filles fument, mais pour le moment, je tiens bon.

– Par principe ?

– Je ne sais pas. Je ne fume pas. C'est tout. Je n'en ai pas envie.

– Pourquoi tu as les yeux si tristes ? Tu es fatiguée du voyage ?

Larissa garda le silence. Avec une petite cuillère, elle esquissait d'un air pensif des figures imaginaires sur la table.

– Vous êtes différents, dit-elle enfin.

– Qui ça, « nous » ?

– Vous. Les Moscovites. Chez vous, la vie est différente. Et vous êtes différents.

– Et comment est la vie, chez « nous » ?

– Éclatante, bruyante, intéressante. Et effrayante. Je serais incapable de vivre ici. Tu sais, c'est la première fois que je viens à Moscou. Avant je ne connaissais la ville que par des films ou des reportages à la télé. J'ai lu des livres et écouté des récits. J'avais l'impression que vivre à Moscou était le plus grand bonheur qui pouvait arriver. Que ceux qui y parvenaient avaient de la chance et que tout le monde devait y aspirer. Des magasins, des restaurants, de grandes avenues, des voitures étrangères, comme les villes européennes qu'on voit dans les films.

– Oui, c'est juste, dit Nastia. Alors, en quoi c'est effrayant ?

– Vous êtes étrangers. Étrangers les uns aux autres. Ce n'est pas bien.

– En quoi ce n'est pas bien ?

– En tout. Vous êtes agités, tracassés, affairés, préoccupés, mais vous ne voyez pas ce qui est important près de vous.

Pour Nastia, la conversation de circonstance prenait un tour intéressant. Et dire qu'elle ne soupçonnait même pas qu'elle avait une telle petite-cousine !

– Et c'est quoi, ce truc important que nous devrions voir ?

– Soi-même, sans doute, dit-elle en souriant encore. Et tous ceux qui nous entourent. Par exemple, est-ce que tu connais le voisin d'oncle Lionia et de tante Nadia ?

– Non, absolument pas. Pourquoi ?

– Parce qu'il se drogue. Tu le savais ?

– Non, s'écria Nastia, surprise. C'est la première fois que j'en entends parler. Mes parents ne m'ont jamais rien dit.

– Bien sûr. Ils ne peuvent pas te le dire puisqu'ils ne le savent pas.

– Alors, d'où tu tiens ça ?

– Je l'ai vu. Il sortait de chez lui et je l'ai regardé. Si tes parents l'avaient regardé attentivement une seule fois, ils l'auraient vu eux aussi. Je ne comprends pas comment vous pouvez vivre si tranquillement. En venant de la gare, j'ai bien observé les gens et je suis sûre qu'une personne sur cinq, si ce n'est plus, se pique. Et l'oncle Lionia nous a emmenés, Iouri et moi, faire une promenade et j'ai pu étudier attentivement les gens. Je sais de quoi ont l'air ceux qui se droguent à l'héroïne et j'ai été épouvantée. Est-ce que vous ne comprenez pas ce qui se passe ? Et puis, il y a autre chose : la quantité de pauvres qu'on voit dans les rues, dans le métro, partout. Des estropiés, des invalides, des vieillards... Ils font la manche. J'ai voulu donner une pièce à l'un d'eux, mais oncle Lionia me l'a formellement interdit. Il m'a expliqué que, de tous les pauvres que j'avais croisés, il n'y avait peut-être qu'un demi pour cent de vrais. Les autres appartiennent à des équipes organisées qui ont transformé la mendicité en une sorte de commerce très lucratif. Et la plupart ne sont pas estropiés du tout : leurs cicatrices sont factices et ils jouent la comédie en faisant croire qu'ils souffrent d'épilepsie ou d'hémiplégie. Et même lorsqu'on voit un vrai cul-de-jatte ou un vrai manchot, on ne peut pas savoir si ce sont de vrais mendiants ou s'ils travaillent pour une organisation. En réalité, ils sont loin de mourir de faim...

Larissa fit une courte pause. Nastia faillit l'interrompre, mais se retint en comprenant que la jeune fille n'avait pas fini de dire ce qu'elle avait sur le cœur.

– Tu sais, je n'ai d'abord pas cru ce que me racontait oncle Lionia, mais comme il m'a dit qu'il travaillait dans la milice et qu'il connaissait dans le détail les trucs de ces gens, j'ai fini par admettre qu'il avait raison. Mais, Nastia, comment une personne normale peut admettre un tel comportement ? Car si les gens leur donnent, c'est qu'ils y croient. Et ces mendiants professionnels vivent de la gentillesse d'autrui, de la capacité des gens à sympathiser avec les moins bien lotis et à les plaindre. Dans une petite ville, c'est impossible. On ne peut jamais tromper les gens de cette manière.

– Peut-être, reconnut Nastia. Mais pas du tout parce que dans une petite ville les gens sont plus francs et honnêtes. En fait, ils sont aussi fourbes et tordus que partout ailleurs. La différence, c'est que tout le monde se connaît, au moins de vue, et personne ne peut faire semblant d'être pauvre ou invalide sans risquer d'être reconnu par des voisins et démasqué. En revanche, dans une ville très peuplée et très étendue, les choses sont différentes : il suffit de changer de quartier pour bénéficier de l'anonymat le plus total. À Moscou, où chaque jour défilent entre treize et quinze millions de personnes, la probabilité de tomber sur quelqu'un qu'on connaît en dehors des lieux qu'on fréquente habituellement est très faible, quasi nulle. Ce n'est pas une question de morale, mais de mathématiques.

Larissa ne répondit pas tandis que les dessins imaginaires qu'elle traçait sur la nappe devenaient de plus en plus complexes et bizarres.

– Je n'aurais pas dû venir ici, finit-elle par dire, totalement abattue.

– Et pourquoi ? Qu'est-ce qui t'est arrivé de mauvais ?

– Tu comprends, je gardais un espoir, peut-être imbécile, peut-être enfantin, mais tout de même un espoir qu'il existait quelque part un endroit où tout est bien. Simplement bien. Tu ne te rends pas compte à quoi ressemble la vie, chez nous. Il n'y a pas de travail et ceux qui ont une petite parcelle cultivent des pommes de terre et des légumes pour pouvoir survivre. Bien sûr, il y a plein de choses dans les magasins, y compris des produits d'importation, mais la plupart des gens n'ont pas d'argent pour les acheter parce que les salaires ne sont pas payés. La ville s'est construite autour d'une grande usine où travaille la moitié de la population. Mais il n'y a plus de commandes et donc plus de quoi payer le personnel. Comme l'État n'a pas d'argent non plus pour payer les fonctionnaires, les médecins, les enseignants qui reçoivent leur paye avec des mois de retard, c'est presque toute la population qui se trouve sans revenus. Et s'il n'y a pas de revenus, il n'y a pas d'impôts. La municipalité n'a pas de quoi entretenir la ville. Nastia ! Si tu voyais à quel point les rues sont sinistres. En été, il est impossible de sortir sans des bottes en caoutchouc. C'est vraiment la misère partout, les maisons tombent en ruine, les gens deviennent sombres et méchants. Mais je pensais toujours que Moscou était un endroit où il y avait du travail pour tout le monde. Une grande ville propre et belle. Et je me disais que le jour où je n'aurais plus la force de rester dans mon coin de province, je pourrais toujours venir ici, chez tante Nadia et oncle Lionia. Ils pourraient m'héberger le temps que je trouve vite un travail et m'installe. C'était mon espoir, mon seul espoir. Et il me permettait de continuer à vivre. Il m'aidait à supporter l'horreur de la situation, tu comprends ? Peut-être que je ne me serais jamais décidée à franchir le pas, peut-être que je serais restée dans mon trou jusqu'à la fin de mes jours, mais au moins, j'aurais gardé l'espoir. L'espoir est indispensable, on ne peut pas vivre sans lui. Et maintenant que j'ai vu Moscou de mes propres yeux, toutes mes illusions se sont effondrées. Je ne pourrai tout simplement pas vivre ici.

Ses lèvres tressaillirent et une larme coula doucement sur sa joue. Nastia tendit la main pour caresser tendrement les cheveux de sa nièce.

– Allons, allons ! lui dit-elle en tentant de l'apaiser. Il ne faut pas dramatiser. Tu sais, nous vivons pas mal, ici. Et toi aussi tu le pourrais.

– Tu n'as rien compris ! s'écria la jeune fille avec une ardeur inattendue. Bien sûr que je pourrais vivre ici. Je pourrais vivre n'importe où, même dans une porcherie, s'il le fallait. Mais je ne veux pas. Tu saisis ? Je ne veux pas ! Je ne veux pas vivre selon vos règles, quand il faut soupçonner chaque personne d'être un menteur et un escroc, quand on ne peut pas avoir pitié de quelqu'un sans risquer de se faire avoir et qu'on te prenne pour une cloche. Je ne veux pas vivre au milieu des toxicomanes et des bandits, des filous et des affairistes. Chez moi, si quelqu'un me disait : « Mon bébé est mort, aidez-moi à réunir l'argent pour les obsèques », je lui donnerais jusqu'à mon dernier sou parce qu'il n'y a pas plus grand chagrin que la perte d'un enfant. Je plaindrais de toute mon âme cette malheureuse et ferais ce qu'il faut pour contribuer même un peu à atténuer ses souffrances. Mais je serais sûre que personne n'abuserait de ma confiance et ne rirait de ma sincérité. Mais ici, des bonnes femmes en larmes sont installées à la gare ou dans les couloirs du métro avec des petites pancartes « Mon enfant est mort, je n'ai pas de quoi l'enterrer », et l'oncle Lionia m'a expliqué que c'est de l'arnaque : elles aussi, elles font partie d'une bande. Votre ville monstrueuse a privé les gens du droit d'avoir des sentiments normaux. Tout votre Moscou n'est qu'une grande arnaque, une arnaque immense ! Ce n'est pas une ville et ce ne sont pas des gens qui y vivent. C'est une illusion de vie. En fait, vous n'êtes plus que des mécanismes animés, privés des émotions humaines normales. Je ne veux pas vivre ainsi. Je préfère rester dans la misère et la saleté, sans travail et sans argent, mais au moins, je veux être moi-même et pas un coucou mécanique…

Larissa éclata soudain en sanglots avec une telle détresse que Nastia sentit les larmes lui monter aussi aux yeux. Elle se leva pour enlacer la jeune fille et lui caresser doucement les cheveux et le dos en tentant de la calmer.

Bien sûr, ses raisonnements et ses sentiments étaient marqués par le maximalisme de la jeunesse. Après avoir vu quelques phénomènes négatifs, elle était déjà prête à les étendre à toute la population d'une mégalopole et à en tirer des conclusions qui transformaient son expérience partielle en une tragédie immense. Mais elle n'avait pas fondamentalement tort. En tout cas, Nastia ne s'attendait pas à ce qu'une jeune fille qui venait d'arriver de sa province voie Moscou avec de tels yeux. Comme elle était différente de cette autre jeune fille, Lera Nemtchinova, qu'elle avait rencontrée quelques jours plus tôt. Elles avaient dix-huit ans toutes les deux, mais quelle différence !

– Qu'est-ce qui se passe, ici ? lança Leonid Petrovitch. Pourquoi ces larmes ? Qui a fait du mal à qui ?

– C'est un gros chagrin, expliqua Nastia évasivement. Ce sont des choses qui nous arrivent, à nous autres, les filles.

– Ah ! s'exclama son beau-père. Dans ce cas, d'accord. Nastia, va prendre le téléphone. Ton Korotkov te demande.

– Tu aurais tout de même pu m'apporter le nouveau combiné, dit Nastia en sortant de la cuisine. C'est pour faire joli que tu t'es payé un sans-fil ? Au lieu de me faire courir...

– Va, va, fit Leonid Petrovitch en lui emboîtant le pas. Tu as besoin de bouger.

« J'aimerais bien savoir comment Korotkov a deviné que j'étais chez mes parents ? se demanda-t-elle, inquiète. A-t-il appelé chez nous et Liocha lui a dit que j'étais ici ? Normalement, mon cher mari devrait déjà avoir quitté la maison et être sur le point d'arriver. Peut-être qu'il s'est passé quelque chose... »

– Nastia, prêt à transmettre le communiqué du front, lança tout de suite Korotkov d'un ton badin, dès qu'il eut entendu sa voix.

Elle poussa un soupir de soulagement : s'il y avait eu le moindre problème, il n'aurait pas eu le cœur à plaisanter. Elle répondit sur le même ton :

– Alors, transmets ! Je t'écoute, camarade maïor.

– Nous avons joué avec succès la scène du vol. Tout le monde a tenu son rôle à la perfection. La jeune Lera nous a expliqué que la bague au diamant lui a été offerte par la victime Alexandre Barsoukov et personne d'autre.

– C'est formidable ! s'écria Nastia avec soulagement. Maintenant tout est simple. Tu as informé notre vieil ami le juge d'instruction Olchanski ?

– Et comment ! Il a été le premier à le savoir. Puisqu'il conduit l'enquête sur le meurtre, c'est à lui de convoquer la jeune Lera pour lui confisquer l'anneau et le présenter au mari de cette Tamara Solovieva, assassinée il y a dix ans, et l'identifier formellement. Et surtout, on va pouvoir aller voir le grand-père avec lequel tu nous as traumatisés parce qu'il ne fallait surtout pas l'effrayer. Dites donc, qu'on va lui dire, votre petite-fille porte au doigt un objet en provenance d'une scène de meurtre et fréquente de mauvais garçons qui lui offrent de tels bijoux. C'est comme ça que vous la surveillez ? N'auriez-vous pas vu encore quelque type suspect dans ses fréquentations ?

– C'est bien, dit Nastia. Le plus important, c'est que nous avons la possibilité de focaliser notre intérêt pour la bague exclusivement sur Barsoukov et Lera, sans laisser penser au grand-père que nous le croyons impliqué. Au fait, Iouri, comment as-tu su où j'étais ? Tu as appelé chez moi ?

– Pourquoi ? Il ne fallait pas ? répondit-il ironique. Je l'ai toujours fait…

– Donc Liocha est toujours là-bas.

– Non, j'ai bien peur qu'il soit déjà parti. Il était sur le seuil. C'est du moins ce qu'il m'a dit. Nastia, tu casses ma concentration. S'il te plaît, ne me fais pas perdre le fil.

– Excuse-moi. Que voulais-tu dire ?

– Il ressort de tout ça que Barsoukov était réellement lié au monde du crime et que c'est bien de là que lui vient cette bague. Il n'a pas pu l'avoir autrement, n'est-ce pas ?

– Je vois mal comment elle aurait pu lui tomber dans les mains d'une autre manière.

Pour parler avec Korotkov, Nastia était passée dans la chambre de ses parents. En finissant la conversation, elle remarqua que son neveu se tenait sur le seuil de la porte entrouverte, les yeux brillant d'enthousiasme.

– À qui tu parlais ? demanda-t-il tout bas.

– Pourquoi tu chuchotes ? Tu peux parler normalement.

Il toussota et Nastia comprit qu'il était tellement captivé par ce qu'il entendait que sa voix s'était cassée.

– Tu attrapes des criminels, non ? dit-il d'un ton normal.

– Non, plus maintenant. Dans le temps, je le faisais, mais j'ai changé de service. On ne t'a jamais dit que ce n'était pas bien d'écouter aux portes ?

– Je ne l'ai pas fait exprès. J'étais venu prendre un cadeau pour toi. Le sac est ici… Dis, Nastia, tu parlais de qui ? De quel grand-père ? C'est un criminel ?

– Non, ce n'est pas un criminel, seulement un grand-père. Tu sais que la curiosité…

– Est un vilain défaut, fit le jeune garçon en complétant le proverbe d'une voix défaite. Je ne suis plus un enfant, mais personne ne veut jamais rien me raconter.

– Écoute, il ne faut pas te vexer, lui expliqua très sérieusement Nastia. Je ne te dis rien des criminels, mais je n'en ai pas parlé non plus aux adultes. Comment veux-tu qu'on attrape des voleurs ou des assassins si je raconte à tout le monde les étapes de mon enquête ? Tu es d'accord ?

Le garçon fit oui de la tête. Toute expression de déconvenue avait quitté instantanément son visage puisqu'on venait de le mettre sur le même plan que les adultes.

– Et maintenant, où est ce cadeau ?

Le garçon se pencha sur un grand sac de voyage posé dans un coin de la pièce, entre l'armoire et la porte du balcon, et en sortit une petite boîte.

– C'est pour toi.

Nastia ouvrit l'emballage en papier de soie et sortit une jolie petite clochette de verre couleur lilas très tendre. Elle la secoua délicatement, répandant ainsi dans la pièce un tintement doux et agréable.

– Comme c'est charmant ! Merci, c'est très gentil.

– C'est un ami à moi qui l'a fait. Il apprend le soufflage de verre dans une école du chef-lieu. Je lui ai passé commande spécialement pour toi, annonça fièrement le jeune Iouri.

– Merci ! s'écria Nastia avec chaleur.

Liocha Tchistiakov arriva quelques minutes plus tard, essoufflé et hirsute.

– Il y avait un tel verglas que je ne me suis pas risqué à venir en voiture, dit-il en enlevant son manteau. En me dépêchant depuis le métro, j'ai glissé au moins cinq fois, manquant de tomber lourdement.

– À mon avis, tu t'es quand même cassé la figure, fit remarquer Nastia en jetant un coup d'œil critique sur son pardessus.

– Oui, peut-être une fois.

– Pourquoi étais-tu en retard ? Il s'est passé quelque chose ?

– Rien de particulier. Un de mes thésards m'a mis un couteau sous la gorge pour que je regarde un article qu'il doit remettre demain pour un recueil de textes. J'avais beau lui dire que je ne pouvais pas, que j'étais invité quelque part et que je ne pouvais pas me permettre d'être en retard, je n'ai pas pu m'en débarrasser. Où sont donc les petits-cousins qu'on veut me présenter ?

Le professeur Tchistiakov produisit une forte impression sur toute la famille, particulièrement sur les plus jeunes. Ils n'avaient encore jamais vu de tels savants. Pour eux, l'image qu'ils se faisaient d'un professeur était celle qu'ils avaient puisée dans les livres ou dans les films : un homme sévère d'un certain âge, avec des lunettes, des cheveux gris très distingués et, si possible, une barbe, lent dans ses mouvements et à l'attitude toujours empreinte de gravité et de dignité. Cette image avait été renforcée par Nadejda Rostislavovna, une linguiste émérite qui semblait faire une question de principe de toujours présenter une apparence stricte et élégante, même en famille. Tchistiakov, lui, en dépit des lunettes et de ses abondantes mèches grises, ressemblait plutôt à un gamin gauche et ébouriffé. Il riait volontiers, même des plaisanteries les plus éculées, racontait des histoires amusantes sur des savants étrangers, se répandait en compliments à l'adresse de Larissa, la jolie brunette, la faisant rougir, s'occupait avec attention de ses deux voisines de table : sa belle-mère et la sœur de cette dernière. En fait, il animait la soirée comme un parfait boute-en-train.

Nastia lui était reconnaissante de cette exubérance qui détournait l'attention sur lui, lui permettant, à elle, de garder le silence ou d'échanger quelques phrases à voix basse avec son beau-père.

– Ce coup de fil de Korotkov... Pourquoi t'a-t-il appelée ? Vous travaillez encore ensemble ? lui demanda discrètement Leonid Petrovitch.

– Oui, mais par un pur hasard. Zatotchny m'a demandé de me pencher sur un meurtre qui, d'après lui, serait directement lié à mon travail d'analyse. Nous enquêtons.

– Tu veux parler de la situation dans les écoles supérieures de la milice ?

– C'est ça. Je ne t'en ai pas parlé pour ne pas t'encombrer l'esprit. Nous enquêtons sur le meurtre d'un étudiant.

– Tu regrettes le travail opérationnel ?

– Oui et non. Tu sais que j'aime le travail analytique, mais les gars de mon ancienne équipe me manquent. Et le colonel Gordeïev aussi. Si je pouvais continuer à travailler avec eux tout en m'occupant d'analyse, ce serait parfait. Mais il ne faut pas rêver. C'est impossible.

– Eh oui, on ne donne pas de hamburgers gratuits, fit remarquer Leonid Petrovitch, philosophe.

– Que viennent faire ici les hamburgers ? s'écria Nastia, désarçonnée.

– C'est de cette manière qu'on traduit en anglais l'expression « il faut payer pour tout ». Alors, comme ça, sale gosse, tu as oublié tes leçons de langue vivante ?

Nastia éclata de rire.

– Voyons, papa, je maîtrise toujours les langues comme il faut, mais j'ai le cerveau un peu lent et n'ai pas eu le temps de passer d'un registre à l'autre. On parlait de mon travail et, soudain, on passe aux hamburgers...

*
* *

En sortant du commissariat, Lera se dépêcha de téléphoner à Igor. Ce fut encore l'oncle Slava Zotov qui lui répondit.

– Viens, Lerotchka, lui demanda-t-il. Nous avons besoin de toi.

Il semblait lointain et préoccupé, ce qui ne fit que renforcer l'inquiétude de la jeune fille. Qu'est-ce qui avait bien pu se passer ? Pourquoi n'était-ce pas Igor lui-même qui répondait au téléphone ? Et s'il était tombé malade ? Et s'il lui était arrivé un accident ? Au moins, son chéri était toujours chez lui et non à l'hôpital, c'était évident, autrement l'oncle Slava ne lui aurait pas dit « nous avons besoin de toi ».

Elle était prête à surmonter ses craintes et ses principes pour prendre un taxi de manière à arriver plus vite, mais le verglas était tel que les voitures se traînaient et que des bouchons se formaient aux endroits les plus inattendus, même là où la circulation était très fluide d'ordinaire.

« J'irai plus vite en métro », se dit-elle en se dépêchant de gagner la station Frounzenskaïa.

À peine la porte de l'appartement ouverte, elle se retrouva face à l'omniprésent Zotov.

– Où est Igor ? lança-t-elle aussitôt depuis le seuil. Tout va bien pour lui ?

– Non, tout ne va pas bien pour lui, répondit sévèrement l'imprésario. Et tu le sais très bien. Je suis vraiment indigné par ta conduite. Bon, nous savons très bien qu'Igor est un imbécile indécrottable et qu'on peut s'attendre à n'importe quoi de lui. Mais toi, toi ! Une fille raisonnable comme toi ! Pourquoi tu ne m'as rien dit ? Tu as entraîné dans cette affaire un garçon qui n'y était pour rien. Résultat : il est mort. Mais le problème n'a pas été résolu pour autant. À ce moment-là, tu aurais dû comprendre que tu ne pourrais pas compter sur tes seules forces et venir me voir. Tu t'es comportée comme une fieffée égoïste et tu devrais avoir honte.

– Je ne suis pas égoïste ! s'écria Lera, rouge d'indignation. Les égoïstes ne pensent qu'à eux et n'aident pas les autres. Moi, je voulais aider Igor. J'ai tout fait pour ça. Comme j'étais à court de ressources, je me suis rapprochée de Barsoukov, même s'il me dégoûtait. Comment osez-vous me traiter d'égoïste ?

La colère avait blanchi ses lèvres et faisait étinceler ses yeux. Elle semblait sur le point de se jeter sur Zotov pour le massacrer à coups de poing.

L'homme la prit par les épaules et l'entraîna dans la cuisine sans même lui laisser le temps de retirer son manteau. Il ferma soigneusement la porte et se campa devant elle, le regard mauvais.

– Pourquoi je te traite d'égoïste ? lança-t-il d'une voix tendue par la colère. Parce que tu ne penses qu'à toi. Tu veux avoir Igor pour toi toute seule. C'est pour ça qu'au lieu de lui donner le très bon conseil de s'adresser à moi tu t'es précipitée pour voler à son secours. Tu crois que je suis idiot ? Que je ne comprends rien à rien ? Tu voulais qu'il te soit reconnaissant jusqu'à son dernier souffle, tu voulais te l'attacher définitivement sans même tenir compte de ce qui était mieux pour lui. Pour Igor, il aurait mieux valu qu'il vienne tout me dire tout de suite, dès le premier coup de fil du maître chanteur. J'ai des relations, des possibilités, de l'argent, de l'expérience, et j'aurais pu lui dire ce qu'il fallait faire. Le problème aurait été résolu depuis belle lurette. Tu sais qu'il donne un grand spectacle dans quinze jours, mais il a peur de monter sur scène parce que ce salaud de maître chanteur l'a intimidé à un point qu'on ne peut pas imaginer. Il doit répéter, préparer son nouveau répertoire, mais il est mort de trouille. Et après ça, tu trouves que tu n'es pas égoïste ?

Lera éclata en sanglots. La journée avait été trop riche en tensions et déconvenues pour que ses nerfs puissent encore supporter ça. Généralement, c'est dans de tels instants de rupture, lorsque tout semble s'écrouler autour de soi, qu'on perçoit avec un minimum de lucidité la réalité des choses et elle eut soudain conscience que c'était sa trop grande confiance en elle qui l'avait mise dans le pétrin.

Quelques semaines plus tôt, lorsque Igor lui avait raconté qu'un inconnu l'avait appelé pour le faire chanter, elle avait tout de suite vu le parti qu'elle pouvait en tirer. Elle ne doutait pas de pouvoir résoudre le problème toute seule. Dans un premier temps, Igor était tellement effrayé et bafouillait tellement qu'elle n'avait rien compris à ses explications incohérentes et embrouillées. Puis, à mesure qu'il reprenait ses esprits, il lui avait raconté une histoire réellement déchirante.

Tout avait commencé à l'époque où Igor n'était qu'un adolescent vagabond. Un jour, il avait rencontré sur le quai d'une gare de banlieue un homme d'apparence très convenable qui lui avait donné de quoi s'acheter à manger et lui avait proposé de bien gagner sa vie. Le moyen de faire rentrer de l'argent lui avait semblé un peu étrange mais, en fait, il était monnaie courante, si l'on peut dire. Il était grand et bien fait, malgré une vie de privations. Il tenait sa taille de son père, un ancien basketteur, et un duvet assez dru lui couvrant la lèvre supérieure, il avait eu l'occasion de s'initier aux joies du sexe avec des filles de son âge, des sans domicile fixe, comme lui. Le gars lui proposait de faire la même chose, s'envoyer en l'air, mais avec des femmes adultes et pour de l'argent. Quelle différence ? avait-il pensé alors. Les femmes et les gamines étaient constituées de la même manière. L'essentiel était que ça paie.

On l'avait installé à la campagne, dans une maisonnette en planches, loin de tout, en compagnie de quelques autres adolescents comme lui, filles et garçons, rassemblés là dans le même but. Leur « bienfaiteur » venait les voir une ou deux fois par semaine, embarquait dans sa voiture quelques-uns d'entre eux et les conduisait dans un autre endroit, une datcha dont les occupants étaient déjà bien éméchés. Les ados faisaient leur travail, puis on les ramenait à leur point de départ. Dans la maisonnette, ils étaient libres, personne ne les gardait, ils avaient de la nourriture à volonté et même des boissons alcoolisées. Ils dormaient, se promenaient et mangeaient suffisamment pour être en bonne santé. On les avait prévenus dès le départ qu'il s'agissait d'un travail temporaire. On leur avait indiqué le montant des émoluments qui leur seraient attribués en récompense d'un juste labeur et on leur avait dit qu'au terme du contrat ils seraient libres. En revanche, si l'un d'entre eux ne voulait pas faire ce qu'on lui demandait, il n'avait qu'à s'en aller tout de suite. Personne ne serait retenu par la force.

Pour ces petits vagabonds, l'arrangement était parfait. Personne ne les privait de leur précieuse liberté. Ils vivaient dans un endroit sans serrures ni enceinte, d'où ils avaient la permission de partir quand ils voulaient. Ils pouvaient se reposer, manger à satiété et gagner suffisamment pour reprendre plus tard leur vie nomade. Aucun d'entre eux n'avait même envisagé la possibilité de refuser. Ils voyaient tous le « travail » qu'on leur proposait comme un moyen agréable de passer le temps, de faire une pause et de reprendre des forces.

Igor faisait honnêtement ce qu'on attendait de lui. C'était facile car sa sexualité s'était réveillée très tôt. Et comme il était singulièrement beau, il plaisait beaucoup aux femmes mûres qu'on lui demandait d'honorer. Mais tout a une fin et le « contrat » était arrivé à son terme. Le bonhomme s'était présenté un jour à la datcha en leur annonçant joyeusement qu'il était temps de déguerpir et de libérer le local. Le petit groupe avait filé dans un concert de glapissements, chacun serrant contre son cœur, sous ses vêtements, l'argent si bien gagné.

Ils s'étaient séparés à la gare. C'était là que leurs intérêts divergeaient. L'un voulait aller à Moscou, l'autre à Saint-Pétersbourg, un troisième déclara qu'il voulait rejoindre la mer de Barents, au nord, un autre qu'il voulait au contraire prendre le chemin de la chaleur et du sud. Deux fillettes de douze ou treize ans décidèrent que leur avenir se trouvait dans l'une des nombreuses gares de Moscou : c'était pour elles les meilleurs endroits pour vivre et travailler. En fait, elles en avaient déjà l'expérience, puisque c'était là que leur récent « patron » les avait embauchées.

Ils avaient quitté la gare un par un car ils savaient d'expérience qu'il valait mieux ne pas voyager en groupe. Seules les deux filles étaient montées dans le même train de banlieue car personne n'irait prêter attention à deux copines ou à deux sœurs qui rentraient de la campagne. En revanche, un groupe suspect de cinq adolescents mal habillés et aux visages insolents ne manquant pas d'attirer l'attention des voyageurs, la milice ferroviaire n'aurait pas été longue à rappliquer pour les contrôler.

Igor était parti le dernier. Plus que les autres, il aspirait à se sentir libre et adulte et, pour cela, il devait s'extraire de leur compagnie en restant tout seul sur un banc de la gare, à siroter un mauvais vin cuit et à fumer une cigarette. Il avait pris le tabac et la boisson avant de partir de la datcha. Il avait fait attention à transvaser l'alcool dans une bouteille de jus de raisin. Il avait gardé un souvenir cuisant de la campagne antialcoolique de 1985 et 1986, où les flics n'avaient pas arrêté de s'en prendre aux jeunes vagabonds comme lui. Ce qui les intéressait n'était pas tant le problème de l'enfance livrée à elle-même que la nécessité de remplir leurs quotas dans la lutte contre l'alcoolisme et l'ivrognerie sur la voie publique. La fameuse campagne était désormais passée, mais il valait mieux ne pas tenter le diable.

L'automne était précoce, les couleurs tendres, dorées et belles, et Igor s'était soudain senti tellement bien qu'il s'était mis à chanter sans s'en rendre compte. D'ailleurs, il ne le remarquait presque jamais : chanter était pour lui un acte aussi inconscient que celui de respirer.

Une voix forte avait soudain retenti tout près de lui.

– Tu as perdu l'esprit ou quoi ?

Igor s'était retourné pour se retrouver face à un type bien mis qui regardait le garçon avec étonnement et reproche. Le jeune vagabond avait jeté sur l'inconnu un coup d'œil connaisseur qui lui avait permis de constater qu'il était habillé d'une manière plus que recherchée pour l'époque. C'était donc clairement un gars à l'aise et pas un flic en civil.

– L'esprit ? Dis donc, c'est toi qui ne vas pas ! avait-il répliqué sans chercher à être poli. C'est quoi, ton problème, mec ?

– Qu'est-ce que tu as à fumer, petit avorton ? lui avait renvoyé le type d'un ton presque gentil. Tu as une voix magnifique, mais tu te tues les cordes vocales. C'est comme si tu étais assis sur un filon d'or et que tu y versais de l'acide. Tu as de la cervelle, dis ?

Igor en était resté estomaqué. Premièrement, personne ne l'appelait « avorton ». Au contraire, tout le monde admirait sa belle taille et ses grands yeux expressifs. La gent féminine de tout âge adorait en particulier ses cils longs et recourbés. Deuxièmement, en plus de son style irréprochable et de son air posé, le type parlait dans une langue simple et claire, du moins pour autant qu'Igor pouvait en juger.

« C'est quoi, ce dingue ? avait-il pensé. Et qu'est-ce qu'il me veut ? Un pédé à la con, à tous les coups ! Comme si j'avais besoin de ça. »

Il s'était aussitôt mis à chantonner un air qu'il avait souvent entendu à la radio dans son enfance, et qui s'appelait justement *Comme si j'avais besoin de ça...*

L'inconnu s'était assis de l'autre côté du banc et, contrairement aux craintes d'Igor, n'avait pas tenté de se rapprocher de lui. Il y avait seulement posé ses fesses.

– Chante-moi quelque chose de bien articulé.

Ce n'était pas une demande mais un ordre, et Igor s'était rendu compte avec étonnement qu'il ne pouvait pas refuser.

– Quoi, par exemple ? avait-il répondu plein de bonne volonté.

– Une romance. Tu en connais ?

– Une romance… *Matin brumeux*, ça ira ?

– Vas-y, avait dit l'inconnu.

– Et qu'est-ce que j'aurai ?

Sorti de sa surprise, Igor avait retrouvé son impertinence.

– Qu'est-ce que tu veux ?

– De la thune, quoi d'autre ? avait craché le jeune garçon.

– Combien ?

– Eh bien… Un tchervonets[1], avait-il dit sans même réfléchir en regrettant aussitôt son audace.

Dix roubles en 1987 représentaient une bonne somme. On pouvait s'acheter deux bouteilles de très bonne vodka, à quatre roubles et douze kopecks, et il restait encore un rouble soixante-seize : assez pour presque une livre de jambon ou un kilo d'andouillette. Et si l'on prenait une vodka meilleur marché, on pouvait se payer un vrai petit festin.

Sans mot dire, l'inconnu avait sorti de son portefeuille un joli billet rouge pour le poser entre eux sur le banc.

– Chante, mais sans hurler.

– « Matin brumeux, matin blanc… »

Igor avait commencé doucement, mais il s'était vite laissé emporter pour chanter à tue-tête. Après tout, il fallait lui en donner pour son argent.

– Je t'ai dit de ne pas hurler, l'avait interrompu le gars bien habillé. Le bon chant n'est pas celui qui est fort, mais celui qui est juste.

Igor n'avait pas compris la phrase énigmatique, mais avait repris la chanson, cette fois à mi-voix. À chaque instant, il s'attendait à ce que l'inconnu l'arrête, mais celui-ci avait écouté jusqu'à la fin. Puis il avait gardé le silence en ruminant Dieu sait quelles idées.

– Tu as des parents ? lui avait-il enfin demandé.

Igor avait préféré répondre par un mensonge.

– Non, je suis orphelin.

---

1. Nom courant du billet de 10 roubles par référence au nom des billets de cette valeur, convertibles et gagés sur l'or, émis après la révolution et la guerre civile entre 1924 et 1932. *(NdT)*

– De l'Immaculée Conception, avait fait le gars en souriant. Tu as fugué, non ?

Le jeune gars était resté silencieux, l'air sombre. Et voilà ! Et dire que tout commençait si bien : chanter des chansons pour dix roubles ! Et maintenant, il mettait sur le tapis les parents, sa fugue… Il allait se mettre à lui faire la morale et à lui dire de rentrer chez lui et d'aller à l'école. La barbe !

– C'est clair, avait constaté l'inconnu. Qu'est-ce que tu veux faire : galérer toute ta vie ? À moins que tu n'aies des plans pour le futur ?

– Je n'ai aucun plan, avait répondu Igor en montrant les dents. Ça te regarde ?

Le bruit du train de banlieue entrant en gare avait interrompu la conversation. Igor s'était adroitement emparé de la coupure posée sur le banc et s'était levé aussitôt.

– C'est mon train, je dois y aller.

L'inconnu l'avait saisi d'une main ferme par la manche du blouson.

– Reste assis, lui avait-il ordonné. Et ne te débats pas. Nous allons parler. Ensuite, tu partiras. Si tu le souhaites toujours, bien sûr.

Voilà comment Igor Vildanov et Viatcheslav Olegovitch Zotov avaient fait connaissance. Et soudain, alors que le jeune chanteur était presque au pinacle, un inconnu avait téléphoné et dit :

– J'ai en ma possession une jolie cassette sur laquelle on te voit quand tu étais jeune et que tu t'envoyais en l'air avec des vieilles peaux. Tu imagines le plaisir que tu vas procurer à tes groupies lorsqu'elles apprendront comment tu gagnais ta vie quand tu étais jeune ? Il ne faut pas être devin non plus pour comprendre que tous les journalistes vont se jeter sur toi. Et tous tes concurrents dans la chanson se feront une joie de t'enfoncer bien profond dans la merde. Donc, tu ferais mieux de réfléchir, la star.

– Combien vous voulez ? avait aussitôt demandé Igor, sans même réfléchir.

Il avait de l'argent et il était prêt à donner n'importe quoi pour la cassette. Dans les limites du raisonnable, bien entendu.

– Tu ne vas pas t'en sortir comme ça, l'avait coupé la voix au bout du fil. Je n'ai pas besoin d'argent. J'ai besoin d'autres cassettes.

– Lesquelles ? avait demandé Igor sans comprendre de quoi parlait son interlocuteur.

– Des cassettes qui se trouvaient dans la maison des Nemtchinov lorsqu'ils ont été tués. Si tu parviens à les dénicher, tu n'auras rien à craindre. Dans le cas contraire, tant pis pour toi. Tu n'auras qu'à t'en prendre à toi-même. Ces images seront du plus bel effet avant le concert.

– Et d'où je vais les sortir ? avait crié Igor, décomposé.

– Tu n'as qu'à demander à ta petite génisse de te dire où sont les cassettes qui se trouvaient dans la datcha de ses parents.

– Mais elle n'était encore qu'une gosse lorsque ses parents ont été tués. Comment le saurait-elle ?

– Elle n'a qu'à demander à son grand-père. Ce n'était certainement pas un gosse lorsqu'il a tué son fils et sa belle-fille. Bref, la star de mes deux, tu fais le nécessaire. Je t'appellerai de temps en temps pour voir où tu en es. Si tu ne trouves pas les cassettes, je te promets que tu t'en repentiras.

La première idée de Vildanov avait été d'aller tout raconter à Zotov, comme d'habitude. Pendant toutes les années qu'ils avaient passées ensemble, ça s'était toujours passé comme ça. L'imprésario réglait tous les problèmes, même les plus difficiles, et tenait bien solidement son poulain par la main pour lui éviter de s'enfoncer dans les fondrières de la vie. Igor était incapable de prendre même les décisions les plus simples tellement il était habitué à compter sur lui. Mais cette fois, quelque chose s'était libéré en lui. Non pas l'amour-propre (ce qui aurait été tout à fait respectable), ni non plus un excès de morgue idiote (ce qui aurait mérité une critique sévère). Il n'avait simplement pas voulu que Zotov le sorte des problèmes une fois encore. Et ce n'était pas par pudeur non plus. Son mentor savait ce qu'il avait fait à la campagne avant leur rencontre. Le jeune homme lui avait tout raconté dès le début.

À vingt-cinq ans, Igor Vildanov avait enfin décidé de prendre sa vie en main, de résoudre ses problèmes tout seul et de se libérer de la tutelle et de la dépendance de Zotov qui passait son temps à l'humilier en lui mettant le nez dans son caca et le traitait d'idiot, de crétin et d'avorton. En fait, pour Igor, qui était resté au niveau d'éducation du jour où il s'était enfui de chez lui, de tels mots étaient habituels et il les employait constamment lui-même dans ses conversations avec d'autres gens. Mais ce qu'il reprochait à Zotov, c'était de lui faire sentir en permanence qu'il était une nullité, une lopette et un con. Il voulait se démontrer à lui-même qu'il était capable de se passer de lui, de résoudre tout seul le problème désagréable qui venait de surgir et, en même temps, prouver à

Zotov qu'il savait se débrouiller tout seul et qu'il n'avait plus besoin de sa présence constante. Sans compter qu'il regrettait les importantes commissions qu'il était contraint de lui verser. Autant il pouvait dépenser sans compter pour les plaisirs, autant ça lui faisait mal au cœur de lui donner une partie des recettes de ses prestations sans rien recevoir en échange. Mais pour se débarrasser de Zotov, il devait d'abord lui démontrer son indépendance.

Il s'était donc tourné vers Lera. Non seulement elle ignorait tout des cassettes, mais encore elle ne voyait vraiment pas de quoi il était question. Dès qu'Igor lui avait dit qu'elle devait aller demander à son grand-père, elle avait refusé tout de suite. La jeune fille s'était efforcée de lui expliquer qu'elle ne pouvait pas parler à un être qu'elle détestait farouchement, et encore moins lui poser des questions et en attendre des réponses. Évidemment, Igor n'avait rien compris. De telles finesses psychologiques n'entraient pas dans son esprit, aussi il avait insisté mais, contre toute attente, Lera était restée inflexible.

– Si je me mets à lui parler, il ne me lâchera plus. Or je ne peux pas l'admettre, lui disait-elle à chaque fois en le regardant droit dans les yeux. Il est tout de même l'assassin de mes parents. Nous devons inventer un autre moyen de tout savoir sur ces cassettes.

– Tu n'as qu'à l'inventer, toi, répondait Igor en maugréant comme un gosse qui se fâche dès que quelque chose ne marche pas du premier coup.

Pendant quelques jours, Lera avait réfléchi. Puis elle avait fini par trouver.

– Écoute, lui avait-elle dit un soir qu'elle était assise sur les genoux de son idole devant la cheminée de sa belle datcha. Il suffit de trouver ce maître chanteur et de le tuer. Qu'est-ce que tu en penses ?

De surprise, Igor avait repoussé la jeune fille et bondi du divan.

– Tu es folle ? ! Tu entends ce que tu dis ? Comment ça, « tuer » ? Tu veux finir en taule ?

– Pourquoi en taule ? avait répliqué Lera avec un sourire malicieux. Je n'ai pas du tout envie de finir en prison. Tout ce qu'il nous faut, c'est avoir le moyen de trouver ce type. De le démasquer. Ensuite, nous embaucherons quelqu'un qui le liquidera. Voilà tout. J'ai lu tout un tas de polars qui parlent de chantage et je sais très bien que celui qui fait chanter quelqu'un ne s'en vante pas et n'en parle à personne. On ne peut même pas soupçonner qu'il y a un lien entre lui et sa victime. Et si entre toi et le maître chanteur tu places un tueur à gages, alors tu peux être sûr que personne ne remontera jusqu'à toi. Tu comprends ?

Igor avait cogité un moment sur les paroles de Lera et il avait fini par leur trouver une certaine logique. Il avait alors embrassé son amie et lui avait donné une tape d'encouragement sur les fesses.

– Bien, comment allons-nous faire pour trouver ce type ? avait-il demandé en adoptant la proposition que Lera venait de lui faire.

– Il faut trouver quelqu'un qui sait comment on doit procéder, avait expliqué Lera avec assurance. J'ai déjà tout prévu. Je connais quelqu'un qui fait ses études à l'institut où l'on forme les opérationnels de la milice. Il s'appelle Sacha. Il me fait la cour depuis longtemps, mais je ne l'encourage pas. Je peux l'approcher et lui demander son aide.

– À l'œil ? avait demandé Vildanov avec un sourire grivois. Ou pour tes beaux yeux ?

– Ne sois pas aussi cynique, Igor. Tu as fait tout ça depuis ton adolescence, mais ce Sacha est un gars normal. Si je lui donne l'espoir qu'avec le temps il parviendra à ses fins, il se pliera en quatre pour me rendre service.

Igor n'avait pas eu besoin de beaucoup se creuser la cervelle pour comprendre comment son amie dévouée comptait attirer son admirateur, le jeune milicien. Et c'est ainsi qu'Alexandre Barsoukov, étudiant de deuxième année à l'Institut juridique de la milice de Moscou, s'était retrouvé embrigadé pour résoudre le problème. Il avait donné l'impression d'avoir ferré quelque chose au bout de sa ligne, mais avait été tué juste à ce moment-là.

Tout était à recommencer, à la seule différence que Lera ne connaissait plus personne touchant de près ou de loin à la milice et qu'elle se cassait la tête jour et nuit pour trouver un moyen d'aider Igor. Mais le temps passait. Le maître chanteur téléphonait tous les deux ou trois jours pour demander de manière caustique où en était la recherche des cassettes. Et le jour du grand spectacle s'approchait inexorablement.

10

Zotov attendit patiemment que Lera finisse par se calmer et cesse de pleurer.

– Allons dans le salon, dit-il sévèrement. Nous allons nous asseoir et examiner soigneusement la situation. Mon enfant, si tu veux aider Igor, tu dois ne pas oublier que c'est moi qu'il faut écouter, pas lui. Tu crois que je ne sais pas comment tu me vois ? Pour toi, ton Igor chéri est la seule lumière et tu es irritée par tout ce qui t'empêche d'être à côté de lui. Mais tu dois garder à l'esprit qu'Igor est une créature impuissante et sans cervelle. Même si ça t'est désagréable à entendre, tu dois en tenir compte. Il est incapable de s'aider lui-même et, si tu veux lui être utile, tu dois écouter ce que je dis. Ce que je dis, moi. Pas lui. Tu as compris ?

Lera hocha la tête en silence, tout en essuyant ses larmes avec un petit mouchoir parfumé. Le maquillage recherché qu'on lui avait fait au salon de beauté avait coulé de partout, mais quelle importance cela pouvait-il bien avoir alors que la situation avait tourné d'une manière aussi imprévisible ?

Igor était affalé sur le divan du salon. Il avait l'air buté et peu intelligent. En apercevant la jeune fille, il se contenta de lui faire un petit geste de la main.

– Salut.

– Lève-toi, le monstre, lui lança Zotov d'une manière tranchante. Une dame vient d'entrer. Quand est-ce que tu vas enfin comprendre ça ?

– Mais ce n'est que Lera, lui objecta le chanteur, surpris.

– Je t'ai dit de te lever, répéta Zotov. Va te passer de l'eau sur la figure et reviens.

Le chanteur se leva docilement du divan, referma les pans de la robe de chambre qu'il n'avait pas quittée depuis le matin et se traîna jusqu'à la salle de bains. À son retour, il semblait un peu plus frais.

– Ainsi donc, commença Zotov en s'adressant à Lera, pour autant que j'aie bien compris ce que m'a raconté Igor, il est question de cassettes qui se seraient trouvées il y a dix ans dans la datcha de tes parents. Tu ne vois pas du tout ce dont il s'agit ?

– Non, lui confirma Lera en hochant à nouveau la tête. Je n'en ai pas la moindre idée.

– Tu sais, poursuivit l'imprésario d'un air pensif, j'ai réfléchi toute la journée à ce que m'a raconté Igor et quelque chose m'est venu à l'esprit. Parmi les amis de ton père, il y avait des journalistes étrangers. Deux ou trois, je ne me souviens plus très bien. Vous deux étiez encore trop jeunes pour comprendre ce qui se passait dans le pays après la mort de Brejnev... Vous vous souvenez au moins de qui était Brejnev ?

– Bien sûr, répondit Lera.

Igor confirma également, mais d'une manière beaucoup moins assurée.

– Donc, après la mort de Brejnev, certains groupes au sommet du pouvoir se sont lancés dans une politique de déballage des vilaines affaires qui avaient marqué son règne. D'abord, ce fut au cas par cas. Ensuite, après la mort successive des deux secrétaires généraux suivants, Andropov et Tchernenko, qui étaient très vieux et ne durèrent pas longtemps, ça prit une tournure beaucoup plus systématique. Évidemment, toutes ces choses intéressaient énormément les journalistes et les services de renseignements étrangers. Ils étaient tous à l'affût de la moindre information compromettante non seulement sur certains fonctionnaires et hommes politiques haut placés, mais sur l'ensemble du système. Lera, il est possible que tes parents aient aidé leurs amis journalistes. Évidemment, ils ne recueillaient pas eux-mêmes des informations de ce genre : ils étaient des intellectuels, des créateurs. Ça ne les intéressait pas et, d'ailleurs, ils n'avaient pas la formation qui leur aurait permis de le faire. En revanche, ils étaient en mesure de prêter leur datcha au fin fond d'une banlieue éloignée pour des rencontres discrètes entre leurs copains journalistes et des sources bien placées, de manière à échapper au jeu du chat et de la souris avec les services du contre-espionnage du KGB. Ils pouvaient aussi garder certains documents chez eux. Tu vois ce que je veux dire ?

Lera remarqua que Zotov s'adressait seulement à elle. Igor était presque exclu de la conversation, même s'il était assis entre eux. L'imprésario parlait à la jeune fille tendrement, comme s'il ne lui avait pas secoué les puces quelques minutes plus tôt, dans la cuisine. Bien sûr qu'elle comprenait ce que l'imprésario voulait lui dire : Lera Nemtchinova était une jeune fille cultivée et intelligente. Et la presse avait publié beaucoup de choses sur cette époque et sur ce genre de situations.

– Si des cassettes contenant des documents de ce genre se trouvaient chez tes parents, il est clair que quelqu'un en avait besoin. Même si dix années ont passé, l'intérêt de l'information ne s'est pas perdu.

Zotov s'interrompit un court instant, comme s'il réfléchissait intensément.

– Je pense à autre chose, reprit-il. Ton grand-père a tué tes parents. Je comprends que pour toi, ma petite Lera, c'est une énorme tragédie et que tu es incapable de lui pardonner. Mais as-tu déjà réfléchi au fait que ton grand-père n'a pas seulement tué ton père, mais son propre fils ? Et il faut des raisons très sérieuses pour faire une chose pareille. Je ne peux que te conseiller de réfléchir à ça.

– Il n'y avait aucune raison, l'interrompit Lera. Il avait bu. Il était ivre et il a pris le fusil. C'est une pourriture ! Un salaud ! Je le déteste.

Zotov leva les mains en l'air pour arrêter le flot d'imprécations qui sortait de sa bouche.

– Les choses ne sont pas aussi simples, ma fille. Je ne crois pas que ton grand-père ait pu s'enivrer au point de liquider ses compagnons de bouteille. Un tel conte a semblé véridique aux miliciens parce qu'il leur a évité du travail, mais il n'a pas convaincu les proches qui connaissaient bien ta famille. Ton grand-père était un homme tranquille et équilibré. Il n'était pas du tout agressif et il aimait beaucoup ton papa. Sans compter qu'il ne buvait presque pas. Qu'est-ce qui a bien pu se passer pour le pousser à agir comme il l'a fait ? Tu n'as jamais eu l'idée de le lui demander ?

– Non ! Lui demander quoi ? Il a tué mes parents et m'a laissée orpheline à l'âge de huit ans. À quoi bon lui poser des questions ? Est-ce que ça me rendrait mes parents ?

– Non, c'est vrai, reconnut Zotov. Mais seulement en partie. Ma petite Lera, tes parents ne sont plus de ce monde et ton grand-père est ton seul parent proche. Tu vis près de lui, sous le même toit. Ça ne t'intéresse pas de savoir ce qui s'est vraiment passé ? Je sais que tu ne veux pas avoir de contact avec cet homme que tu détestes de toute ton âme, mais il est impossible de vivre ainsi. On ne peut pas détester une personne pour un acte sans comprendre quelles étaient ses raisons. Et je ne parle pas du fait qu'il faut savoir pardonner.

Les yeux de Lera se révulsèrent et elle se mit aussitôt à crier :

– Est-ce qu'on peut pardonner ça ? C'est facile pour vous de le dire : personne ne vous a tué vos parents ! Tiens, je vais aller les liquider demain et ensuite je verrai bien comment vous me pardonnerez. C'est une honte de déformer les choses comme...

– Assez, l'interrompit sèchement Zotov. Arrête ta crise de nerfs.

Le ton était tellement péremptoire que la jeune fille resta interdite au milieu de sa phrase.

– Que le meurtre soit injustifiable, poursuivit-il, ne signifie pas qu'il ne faille pas tenter de comprendre la vérité. Au fait, ma chère, ce n'est pas toi qui as dressé des plans pour te débarrasser du maître chanteur ? Qu'est-ce que tu comptais faire ? L'envoyer dans une station balnéaire pour l'empêcher de continuer d'appeler notre admirable Igor ? Non, pas du tout ! Tu voulais le liquider !

– C'est quoi, cette comparaison ? Je voulais tuer un maître chanteur, mais mon grand-père, lui, a tué son propre fils. Et m'a laissée orpheline.

– Et si le maître chanteur a cinq gosses ? Toi aussi, tu les laisserais orphelins. C'est curieux, ma colombe ! Tu as, toi, le droit de tuer, mais personne d'autre ? Tu sais comment ça s'appelle ? La morale à double standard. Et pas seulement double, mais criminelle !

Mais Lera était disposée à se défendre pied à pied.

– C'est un maître chanteur et un criminel. Mes parents, eux, ne faisaient chanter personne.

– Qu'est-ce que tu en sais ? demanda Zotov en clignant les yeux.

– S'ils avaient fait quelque chose de mauvais et que mon grand-père les ait tués pour ça, il l'aurait expliqué devant le tribunal pour se justifier. Il l'a dit ? Non, c'est donc qu'il n'avait rien à dire. Il s'est soûlé et les a tués, cette pourriture ! C'est tout.

Lera jeta sur Zotov un regard victorieux. Qu'il essaie donc de contrer sa logique implacable. Tout de même ! Oser comparer son père et sa mère à un maître chanteur abject ! Mais si elle s'efforçait de parler fort et avec assurance, c'était pour étouffer une voix venue d'on ne sait où qui s'était mise à lui chuchoter des choses... Des choses désagréables, dangereuses et qui lui inspiraient une peur bleue.

– Tu as encore raison, répondit tranquillement Zotov. Ton grand-père n'a rien dit ni pendant l'enquête ni devant le tribunal. Mais n'oublie pas qu'il s'agissait de son fils unique. Du père de sa seule petite-fille. Bien sûr, il n'était plus là, mais il laissait une réputation et une fillette qui devait continuer à vivre. Que serait devenue cette fillette si tout le monde, y compris elle-même, savait que son père avait fait quelque chose de criminel ? Ton grand-père savait peut-être une vérité terrible sur tes parents, mais il l'a cachée en se chargeant totalement de la faute pour te faciliter la vie, Lera. Il se souciait de toi. Et c'est parce qu'il pensait à toi qu'il a passé neuf ans en prison au lieu d'une peine plus légère qu'il aurait obtenue en disant la vérité. Si ça se trouve, il a sacrifié son avenir pour toi. Tu ne crois pas que ça vaudrait le coup de penser à ça et, ensuite, d'aller lui parler ?

– Qu'est-ce qui vous rend si sûr que c'est la vérité ? Vous vous êtes inventé un bobard idiot et vous y croyez ! Tout ce que vous avez dit est absurde. C'est tout simplement impossible. Il n'est pas du genre à se sacrifier. Sans compter que toute votre théorie est stupide. S'il s'était soucié de moi et de ma vie, il ne m'aurait pas laissée orpheline. C'est tout. Il n'y a pas de raisonnement qui tienne, après ça. Réfléchissez, vous aussi !

Pourtant, la petite voix intérieure se faisait entendre plus fort. En effet, Lera n'avait jamais envisagé la tragédie sous l'angle que venait de lui présenter l'oncle Slava. Mais c'était impossible ! Impossible ! Ses parents étaient les meilleurs, les plus talentueux, les plus gentils et les plus beaux. Ils étaient incapables de faire quelque chose qui aurait pu justifier qu'on les tue ou qu'on craigne pour leur réputation. Ce Zotov répugnant avait inventé tout ça.

Lera regarda Igor du coin de l'œil en espérant qu'il interviendrait dans la conversation pour empêcher Zotov de continuer à casser du sucre sur le dos de son papa et de sa maman. Pourquoi ne l'aidait-il pas ? Pourquoi ne la défendait-il pas dans ces instants difficiles ? Elle volait toujours à son secours au premier appel, elle.

Mais Igor restait silencieux sans même la regarder. Il examinait ses ongles d'un air concentré et Lera eut l'impression qu'il évitait de croiser son regard.

– Tu veux que je te dise ce que tu penses maintenant ? demanda Zotov en rompant le lourd silence qui venait de s'installer. Tu penses que tes parents étaient les meilleurs du monde. Pas vrai ?

Lera ressentit une impression fort désagréable en comprenant qu'un homme pour lequel elle n'éprouvait que peu de sympathie parvenait si facilement à lire dans ses pensées.

– Et alors ? répondit-elle sur le ton du défi. Qu'est-ce que ça veut dire ?

– Mais que j'ai très probablement raison. Ton grand-père voulait que tes parents restent pour toujours dans ta mémoire comme les plus formidables. Voilà pourquoi il a dissimulé une vérité dérangeante.

La jeune fille secoua la tête comme si elle voulait en chasser une hallucination. Elle ne voulait écouter ni les paroles de l'oncle Slava ni sa petite voix intérieure. Ces paroles et cette voix la gênaient. Elles détruisaient le monde qu'elle s'était créé avec acharnement depuis dix ans et qu'elle protégeait soigneusement.

– S'il ne les avait pas tués, il n'aurait rien à dissimuler, lança-t-elle, butée. Vous vous contredisez.

– Pas du tout. Il a pu commettre son geste au moment où ce qu'ils avaient fait de mal risquait de surgir à la surface et d'être porté à la connaissance d'autres personnes. S'il y avait eu un scandale, tes parents auraient peut-être fini en prison et leur réputation aurait été détruite. Ta vie aussi, d'ailleurs. Tu dois convenir qu'il est plus facile d'être une orpheline dont les parents ont été les victimes innocentes d'un drame familial que la fille de criminels dont toute la presse aurait fait ses choux gras.

C'en était trop ! Lera était incapable d'en supporter davantage. Comment osait-il lui parler ainsi ? Qu'est-ce qui pouvait bien lui permettre de dire de telles monstruosités sur ses parents bien-aimés ? Quel salaud ! Quel salaud cynique ! « Il est plus facile d'être orpheline… » Visiblement, il ne savait pas ce que c'était que de perdre ses parents à l'âge de huit ans.

– Taisez-vous tout de suite ! cria-t-elle à pleine voix en se levant d'un bond. Comment osez-vous dire ça ? Vous n'avez pas le droit de penser ça ! Pourquoi cherchez-vous sans cesse à dédouaner mon assassin de grand-père ? Qui vous a permis de couvrir mes parents de saletés ?

Elle se tourna vers Igor et le prit par le bras.

– Igor, pourquoi tu te tais ? Ce… On me couvre de saletés et tu te tais comme s'il ne se passait rien. Ne me dis pas que tu es d'accord avec ce type ? Toi aussi, tu penses que mes parents étaient des criminels et mon grand-père un ange avec des ailes ? Eh bien… Parle ! Dis quelque chose !

Vildanov leva la tête à contrecœur et s'arracha à la contemplation de ses blanches mains.

– Mais, Lera… Je n'en sais rien. Comment pourrais-je savoir comment les choses se sont passées ? Si ça se trouve, Slava a raison.

– Ah, c'est comme ça ? Parfait ! Vous vous êtes tous ligués pour me salir…

– Oh, arrête ! dit mollement Igor. Personne ne te salit. On ne parle pas de toi, mais de tes parents. Et personne ne s'est ligué contre toi. Ici, il n'y a que Slava qui parle.

– Ah bon ? Et le fait que tout Moscou dise que tu as pris pour femme de ménage une mineure laide et idiote qui travaille non pour de l'argent mais pour se faire baiser, c'est quoi ? C'est toi qui me présentes comme une domestique à tous tes copains et aux filles que tu ramènes. C'est de ça que se nourrissent les conversations sur moi à travers toute la ville. Quelle conclusion je dois en tirer ? Embauche donc une autre domestique et demande-lui de chercher à ta place des tueurs à gages et des maîtres chanteurs, sans oublier ces foutues cassettes ! Embauche, embauche quelqu'un ! Je verrai bien comment tu vas te débrouiller. Et en plus, ne la paie pas.

Toutes les vexations qu'elle avait subies dans la journée remontaient soudain à la surface, lui faisant dire même ce qu'elle voulait garder pour elle. Igor baissa encore le regard sur ses ongles tandis que Zotov tournait un regard étonné et mécontent sur son pupille.

– C'est quoi cette histoire, Igor ? demanda-t-il sèchement. C'est vrai ce que dit Lera ?

– Qu'est-ce que vous avez tous les deux à me chercher des poux ? Nous avons un problème important à résoudre et vous vous attachez à des bêtises, répliqua Vildanov.

– Il a raison, reconnut Zotov. Il a raison, Lera. Laissons de côté nos griefs personnels, quitte à y revenir plus tard. Le plus important maintenant, c'est de résoudre le problème des cassettes que nous réclame le maître chanteur. Il nous reste quinze jours avant le spectacle. Je me suis mis d'accord avec plusieurs publications : dans les deux prochains jours, Igor devra donner une série d'interviews pour réchauffer l'intérêt du public avant sa prestation. Ce concert aura lieu de toute manière. On ne peut pas l'annuler : ce serait incorrect vis-à-vis du public et néfaste pour sa carrière. Et Igor doit entrer en scène l'esprit clair et débarrassé de toutes ses craintes. Pendant les deux semaines qui viennent, il doit bien se préparer, répéter beaucoup plus et boire beaucoup moins. Notre mission à nous, ma petite Lera, est de faire en sorte que tout se passe bien. C'est ainsi que nous pourrons vraiment l'aider et pas en cherchant des maîtres chanteurs et des tueurs à gages. Tu m'as compris, fillette ? Tu dois prendre sur toi et parler à ton grand-père. Les cassettes se trouvaient à la datcha et il est tout à fait possible qu'il sache ce qu'elles contenaient et où elles sont maintenant. Tu dois voir les choses en face et comprendre que cette conversation avec ton grand-père est essentielle et inévitable si tu veux non seulement aider Igor, mais encore toi-même.

– Je n'ai pas besoin d'aide, lança-t-elle avec un mépris souverain. Mais évidemment, pour Igor, je ferai tout ce que je pourrai.

– Ne te mens pas à toi-même, ma petite Lera, dit Zotov d'une voix qui avait perdu toute sa sécheresse pour se faire suave et tendre. Tu es une fille raisonnable et tu as un cerveau qui fonctionne à la perfection, pas comme celui de ce crétin. Tu n'as pas pu ne pas penser un jour à ce que je viens de te dire ce soir. Je ne pourrai jamais croire que quelqu'un d'aussi intelligent que toi n'a pas pu évoquer une telle possibilité. Sans doute as-tu ruminé ça bien des fois et je suis sûr que des doutes se sont installés au fond de ton âme. C'est une tout autre affaire que tu les chasses parce qu'ils te sont beaucoup plus désagréables que de rester sur l'idée que ton grand-père est un salaud, seul coupable de tous tes malheurs. Attention, je ne dis pas que j'ai raison de soupçonner que les choses ne se sont pas passées comme on l'a dit. Je me borne à exprimer des suppositions. Mais lorsqu'on doute de quelque chose, il faut toujours aller au bout et trouver la vérité. Autrement, on est incapable de garder le respect de soi-même.

Lera se rendit compte que Zotov venait de l'avoir. Il venait de la qualifier de raisonnable et d'intelligente. Il lui avait dit que son cerveau fonctionnait à la perfection. Comment aurait-elle pu reconnaître que jamais de telles pensées ne lui avaient traversé l'esprit ? Autant avouer tout de suite qu'elle était idiote et stupide. Et pourtant, elle n'avait jamais eu aucun doute. Même pendant la plus infime fraction de seconde, jamais de telles idées n'avaient effleuré sa jolie tête. Et pourtant, l'oncle Slava venait de démontrer, et de manière plutôt convaincante, qu'elle aurait dû nourrir de tels soupçons...

Bien que totalement convaincue qu'il avait tort, elle ne pouvait pas faire autrement que d'accepter son point de vue si elle ne voulait pas passer pour une débile profonde aux yeux d'Igor. Mais être d'accord avec ça signifiait aussi être d'accord avec autre chose. Elle devait parler à son grand-père. Le problème était qu'elle n'avait pas du tout envie de le faire. Elle n'imaginait même pas comment elle pourrait y arriver, comment elle pourrait franchir cette ligne qu'elle avait si soigneusement tracée entre elle et lui.

– Oui, c'est vrai, Chaton, va voir ton grand-père, dit soudain Igor de sa propre initiative. Pose-lui la question au sujet des cassettes. Tu vas lui parler ?

– Oui, elle va lui parler, dit Zotov avec assurance. Notre Lera n'est pas aussi sotte que toi. Elle comprend bien que c'est inévitable. Et qu'il ne fallait pas chercher à l'éviter. Ça fait déjà longtemps que tout cela aurait dû être fait. Il faut toujours éclaircir tout de suite les rapports entre les gens, même les plus complexes et embrouillés, sans attendre que la situation s'envenime avec le temps. Tu n'es pas d'accord, ma petite Lera ?

– Entendu, dit-elle doucement. Je lui parlerai.

– Tu me le promets ? demanda Vildanov. Tu vas vraiment lui parler ? Quand ? Et si tu le faisais ce soir même, en rentrant chez toi ? Comme ça, nous saurons tout demain. Hein, Chaton ?

– La ferme ! le coupa Zotov d'un ton glacial en lui lançant un regard à le réduire en cendres. Tu es fort pour presser les autres. Tu crois que c'est si simple de maîtriser ses sentiments ? Il faut se concentrer, trouver en soi les forces morales nécessaires. Il faut aussi attendre le moment favorable pour conduire une conversation aussi difficile. Mais, Lera, toi, de ton côté, tu es sûre d'y parvenir ? Oh oui, je n'ai pas d'inquiétude. Tu es une fille extraordinairement forte et courageuse. Bien plus que la plupart des adultes que je connais, y compris des hommes qui ont beaucoup vécu. Le plus difficile, ce sera de franchir le cap psychologique, mais je suis certain que tu y parviendras.

– Je le ferai, promit Lera d'une voix presque inaudible, même pour elle-même.

Dès qu'il eut fermé derrière elle la porte de l'appartement, Zotov se dirigea vers Igor à grands pas et lui donna une poussée qui le renversa sur le divan.

– Voilà ce que tu vas faire, espèce d'avorton mal fini ! s'écria-t-il, la rage dans la voix. Dès demain, tu la brosseras dans le sens du poil, tu as compris ? Tu vas cesser de ramener ici des putains infectes et des copains à moitié ivres. Tant qu'on n'aura pas trouvé une solution, Lera est la seule personne que je veux voir près de toi. Il faut que tu sois doux et tendre avec elle. Promets-lui des montagnes d'or jusqu'au mariage, mais fais en sorte qu'elle soit prête à retourner la terre entière pour toi. Parce que chercher le maître chanteur et embaucher un tueur, c'est un délire complet qui ne mérite même pas qu'on en parle. La seule solution passe par le grand-père. Or, elle est la seule personne capable de lui parler : il n'y a qu'à elle qu'il dira la vérité. Il enverra se faire foutre n'importe qui d'autre en lui disant qu'il n'a jamais entendu parler de ces cassettes.

– Et s'il ne le lui disait pas non plus ? demanda Igor timidement, en se tortillant sur le divan pour chercher la position la plus confortable.

– Il le lui dira, dit Zotov, sûr de lui. Il vit avec elle et rien de ce qui la touche ne lui est indifférent. S'il voit une possibilité de se justifier devant son unique petite-fille, il la saisira sans hésiter. Si elle lui dit qu'elle est prête à accepter la terrible vérité sur ses parents et à lui pardonner, il ne manquera pas de tout lui raconter.

– Et s'il n'est pas au courant pour ces cassettes ? Qu'est-ce qu'on fait après ?

– S'il ne sait pas, nous envisagerons d'autres éventualités. Mais je suis sûr qu'il sait. Ce n'est pas pour rien qu'il a tué son fils et sa belle-fille. Il devait bien avoir une raison. Et une raison sérieuse.

– Comment peux-tu en être sûr ?

– Je sais additionner deux et deux. Je connaissais bien Guennadi et Svetlana. Je les voyais souvent. Mais je n'ai jamais entendu parler de ces cassettes. Ils devaient donc me cacher quelque chose. Ça, c'est un point. Nous pouvons aussi postuler que le vieux Nemtchinov les a tués pas à cause des cassettes, mais à cause d'un conflit familial inconnu. Cela dit, il est rare que des problèmes entre les gens les conduisent au meurtre, surtout lorsqu'il s'agit d'un père et de son fils. Il est encore plus rare que ces problèmes naissent comme ça, de rien, en l'espace de quelques minutes. Ça n'arrive pas, Igor, tu peux me croire.

Zotov marqua une pause autant pour maintenir un certain suspense que pour rassembler ses idées.

– Tout ça veut dire, reprit-il, que la crise couvait de longue date. Pourtant, je n'ai jamais rien entendu dire de Guennadi et de sa femme qui aurait pu me mettre la puce à l'oreille. Cela signifie que des amis très proches avaient deux secrets qu'ils me cachaient soigneusement : les cassettes et le conflit avec le vieux Nemtchinov. Honnêtement, je n'y crois pas. Un secret, passe encore, mais deux, c'est très peu probable étant donné la fréquence de nos relations. J'en déduis qu'il n'y avait qu'un seul et unique secret. Ce serait donc à cause des cassettes que le grand-père aurait tué les parents de sa petite-fille ? C'est vrai qu'il ne t'est pas facile de suivre pareils raisonnements. Va te coucher, ça vaut mieux.

– Qu'est-ce que tu as à toujours m'humilier ? se lamenta Igor d'une voix plaintive. Tu me traites toujours comme une sous-merde…

– Et qu'est-ce que je devrais faire, petit con ? T'admirer ? Te chanter des louanges ? Vanter ta beauté divine et ton talent céleste ? Pour ça, tu as des admirateurs. Moi, je t'ai toujours dit la vérité et je continuerai à te la dire, que ça te plaise ou non. Si tu étais venu tout de suite me parler du maître chanteur, j'en aurais discuté le jour même avec Lera et nous aurions tranché la question. Tu serais en train de te préparer tranquillement pour ton spectacle et nous nous occuperions d'organiser ton mariage avec Stella. Mais non, tu as failli tout foutre en l'air, comme un âne ! Pendant ce temps, je tentais avec une réelle difficulté de faire en sorte que les journalistes te prêtent de l'intérêt et diffusent l'information que tu vas présenter un nouveau répertoire dans ton prochain spectacle. Je te cherchais de nouveau compositeurs et de bons textes et je te faisais répéter des journées entières. Pour quel résultat ? Tu as peur de te produire en public parce que le problème que tu voulais résoudre tout seul est toujours là et que le maître chanteur t'obsède et t'empêche de te concentrer. Je me suis cassé la tête à imaginer un moyen de faire avancer ta carrière et t'ai trouvé la possibilité de passer à la vitesse supérieure avec Stella, et Dieu sait combien ça m'a coûté ! Résultat ? Tu ne peux pas te marier parce qu'il ne faut pas prendre de risque tant que le problème n'est pas résolu. Mais Stella ne va pas t'attendre. Elle va se dégotter un autre mari qu'elle médiatisera. Il sera sans doute aussi jeune et beau que toi, et sa voix ne sera pas mal non plus. Mais à la différence de toi, il aura la cervelle d'un être humain. D'un homme et non celle d'un âne. Inutile de te lamenter ou de te plaindre, tu ne reçois de moi que ce que tu mérites.

Zotov se retourna brusquement et sortit de la pièce. Deux minutes plus tard, il reparaissait sur le seuil, habillé pour affronter le froid de la rue.

– Mets-toi au lit et ne t'avise pas de boire. Je viendrai demain très tôt et nous travaillerons. Si tu n'es pas en forme, je te tuerai.

*
* *

Konstantin Mikhaïlovitch Olchanski, juge d'instruction au parquet de la ville de Moscou, était l'un de ceux qui regrettaient le plus le départ de Nastia Kamenskaïa de la Brigade criminelle. Au début, leurs relations avaient été – pour le dire gentiment – plutôt tendues. Olchanski avait son franc-parler et n'avait pas vraiment prêté attention au fait que Kamenskaïa était une femme. Il lui avait donc parlé dans un langage peu châtié qui ne pouvait que heurter les oreilles d'une dame, alors qu'il s'exprimait de la même manière avec tous ses collaborateurs. Nastia, qui ne supportait pas les mufleries, évitait le plus possible le juge d'instruction. Évidemment, il leur arrivait de se retrouver en présence l'un de l'autre. À ces occasions, Nastia montrait les dents en réponse aux impolitesses et ils s'entendaient comme chien et chat.

Avec le temps, les choses avaient pourtant fini par s'arranger. Olchanski avait reconnu que Nastia possédait un esprit alerte et acéré, et lui avait fait comprendre que ses goujateries étaient aussi une forme de compliments. Nastia avait pris ça pour des excuses et les avait acceptées avec plaisir puisque, de son côté, elle tenait Olchanski – malgré son travers – pour un professionnel de grande classe. Depuis cette époque, leur collaboration était devenue un plaisir mutuel qu'ils avaient perdu avec le passage de Nastia au département d'analyse de Zatotchny. Voilà pourquoi, en voyant la jeune femme entrer dans son cabinet, le juge d'instruction ne pensa pas une seconde à dissimuler sa joie.

– Ciel ! Qui vois-je ? s'écria-t-il gaiement. Ne serait-ce pas notre Kamenskaïa qui est de retour ?

– Je ne vous ai jamais quitté, répondit-elle avec un sourire aussi gai que le sien. Quelle que soit la distance qui nous sépare, je ne serai jamais loin de vous. Je vous suis attachée jusqu'à la tombe. Mais dites-moi, vous, avec de nouvelles lunettes ? Vous n'avez donc pas un instant de répit dans la poursuite de la mode ?

Olchanski retira ses lunettes à la belle monture, les contempla avec étonnement, se frotta les yeux et les remit à leur place.

– Seigneur ! De quelle mode parles-tu[1] ? demanda-t-il en agitant la main d'un air coupable. Figure-toi que la voisine est venue nous faire une petite visite avec son gamin de trois ans. À ce moment-là, je faisais un petit tour dans la salle de bains. Or, sans me douter une seconde des risques encourus, j'avais laissé mes lunettes sur le divan, en compagnie du journal que j'étais en train de lire. Bref, pendant que je me soulageais avec plaisir, le gosse prenait son pied en me cassant mes lunettes. De leur côté, ma femme et la voisine s'extasiaient sur ce mioche qui était tellement sage et ne pleurait pas. Mais pour quelle raison aurait-il pleuré alors qu'il avait dans les mains un jouet à ce point remarquable, avec des verres dans lesquels on pouvait tout voir autrement. Pour faire court, j'ai été obligé de ressortir ma vieille paire de binocles, tu te souviens ? Celle que j'avais rafistolée avec du Scotch. Ma femme m'a regardé, a hoché la tête et a filé Dieu sait où. Et m'a rapporté cette paire. C'est vrai qu'elle est à la mode ?

– Super, lui certifia Nastia. Vous ne pouvez pas être plus à la mode que ça. Alors, vous m'offrez une tasse de thé, comme au bon vieux temps ?

– Eh, la mère, ne m'embrouille pas, lui lança Olchanski sur un ton de reproche. Au bon vieux temps, comme tu dis, ce n'est pas du thé que tu prenais, mais du café. Qu'est-ce que c'est ? Tu veux me piéger ? Ne me regarde pas avec ton regard innocent de biche effarouchée, tu ne parviendras pas à me tromper. Je connais aussi le but de ta visite. Ce n'est pas par amour pour moi que tu rappliques, mais par

---

1. En Russie, il est courant pour un supérieur de tutoyer son subordonné qui le vouvoie, même si tous les deux ont des relations amicales. *(NdT)*

amour de l'art. Tu t'intéresses à la bague, hein ? Ose dire que ce n'est pas vrai ?

– Bien sûr que ça m'intéresse, reconnut-elle. Mais vous encore plus.

Olchanski éclata de rire de toutes ses dents régulières et étincelantes. Une nouvelle fois, Nastia se demanda comment un homme qui était, objectivement, plutôt bien de sa personne et attrayant pouvait s'ingénier à ressembler à un clochard empoté.

– Tu ne réussiras pas à me corrompre avec tes compliments, Kamenskaïa. Je ne cède pas à ce genre de choses. Il vaut mieux que tu me dises tout de suite que tu veux jeter un coup d'œil au bijou. Et ne t'avise pas de me mentir. Je me souviens encore de t'avoir dit, il y a cinq ans, qu'il est interdit de dissimuler la moindre information à un juge d'instruction.

– D'abord, ça ne fait pas cinq ans, mais seulement quatre, le corrigea Nastia. Ensuite, ce sont les enquêteurs opérationnels qui ne peuvent pas vous dissimuler des informations. Mais je ne suis plus une opérationnelle. Je suis comme qui dirait un fonctionnaire de la milice à la situation indéfinie, sans droits, et par conséquent sans devoirs. Bref, vous ne me faites pas peur.

– Seulement quatre ans ? dit-il, tout surpris. J'avais l'impression que c'était il y a plus longtemps.

– Non, c'était l'affaire du meurtre de Vika Eremina[1], en 1993, lui rappela Nastia. C'était la première fois que nous travaillions ensemble.

– Mais oui, bien sûr ! Je me souviens, maintenant. Bon alors, cette bague ? Dépêche-toi de parler. J'ai convoqué cette fille, Valeria Nemtchinova, pour onze heures trente. Quant à Soloviev, le mari de la défunte à qui on a volé l'objet, il doit venir à midi trente pour l'identification...

Il regarda sa montre.

– Je te donne vingt minutes pour tes révélations, conclut-il. Ça te convient ?

Nastia s'efforça d'être laconique en exposant ses soupçons sur Vassili Petrovitch Nemtchinov et son implication dans l'histoire de la bague.

– Vous comprenez, Konstantin Mikhaïlovitch, la jeune Nemtchinova affirme que le bijou lui a été offert par Barsoukov. Si c'est la

1. Voir *Le Cauchemar*, *op. cit.*

vérité, une question surgit : d'où le tenait-il ? Une bague hors de prix est dérobée pendant un meurtre, mais ne reparaît nulle part pendant des années, ni chez les receleurs ni au mont-de-piété. Elle semble s'être évaporée. Et soudain, voilà qu'on la retrouve au doigt d'une demoiselle. Et celle-ci prétend qu'elle lui a été offerte par un gars qui était sans doute en contact avec un homme récemment libéré d'un camp de travaux forcés. Vous partagez mes soupçons ?

– Évidemment, confirma le juge d'instruction. Que veux-tu que je fasse pour toi ?

– Interroger Lera Nemtchinova d'une manière plus approfondie sur les relations de Barsoukov avec son grand-père. Il me semble qu'elle nous cache quelque chose. Leurs rapports devaient être plus étroits qu'elle n'a bien voulu nous le dire. Il faut la secouer comme il faut, hein ?

– Et elle va encore m'apprendre mon métier ! s'écria Olchanski en levant les bras au ciel d'une manière théâtrale, comme s'il prenait à témoin les forces divines du manque d'égards de la jeune femme envers son auguste personne.

Le geste fit glisser les manches de sa veste en révélant les manchettes de sa chemise d'une blancheur immaculée… à l'exception d'une tache fraîche d'encre bleue près d'un bouton. C'était bien lui : Konstantin Mikhaïlovitch parvenait à froisser et à tacher presque instantanément les vêtements que sa femme, Nina, lavait et repassait soigneusement tous les jours.

– Non, mais regardez-moi cette impertinente ! poursuivit-il sur le même ton. Tu te prends pour qui, Kamenskaïa ? Tu crois que tu sais mieux que moi ce qu'il faut faire ? Je te demande en quoi je peux t'être utile et tu me donnes des leçons sur la manière dont je dois mener une enquête que je connais cent fois mieux que toi ? !

En fait, Olchanski se bornait à dire la vérité de cette manière un peu brusque qui avait jadis braqué Nastia contre lui. Depuis longtemps, la rudesse du juge d'instruction ne la touchait plus : elle comprenait bien qu'il ne faisait que plaisanter d'une manière peut-être maladroite et peu commune, mais sans méchanceté.

– Oh, vous pouvez toujours me faire les gros yeux, vous ne m'intimidez pas. Je sais très bien que vous m'aimez bien au fond de vous-même, lui dit-elle joyeusement. À quoi pouvez-vous m'être utile ?

Seulement à une chose : partager avec moi les résultats de votre conversation avec Lera Nemtchinova. Vous êtes d'accord ?

– Mouais, grommela-t-il avec un grand sourire. Celui qui parviendra à t'intimider n'est pas encore né !

– Alors, Konstantin Mikhaïlovitch ? Je peux compter sur vous ? Acceptez tout de suite. Nemtchinova va arriver dans cinq minutes et je ne veux pas me trouver en face d'elle. Je lui ai déjà parlé sous l'identité d'une collaboratrice de l'Institut juridique de la milice, là où étudiait Alexandre Barsoukov.

– Tu parles, la grande affaire ! Tu crois que je ne peux pas convoquer dans mon cabinet un responsable de l'institut que fréquentait l'étudiant assassiné ? Dis donc, la mère, tu as perdu un peu de ton esprit d'à-propos.

Le cœur de Nastia bondit joyeusement : il lui sembla que le juge d'instruction lui proposait de rester et d'assister à l'interrogatoire de Lera. Bien sûr, elle ne pourrait intervenir ni poser de questions, mais elle aurait la possibilité de tout entendre et d'observer de ses propres yeux les réactions de la jeune fille au cours de la conversation. C'était bien mieux que d'entendre le rapport d'Olchanski.

– Le nom d'emprunt que j'ai pris pour aller la voir est Alexandra Vassilievna. Vous vous en souviendrez ?

Au lieu de répondre, Olchanski resta silencieux, le regard fixé dans le lointain, comme s'il avait oublié la présence de Nastia.

– Vous vous en souviendrez ? insista-t-elle, de peur de le voir changer d'avis.

– Hein ? dit-il en revenant sur terre et en regardant Nastia avec embarras, comme s'il ne savait pas qui elle était et pourquoi elle était là. Où est Korotkov ?

– Je ne sais pas, répondit Nastia, surprise. On peut appeler pour le savoir.

Le juge d'instruction regarda encore sa montre. Son visage, soudain affairé, témoignait d'une grande concentration.

– Trouve-le tout de suite, ordonna-t-il à Nastia comme si elle était encore un membre de l'équipe opérationnelle qui travaillait sous ses ordres. Dis-lui qu'il doit se précipiter chez le vieux Nemtchinov et l'interroger sur la bague. Et qu'il me fasse son rapport immédiatement. J'ai besoin de la réponse du grand-père pendant que sa petite-fille sera dans mon bureau. Bouge-toi, Kamenskaïa. Comme cette Lera va arriver, appelle du secrétariat.

– Je peux revenir après ?

– Tu peux. Vas-y vite !

Nastia sortit du cabinet et se précipita comme un bolide chez la secrétaire du service d'instruction qu'elle connaissait bien et qui lui permettait toujours de se servir du téléphone. Elle n'eut donc pas à se perdre en explications sur la mission que venait de lui confier Olchanski pour décrocher le combiné.

*

* *

Iouri Korotkov reçut la nouvelle mission urgente et inattendue que lui confiait Olchanski juste au moment où tout le personnel de la Brigade criminelle était occupé par une affaire de la plus haute importance. Les tableaux des services journaliers étaient établis d'avance et tout le monde savait que ce serait Igor Lesnikov qui assurerait la permanence la nuit du 31 décembre. Cependant, ce matin-là, l'équipe avait reçu le triste message que Lesnikov s'était blessé au cours d'une mission en province et qu'il ne sortirait pas de l'hôpital avant le nouvel an. Il fallait donc lui trouver un remplaçant. Le problème était qu'il restait relativement peu de temps avant les fêtes, que chaque membre de l'équipe avait déjà ses plans et ses obligations familiales et qu'aucun d'eux ne s'était porté spontanément volontaire. Dans de tels cas, il ne restait qu'une seule solution : laisser faire le hasard. Et c'était justement à un tirage au sort que les enquêteurs tentaient de procéder au moment où Nastia discutait avec le juge d'instruction Olchanski.

L'équipe avait préparé la quantité de petits papiers nécessaires, tous blancs sauf un, marqué d'une croix. La procédure aurait pu se dérouler très vite et sans encombre si le perfide Kolia Selouïanov – qui aurait perdu sa propre estime s'il avait cessé de déconner – n'avait discrètement remplacé le papier marqué par un autre, identique en apparence, mais rigoureusement blanc.

On avait mélangé les bulletins dans la casquette de quelqu'un et chacun à son tour en avait tiré un. À la fin de la procédure, ils s'étaient rendu compte qu'ils étaient tous soulagés et que personne ne pleurait des larmes de sang. Il y avait visiblement un tricheur. Chacun avait alors été sommé de présenter son papier et tous s'étaient exécutés. Sans exception. Et honnêtement.

– Kolia, c'est toi le responsable de tout ça ? avait demandé sèchement Korotkov. Avoue, petite crapule !

– Mais je ne m'en cache pas, avait reconnu Selouïanov. Il faut bien un peu de sucre pour faire passer le sirop amer, sans quoi vous allez faire la gueule toute la journée. Allez, il suffit de recommencer.

Ils avaient recompté les bulletins, Selouïanov avait remis en jeu celui qui était marqué et qu'il avait escamoté, et tous avaient été mélangés à nouveau dans la casquette. C'est à ce moment qu'était tombé le coup de fil de Kamenskaïa. Korotkov avait décroché, écouté attentivement la mission que lui confiait Olchanski et s'était précipité vers ses collègues.

– Je vais tirer sans attendre mon tour, avait-il crié en joignant le geste à la parole. Il faut que je me casse. J'ai une urgence.

Il avait saisi un morceau de papier, l'avait déplié, avait constaté qu'il était vierge et s'était écrié joyeusement « Raté ! ». Puis il s'était emparé de son blouson et de sa chapka et s'était rué vers la sortie. Aussitôt un mugissement indigné avait envahi la pièce.

– Selouïanov ! Qu'est-ce que tu as encore fait, connard ?

Malgré la surveillance attentive de ses collègues, le plaisantin était parvenu, avec une adresse de prestidigitateur, à remplacer deux bulletins vierges par deux autres marqués, portant ainsi à trois le nombre de croix. Il fallait tout recommencer, mais Korotkov ne pouvait pas attendre, le temps pressait.

– Kolia, tire pour moi, demanda-t-il en se sauvant. Si ça tombe sur moi, je n'émets aucune exigence.

Une fois dans la rue, il se rendit compte que le ciel était avec lui : effrayés par le verglas de la veille, les automobilistes avaient préféré ne pas prendre leur voiture et se déplacer en métro. Il n'y avait pratiquement pas de circulation et il arriva chez les Nemtchinov en un temps record.

Vassili Petrovitch était chez lui après un service de nuit et l'accueillit de manière calme et même amicale. Comme il n'avait pas de temps à perdre en préliminaires, Korotkov en vint tout de suite au vif du sujet.

– Vassili Petrovitch, nous avons appris des choses plutôt inattendues : Alexandre Barsoukov aurait offert à votre petite-fille une bague de grand prix. Vous ne vous souvenez pas quand et à quelle occasion ? C'était peut-être pour son anniversaire ?

La réponse de Nemtchinov fut inattendue. Korotkov était prêt à entendre n'importe quoi, mais certainement pas ça.

– Vous voulez parler de la bague avec le diamant ?

– Oui, c'est ça.

– En forme de fleur stylisée avec des pétales ? précisa Nemtchinov.

– Oui, oui, c'est bien de cette bague-là qu'il s'agit, lui confirma Korotkov, impatient.

– Ce n'est pas Sacha Barsoukov qui lui a fait ce cadeau.

– Comment ça ?

– C'est quelqu'un d'autre qui la lui a offerte. Je ne sais pas qui, mais je suis sûr que ce n'est pas Sacha.

– Pourquoi en êtes-vous si sûr ?

– Sacha est venu chez nous pour la première fois il y a environ deux mois. Mais Lera porte cette bague depuis presque un an. Elle est apparue peu après mon retour à Moscou.

– Tiens, tiens…

Korotkov consulta sa montre. Il était midi cinq. Nastia lui avait fixé midi trente comme ultime limite. Sa mission était de rappeler coûte que coûte avant cette heure-là pour rapporter à Olchanski ce qu'il avait soutiré au vieux Nemtchinov. Ça lui laissait encore un peu de temps.

– Vous permettez que je m'assoie ? demanda-t-il poliment.

– Bien sûr, dit tout de suite Nemtchinov. Vous prendrez bien une tasse de thé ?

– Avec plaisir.

Le maître de maison gagna la cuisine et Korotkov parcourut la pièce des yeux à la recherche de la meilleure place et s'installa sur une chaise, face à la porte et dos au mur. Qui savait de quoi ce grand-père était capable ? Nastia pouvait avoir raison : il était peut-être dangereux. Il valait mieux ne pas prendre de risques.

En attendant le thé promis, l'enquêteur se concentra sur la conversation qui allait suivre. C'était toujours la même chose : on fait attention à ne pas effrayer le suspect, on met au point des combinaisons élaborées pour l'approcher sans éveiller ses soupçons, on consacre à ça du temps

223

et des forces et soudain surgit une « urgence » qui fait qu'on fonce chez lui comme un dératé en oubliant toutes les phrases et les explications préparées d'avance et sans avoir même le temps d'observer correctement le gars tellement la conversation est courte. Mais les choses se passant ainsi, il fallait faire contre mauvaise fortune bon cœur et profiter du thé pour observer plus attentivement le vieux Nemtchinov.

La première impression était étrangement neutre : un homme solide, de belle prestance. Seuls ses cheveux blancs et quelques rides permettaient de se faire une idée de son âge. En revanche, sa manière de se tenir et la fluidité de ses mouvements auraient pu rendre jaloux bien des jeunes. Korotkov savait très bien que peu de gens étaient capables de garder une telle forme après un séjour de neuf ans en camp à régime sévère. Son regard était droit et ne fuyait pas et son visage semblait franc et ouvert. Cela dit, ce n'était peut-être pas une marque d'honnêteté, mais de cette extraordinaire maîtrise d'acteur à laquelle parviennent de très grands criminels. Il ne fuyait pas la conversation et ne se réfugiait pas derrière des subterfuges comme un rendez-vous hyperimportant pour éconduire le flic venu l'importuner. Au contraire : il proposait même le thé. Qu'est-ce que tout ça signifiait ? Qu'il n'avait rien à se reprocher ? Ou qu'il se contrôlait à la perfection et qu'il avait une confiance absolue en sa capacité à donner le change ? C'était ça que Korotkov devait tenter de déterminer. Pour cela, il fallait rester là et discuter chaleureusement avec lui tant qu'il n'en aurait pas assez et ne le mettrait pas poliment à la porte. La seule chose qu'il ne devait pas oublier, c'était d'appeler Olchanski avant l'heure limite.

Nemtchinov apporta un plateau avec la théière, du sucre et une boîte de bonbons.

– Faites comme chez vous…

Il s'assit à table en face de son visiteur et lui versa le liquide fumant dans de belles tasses en porcelaine qu'il avait sorties d'un buffet.

– Vous savez, dit-il en reprenant la conversation interrompue. Ça ne m'a pas fait plaisir que quelqu'un offre à Lera un tel bijou, et aussi cher. Elle venait d'avoir dix-sept ans. Je ne suis pas tombé de la dernière pluie et je sais très bien que personne ne fait de tels cadeaux pour rien. J'ai été très choqué.

– Vous le lui avez dit ?

Nemtchinov eut un sourire amer.

– J'ai essayé. Mais elle ne me parle pas. Depuis que je suis rentré de… là-bas, nous n'avons aucune conversation ensemble. Vous êtes sans doute au courant de notre histoire. Vous devez donc comprendre la situation.

– Je comprends, lui confirma Korotkov. Vous ne lui avez pas demandé d'où elle tenait cette bague ?

– Bien sûr que je lui ai demandé, qu'est-ce que vous croyez ? Elle a vaguement grommelé qu'elle lui avait été offerte par un ami et que ce n'était pas mon affaire. Étant donné nos rapports, je n'ai pas pu insister.

– Dites-moi, Vassili Petrovitch, pourquoi êtes-vous si sûr que cette bague ne lui a pas été offerte par Barsoukov ? Il n'a commencé à venir chez vous que récemment, mais Lera et lui pouvaient se connaître depuis beaucoup plus longtemps.

– Pardonnez-moi… euh… Iouri Viktorovitch… c'est bien ça ?

Korotkov fit oui de la tête.

– Iouri Viktorovitch, reprit Nemtchinov, que je parle peu avec Lera ne signifie pas que je n'ai pas d'oreilles. Elle est mon unique petite-fille et tout ce qu'il me reste sur cette terre et je ne peux pas être indifférent à ce qu'elle fait ni à ce qui lui arrive. Comme elle ne me raconte rien, je n'ai pas d'autre solution que d'écouter. J'ai honte de vous dire ça. D'ordinaire, je ne suis pas du genre à écouter aux portes. J'ai honte aussi de fouiller dans ses affaires et dans ses livres, mais je le fais parce que j'ai peur de laisser passer le moment après lequel il n'est plus possible de rectifier les choses. Je sais donc très bien à quel moment Sacha Barsoukov a fait son apparition chez nous. Je sais aussi depuis quand ils se connaissaient car j'ai surpris une de leurs querelles. Sacha voulait que Lera aille chez lui pour faire la connaissance de sa famille, mais elle ne voulait pas. Je me souviens très bien de ce qu'il lui disait : « Ça fait un mois que nous sommes ensemble et que je viens chez toi presque chaque jour et mes parents veulent rencontrer l'élue de mon cœur. » C'était peu de temps avant sa mort. Une autre fois, ils ont parlé de leur première rencontre : c'était fin août. Sacha avait tout de suite été séduit par Lera, mais elle le repoussait et n'avait accepté de sortir avec lui qu'après plusieurs semaines de cour assidue. Vous comprenez ? Ça veut dire qu'ils se sont rencontrés en août alors que Lera porte cette bague depuis l'automne de l'année dernière, il y a plus d'un an. Tout ça me déplaisait beaucoup, mais que pouvais-je faire à part écouter et regarder ?

Korotkov fut surpris par la langue presque littéraire que l'ancien bagnard utilisait pour s'exprimer. Nastia lui avait touché un mot à ce propos, mais il avait rangé ça dans un coin de son esprit... Quel étrange bonhomme, en réalité ! L'enquêteur fut aussi étonné qu'il s'ouvre à un inconnu au point de lui raconter des choses dont il n'était pas très fier. Était-ce destiné à le mettre en confiance ? Sans doute. Ainsi, non seulement il savait se dominer parfaitement et jouer la comédie à la perfection, mais c'était en plus un excellent psychologue. Un type comme ça pouvait être dangereux. Extrêmement, même. Il se sentit soudain gêné.

– Vous permettez que je passe un coup de fil ?

– Je vous en prie.

Nemtchinov pointa le menton vers le téléphone posé sur une petite table à côté du canapé et sortit discrètement de la pièce. En composant le numéro, Korotkov s'attendait à entendre dans le combiné le déclic qui se produisait toujours lorsqu'on décrochait un poste annexe sur la même ligne. Mais rien ne vint. De la cuisine lui parvenait le bruit d'un robinet ouvert et le tintement de casseroles ou de poêles à frire. Nemtchinov ne semblait pas manifester d'intérêt pour la conversation de son visiteur.

Olchanski décrocha à la première sonnerie.

– Konstantin Mikhaïlovitch ? C'est Korotkov, annonça le flic à mi-voix. Mon rapport n'arrive pas trop tard ?

– Parle.

– Le grand-père est certain que ce n'est pas Barsoukov qui a offert la bague à la jeune fille. Les tourtereaux ne se connaissent que depuis août de cette année alors qu'elle la porte depuis septembre de l'année précédente. C'est du moins ce qu'affirme Nemtchinov.

– Tu as des détails ?

– Pas encore.

Le juge d'instruction raccrocha sans prendre congé et sans remercier son interlocuteur. Mais le flic ne s'en formalisa pas : c'était son comportement habituel.

11

Olchanski raccrocha et, sans même jeter un coup d'œil à Nastia assise dans un coin, reprit l'interrogatoire de Lera Nemtchinova.

– Vous me disiez donc que Barsoukov vous avait demandé en mariage à plusieurs reprises mais que, dans un premier temps, vous aviez refusé. C'est ça ?

– Exactement.

– Quand avez-vous consenti à devenir sa femme ?

– Le 10 novembre, pour le Jour de la milice[1]. J'ai décidé de lui faire ce cadeau.

– Un très beau geste, commenta le juge d'instruction sans l'ombre d'un sourire. Et pour sceller votre accord...

– Oui, pour célébrer nos fiançailles, Sacha m'a offert cette bague.

Nastia lança un regard furtif à sa montre : midi vingt-cinq. Elle se demandait si c'était bien Iouri Korotkov qui venait d'appeler. Olchanski formulait toujours ses répliques de telle manière qu'il était impossible de connaître la teneur de ses conversations. Et si c'était Korotkov, que lui avait-il dit ?

Le juge d'instruction n'avait pas dévié d'un millimètre de son interrogatoire et ça devait probablement signifier qu'il n'avait rien appris qui pouvait changer sa vision de l'affaire. Oui, le coup de fil venait sans doute d'Iouri qui lui avait annoncé que le grand-père confirmait les propos de sa petite-fille. Dès lors, changer la stratégie de l'interrogatoire n'avait pas de sens.

1. Héritage soviétique, certaines professions, surtout celles liées à la Défense ou au maintien de l'ordre, sont fêtées annuellement : ainsi le 23 février est le Jour de l'armée russe ; le 12 avril, celui des cosmonautes ; le 10 novembre, celui de la milice ; le 18 décembre, celui des officiers du renseignement et du contre-espionnage, etc. *(NdT)*

Pendant la première demi-heure, Olchanski avait abordé la question de savoir d'où le jeune Barsoukov tenait l'argent qui lui avait permis de payer une bague aussi chère. Il ne l'avait sans doute pas achetée dans un magasin officiel, mais directement à un particulier et il avait pu ainsi l'avoir moins cher, mais même comme ça, il lui avait fallu une sacrée somme. Le diamant faisait presque un carat. Les interrogatoires des parents et des amis du jeune homme n'avaient pas permis de préciser d'où il tenait cette petite fortune : il ne faisait pas des boulots annexes et n'avait pas d'autre source de revenus que sa bourse et un peu d'argent de poche que lui donnaient ses parents. D'ailleurs, il ne leur demandait pas plus. Lera avait bien entendu confirmé ces informations.

Nastia et le juge d'instruction savaient aussi que Barsoukov n'avait pas emprunté de grosses sommes. En tout cas, aucun créancier ne s'était manifesté auprès de la famille après sa mort. Ainsi, à la question de savoir d'où il avait sorti un tel fric, la réponse s'imposait d'elle-même : le gosse entretenait des relations, fraîches ou de plus longue date, avec le crime organisé. Il avait sans doute accompli quelques missions pour ses commanditaires qui l'avaient grassement récompensé. Ils avaient très bien pu le rémunérer non pas en espèces, mais en lui donnant cette bague hors de prix. Nastia avait depuis longtemps échafaudé une telle hypothèse et les propos de Lera Nemtchinova lui en apportaient la confirmation.

À midi trente précis, on frappa à la porte du cabinet. Un flic lui annonça que le citoyen Soloviev venait d'arriver pour la procédure d'identification de la bague.

– Nous allons nous interrompre quelques minutes, Valeria Guennadievna, dit Olchanski en rangeant dans un classeur le formulaire du procès-verbal qu'il remplissait avec les réponses de la jeune fille. Nous allons maintenant procéder à l'identification de votre bijou. En fonction des résultats, nous reprendrons notre conversation.

Il fit signe au planton de faire venir le témoin.

– Entrez, s'il vous plaît, dit-il à Soloviev dès que celui-ci apparut sur le seuil. Accordez-moi quelques instants.

Olchanski décrocha son téléphone et donna quelques instructions. Quelques minutes plus tard, trois autres personnes faisaient leur entrée dans la pièce qui se trouva plutôt bondée. Deux des nouveaux venus allaient servir de témoins à l'identification, le troisième se bornant à

poser un petit coffret sur la table devant Olchanski. Le juge d'instruction ouvrit son coffre-fort et procéda à quelques manipulations à
l'abri de la lourde porte qui le dissimulait presque entièrement.

Nastia savait qu'il disposait dans une boîte la bague confisquée à
Lera Nemtchinova. Deux minutes plus tard, cinq magnifiques soli-
taires, chacun dans un écrin numéroté, s'alignaient sur le bureau
d'Olchanski, débarrassé de toute paperasse, tandis que le magistrat
débitait d'une voix morne la formule apprise par cœur qui expliquait à
Soloviev le sens de la procédure et les poursuites pénales qu'il encou-
rait en cas de fausse déclaration.

– Donc, Evgueni Semionovitch, conclut-il, venez ici, près de la
table et regardez attentivement ces bijoux. Dites-nous si l'un d'entre
eux vous est familier.

Soloviev, corpulent et d'un certain âge, se leva avec difficulté de sa
chaise et gagna le bureau du juge en traînant les pieds. Il contempla
une à une les bagues ainsi exposées puis, soudain, son visage fut
déformé par une grimace douloureuse. Il tendit la main pour saisir
l'un des écrins, mais Olchanski l'en empêcha.

– Il ne faut rien toucher pour le moment. Dites-nous celle qui a
attiré votre attention.

– Celle-là, la deuxième à gauche…

– Vous parlez bien de l'échantillon numéro quatre ? demanda
Olchanski en touchant légèrement la bague du bout de son stylo.

– Oui, c'est celle-là… La bague de Tamara.

– Si je vous comprends bien, ce bijou ressemble à celui que vous
avez offert à votre épouse, précisa le juge d'instruction. Même pierre
et même design. C'est bien ça ?

– Oui, c'est bien sa bague.

– Une petite minute. Pour le moment, tout ce que nous savons, c'est
que l'échantillon numéro quatre vous paraît correspondre. Pour en
être sûrs, nous devons établir s'il y a des signes distinctifs. Qu'est-ce
qui vous permettrait de distinguer la bague de votre épouse d'une
autre parfaitement identique ? Peut-être des petits défauts, des éraflures,
des traces de réparation ?

– Oui, il y a quelque chose. Une inscription. Je l'ai fait graver avant
de l'offrir à Tamara, le jour de son trentième anniversaire.

– Quels étaient les mots ?

– J'avais fait écrire « À ma bien-aimée ».

– C'était à l'intérieur de l'anneau ou à l'extérieur ?

– À l'intérieur.

– Les témoins, rapprochez-vous, s'il vous plaît. Prenez la bague présentée sous l'étiquette numéro quatre et regardez si vous remarquez une gravure à l'intérieur de l'anneau.

L'un des témoins, une femme d'une trentaine d'années au visage strict de professeur mais avec sur les lèvres un sourire incongru, prit la bague et l'examina.

– Il y a bien une gravure.

– Vous pouvez lire ce qui est écrit ? demanda le juge d'instruction.

– Oui, « À ma bien-aimée ».

– J'ai encore une question, citoyen Soloviev. Dans quelles circonstances avez-vous cessé de posséder cette bague ?

– Ma femme a été assassinée et on lui a volé ce bijou. Je ne l'ai pas retrouvé dans ses affaires après sa mort.

– Ça s'est passé quand ?

– Il y a longtemps. En 1988.

Pendant quelques minutes le silence se fit dans le cabinet de travail. Chacun se taisait en attendant que le juge d'instruction finisse de rédiger le procès-verbal et que les témoins puissent le signer. Nastia avait l'impression qu'une chape de tension atroce s'était abattue sur la pièce. Soloviev était retourné s'asseoir et se tenait voûté, avachi, les avant-bras sur les genoux, tandis que des grosses larmes coulaient de son visage vieux et flasque. De toute sa personne émanait un tel chagrin qu'il était impossible d'y rester indifférent. Lera, au contraire, semblait pétrifiée. Elle ne versait pas de larmes, mais son joli minois s'était figé dans une expression de peur et de désarroi.

– Bien, Valeria Guennadievna, nous allons reprendre cet interrogatoire, annonça le juge d'instruction lorsque tout le monde fut parti à l'exception de la jeune fille et de Nastia.

Il ressortit le procès-verbal du classeur et Nastia eut l'impression d'assister à un tour de magie : l'instant d'avant, sa table de travail était nette et vierge de tout papier et, l'instant d'après, elle était à nouveau couverte de paperasse comme avant l'arrivée de Soloviev et des témoins.

– Alexandra Vassilievna, dit Olchanski en s'adressant à Nastia, je voulais vous laisser partir car j'ai déjà pris trop de votre temps mais, après ce que nous venons d'apprendre, je dois vous demander de rester encore : après tout, un des étudiants de votre Institut était en possession d'un objet volé à la suite d'un assassinat et nous devons nous interroger sur les raisons qui font que ledit objet s'est retrouvé entre les mains d'un futur milicien.

– Très bien, j'attendrai, répondit Nastia avec une humilité hypocrite très bien imitée, tout en constatant avec plaisir qu'Olchanski ne l'avait pas appelée Anastasia Pavlovna et ne s'était pas trompé de nom d'emprunt.

– Donc, Valeria Guennadievna, il semble que nous soyons tombés sur un os, vous et moi, enchaîna le juge d'instruction. Nous voici en présence d'un cadeau à l'origine étrange…

Nastia n'eut pas besoin de prêter l'oreille pour se rendre compte qu'Olchanski avait radicalement changé le style de la conversation. Plus tôt, il avait utilisé des phrases administratives sèches, longues et ennuyeuses sans se permettre un seul mot de son cru qui aurait pu être interprété comme de l'insouciance ou des libertés de langage. Soudain, sa manière de parler était tout autre ; il employait des expressions triviales et semblait sur le point de se mettre à jurer.

Que s'était-il passé ? Pourquoi avait-il modifié sa stratégie d'interrogatoire ? L'identification s'était passée exactement comme ils l'attendaient, elle et lui : ils étaient sûrs à cent pour cent que Soloviev reconnaîtrait la bague. Cette procédure n'avait donc apporté aucun élément nouveau. Et pourtant, Olchanski disposait maintenant d'au moins une information qu'il n'avait pas un peu plus tôt, sans quoi il n'aurait pas changé de ton. Il avait quelque chose derrière la tête et voulait clairement coincer la gamine, mais quoi ? Et si c'était bien Korotkov qui l'avait appelé tout à l'heure pour lui communiquer quelque chose d'intéressant ?

– Comment pouvez-vous expliquer le fait que votre fiancé se trouvait en possession d'une bague appartenant à une femme assassinée ? poursuivit Olchanski.

– Je ne sais pas, répondit Lera d'un ton indifférent qui fit comprendre à Nastia qu'elle allait se lancer dans une défense d'autiste : je ne sais rien, je n'ai rien vu, personne ne m'a rien dit.

– Pouvez-vous essayer de vous souvenir dans le détail comment et dans quelles circonstances Barsoukov vous a offert son cadeau et ce qu'il vous a dit ? De la manière la plus exacte possible, insista le juge d'instruction. La plus infime précision peut m'être très utile. Le lieu, l'heure, les personnes présentes, etc.

Lera se lança dans ses explications et Nastia comprit alors ce qui se passait. C'était un vieux truc, mais efficace. Olchanski voulait attacher la fille par des détails, tous les menus détails qu'elle serait obligée d'inventer en parlant. Sans doute avait-elle inventé son bobard à l'avance, mais seulement dans les grandes lignes et elle allait être obligée d'improviser tout le reste.

Tout cela indiquait qu'Olchanski savait que les choses ne s'étaient pas passées comme elle le disait. Il voulait la mettre devant ses contradictions et la convaincre de mensonge d'une manière tellement évidente qu'elle ne pourrait plus nier et serait obligée de dire la vérité. Ça voulait dire aussi que le vieux Nemtchinov avait déclaré que Barsoukov n'avait pas offert la bague à sa petite-fille. Évidemment, l'inverse était aussi possible : peut-être que le juge d'instruction avait décidé de croire la jeune fille et non son grand-père. Dans ce cas, il voulait avoir la vision la plus précise possible de l'histoire de manière à pouvoir confondre Nemtchinov par la suite. Nastia était curieuse de savoir laquelle de ces deux hypothèses était la bonne.

Elle ne tarda pas à le comprendre.

Lera se lança dans de longues explications, en recouvrant progressivement son calme. Elle était si sûre d'elle qu'elle semblait passionnée par sa propre narration. Olchanski l'interrompait souvent pour lui faire préciser telle ou telle chose et Lera lui répondait toujours avec la même assurance. Mais Nastia remarquait que, à mesure que son histoire se compliquait et se ramifiait, des erreurs commençaient à apparaître. Un menteur doit avoir une bonne mémoire et l'entraîner en permanence. Cette fille n'était visiblement pas habituée à ce que quelqu'un cherche à la coincer sur ses contradictions et s'enferrait un peu plus avec chaque minute qui passait.

– Excusez-moi, je n'ai pas noté ce que vous m'avez dit tout à l'heure. Vous pouvez me répéter ce que vous avez commandé dans le restaurant où Barsoukov vous a emmenée. Une julienne de champignons, des brochettes de mouton et... quoi d'autre ?

– Du caviar.

– Rouge ou noir ?

– Noir.

– Entendu, c'est noté… Non, attendez, vous ne m'avez pas dit que c'étaient des brochettes de porc ?

– Non, non, c'était bien du mouton, le détrompa la jeune fille.

Mais Nastia se souvenait bien qu'à l'origine elle avait parlé de brochettes de porc. Quant au caviar, il avait noirci bien vite, car elle avait affirmé qu'ils avaient commandé des œufs de saumon, c'est-à-dire du caviar rouge. Lera se fatiguait tellement à suivre la trame de son bobard qu'elle ne prêtait plus attention aux vétilles auxquelles s'accrochait le juge d'instruction.

– À votre avis, est-ce que Barsoukov était déjà venu dans ce restaurant ?

– Euh… je ne sais pas, hésita la jeune fille. Il ne m'en a pas parlé.

– Mais vous n'avez sans doute pas oublié comment il s'adressait aux garçons, ou s'il connaissait déjà un peu le contenu de la carte. Il n'est pas difficile de déterminer si une personne met les pieds dans un établissement pour la première fois ou si c'est un habitué.

Et Lera s'enfonça encore un peu plus dans des détails qui ne collaient pas avec ce qu'elle avait raconté avant. Olchanski décida soudain qu'il était temps de cesser tout ce cirque.

– Bon, Valeria Guennadievna, lança-t-il d'une voix fatiguée en poussant loin de lui, sur la table, la feuille suivante du procès-verbal. Et si on cessait de me bourrer le crâne ? Alexandre Barsoukov ne vous a pas offert cette bague et la scène touchante de vos fiançailles dans un restaurant, le Jour de la milice, n'a jamais eu lieu. Vous venez d'inventer tout ça ici même, sous mes yeux. Et en plus, d'une manière plutôt bête et malhabile. Reprenons depuis le début. D'où tenez-vous cette bague ?

– C'est mon fiancé Barsoukov qui me l'a offerte, répondit Lera, têtue. Je ne comprends pas ce que vous cherchez à obtenir de moi.

– La vérité, rien d'autre. Vous avez fait la connaissance de Barsoukov en août dernier, à en croire vos propres paroles. C'est bien vous qui m'avez dit ça, n'est-ce pas ? Ou j'ai tout imaginé ?

– Oui, je vous l'ai dit parce que c'est la vérité. Nous nous sommes bien rencontrés en août.

– Et avant ça, vous ne vous étiez jamais vus ?

– Jamais.

– Dans ce cas, d'où vient cette bague ?

– Je vous l'ai déjà dit cent fois : c'est un cadeau de Sacha ! Qu'est-ce que vous voulez encore ?

– Oh, Valeria Guennadievna, s'il vous plaît !

L'abattement affiché par Olchanski était bien imité et Nastia y crut pendant une seconde.

– Comment Barsoukov a-t-il bien pu vous offrir un bijou que vous portez au doigt depuis plus d'un an alors que vous n'avez fait sa connaissance qu'en août dernier ? Vous vous imaginez peut-être que je ne sais pas me servir d'un calendrier ?

Les joues de la jeune fille s'empourprèrent tandis que ses mains, posées sur la table, se mettaient à trembler.

– C'est un mensonge, s'écria-t-elle d'une voix qui se voulait assurée. Qui vous a raconté une telle bêtise ?

– Beaucoup de gens vous ont vue porter ce bijou. Ils ne peuvent pas tous se tromper.

– Quels gens ? De qui parlez-vous ? Qu'est-ce que vous êtes en train d'inventer ?

– Vos condisciples, vos professeurs, mentit Olchanski. C'est une belle bague, d'une grande valeur et qui attire l'attention. Vous la portez depuis septembre de l'année dernière. En d'autres termes, depuis votre entrée en fac. On vous l'a offerte à cette occasion, non ? J'attends toujours le nom de celui qui vous a fait ce cadeau.

– Ça ne vous regarde pas.

– Si, jeune fille, ça me regarde.

– Non, c'est ma vie privée et je me suis engagée à n'en parler à personne. C'est quoi, cette histoire ? Je n'ai pas le droit d'avoir un soupirant qui me fasse des cadeaux ?

– Bien sûr que si, Valeria Guennadievna, mais si ce soupirant est lié au meurtre de Tamara Solovieva, ça devient mon affaire. Je vous prie donc instamment de me donner son nom.

– Ce n'est pas un assassin. Laissez-le tranquille.

– Alors, d'où tient-il cette bague ?

– Il l'a achetée.

– Où ?

– Mais je n'en sais rien. Dans un magasin, sans doute. Quelle importance ?

– Non, Valeria Guennadievna, je suis navré de vous détromper, mais on ne vend pas des bijoux volés dans les magasins qui ont pignon sur rue. Si on vous a dit le contraire, on vous a trompée. Bref, vous continuez à nous mentir en tentant de couvrir un assassin. Vous me racontez des bobards depuis près de deux heures et ma patience est à bout. Ou vous me dites le nom du donateur, ou je prends la décision de vous inculper et de vous placer en garde à vue.

Lera sursauta sur sa chaise tandis que le sang refluait de son visage. Autant elle était pourpre l'instant d'avant, autant elle devint blême.

– Pourquoi ? s'écria-t-elle. Je n'ai rien fait. Vous n'avez aucune raison de me retenir.

– Des raisons ? répéta Olchanski en plissant les yeux. J'en ai plus qu'il ne m'en faut. Vous possédez une bague qui a disparu d'une scène de crime et vous refusez de donner le nom de celui qui est censé vous l'avoir donnée. Si ça se trouve, vous savez qu'il est mêlé à ce meurtre et vous cherchez à le couvrir. Ça s'appelle recel d'objets volés et obstruction à la justice, délits punis par le Code pénal. Vous voyez à quel point tout est simple ? Sans doute vous êtes-vous habituée à penser que rien ne peut arriver à une aussi jolie fille que vous parce que personne ne peut vous résister. Je suis obligé de vous décevoir : ce n'est pas du tout le cas. Le Code pénal ne prête aucune attention à la beauté. Il vous faut donc choisir : ou vous me donnez le nom, ou vous partez tout de suite en cellule. À vous de voir.

– Ce n'est pas un assassin, répéta Lera, butée, le regard baissé sur ses genoux, comme une écolière prise en faute.

– Entendu, accepta beaucoup trop facilement le juge d'instruction. Vous me dites qu'il n'a rien à se reprocher et je suis prêt à vous croire, mais à la condition que vous me le prouviez. Si vous ne voulez pas me donner son nom, soyez au moins convaincante et démontrez-moi que cette personne n'a aucun lien avec le meurtre de Tamara Solovieva. Je suis tout ouïe.

Lera, oppressée, resta silencieuse. L'offre la prenait de court. Elle ne s'y attendait pas et ne savait vraiment pas ce qu'elle devait dire.

– Je vous écoute, s'impatienta le juge. Allez-y, dites quelque chose. Qu'est-ce que vous attendez ?

– Mais… Je ne sais pas… Je ne sais pas comment le démontrer, murmura-t-elle, les yeux toujours baissés.

– Commencez par le plus simple. Est-ce que l'homme qui vous a offert cette bague avait ou non la possibilité de tuer Tamara

Solovieva ? Le meurtre a eu lieu le 18 mars 1988. Où se trouvait cette personne à l'époque ?

– Comment le saurais-je ? Je ne le connaissais pas encore. C'était il y a presque dix ans.

– Oui, mais si vous le connaissez bien, vous devez connaître divers éléments de sa vie jusqu'à sa rencontre avec vous, lui objecta Olchanski avec un bon sourire compréhensif. Par exemple, il a pu vous raconter qu'à la fin des années quatre-vingt il n'était pas à Moscou ni en Russie parce qu'il travaillait à l'étranger. Ou qu'il était en prison à la même époque. Dans l'un ou l'autre cas, il n'aurait évidemment pas eu la possibilité matérielle de commettre ce meurtre. Vous ne voyez rien qui pourrait aller dans ce sens ?

Le visage de Lera s'illuminant, elle leva enfin le regard sur le magistrat.

– Bien sûr ! s'écria-t-elle. J'ai compris ce que vous voulez dire. Il n'a pas pu tuer cette femme parce que ce n'était encore qu'un gosse à l'époque. Aujourd'hui, il a vingt-cinq ans. À l'époque il en avait quinze ou seize. Vous voyez, il ne peut pas être l'assassin.

– Non, je ne vois toujours rien. Les colonies pénitentiaires pour mineurs sont remplies de meurtriers. L'âge n'est donc pas un argument. S'il avait eu sept ou huit ans, je l'aurais accepté. Mais seize ans, c'est déjà un âge sérieux. Au fait, où a-t-il été élevé ? À Moscou ? À moins qu'il ne soit pas du tout moscovite. Qui sont ses parents ? Où vivent-ils en ce moment ?

Lera hésita.

– Il... Il est orphelin.

– Cela signifie-t-il qu'il a été élevé par l'Assistance publique dans un orphelinat ?

– Non, il... Je crois que c'est un parent qui s'est occupé de lui. Ou un ami de ses parents... Je ne m'en souviens plus exactement.

– Ils habitaient à Moscou ?

– Oui.

– Vous voyez ? S'ils avaient habité à Magadan, à l'autre bout du pays, j'aurais pu croire qu'il n'est vraiment pour rien dans le meurtre de cette dame. Cherchez encore des arguments, Valeria Guennadievna. Vous voyez, je suis prêt à tenir compte de votre sensibilité et je comprends qu'une femme ne puisse pas citer le nom de son amant, surtout s'il est marié et occupe une position en vue. Je n'ai pas raison ?

– D'où vous sortez ça ? répondit Lera avec précipitation. Il est célibataire.

Olchanski prit un air pitoyable, comme si les bras lui en tombaient.

– Dans ce cas, ma petite dame, j'arrête de vous comprendre. Je prends des précautions, j'essaie de ne pas vous brusquer, de ménager votre jeunesse, je perds mon temps à écouter vos mensonges mal ficelés. Et tout ça au lieu de boucler mon affaire. Ça suffit ! Vous avez déjà largement abusé de ma patience. Vous avez cinq minutes pour me donner le nom de votre ami ou je vous fais coffrer.

Nastia comprit qu'Olchanski cherchait seulement à gagner du temps. Au lieu de jouer le bon gars compréhensif, il aurait pu rester rigide et sec, faire pression sur Lera comme il savait le faire et aurait déjà obtenu tout ce qu'il voulait. Bien sûr, il faisait en sorte de la briser dans les règles de l'art, mais la fille ne valait pas un tel effort. Elle était toute fraîche et inexpérimentée : la contraindre à donner le nom ne présentait aucune difficulté. Olchanski attendait quelque chose. Mais quoi ? Un appel de Korotkov avec de nouveaux renseignements ?

Elle venait à peine de se faire cette réflexion que le téléphone sur la table du juge se mit à tressauter. Olchanski décrocha le combiné.

– Oui ? Oui… Ah bon ? Oui… C'est donc ça ? Très bien… Tu peux disposer.

Il raccrocha, ôta ses lunettes, les tourna entre ses doigts d'un air pensif, puis finit par les remettre.

– Valeria Guennadievna, ça fait longtemps que vous connaissez Igor Vildanov ?

Lera, qui avait repris quelques couleurs, devint encore plus blême qu'avant. Ses lèvres se mirent à trembler si fort qu'elle parut incapable d'articuler le moindre mot.

– Je répète la question : quand avez-vous fait la connaissance d'Igor Vildanov ?

– Comment vous savez… parvint à peine à murmurer la jeune fille.

– Quelle importance ? Je le sais, c'est tout. C'était quand ?

– Il y a longtemps.

– Soyez plus précise, insista Olchanski.

– Il y a trois ans.

– Vous mentez encore ?

– Non ! Je ne mens pas !

La jeune fille avait presque crié et, s'en rendant compte, elle reprit, plus calmement :

– C'est la vérité. Je le connais depuis trois ans.

– C'est lui qui vous a offert la bague ?

Lera baissa les épaules et la tête, de sorte que ses longs cheveux bouclés lui cachèrent presque entièrement le visage.

– Oui, c'est lui.

– Quand ?

– Eh bien... Comme vous l'avez dit. L'année dernière, pour mon entrée en fac.

– Vous avez des relations intimes ?

– Oui.

– Et vous saviez que la bague était un objet volé ?

– Non ! Je vous en donne ma parole ! dit-elle en parlant de manière plus animée, sans cacher son émotion. Je ne le savais pas. Et je suis certaine qu'Igor ne le savait pas non plus. Il n'a tué personne. Il ne peut pas tuer, c'est un homme bon et tendre. Il n'a pas d'ennemis. Et puis, c'était encore un enfant...

– Valeria Guennadievna, lui renvoya Olchanski d'un ton sec, il y a trois ans, vous aviez quinze ans et vous vous trouviez assez adulte pour engager des relations intimes avec un homme de vingt-deux ans. L'âge n'est pas un argument susceptible de me convaincre. Où était Vildanov en 88 ? Que faisait-il ?

– Il habitait chez l'oncle Slava. C'était l'oncle Slava qui s'occupait de lui.

– Quel est le nom de cet oncle Slava ?

– Zotov. Viatcheslav Olegovitch Zotov.

– C'est qui pour Vildanov, ce Zotov ? Un parent ? Ils ont un lien familial ?

– Non, pas du tout. Igor était un orphelin sans domicile fixe. Un jour, l'oncle Slava l'a entendu chanter et a tout de suite compris qu'il avait beaucoup de talent. Il l'a ramené chez lui et il est devenu son mentor et son imprésario. C'est également lui qui lui a appris le chant et les vocalises.

– Zotov connaissait-il vos parents ?

– Comment vous le savez ?

– Valeria Guennadievna, ne me forcez pas à répéter mes questions. Vous n'êtes pas à une soirée chez une amie, mais dans le cabinet d'un juge d'instruction.

Lera prit une inspiration profonde et retint son souffle un instant. Nastia savait d'expérience que c'était un moyen de retenir ses larmes : elle l'employait souvent. À ce moment-là, elle eut pitié de la jeune fille.

– Oui, l'oncle Slava Zotov était un ami de mes parents.

– Et il est devenu le mentor de votre amant ?

La question était formulée d'une manière abrupte, mais elle révélait une réalité incontournable. Nastia comprenait bien ce que voulait montrer Olchanski. La coïncidence n'était-elle pas trop énorme ? De telles choses n'arrivent pas dans la vie de tous les jours... La question d'Olchanski était purement rhétorique et ne demandait pas de réponse. Le juge d'instruction ne s'attarda pas.

– En quelles circonstances avez-vous rencontré Vildanov ? C'est Zotov qui vous a présentés ?

– Non, pas du tout. C'est moi... Je suis allée voir Igor. J'aimais sa manière de chanter et je voulais faire sa connaissance. Comme mes parents étaient les auteurs des chansons qu'il interprète, je pensais qu'il me recevrait. Ce n'est qu'en arrivant que j'ai vu l'oncle Slava. J'ignorais qu'il était en relation avec Igor... S'il vous plaît, écoutez-moi... Il ne faut pas soupçonner Igor du meurtre. Il n'a tué personne, je le sais très bien. Il est incapable de tuer. Il ne ferait pas de mal à une mouche.

– Attendez. Ne changez pas de sujet. Votre réponse ne m'a pas convaincu. Tous les chanteurs ont un fan-club de milliers de jeunes filles qui les adorent, mais elles ne vont pas pour autant les voir chez eux pour essayer de faire leur connaissance. La plupart n'y pensent même pas. Vous n'aimiez pas simplement sa manière de chanter. Vous étiez amoureuse de lui ?

La voix de Lera se transforma encore une fois en un chuchotement à peine audible.

– Oui.

– Depuis longtemps ?

– Comment ça, « longtemps » ? demanda-t-elle.

– Je vous demande quand vous êtes tombée amoureuse de Vildanov ?

– Quand je l'ai vu pour la première fois à la télé, il y a trois ans.

– C'est clair. Maintenant, je vais vous expliquer ce qui inspire mes questions. Ensuite, nous tenterons de comprendre ensemble ce qui s'est passé. D'accord ? Pour commencer, parlez-moi des portraits que vous dessiniez dans votre enfance.

Lera s'empourpra une nouvelle fois. Sa pâleur d'irritation et d'effroi disparut sans laisser de traces tandis qu'une honte secrète brûlait ses joues.

– Ce n'est pas votre affaire, répliqua-t-elle, mal à l'aise. Je dessine qui je veux.

– C'est juste. Vous dessiniez Vildanov ?

Oubliant sa confusion et sa gêne, la jeune fille leva sur lui des yeux étonnés.

– Non. Je ne le connaissais pas dans mon enfance. Je dessinais simplement un visage imaginaire… Pour moi, c'était un rêve. Un prince charmant.

– Mais votre prince ressemblait à Igor Vildanov d'une manière extraordinaire. Il lui ressemblait tellement qu'il avait même un grain de beauté au bon endroit. Ça ne vous a pas troublée ?

– Un grain de beauté ? Mais je ne… Non, je ne comprends pas.

– En ce qui me concerne, je ne vois rien d'incompréhensible, ma chère petite. Vous donniez à votre prince charmant les traits réels d'Igor Vildanov avec ses signes distinctifs. Comme nous sommes ici entre gens raisonnables et que nous ne croyons pas à la parapsychologie et aux forces de l'au-delà, nous ne pouvons trouver qu'une seule explication rationnelle à ce mystère : vous avez vu cet adolescent dans votre enfance et il a produit sur vous une telle impression que son image s'est à jamais gravée dans votre esprit. Vous êtes tombée amoureuse de ce garçon alors que vous n'étiez qu'une petite fille et, bien des années plus tard, lorsque vous avez vu à la télévision Igor Vildanov devenu adulte vous avez constaté qu'il ressemblait trait pour trait à ce que vous croyiez être un personnage de vos rêves et vous avez décidé de le rencontrer. Seulement vous aviez depuis longtemps oublié que vous l'aviez déjà croisé lorsque vous étiez toute petite. Vous ne saviez pas d'où vous venait cette image du prince que vous aviez en tête, n'est-ce pas ? Ou bien, vous le savez et vous continuez à nous jouer la comédie ?

Lera resta silencieuse en posant sur Olchanski un regard chargé de peur et de méfiance. Nastia, elle, applaudissait mentalement le brio de

Korotkov. Quel type extraordinaire ! Parvenir en si peu de temps à amadouer le grand-père de Lera au point de se faire montrer les dessins de sa petite-fille, c'était du grand art ! Et Olchanski ? Lui aussi méritait des éloges. Dès que Korotkov lui avait transmis l'information, il avait reconstitué toute l'histoire. Il était évident que la petite Lera avait pu rencontrer Igor parce que Zotov, qui l'avait pris sous son aile et l'élevait, était un proche des Nemtchinov. Sans doute avait-il emmené son pupille en visite chez ses amis. Le garçon avait un vrai talent musical et le père de Lera était un compositeur connu…

Il y avait tout de même quelque chose d'étrange. Si les choses s'étaient déroulées ainsi, pourquoi Zotov n'en avait jamais parlé à Lera ? Généralement, lors de retrouvailles, on dit toujours des phrases du genre : « Ma petite Lera, tu ne te souviens pas d'Igor ? Vous vous êtes vus à la datcha de tes parents quand tu étais petite. » Pourtant, à en juger par l'attitude de la jeune fille, Zotov n'avait pas prononcé cette phrase magique et Lera était restée dans l'ignorance complète de cette rencontre ancienne, persuadée qu'elle avait vu Vildanov pour la première fois trois ans plus tôt, à la télé.

Pourquoi l'imprésario s'était-il tu ? Quelque chose ne collait pas et Olchanski l'avait senti, lui aussi. C'était pour ça qu'il essayait différentes portes pour trouver la bonne. Zotov, donc, avait tenu Lera dans l'ignorance qu'elle avait rencontré Igor dans son enfance. Et Igor, lui, était en possession de la bague volée pendant le meurtre de Tamara Solovieva. Et Olchanski, en posant à la jeune fille des questions indélicates, tentait de trouver un lien entre ces deux éléments. Mais ses tentatives étaient peut-être vaines. Après tout, il pouvait n'y avoir aucun lien. C'étaient peut-être deux lignes d'événements indépendants qui suivaient leur propre évolution et s'étaient simplement croisées à cet endroit.

Quant à Lera, son jeu n'était pas clair du tout et Nastia voyait bien à quel point elle était cruelle. Elle devait bien savoir que la bague offerte par Vildanov venait d'une femme assassinée. Sinon, à quoi bon tenter d'impliquer ce pauvre Barsoukov qui n'était plus là pour se défendre ? Elle voulait tellement blanchir son Igor et détourner de lui tous les soupçons des flics qu'elle avait totalement oublié son témoignage devant Olchanski tout de suite après le meurtre du jeune milicien. Elle avait oublié aussi qu'à peine quelques jours plus tôt elle avait déclaré à Nastia – qui s'était présentée à elle sous l'identité d'Alexandra

Vassilievna – qu'elle ne prenait pas au sérieux Barsoukov qui n'était même pas capable de lui faire convenablement la cour ni de lui offrir même seulement un bouquet de fleurs. Quelle vérité tentait-elle de dissimuler ? Vildanov avait-il un rapport avec le meurtre de Solovieva ? Ce serait un sacré scandale si l'on arrêtait une star de la chanson pour un meurtre commis dix ans plus tôt alors qu'il était encore mineur.

Tout à ses réflexions, Nastia ne vit pas se produire l'inattendu. Une nouvelle fois, le sang reflua du visage de Lera. Mais sa pâleur n'était pas provoquée par l'émotion. Son teint devint presque cyanosé. Elle fixa sur Olchanski un regard éteint et prononça une phrase incompréhensible :

– Ce n'est pas possible... Ce n'est pas possible... C'est à devenir folle... Mon Dieu, quelle honte...

Elle chancela sur sa chaise et s'effondra par terre. Nastia se précipita pour essayer de la retenir, mais elle arriva trop tard ; Lera gisait déjà devant le bureau du juge d'instruction.

– Elle a fait une syncope, constata-t-elle en lui soulevant les paupières. Appelez un médecin !

*
* *

– On a dépassé les bornes, déclara Korotkov en insérant son véhicule dans la circulation de la Perspective de la Paix, en direction de l'Anneau des Jardins.

Nastia gardait tristement le silence. Revenue de son évanouissement, Lera avait été transportée à l'hôpital, où on l'avait alitée au service des soins intensifs avant de la transférer en psychiatrie. Elle avait subi un choc psychologique très fort et était incapable de prononcer une seule parole. Les médecins interdisaient formellement de lui poser la moindre question.

Pourtant, la situation était grave et les enquêteurs avaient un besoin urgent de recueillir des informations sur Igor Vildanov, ses années de jeunesse, et la bague funeste. La ligne fixe du chanteur sonnait dans le vide et son mobile était éteint. En revanche, les enquêteurs parvinrent à obtenir Zotov qui manifesta la plus vive inquiétude au sujet de Lera. Il proposa de recevoir les miliciens le soir même, à l'heure de leur convenance, et accepta de répondre à toutes les questions qui feraient avancer l'enquête.

C'était justement chez lui, après leur visite à l'hôpital, que se rendaient Nastia et Korotkov.

– Parle-moi un peu plus du grand-père, demanda la jeune femme en finissant par sortir de son mutisme. Comment il est, sa manière de parler, de se tenir...

– Il parle comme un livre ! s'exclama Korotkov avec emphase. Sérieusement, quand on l'entend, il est impossible d'imaginer qu'il a passé neuf ans dans un camp du goulag. Tu sais, il appartient à cette catégorie d'ouvriers hautement qualifiés à qui on avait inculqué depuis l'enfance une idée profondément juste : n'importe quel travail est honorable et digne de respect si on le fait en son âme et conscience et si on y met toutes ses forces et son inspiration ; de plus, le fait d'écrire « ouvrier » dans la colonne « position sociale » n'autorise personne à être illettré et mal élevé. À l'époque soviétique, il m'arrivait de rencontrer de temps en temps de telles personnes. Pas beaucoup, il est vrai. Il me semble qu'il y en a un peu plus, maintenant.

– C'est le résultat de l'abandon de la vieille idéologie, expliqua Nastia, amusée. Avant, on ne respectait chez nous que ceux que le Comité central du Parti nous autorisait ou nous ordonnait de respecter. Des cosmonautes, des acteurs, de grands savants, les dirigeants du Parti. Bien sûr, on nous disait aussi de respecter les ouvriers, mais c'était d'une manière tellement formelle que personne n'était dupe. Maintenant, l'argent est le seul critère. Si ton activité professionnelle te permet de bien vivre et d'entretenir dignement ta famille, personne ne va prêter attention au fait que tu travailles avec tes mains ou avec ta tête. Un professeur, membre de l'Académie des sciences, est regardé de haut s'il ne vit que sur le maigre salaire que l'État lui verse, avec un lance-pierres d'ailleurs. En revanche, des ouvriers capables de faire des réparations de qualité soulèvent le respect unanime et gagnent beaucoup d'argent. De nombreux artistes et intellectuels se sont recyclés dans les professions manuelles. Si tu discutes avec eux, tu as l'impression de te retrouver dans une réception mondaine. Tu connais mon copain Stassov ? Eh bien, il a récemment refait son appartement. Le chef d'équipe était un musicien professionnel et le chef de chantier un peintre. Ils ont travaillé comme des bêtes et le résultat est splendide. Pendant la durée des travaux, il lui arrivait d'aller discuter avec eux en sortant de son boulot parce que ça faisait longtemps qu'il n'avait pas ressenti un tel plaisir dans des relations avec des gens qu'il ne connaissait pas.

– Et les escrocs et les bandits ? lui objecta Korotkov. Eux aussi, ils se sont orientés vers les activités criminelles parce que n'importe quel travail est honorable s'il rapporte de l'argent...

– C'est le revers de la médaille. C'est toujours comme ça : quelque chose donne des résultats positifs, mais il y a toujours des conséquences négatives. Les Américains n'ont pas tort de dire que la criminalité est le prix à payer pour la démocratie. Il faut payer pour tout. Comme dit mon papa : les hamburgers gratuits, ça n'existe pas. Mais... tu avais commencé à me parler du grand-père avant de m'aiguiller vers des considérations politico-philosophiques éthérées. Revenons en ce bas monde de péchés.

– En fait, je te contrôlais, déclara-t-il, insolent. Maintenant que tu es une grande analyste et que tu t'occupes de tout généraliser, tu dois me montrer, à moi, modeste travailleur opérationnel, le niveau de ta pensée.

– Tu veux que je t'en colle une ? lui demanda Nastia, l'air mauvais.

– Je ne préfère pas. Allons, pas la peine de faire la tronche, je plaisante. Donc, le grand-père. Le grand-père, le grand-père... répéta-t-il d'un air pensif en cherchant un trou entre les véhicules qui lui permettrait d'en dépasser quelques-uns et de se rabattre avant le tournant.

Il ne reprit ses explications qu'après avoir effectué la manœuvre délicate.

– Bon, voilà. Le vieux Nemtchinov est un homme tout à fait remarquable. Le grand-père idéal, si l'on peut dire. Si l'on regarde les choses froidement, on peut affirmer qu'il a une peur bleue pour sa petite-fille et que la raison de cette peur n'est pas quelque chose de concret, mais qu'elle flotte presque dans l'air. Tu as déjà vu des parents qui craignent que leur enfant tourne mal ? Il ne s'est encore rien passé, le gosse étudie bien à l'école, ne boit pas, ne fume pas, n'a pas de mauvaises fréquentations, mais les parents ont sans cesse peur qu'il lui arrive quelque chose. Que quelque chose le détourne du droit chemin...

– Tu veux dire que le grand-père Nemtchinov est comme ça ?

– Oui, exactement. D'après ce qu'il en dit, Lera est une jeune fille normale, une bonne étudiante qui n'a pas de fréquentations suspectes, mais il vit dans la peur constante que quelque chose lui arrive. Pas qu'une brique lui tombe sur la tête ou qu'une voiture l'écrase, mais plutôt qu'elle s'écarte du droit chemin. Je n'ai pas compris sur quoi se fondent ses craintes, mais elles sont réelles. Le grand-père la surveille, l'épie et fouille dans ses affaires. Et le plus surprenant est qu'il me l'a avoué.

– Qu'est-ce qu'il y a de si surprenant à ça ? Pourquoi était-il censé ne pas t'en parler ?

– En ce qui me concerne, je ne dirais pas de telles choses à un inconnu. Je me serais étranglé, mais je n'aurais rien dit. Tu te rends compte ? Avouer ainsi sans raison que tu épies un de tes proches ?

– Toi, tu te tairais, mais lui, il a parlé. Pourquoi tu le juges à ton aune ? Sa vie a été différente, son caractère et sa mentalité le sont aussi.

– Et toi ? Tu le dirais ?

– Moi ? Je ne sais pas.

Elle prit quelques secondes pour réfléchir.

– Premier point, je ne suis pas du genre à épier les gens. Il faudrait vraiment que j'aie des raisons très, très sérieuses pour que je le fasse. Mais si ces raisons existaient, cela signifierait qu'il y aurait un problème qui me dérangerait tellement que je serais prête à tout. Y compris à ravaler mon amour-propre pour le résoudre. Dans ce cas, oui. Je pourrais avouer mes turpitudes si j'avais l'impression que ça contribue à approcher la solution. Ça, c'est le deuxième point…

– Nastia, ne théorise pas. Prends plutôt des exemples, ce sera plus clair.

– Entendu, prenons un exemple. Disons que je soupçonne mon mari bien-aimé d'être un espion étranger… Ou plutôt, non. Disons que des personnes qui me semblent suspectes tournent autour de mon mari. J'ai l'impression qu'elles veulent l'entraîner dans quelque chose de mauvais comme disons… des activités d'espionnage. Bien entendu, je lui en parle et il m'envoie promener en me disant que ces personnes sont très bien sous tous rapports et que, si je pense du mal d'elles, c'est que je suis complètement idiote.

– Mais tu ne l'es pas ! la coupa Korotkov.

– Merci… Évidemment, il ne parvient pas à me convaincre. Il me semble que mon mari est aveugle et excessivement confiant. Comme il continue à fréquenter ces gens, je deviens attentive à tout, j'épie, j'écoute aux portes et je fouille partout pour tenter de confirmer mes soupçons. En fait, je ne trouve rien, ni papiers suspects ni rentrées d'argent incompréhensibles, mais je reste sur le qui-vive. Je veux pouvoir le protéger dès que j'aurai détecté une menace réelle. Et sur mon chemin de douleur voilà soudain qu'apparaît…

– Un enquêteur de la milice ?

– Exactement. Ou plutôt non, un membre des services de contre-espionnage, puisque c'est d'espionnage que je soupçonne mon mari. Je me dis que lui, il a l'expérience de ce genre d'affaires, qu'il dispose de l'information nécessaire et d'un savoir-faire que je ne possède pas. De plus, je suis sûre que mon mari n'a encore rien fait, de sorte que rien ne le menace. C'est donc avec un grand soulagement que je partagerais avec lui mes craintes dans l'espoir qu'il enquête sur ces gens de malheur et qu'il les mette hors d'état de nuire avant qu'ils n'aient entraîné mon malheureux mari dans une aventure. Dans ce contexte, j'avouerais volontiers que j'ai écouté aux portes. N'importe quoi pourvu qu'un malheur n'arrive pas ! Bien sûr, rien de tel ne se produirait parce que mon caractère ne me permettrait pas d'épouser un homme qu'il faudrait constamment tenir par la main. Mais, même si la femme de mon exemple est abstraite, la situation est, elle, très concrète. Qu'est-ce que tu penses de mon exemple ? Convaincant ?

– Très, reconnut Korotkov. Si je comprends bien ta logique, le grand-père Nemtchinov a voulu nous donner Vildanov. Ce n'est pas pour rien qu'il m'a montré les dessins de sa petite-fille, ou qu'il m'a dit que Lera avait souvent de longues conversations téléphoniques avec un certain Igor, alors que l'adolescent des dessins ressemble à s'y méprendre à un chanteur qu'on voit souvent à la télé. Il voulait que nous sachions les liens de sa petite-fille avec Vildanov. Il en résulte que c'est de ce côté-là qu'il s'attend à voir arriver le malheur.

– Je crois que tu as raison, dit Nastia. Si tu as tout interprété correctement, bien sûr. Mais si le grand-père est plus intelligent que nous le supposons, il n'est pas exclu qu'il veuille nous entraîner à notre insu dans un jeu plus complexe. Et nous sommes pour l'heure incapables de soupçonner lequel… Mais qu'est-ce que tu fais ? C'est ici qu'il fallait tourner !

– Excuse-moi, mais tu n'avais qu'à me prévenir plus tôt. Je ne suis jamais venu chez ton Zotov.

– Ce n'est pas grave. Il suffit de prendre la rue parallèle.

*

* *

À en juger par la pelisse en mouton retourné maculée de neige fondante accrochée au portemanteau et par les traces de gadoue récentes sur les dalles du vestibule, Zotov était rentré à peine quelques minutes avant leur arrivée.

– Mais où est donc passé M. Vildanov ? demanda Korotkov au maître de maison en enlevant son blouson. Nous avons essayé de le joindre au téléphone, mais nous n'y sommes pas parvenus. J'espère au moins qu'il n'a pas quitté la ville.

– Non, il est chez lui, répondit Zotov. Je lui ai interdit de répondre au téléphone. Il doit bientôt donner un grand spectacle et il faut qu'il répète. Je dois dire qu'il n'a pas encore trouvé le temps d'apprendre correctement les textes de ses nouvelles chansons. C'est un vrai gosse : il faut être tout le temps derrière lui et l'obliger à faire ses devoirs et à apprendre ses leçons.

– J'espère qu'il fera une exception pour des officiers de la milice. Nous devons absolument avoir un entretien avec lui.

– Bien entendu.

Zotov ne demanda pas ce qui se passait ni pourquoi la milice voulait parler à Igor, et Nastia s'interrogea ce que ça voulait dire. Il ne s'inquiétait donc pas du tout pour son protégé ?

Ils s'installèrent dans la même pièce où, la veille encore, l'imprésario avait reçu Nastia. Rien n'avait changé. Tout était aussi propre, net et bien rangé. Pas une seule feuille de papier ne traînait sur la grande table ou sur les meubles. La seule exception se trouvait à côté du magnétoscope : par terre gisait la boîte vide d'une cassette qui devait encore être insérée dans l'appareil. La veille, Nastia en avait remarqué une autre, celle d'un concert, alors que là, elle reconnaissait en couverture l'affiche du film *Amadeus* de Miloš Forman. Tout ça donnait l'impression que l'occupant des lieux ne rentrait chez lui que le soir, et qu'avant de s'endormir il regardait un film ou un concert.

– Vous passez sans doute beaucoup de temps avec votre poulain, dit-elle.

– Beaucoup, admit-il. Surtout avant les spectacles. Je dois passer des jours entiers près de lui. Je ne suis pas seulement son imprésario, mais aussi son professeur et son répétiteur. Et encore son homme à tout faire, son factotum, son tailleur et son styliste. Vous voulez me parler ? Toujours sur l'assassinat des Nemtchinov ?

– Non, le détrompa Korotkov sur un ton sérieux. Aujourd'hui, nous voulons vous parler de M. Vildanov, si vous n'y voyez pas d'objection.

– Je n'en vois aucune, répondit Zotov avec un sourire charmant. Posez vos questions et je vous répondrai du mieux que je pourrai. Qu'est-ce qui vous intéresse ?

– Nous sommes très intrigués par un cadeau de prix qu'Igor a fait à l'une de ses amies, l'année dernière. Vous voyez de quoi je veux parler ?

– Je devine. Vous avez en tête la bague qu'Igor a offerte à la petite Lera. Je savais que ça arriverait tôt ou tard.

– Qu'est-ce qui était censé arriver ? demanda Korotkov qui menait l'interrogatoire.

– Qu'on finirait par poser des questions sur cette bague et qu'Igor devrait expliquer d'où il la tenait. Je l'avais bien prévenu. Mais parfois, il ne m'obéit pas et commet des bêtises évidentes.

– D'où Vildanov tenait-il ce bijou ? Il l'a trouvé dans la rue ? Il l'a reçu d'un admirateur anonyme ?

Zotov fit semblant de ne pas remarquer l'ironie de Korotkov.

– C'est un cadeau.

– Évidemment ! s'écria le flic. J'imaginais bien qu'il devait en être ainsi. Un cadeau d'une femme aimée, n'est-ce pas ?

Zotov partit d'un petit rire triste, s'approcha du grand meuble à éléments qui occupait tout un mur et ouvrit un petit bar, d'où il sortit une bouteille d'eau minérale et trois verres qu'il posa sur la table devant ses visiteurs.

– Oh, non ! Un cadeau d'une femme aimante, mais pas du tout aimée. D'ailleurs, il est difficile de la dire aimante. Elle était passionnée, capricieuse, gâtée et dissolue. Tamara n'aimait qu'elle-même et le plaisir, mais elle savait être reconnaissante à ceux qui lui en donnaient. Igor lui plaisait et c'est elle qui lui a offert cette bague.

– Tamara ? répéta Nastia, sans en croire ses oreilles.

– Bien sûr, Tamara Solovieva.

– Vous la connaissiez ?

– Un peu. Elle faisait partie des relations de Svetlana Nemtchinova et je l'ai rencontrée à plusieurs reprises chez eux, à la datcha.

– Est-ce que vous savez quand elle l'a offerte à Vildanov ? demanda Korotkov sur un ton qui disait son incrédulité.

Nastia eut l'impression que Zotov allait les embarquer dans un joli conte de fées. Il allait leur dire que Tamara Solovieva avait eu une aventure passionnée avec Igor Vildanov peu de temps avant que celui-ci rencontre Lera. Sans doute ne savait-il pas que Solovieva était morte. Mais dans ce cas, pourquoi mentir ? S'il ignorait le meurtre de cette femme, il n'avait aucune raison de couvrir Igor. À moins que... Et si Vildanov était coupable d'autre chose ?

Mais à la grande surprise des deux flics, Zotov ne chercha pas à couvrir son protégé.

– C'était il y a bien longtemps, répondit-il. En effet, ça fait presque dix ans que Tamara nous a quittés. Vous êtes de la milice et vous savez forcément qu'elle a été tuée. Elle a offert la bague à Igor peu de temps avant son assassinat.

– Attendez, attendez, l'interrompit Korotkov, la voix vibrant d'indignation en constatant que ce gars cherchait à le tromper d'une manière ridicule. Il y a dix ans, Vildanov n'avait que quinze ans et Tamara Solovieva quarante-trois. Vous comprenez au moins de quoi nous parlons ?

– Je comprends très bien. Nous parlons d'un meurtre et d'une bague qui était en possession de la femme tuée et qui s'est retrouvée chez Igor. Je sais donc qu'il vaut mieux que je dise la vérité, même si elle n'est pas des plus agréables pour Igor Vildanov.

Ils l'écoutèrent en retenant leur souffle. L'histoire était stupéfiante.

Quelque part à la campagne, dans les environs de Moscou, se trouvait un bordel clandestin où des citoyens blasés et sexuellement perturbés rencontraient de jeunes adolescents désireux de gagner de l'argent sans faire beaucoup d'efforts. C'était ce bordel que fréquentait Igor Vildanov, alors âgé de quinze ans et qui, plus tard, devait devenir une star de la chanson russe. Et récemment, il y avait eu une tentative de chantage. Les habitués du bordel faisaient des enregistrements vidéo de leurs ébats et l'une des cassettes où l'on voyait le jeune Vildanov participer à ces jeux sexuels s'était retrouvée entre les mains d'une mystérieuse personne qui avait décidé de faire chanter... le chanteur.

– Excusez-moi, Viatcheslav Olegovitch, l'interrompit soudain Nastia. Est-ce que vos amis, les Nemtchinov, étaient de près ou de loin liés à ça ?

Zotov la regarda tristement et profita de cette interruption pour boire quelques petites gorgées d'eau minérale.

– Malheureusement, ils l'étaient. Et de très près. Je regrette beaucoup d'avoir à vous le dire, car j'aurais préféré préserver la mémoire de Guennadi et de Svetlana. En fait, je ne l'ai appris que très récemment et j'ai pensé que ce serait mieux de ne pas l'ébruiter.

– Comment vous l'avez su ?

– Lera a toujours des portraits de ses parents sur elle, dans son portefeuille. Une fois qu'elle sortait la monnaie des courses pour la rendre à Igor, il a vu ces photos. Il m'a dit avoir reconnu les propriétaires de la datcha chez qui on l'emmenait avec d'autres gosses pour amuser les invités. J'ai compris alors que le bordel clandestin était justement la datcha des Nemtchinov.

« Et c'est sans doute là, se dit Nastia, que la jeune Lera de huit ans a eu une rencontre fortuite et sans doute furtive avec le jeune et bel Igor dont elle est tombée amoureuse. Les parents devaient la faire rentrer à Moscou avant les parties fines, puisqu'elle ne semble pas du tout au courant de leur existence, mais il est fort possible que le jeune Vildanov soit arrivé un jour un peu avant son départ. Voilà comment est né ce prince charmant qu'elle croyait imaginaire. »

– Qu'est-ce que vous avez fait ? demanda Korotkov.

– J'ai interdit formellement à Igor d'en parler à Lera. Je ne voulais pas détruire l'image qu'elle se faisait de ses parents. Lorsque Igor m'a dit qu'on tentait de le faire chanter avec un enregistrement vidéo que le maître chanteur voulait échanger contre d'autres cassettes, j'en ai déduit que Guennadi et Svetlana non seulement organisaient des partouzes, mais tournaient des films pornos à l'insu des participants. Mais comment pouvais-je expliquer la vérité à Lera ? J'ai tenté de la persuader d'aller parler à son grand-père en espérant qu'il lui raconte tout. Il me semble que Nemtchinov père est la seule personne qu'elle pourrait croire. Je suis sûr, en revanche, que ça lui serait insupportable d'entendre la même chose de ma bouche. Et j'aurais sans doute été incapable d'en parler : les mots m'auraient manqué. C'est sans doute un signe de faiblesse, mais il y a des choses que je ne peux pas faire. J'ai essayé de la ménager. N'ai-je pas eu raison ?

– Si, tout à fait, répondit Nastia. Ôtez-moi un doute… comment un ami si proche de la famille Nemtchinov pouvait-il ignorer les activités qu'ils organisaient dans leur datcha ? Après tout, vous étiez là presque un jour sur deux.

– J'ai bien peur que vous n'ayez interprété mes paroles d'une manière trop littérale. Nous nous voyions en effet souvent, mais pas forcément longtemps. Et puis leurs activités, d'après ce qu'Igor m'a raconté, avaient lieu essentiellement les fins de semaine et les jours fériés : c'était plus facile pour organiser ce genre de fêtes. Les Nemtchinov recevaient des invités qui partageaient les mêmes goûts et les mêmes turpitudes, ils organisaient un banquet bien arrosé, puis, lorsque tout le monde était bien détendu, ils passaient un peu de bon temps avec les gosses, après quoi les visiteurs rentraient chez eux. Il m'arrivait de passer les voir le vendredi. Lorsque la petite Lerotchka était avec eux, ils me demandaient de la ramener à Moscou pour la confier à son grand-père. Ensuite, je consacrais le week-end à ma famille. Nous partions à la campagne le samedi matin : je construisais alors ma propre datcha et j'avais toujours des travaux à faire, des choses à planter…

C'est bien ça ! se dit Nastia. Les parents éloignaient leur fille avant leurs partouzes.

– Viatcheslav Olegovitch, pas plus tard qu'hier je vous ai demandé si vous saviez pourquoi le vieux Nemtchinov a tué son fils et sa belle-fille. Il ne vous semble pas que c'est à ce moment que vous auriez dû me raconter tout ça ?

– Non, répondit Zotov, sûr de lui. Je n'ai pas cette impression. Hier, nous parlions du père de Guennadi qui a déjà purgé sa peine. Je n'allais tout de même pas flétrir la mémoire de mes amis pour vos beaux yeux. Aujourd'hui, il s'agit d'Igor qu'on peut soupçonner et accuser d'un meurtre qu'il n'a pas commis et avec lequel il n'a pas le moindre lien. Mon intérêt est de préserver sa carrière et sa bonne réputation. La seule manière d'y arriver est de vous expliquer comment les choses se passaient réellement.

– Igor représente beaucoup pour vous, n'est-ce pas ?

– J'ai investi en lui toutes mes connaissances et tout mon savoir-faire. Je lui ai appris le solfège et l'art vocal, j'ai tenté de transformer ce petit vagabond en un homme comme il faut, je l'ai nourri, logé et blanchi. La seule chose que je n'ai pas réussi à faire, c'est qu'il finisse ses études secondaires. Il a redoublé sa troisième, mais il n'est pas passé en seconde. Il n'avait pas assez de cervelle pour ça. J'ai tout de même fait de lui un chanteur. Je l'ai créé de mes propres mains. Dans ces conditions, croyez-vous que je puisse admettre qu'un scandale emporte son nom alors qu'il n'est coupable de rien ? Vous savez, Igor est incapable de se défendre tout seul. Il peut faire des bêtises en tentant de se protéger et je crois qu'il vaut mieux que je vous dise la vérité car il n'aurait pas l'intelligence de le faire. Un sentiment compréhensible de honte le pousserait inévitablement à cacher l'histoire de sa relation avec Tamara, et tout ce qu'il parviendrait à faire, c'est s'embrouiller, accumuler les bobards et donner prise aux soupçons à son égard. Bien sûr, tout finirait par s'éclaircir mais, entre-temps, le scandale éclaterait et sa carrière serait ruinée.

Au moment de prendre congé, Nastia demanda soudain :

– Viatcheslav Olegovitch, est-ce que vous avez entendu parler d'un jeune homme que Lera fréquentait, un certain Alexandre Barsoukov, étudiant dans une école de la milice ?

– Barsoukov ? Non, ça ne me dit rien… Attendez, se reprit-il. Avant de me parler du chantage, Igor et Lera ont tenté d'identifier le maître chanteur. Comme s'ils avaient la moindre chance de réussir ! Ils m'ont dit qu'ils avaient demandé à un jeune milicien de les aider. C'est peut-être lui…

Nastia ne vit pas l'intérêt de confirmer. Elle changea de sujet.

– Une dernière question : pourquoi ne m'avez-vous pas dit hier qu'Igor entretient des relations intimes avec la fille des Nemtchinov ?

– Vous ne me l'avez pas demandé. Vous ne m'avez posé aucune question sur Lera.

– Et si je vous avais posé cette question, vous me l'auriez dit ?

Zotov réfléchit une seconde.

– Non. Je ne vous l'aurais pas dit si la situation n'avait pas été aussi grave qu'aujourd'hui.

– Pourquoi ?

– À quoi bon ruiner la réputation de cette fille ? Son amour pour Igor ne durera pas. Et ce sera pareil pour n'importe quelle autre femme.

– Pourquoi donc ? répéta-t-elle.

– Parce que Igor est un monstre. Un animal cruel et primitif, stupide, lascif et borné. Jamais personne ne pourra l'aimer.

– Et vous ? Après tout, vous le protégez, vous prenez soin de lui. Vous ne l'aimez pas ?

Zotov regarda Nastia d'une manière étrange.

– J'aime et je respecte mon travail et je n'abandonne jamais une affaire que j'ai commencée. C'est tout.

Dans la voiture, sur le chemin du retour, Nastia resta longtemps silencieuse, à tourner un briquet entre ses doigts. Korotkov attendit jusqu'au moment où il fut incapable de se retenir : il ne supportait pas les longs silences et, lorsqu'il conduisait, il ressentait un besoin aigu de conversation.

– À quoi tu penses, l'amie ?

– Au vieux Nemtchinov.

– Et qu'est-ce qu'il t'inspire ?

– Je me demandais pourquoi il n'a pas quitté tout de suite le lieu du meurtre par le premier train.

– Alors réfléchis à voix haute. C'est quoi, ces manières de penser en silence ?

– Il cachait les cassettes. Ou les détruisait. Il les a prises dans la datcha pour les emporter quelque part. Et il n'a pas essayé de retourner en ville tant qu'il n'a pas fait ce qu'il voulait. Le grand-père a appris les activités de son fils et de sa belle-fille, il est allé les voir et les a tués. Mais comme il ne pouvait pas supporter la honte qui allait s'abattre sur eux s'il disait la vérité, il a prétendu les avoir supprimés après une bagarre d'ivrognes. Et maintenant, je comprends pourquoi il a tellement peur pour sa petite-fille.

– Pourquoi ?

– Parce qu'il n'a pas pu empêcher son fils de tourner mal.

12

La journaliste était exceptionnellement méticuleuse. Elle s'était bien préparée à l'interview avec Vildanov et avait sans doute lu la totalité des articles et des entretiens publiés sur la vedette. On voyait bien qu'elle ne pouvait pas supporter les bellâtres et qu'elle n'était pas du tout fan de l'œuvre du chanteur. Ses questions étaient orientées de manière à pouvoir montrer aux lecteurs que Vildanov était un personnage niais et simplet.

– Vous m'avez dit qu'à côté de nouvelles chansons dans votre répertoire vous allez reprendre quelques-uns de vos succès, mais sous une nouvelle forme. Est-ce que ce sera aussi le cas de *Requiem*, l'une de vos romances les plus populaires et appréciées du public ?

– Oui, j'en interpréterai une nouvelle version, répondit le chanteur en se servant encore de l'expression que Zotov l'avait obligé à apprendre par cœur.

Sachant qu'on allait inévitablement poser cette question à son poulain, l'imprésario avait insisté pour qu'Igor utilise les mots « nouvelle version » plutôt que de dire « je vais la chanter d'une autre manière ».

– Nos lecteurs seront certainement intéressés de savoir en quoi consiste cette « nouvelle version » de leur tube préféré. Vous pouvez nous en dire quelques mots ?

– Il s'agit d'un nouvel arrangement musical.

Zotov était aussi à l'origine de cette phrase-là.

– Mais quel est le but ? Pourquoi voulez-vous que la chanson à laquelle tout le monde est habitué ait une sonorité différente ?

– Eh bien… C'est…

« Merde ! pensa Vildanov avec dépit. Slava m'a pourtant rabâché ce qu'il fallait dire. Il m'a tout expliqué, mais j'ai oublié. Quelque chose sur la saturation philosophique du poème... Mais quoi exactement ? »

Il lança un regard paniqué à son mentor qui, comme toujours, assistait à l'interview. Zotov haussa les sourcils d'un air mécontent et, contrairement aux attentes du chanteur, ne vola pas à son secours en intervenant. Au contraire, il pinça les lèvres.

– Je... Je pense que tous ceux qui entendront la chanson dans cette nouvelle version verront tout de suite mon intention, finit par se débrouiller Vildanov en adoptant un ton qu'il voulait assuré, mais qui ne trompait personne. Je ne veux pas divulguer trop tôt mes petits secrets.

– Comment pouvez-vous être sûr que cette nouvelle version d'une vieille chanson touchera l'âme de votre public ? Est-ce que vous ne prenez pas un risque considérable ? Après tout, l'ancienne version plaisait à tout le monde et ce pourrait ne plus être le cas de la nouvelle...

Le chanteur perdit totalement pied. Il ne comprenait pas pourquoi ce nouvel arrangement était nécessaire. Zotov était parvenu à lui démontrer d'une façon assez convaincante qu'il devait élargir son public, capturer de nouveaux fans et attirer « de nouvelles couches d'audience », mais même s'il n'était pas très futé, il comprenait bien que ce n'était pas ça qu'il fallait dire. Il ne s'était pas préparé à cette question et il en voulut aussitôt à son mentor qui n'avait pas prévu une telle évolution de la conversation et ne lui avait pas donné la réponse d'avance.

Évidemment, la journaliste ne manqua pas de voir l'incertitude du chanteur et s'accrocha à lui comme un fauve au cou de sa proie. Les questions tombaient l'une derrière l'autre et Igor, qui saisissait mal leur sens, y répondait comme il pouvait, sans remarquer le sourire carnassier et sarcastique qui déformait les lèvres de la journaliste. Elle finit par poser une question que Vildanov comprit sans difficulté et à laquelle il pouvait répondre sans mal.

– J'ai remarqué depuis longtemps que vous donnez toujours vos interviews en présence de ce monsieur, dit-elle en inclinant la tête en direction de Zotov et en gratifiant ce dernier d'un gentil sourire. Pourquoi ? C'est votre imprésario ou votre attaché de presse ?

– Vous permettez que je réponde ? dit Zotov de sa voix bien posée. Après tout, votre question me concerne personnellement...

– Bien entendu, répondit la journaliste sur un ton bienveillant et en tendant la main pour rapprocher de Zotov le magnétophone posé sur la table.

Mais Igor, voyant ainsi lui échapper l'occasion de répondre enfin à une question dont il pouvait maîtriser la réponse, retint le geste de la femme. « Et puis quoi encore ! pensa-t-il. C'est à moi qu'elle s'est adressée et je peux répondre sans l'aide de Slava. Tiens ! Je vais lui montrer, à lui aussi, que je ne suis pas aussi con qu'il l'imagine… »

– Ce n'est pas la peine, s'écria-t-il très vite. Je préfère répondre moi-même, puisque c'est à moi que vous avez posé la question. Voilà : Viatcheslav Olegovitch Zotov organise mes spectacles et gère mes affaires. Je l'emploie aussi comme attaché de presse pour tenir l'agenda de mes rencontres avec les journalistes…

Vildanov, emporté par la facilité avec laquelle il répondait, concentrait son regard sur la femme et ne remarqua pas la grimace de répugnance qui déforma fugacement les traits de Zotov. Elle n'avait duré qu'un court instant et été presque imperceptible.

Le chanteur savait que c'était sa dernière interview de la journée. Il en avait déjà accordé deux autres et celle-là, la plus difficile, était la troisième. Le supplice durait depuis cinq bonnes heures, mais après ça, il pourrait enfin se détendre et boire un coup. Slava Zotov lui permettait toujours de picoler un peu après les entretiens avec la presse. Il savait bien qu'Igor sortait toujours de l'épreuve tendu et énervé.

Après les spectacles, il n'avait pas besoin d'alcool. Il se produisait toujours sur scène avec enchantement. S'il l'avait pu, il serait resté devant son public non pas deux heures, mais jusqu'au matin. Sur scène, il n'était jamais fatigué et n'avait pas l'impression de faire d'efforts. Sa vie se trouvait là et, à la différence de certains qui ressentent une peur panique dans les coulisses avant d'entrer en scène, il n'avait jamais le trac. Pour Vildanov, ce sentiment paralysant qui envahissait les autres artistes était incompréhensible. De quoi aurait-il eu peur ? Il chantait bien, le public l'adorait et les spectateurs n'étaient pas ses ennemis : au contraire, ils payaient pour venir le voir. Quant à l'idée qu'il pouvait faire une contre-performance et chanter mal, elle ne lui effleurait même pas l'esprit.

En revanche, la presse, c'était dur. Il fallait préparer les réponses et les apprendre par cœur. Or, mémoriser était ce que Vildanov détestait le plus. S'il n'avait tenu qu'à lui, il n'aurait jamais appris les paroles des chansons et se serait borné à les fredonner simplement, ce qui était son activité préférée.

La journaliste termina son interrogatoire et s'en alla. Igor joua les gens bien élevés, la raccompagna jusqu'à la porte et l'aida à mettre son manteau. Dès qu'elle fut partie, il se précipita dans la cuisine, sortit du frigo une bouteille de gin, s'en versa un demi-verre et, après avoir regardé par-dessus son épaule, comme un voleur, l'avala d'un trait. L'alcool lui brûla la gorge et répandit une douce chaleur le long de son œsophage.

– Slava, tu veux que je t'apporte à boire ? cria-t-il pour être entendu du salon.

– Pas d'alcool, lui revint la voix de Zotov. Apporte-moi de l'eau minérale.

Igor sortit une autre bouteille, de vodka cette fois, posa sur la table des pots de cornichons au vinaigre, de petits oignons confits et d'olives farcies. Cette Lera, tout de même, quelle perle ! Elle n'avait pas son pareil pour acheter de bons zakouski. Il se composa un bon assortiment sur une assiette, s'empara de la bouteille de vodka et d'une autre d'eau minérale et se disposa à retourner au salon. Bien sûr, Zotov allait l'autoriser à boire, mais avec modération. Mais Igor ne tenait pas du tout à rester modéré. Les deux derniers jours avaient été beaucoup trop difficiles. Il lui avait d'abord fallu avouer sa faute dans l'affaire du maître chanteur ; ensuite, supporter les critiques et les injures de Slava qui le tenait pour un crétin, un âne et un monstre ; et encore la crise de nerfs de Lera…

Comme il aurait aimé pendant ces journées éprouvantes boire un petit coup pour se détendre, mais Zotov le lui avait interdit et le chanteur n'était pas assez courageux pour oser s'opposer à lui ouvertement. Certes, il pouvait violer l'interdiction le soir, lorsque son mentor rentrait dormir chez lui, mais le matin suivant, il aurait pué l'alcool et Zotov n'aurait pas manqué de le sentir. Il se serait ensuivi de nouvelles engueulades, des cris et des apostrophes blessantes. Il avait donc résisté en sachant très bien qu'il n'avait que peu de temps à attendre : dès que les entretiens avec la presse seraient terminés, il aurait le droit de toucher à nouveau à la boisson : Zotov ne lui refuserait pas un petit verre de vodka. Et l'odeur de ce petit verre pouvait lui permettre de dissimuler celle de beaucoup d'autres.

Il retourna au frigo, saisit encore la bouteille de gin et en but plusieurs gorgées directement au goulot. Puis il constata avec regret qu'il ne restait plus qu'un quart de la bouteille, qui tout à l'heure était presque pleine. Il fallait y rajouter de l'eau pour que Zotov ne se rende pas compte d'une telle baisse du niveau, sans quoi, ce serait encore sa fête. L'imprésario ne verrait sans doute pas la différence : vu qu'il ne touchait pas à l'alcool, il n'aurait pas l'idée de goûter le contenu du flacon. Mais ça lui faisait mal au cœur de diluer ainsi un breuvage d'une telle qualité.

Il haussa les épaules et finit le gin en trois lampées. Puis il mit la bouteille sous le robinet et la remplit jusqu'au niveau où il l'avait trouvée. Vissa la capsule et remit la bouteille au frigo.

En retournant dans le salon, il fit en sorte de ne pas s'approcher de Zotov, pour qu'il ne sente pas son haleine. Il posa son assiette, la vodka et l'eau minérale sur la première surface libre qu'il trouva, loin de la table basse devant le divan, et se remplit très vite un petit verre d'alcool avant de le boire d'un trait. Voilà : tout s'était passé comme prévu. Zotov n'avait pas remarqué qu'il avait déjà pris une bonne dose.

– Qu'est-ce que tu fous là-bas ? lui lança l'imprésario avec un sourire mauvais. Tu n'as pas la force de venir jusqu'ici ?

Igor s'efforça de ne pas prendre la mouche et de retrouver son bon caractère. Après tout, il n'entrait pas dans ses plans de se quereller avec Zotov. Du moins, pour le moment. Qu'il résolve d'abord l'affaire du maître chanteur, et ensuite on verrait bien qui ne pouvait pas se passer de qui.

– Slava, s'il te plaît, arrête de me charrier. Ces interviews m'ont crevé et énervé. J'ai besoin d'un peu de détente et de réconfort.

Il prit l'assiette et alla s'asseoir sur le divan, en face de Zotov, avant de croquer à pleines dents quelques cornichons, oignons grelots et autres olives.

– Je n'ai pas compris pourquoi tu t'es fatigué à ramener jusqu'ici ton en-cas et ta boisson, dit Zotov d'une voix douce.

– Comment ça ?

– Je l'aurais apporté, si tu me l'avais demandé.

– Toi ?

L'étonnement manqua de le faire avaler de travers. Jamais Zotov ne lui avait apporté quoi que ce soit. Et encore moins de l'alcool. Il ne lui aurait même pas donné de l'eau minérale si l'idée loufoque d'en réclamer lui avait traversé l'esprit. Au contraire, il l'aurait traité de tous les noms en lui disant qu'il n'avait qu'à se servir lui-même. – Qu'est-ce qui t'étonne ? Après tout, je ne suis que ton attaché de presse. Est-ce que le sens des mots que tu prononces parvient au moins à ta caboche stupide ? Ainsi, je travaille pour toi. Moi ! Espèce de petite ordure, comment as-tu osé dire ça à la journaliste ? – Et qu'est-ce que j'ai dit ? Rien que la vérité. Tu organises mes rencontres avec la presse ? Oui, tu les organises. Tu es donc mon attaché de presse. Je te paye pour ça ? Oui, je te paye. Tu es donc mon employé. Qu'est-ce qui te gêne ? Je n'ai pas dit que tu étais mon domestique.

– Ah, très bien ! Merci, Igor. Je te suis reconnaissant de ne pas m'avoir appelé ton domestique. Mais, puisque tu es tellement intelligent et indépendant, pourquoi tu ne lui as pas raconté aussi comment je t'ai essuyé le derrière toutes ces années, comment je corrige tes bêtises, comment je t'oblige à apprendre par cœur ce que tu dois dire aux journalistes comme elle ? Hein, patron ? Pourquoi tu ne lui as pas dit tout ça ? Qui t'a permis de l'ouvrir, espèce d'âne bâté ? J'ai dit que j'allais répondre à sa question et tu aurais dû la boucler immédiatement. Écouter ce que disent tes aînés plutôt que de la ramener. Où veux-tu aller avec ton intelligence trouée ?

– Qu'est-ce que tu as à me crier dessus ? s'exclama soudain Vildanov qui sentait la colère monter en lui. J'ai dit les choses comme elles sont.

Il s'empara de la bouteille et se versa un autre verre à ras bord.

– Bois encore si tu l'oses ! Demain, il faut que tu sois en forme pour répéter. N'oublie pas que tu as une séance d'enregistrement après-demain.

– Va te faire voir !

Le chanteur se jeta le contenu du verre derrière la cravate. Il attendit une seconde, les yeux fermés, avant de pousser un « ah » de satisfaction et d'avaler une autre olive farcie. Non mais ! Qu'il sache qu'il n'allait pas continuer éternellement à lui faire la leçon, à lui crier après pour un rien, à lui dicter sa vie, à lui faire des remarques en permanence… Après tout, qui était-il donc ? Un imprésario pouilleux qui vivait aux crochets de son talent à lui, Igor. Qui lui prenait trente pour cent – oui, trente pour cent ! – sur toutes ses rentrées, que ce soient les spectacles ou les ventes de disques et de CD. C'était toujours ainsi, les gens talentueux traînaient toujours derrière eux des tas de larbins pots de colle qui se prétendaient utiles et indispensables et leur prenaient des sommes folles ! La vodka ajoutée au gin avalé d'un seul trait commençait à lui monter à la tête et ce n'étaient pas les quelques cornichons et olives qui pouvaient empêcher les vapeurs d'alcool de conquérir un territoire de plus en plus grand dans son pauvre cerveau. C'était peut-être la première fois qu'il se soûlait en présence de Zotov. Certes, il avait l'habitude de boire pour se « détendre », mais il le faisait en compagnie d'amis et de filles au cours de soirées auxquelles l'imprésario ne participait jamais. Et la manière que celui-ci avait de rudoyer et d'humilier Igor ne s'était jamais heurtée à la morgue extrême que le chanteur manifestait quand il était soûl.

– Lâche-moi la grappe ! reprit Vildanov fort du courage que lui donnait l'alcool. J'ai soif et je vais boire. Je vais d'abord me taper cette bouteille et j'en ouvrirai une autre.

– Tu veux ton indépendance, hein ? dit d'un ton moqueur Zotov que la rébellion de son pupille semblait amuser.

– Oui, parfaitement, mon indépendance ! Je n'ai rien à apprendre. Qu'est-ce que tu crois ? Que je suis un gosse ? Je gagne des sommes comme tu n'en as jamais rêvé et tu devrais me remercier de continuer à te payer comme nous étions convenus. D'ailleurs, il date de quand, notre accord ? De l'époque où je commençais à me produire sur scène et où j'étais encore inconnu. Maintenant, je suis Igor Vildanov. Igor Vildanov, tu m'entends ? ! Tu ne trouveras pas dans tout le pays un seul chat qui ne me connaisse pas. Moi, c'est grâce à mon talent que je gagne tout cet argent. Et toi, c'est grâce à quoi ? Mais je suis honnête et je respecte notre accord, même si j'aurais dû arrêter depuis longtemps de te nourrir à l'œil.

Il se versa encore un verre qu'il vida aussitôt sans même s'étonner du manque de réaction de Zotov devant les libertés qu'il prenait. Cette troisième dose eut du mal à passer. Il sentit qu'il avait déjà éclusé plus que de raison en très peu de temps. Ça suffisait. La tension des derniers jours s'était estompée et il ne sentait plus sa fatigue, mais une question lui tournait inlassablement dans la tête : allait-il ou non retrouver sa liberté ? Il fallait lui montrer une fois pour toutes qui était vraiment le patron.

– Vas-y, bois ! Bois tout ton soûl, l'encouragea l'imprésario d'une voix tranquille. Montre-moi à quel point tu es adulte. Car je ne le sais pas. Je m'imagine que tu es encore petit et que je suis encore obligé de te prendre par la main pour te conduire au pot, que je dois me coltiner ton affaire de chantage, que je dois aussi te préparer à rencontrer la presse en vue du spectacle. Mais toi, tu es grand, tu sais tout mieux que personne. Vas-y Igor, en avant avec les chansons. Seulement n'oublie pas ton petit drapeau. Sans mon aide, tu pourrais peut-être te produire encore deux ou trois mois. Et ensuite qu'est-ce que tu ferais ? Tu ne sais pas, hein ? Je vais te le dire : on te donnera un petit tambour et des baguettes et on te mettra à la tête de la colonne d'artistes qui se donnent en spectacle aux fêtes de patronage. Que dis-tu de cette perspective ?

L'idée n'était pas simple et Igor ne la comprit qu'à moitié. Certes, il savait que seuls les ringards font les fêtes de patronage, mais quel drapeau ? Quelle colonne ? Et pourquoi un tambour et des baguettes ? Il décida qu'en la circonstance la meilleure défense, c'était l'attaque.

– Tu ne me fais pas peur, lança-t-il en retroussant les babines. Tu crois que je ne comprends rien ? Tu crois que je ne sais pas pourquoi tu cherches tout le temps à m'intimider et à me rabaisser ? Tu as peur que je te chasse pour prendre quelqu'un d'autre, et alors, adieu ton argent ! Il ne te resterait plus que les yeux pour pleurer. C'est pour ça que tu veux me faire croire que je suis encore un gamin et que j'ai besoin de toi !

Vildanov éclata de rire. Cette idée venait de lui passer par la tête et elle lui semblait fraîche et logique. Un sentiment de fierté commença même à l'envahir. Quel coup de maître ! Il avait montré à ce Zotov de malheur qu'il pouvait se débarrasser de lui à la première occasion.

– Et en plus, tu es jaloux de moi ! Je suis devenu une star et toi... rien. Un raté. Slava l'artiste. Tu passes tes nerfs sur moi, tu me vexes et m'offenses en permanence. Et moi, qu'est-ce que je fais ? Je patiente, je me retiens, je ressens de la peine pour toi. Je comprends tes souffrances car je sais que ça doit être difficile de m'envier à mort, de me voir chaque jour en comprenant que tu vis sur mon argent. Toi, Slava, tu es déjà vieux, ta vie est finie alors que la mienne commence à peine. Et si je suis déjà célèbre alors que je débute, tu imagines dans dix ans ? Ma vie bat son plein et je suis déjà millionnaire. Et toi, tu veux en profiter, tu te colles à moi pour avoir aussi ta part. Tu ravales ta fierté et ta jalousie pour supporter mon talent, de la même manière que je supporte tes vexations. Il faut respecter les vieillards, j'ai appris ça à l'école.

Il se renversa sur le divan et fixa Zotov d'un œil victorieux. Qu'il sache enfin qu'Igor Vildanov ne se laisserait plus faire ! Et pour rendre sa tirade encore plus convaincante, il se versa encore un verre qu'il but lentement et ostensiblement. Devant ses yeux, la pièce entière se mit à flotter.

– Ça y est, petite ordure, tu as tout dit ? lui renvoya Zotov d'un ton paisible.

– Ouais, j'ai tout dit.

– Alors, repose-toi un peu et écoute-moi. Tu ne peux pas faire de longs discours, tu te fatigues vite. Tu as une cervelle de la taille d'une tête d'épingle, comme celle d'un papillon : tu dis trois mots et tu es déjà épuisé. Mais tu as une répétition demain et j'ai besoin de toi frais, dispos et en pleine possession de tes moyens. Donc, mon grand, il faut que tu te reposes. Repose-toi. Mais de mon côté, puisque les choses en sont là, je vais t'expliquer qui tu es en ce bas monde.

Il regarda son vis-à-vis avec un malin plaisir. Le sourire béat de satisfaction n'avait pas encore quitté son visage, mais ça n'allait pas tarder.

– Mon petit Igor, reprit-il. Tu es une nullité et tu ne vaux même pas un mot gentil. Tu es une merde, si c'est plus facile à comprendre pour toi. Je ne discute pas que tu as du talent. C'est vrai. Mais en quoi consiste ton talent ? Tu parviens à transmettre des sentiments grâce à ta voix. C'est un don de la nature et, qu'on le veuille ou non, on ne peut pas te l'ôter. Mais, de toi-même, tu n'as pas gagné un seul rouble grâce à ce talent. Souviens-toi ! Souviens-toi de la manière dont tu gagnais ta vie à l'époque où notre patrie aux vastes étendues s'effondrait. Tu n'as tout de même pas oublié comment tu couchais avec de vieilles peaux ? Pourquoi tu ne leur chantais pas plutôt des sérénades grâce à ton talent ? Tu ne chantais pas parce que tu ne savais pas. À part baiser, tu ne savais rien faire. C'est à peine si tu savais lire. L'art vocal ne dépend pas que du talent. Comme tous les arts, il réclame aussi du travail, des études spéciales et de longues séances de répétition. Et aussi de la sueur, comme n'importe quel travail. Où serais-tu maintenant, si je ne t'avais pas formé et entraîné ?

Comme Zotov s'y attendait, le sourire d'Igor s'était figé en une grimace idiote. Visiblement, ses paroles avaient du mal à traverser les vapeurs d'alcool qui embrumaient l'esprit du chanteur mais, alors qu'il paraissait sur le point de s'effondrer de fatigue, le dernier verre de vodka semblait lui avoir redonné le besoin de résister.

– Tu parles ! J'aurais trouvé quelqu'un d'autre. Tu te prends pour le nombril du monde ? Tu crois que tu es unique et qu'il n'y a pas d'autres professeurs sur terre ?

– Quelqu'un d'autre ? Si tu avais eu des parents riches pour te payer des cours, alors oui, peut-être. Trouver un prof pour de l'argent, ce n'est pas bien difficile. Mais va chercher quelqu'un qui, non content de s'occuper de toi à l'œil, te prendrait chez lui et te ferait vivre à sa charge. Quelqu'un prêt à retirer le pain de la bouche de ses propres gosses pour te nourrir aussi, toi, espèce de fainéant ! Quelqu'un qui accepterait de se faire plaquer par la femme qu'il aimait et qui ne pouvait plus supporter de vivre sous le même toit qu'un vagabond sale et puant qui sentait le chien mouillé, crachait par terre, volait les cigarettes et les alcools du maître de maison et mangeait la bouche ouverte. Tu étais abominable et dégoûtant, mais j'ai supporté tout ça parce que je voulais faire de toi un grand chanteur, je voulais préserver ton don naturel pour qu'il ne disparaisse pas avec ta vie inutile. Et maintenant, descends dans la rue et ramène-moi quelqu'un d'autre.

– Pourquoi tu mens ? Je ne puais pas le chien ! s'écria Igor en se rattachant à la seule chose qu'il avait retenue de la tirade.

– Tu puais le chien, le bouc et les chiottes ! Tu te souviens comment je me battais avec toi pour t'obliger à te laver tous les jours ? Tu as oublié ? Pas moi. Je t'ai appris à chanter, à poser ta voix, à écouter l'accompagnement. Je t'ai aussi choisi ton répertoire, les chansons que tu pouvais interpréter avec succès, parce que non seulement tu n'as pas de cervelle, mais tu n'as pas non plus de flair, ni aucune notion de goût. Par toi-même, tu ne pourras jamais rien accomplir de convenable. Tu veux te produire sur scène ? Vas-y ! Qu'est-ce que tu vas chanter ? *Lioubotchka et sa jupe bleue* ? *Le Capitaine Katalkine*[1] ? Moi, j'ai choisi exprès ton répertoire pour que tu ne ressembles à personne et que tu puisses exprimer la gamme entière de tes possibilités.

1. Tubes russes, populaires et un peu niais, repris par de nombreux interprètes. *(NdT)*

263

Celles que la nature t'a données et celles que je t'ai enseignées. Je t'ai aussi appris à te tenir sur scène. C'est moi qui ai conçu et dessiné tes costumes. Je t'ai trouvé des musiciens capables de t'accompagner comme il faut. J'ai cherché des auteurs et des compositeurs capables de t'écrire de bonnes chansons originales pour compléter celles des Nemtchinov et je les ai payés de ma poche. Et ce n'est qu'après tout ça que tu as pu te produire et devenir connu. Ainsi donc, qui es-tu, Igor Vildanov ?

La question était purement rhétorique, mais il marqua tout de même une pause.

– Je vais te le dire, reprit-il. Tu te prends pour un grand chanteur et une star de premier niveau ? Non, tu n'es rien. Tu n'es qu'une marionnette. Un automate dont j'ai inventé le mécanisme et que je montre aux gens. Un automate à qui j'ai donné ma technique vocale, mon style d'exécution et mon goût musical. Je t'ai fabriqué de mes propres mains du début à la fin. Il n'y a rien d'original en toi, tu saisis, avorton inachevé ? Lorsque tes fans t'admirent et que les journaux vantent ton goût et tes sonorités recherchées, tu dois te souvenir que ce sont les miens et non les tiens qui les séduisent. Et toi, racaille ingrate, tu n'as jamais dit une seule fois à personne que c'est moi qui t'ai tout appris. En revanche, tu poses en grand artiste et prends pour toi tous les compliments alors que tout ce que tu mérites, c'est qu'on te crache au visage. Tu n'as qu'à essayer de chanter différemment et d'adopter ton propre style. Tu verras combien de personnes resteront dans la salle après trois minutes de spectacle ! Tu veux essayer ?… Tu ne veux pas ?… Alors, va te coucher, cuve ton vin et n'aie pas même l'idée de te lever avant demain matin. Et dis-toi bien que c'est la dernière fois que tu te permets de te comporter comme aujourd'hui. Désormais, tu m'obéiras et tu feras exactement ce que je te dirai. Et n'ose plus jamais penser et dire à quelqu'un que je travaille pour toi. Je suis ton professeur et ton mentor, mais uniquement parce que je suis de bonne composition et que je veux avant tout t'aider, j'exerce aussi les fonctions d'imprésario. Tu as compris, espèce de bouc puant ?

Igor se disposait à lui répondre en montrant les dents lorsque la sonnerie du téléphone retentit. Il se penchait déjà en avant pour prendre le combiné, mais Zotov le devança.

– Non, non, Igor n'est pas là, répondit-il, imperturbable. Non, demain, il ne sera pas là non plus… Non, pas avant quinze jours. Non, malheureusement, il ne sera vraiment pas disponible avant. Il est très occupé… Merci… Bonsoir, portez-vous bien.

Après avoir raccroché, il contempla Vildanov d'un regard moqueur.

– Vers quoi tendais-tu donc la main ? Vers le combiné ? Je t'ai pourtant interdit de répondre au téléphone. Il me semble que tu deviens bien téméraire…

Ces derniers mots finirent de troubler l'esprit de Vildanov. L'avalanche de phrases humiliantes tombée dans une conscience embrumée par l'alcool provoqua en lui une rage et une fureur comme il n'en avait jamais ressenti. Il bondit du divan et se précipita vers la porte.

– Où tu vas ? demanda Zotov, contrôlant comme d'habitude le moindre de ses pas.

– T'occupe !

Igor sortit du salon sans comprendre réellement où il allait. Une seule idée lui tournait dans la tête : « Je vais te montrer qui est vraiment le maître ! »

*
* *

Les médecins ne laissèrent pas Vassili Petrovitch Nemtchinov accéder à la chambre de sa petite-fille, mais il ne quitta pas l'hôpital pour autant. Nastia l'aperçut dans le petit jardin à côté de la salle des admissions. Les cheveux blancs et le visage ridé, il était assis sur un banc, le dos bien droit, immobile, comme s'il était insensible au froid mordant en ce milieu d'après-midi. Elle s'assit près de lui.

– Vassili Petrovitch ? dit-elle prudemment.

Le vieux Nemtchinov tourna légèrement la tête de son côté et lui jeta un regard éteint.

– Qui êtes-vous ?

– Je m'appelle Nastia, répondit-elle d'une manière inattendue, même pour elle-même.

Elle ignorait ce qui l'avait poussée à donner simplement son diminutif plutôt que de se présenter d'une manière plus formelle.

– Nastia, répéta Nemtchinov. Anastasia. Un beau nom, simple, russe.
Je ne voulais pas qu'on l'appelle Valeria. C'est un prénom étranger,
pas de chez nous. Il n'est pas sous la protection de Dieu.

– Quel prénom auriez-vous préféré donner à votre petite-fille ?

– Anna, Annouchka…

« Anna n'est pas non plus un prénom protégé par Dieu », pensa
Nastia en se souvenant des nombreuses Anna qu'elle avait vues défiler comme victimes à la Criminelle pendant les quinze années où elle
y avait travaillé. C'était étrange, mais elle avait l'impression que son
passé dans le service de Gordeïev mettait à profit la moindre occasion
pour remonter à la surface de ses souvenirs.

– Vous êtes croyant ? lui demanda-t-elle.

– Ça dépend comment on voit les choses, répondit distraitement
Nemtchinov. Je ne crois pas en Dieu. Je n'ai pas été élevé dans la reli-
gion. Mais je crois en la sagesse éternelle, vous savez, celle qu'on
trouve dans des textes anciens, comme Le Requiem. Tout est de ma
faute, je pensais pouvoir éviter le calice, mais non, la sagesse éternelle est la même pour tout le monde et personne ne peut y échapper.
J'étais un imbécile. J'ai essayé de l'enseigner à Guennadi, mon fils.
J'ai tenté de l'éduquer en lui mettant le nez dans ce texte, de l'obliger
à le lire, à le traduire avec un dictionnaire, à l'apprendre par cœur…
Je voulais faire entrer cette sagesse dans sa caboche. Je pensais que ça
l'aiderait à rester droit. Mais ça n'a pas été le cas. Ça s'est mal passé.

Nastia sursauta. Une idée toute simple se présenta soudain à son
esprit d'une manière si claire qu'elle s'étonna même de ne pas l'avoir
eue avant. La chanson la plus célèbre interprétée par Vildanov : Le
Requiem. C'était indiscutablement la meilleure des compositions de
Guennadi Nemtchinov, en tout cas, son œuvre la plus forte et la plus
marquante. Et la seule dont il était à la fois l'auteur de la musique et
des paroles. Toutes les autres avaient été écrites en collaboration avec
sa femme, Svetlana Nemtchinova. Et pourquoi avait-il pris justement
le thème du Requiem ? Parce ce que ce texte lui avait été enfoncé
dans la tête dès l'enfance et qu'il avait écrit la chanson lorsqu'il était
encore célibataire et pas sorti de l'emprise spirituelle de son père.

– Comment pensiez-vous que les choses allaient se passer ? demanda-
t-elle. Il était impossible de tout dissimuler jusqu'à la fin des temps.
Vous deviez bien vous douter que la vérité surgirait tôt ou tard et pro-
voquerait une tragédie. Lera a tout appris non de vous, mais de per-

sonnes étrangères qui lui ont dit des choses qui l'ont fait réfléchir, se souvenir de certaines choses qu'elle avait rejetées de sa mémoire, comparer les faits et deviner ce qui s'était réellement passé. Et son esprit ne l'a pas supporté. « Quand trônera le Juge suprême, il poursuivra toutes les actions cachées et rien ne restera secret. » Ce n'est pas ce que dit la sagesse éternelle ?

– Oui, c'est ça, répondit Nemtchinov. Vous êtes de la milice ?

– Oui.

– On va encore m'arrêter ?

– Bien sûr que non. Pourquoi donc ? Pour l'affaire de votre fils et de votre belle-fille, vous avez déjà payé. Et même plus qu'il ne fallait.

Le vieil homme garda le silence. Nastia voyait des bouffées de condensation sortir de ses narines et s'étonnait de ne pas sentir le froid. Mais c'était toujours ainsi lorsqu'elle était émue. Elle savait de quoi Nemtchinov voulait parler : dix ans plus tôt, il avait appris un crime et ne l'avait pas dénoncé alors que la loi l'y obligeait. Le détournement de mineurs dans des activités sexuelles de groupe était un crime très grave. L'ancien Code pénal soviétique était encore en application et contenait un article qui punissait la non-dénonciation, même lorsqu'il s'agissait de parents proches. Le nouveau Code, adopté après l'effondrement de l'Union soviétique, précisait que l'on ne pouvait pas poursuivre les proches d'un délinquant ou d'un criminel qui n'avaient pas dénoncé ses délits ou ses crimes. De plus, comme le posaient si joliment les professeurs de droit, la dépénalisation de ce type d'actes faisait qu'il était impossible de juger Nemtchinov pour des faits commis dix ans plus tôt, même s'il venait à la tête de quelqu'un de le vouloir très fort.

– Lera est une gosse innocente, dit soudain le grand-père. Je pensais qu'en agissant ainsi elle ne souffrirait pas. Elle n'a jamais rien fait de mal. J'ai oublié que le Requiem disait : « *Quid sum miser tunc dicturus ? Quem patronum rogaturus, cum vix justus sit securus ?* » Mais vous ne comprenez sans doute pas.

– « Que puis-je faire, moi pécheur ? De quel protecteur implorer l'intercession, si même le juste a besoin d'indulgence ? »

– Vous comprenez le latin ?

– Un peu. Je l'ai appris en fac. Mais, pour être honnête, je connais mieux la musique. Vassili Petrovitch, vous ne voulez pas me raconter ?

267

– Pourquoi ? Quel sens cela peut-il avoir ? Tout est fini. Lera l'a appris. Comment va-t-elle vivre désormais ? Seigneur, j'ai fait tant d'efforts ! Je savais qu'elle me détestait et je n'ai jamais tenté de me justifier. Je ne voulais qu'une seule chose : qu'elle n'apprenne pas quels salauds, quelles ordures étaient ses parents. C'est tout. L'histoire est finie et ça ne sert à rien de la ressusciter.

– Non, l'histoire n'est pas terminée, lui renvoya Nastia. Une des cassettes a refait surface et quelqu'un l'utilise pour faire chanter quelqu'un d'autre. Nous devons en savoir le plus possible pour trouver le maître chanteur. Aidez-nous, s'il vous plaît.

*
* *

Moscou se préparait pour la fête de fin d'année. De jour en jour, la ville se parait de couleurs vives et de lumières brillantes. Des sapins et des guirlandes égayaient les rues et l'on croisait de plus en plus de gens dans le métro, chargés de paquets immenses aux couleurs vives dans lesquels on devinait des décorations pour les arbres du nouvel an[1]. Le temps était venu d'acheter des cadeaux à la famille et aux proches. Nastia, toujours débordée, retardait le plus possible ce moment, mais le temps filait et il fallait tout de même s'y atteler.

Elle laissa Nemtchinov à l'hôpital, mais il était déjà presque trop tard pour retourner au bureau ; de plus, comme elle n'était qu'à cinq stations de métro de la place du Manège et du grand centre commercial qui venait d'y être construit, elle décida qu'elle pouvait consacrer une ou deux heures à la corvée des cadeaux. Elle n'était pas du genre à improviser, aussi la première chose qu'elle fit en entrant dans le métro fut de s'arrêter à un kiosque pour acheter une carte téléphonique : elle voulait pouvoir consulter son mari à n'importe quel moment.

En remontant à la surface, elle ne s'attarda pas dans la contemplation des murailles du Kremlin fortement éclairées de l'autre côté du

---

1. Pendant la période soviétique, les fêtes religieuses étaient bannies du calendrier et c'était pour le nouvel an qu'on dressait les sapins et que le Père Gel apportait des cadeaux. Aujourd'hui, même si la Nativité est à nouveau célébrée, la tradition demeure, renforcée par le fait que le nouvel an arrive toujours en premier puisque le Noël orthodoxe est fêté le 7 janvier (25 décembre du calendrier julien). *(NdT)*

Manège et plongea directement, par les escaliers mécaniques, dans les entrailles du nouveau centre commercial souterrain. D'abord, elle ne comprit pas où elle se trouvait. Ce n'était pas le Moscou qu'elle connaissait, mais une ville européenne inconnue avec des boutiques de luxe, des cafés et des restaurants à profusion, des ascenseurs en verre et une immense fontaine au milieu de la grande place centrale.

Elle entreprit de faire le tour systématique des magasins et, au bout de vingt minutes, elle avait déjà composé mentalement une première liste de questions. Dans cet antre de la modernité à l'occidentale, elle trouva facilement une cabine à carte et composa le numéro de Liocha.

– Qu'est-ce que tu penserais si nous offrions à toutes les dames de notre entourage des bibelots Swarovski ? demanda-t-elle. J'ai trouvé une boutique où le choix est immense : il y a des choses très élégantes et d'autres plutôt rigolotes. Les prix, en revanche…

– Nastia, tu sais bien que je gagne très bien ma vie, maintenant. Tu ne te feras donc pas engueuler si tu te laisses un peu aller aux dépenses. Et pour les hommes, qu'est-ce que tu as prévu ?

– Je n'en suis pas encore là. Je viens à peine de faire le tour du premier niveau. Alors, j'ai le feu vert de la douane pour les Swarovski ?

– Tu l'as, dit Tchistiakov.

Au deuxième niveau, elle tomba sur un magasin d'articles pour fumeurs et se dit que ce serait une bonne idée de choisir des cendriers et des briquets pour les parents et amis du sexe masculin qui fumaient. La moitié du travail était fait ; il ne restait plus qu'à s'occuper des enfants et des non-fumeurs. Puis appeler encore Liocha pour se mettre d'accord sur tout et, ensuite, retourner tout acheter avant de rentrer à la maison. Ah, oui ! Il fallait aussi choisir un présent pour Liocha, mais là, elle ne pouvait pas lui demander conseil : c'était censé être une surprise.

Contrairement à ses prévisions, elle dut passer à son mari deux coups de fil supplémentaires parce qu'elle était incapable de choisir les cadeaux pour les enfants. Elle aimait tout ce qu'elle voyait et le problème du choix devenait insoluble.

« Seigneur ! pensa-t-elle, sarcastique. Comme c'était bien sous le pouvoir soviétique ! On voyait un article et on se dépêchait de l'acheter avant qu'il n'y en ait plus, parce qu'on était sûr de ne pas le retrouver avant au moins six mois. Quand on le retrouvait ! Ça réglait le problème du choix : on prenait ce qu'il y avait. Ça évitait aussi bien des migraines et des prises de tête. »

Elle finit enfin la corvée et quitta le centre commercial le porte-feuille vide et les bras chargés. En arrivant dans le métro, elle appela son mari encore une fois.

– Liocha, ça y est, je rentre. J'arriverai à notre station dans une demi-heure. Tu ne veux pas venir me chercher ? Mes sacs pèsent des tonnes.

– Korotkov y est déjà. Il te cherche partout. D'après ce que j'ai compris, il s'est posté avec sa voiture à la sortie du métro pour ne pas te louper.

– Qu'est-ce qu'il s'est passé ? demanda-t-elle, inquiète. Il ne te l'a pas dit ?

– Il s'est passé la même chose que d'habitude : la routine. Il paraît qu'on a trouvé un cadavre, répondit-il d'un ton imperturbable.

– Le cadavre de qui ?

– Je ne sais pas, Nastia. Je ne crois pas que ton copain me l'ait dit.

Elle raccrocha et descendit sur le quai de la station Plochtchad Revolioutsii. Depuis sa conversation avec la jeune Larissa, sa petite-cousine, elle regardait les couloirs du métro d'un autre œil. C'est vrai qu'il y avait beaucoup de mendiants et d'estropiés. Nastia s'était depuis longtemps habituée à ne pas les remarquer, d'autant qu'elle était bien placée pour connaître la situation réelle de l'immense majo-rité de ces pauvres gens et la manière dont on les intégrait dans des réseaux organisés. Mais pour les non-initiés, et surtout ceux qui venaient de province et n'étaient pas au courant, le spectacle était dantesque.

En montant dans la rame, elle ne parvint pas à trouver une place assise et resta debout tout le chemin, adossée à une portière. Plutôt que de se perdre en spéculations à propos du « cadavre » annoncé par Liocha, elle se remémora le récit que le vieux Nemtchinov lui avait fait un peu plus tôt dans la journée, avant la tournée des emplettes. Elle n'en revenait pas de la manière dont on peut se faire une fausse idée des gens et des événements ! Elle était persuadée que Nemtchi-nov était un criminel dangereux et endurci, couvert par des relations criminelles de longue date, et dont la mission consistait à détourner de jeunes étudiants miliciens en les faisant travailler pour le compte du crime organisé. Mais la vérité était à mille lieues de ça. Ce n'était qu'un vieil homme malheureux qui avait sacrifié sa vie pour le salut de sa petite-fille et qui n'avait rien à voir avec le meurtre du jeune Alexandre Barsoukov.

Mais alors qui l'avait tué ? Et pourquoi ?

Liocha ne s'était pas trompé. Korotkov l'attendait bien près de la sortie du métro. Nastia remarqua tout de suite sa vieille Jigouli à bout de souffle.

– Alors, c'est quoi le problème ? demanda-t-elle aussitôt en s'installant sur le siège passager.

– C'est Zotov, répondit son collègue d'un ton énigmatique.

– Quoi, « Zotov » ?

– On l'a tué.

– Merde alors ! Où ?

– Dans l'appartement d'Igor Vildanov. Le chanteur l'a poignardé. Quatorze blessures profondes. Pas très beau à voir…

– Attends, Iouri, pas si vite. Procédons par ordre…

– De quel ordre veux-tu parler, Nastia ? Il n'y a aucun ordre dans cette affaire. Les voisins de Vildanov ont appelé la milice pour leur dire qu'ils avaient entendu des hurlements effrayants en provenance de l'appartement d'à côté. Ils ont sonné à la porte et Igor Vildanov est venu leur ouvrir. Il était comme fou, il hurlait comme un chien en tournant autour du corps. Une équipe est arrivée et Vildanov a été transféré à la Petrovka. Il n'a rien raconté d'intéressant. Tout ce qu'il disait, c'était : « Il ne pourra plus jamais m'humilier, il ne pourra plus jamais m'offenser… »

– Il a avoué le meurtre.

– Oui, il a avoué. Bien que sa confession ne soit pas très crédible.

– Pourquoi ? demanda Nastia, surprise. Tu ne le crois pas capable d'un meurtre ?

– Vildanov ? Et comment qu'il en est capable ! Et plutôt deux fois qu'une. Mais le mobile ? Où donc est le mobile ? Pourquoi tuer un imprésario qui était pour lui comme son propre père ? Non, Nastia, j'ai l'impression qu'il y a une histoire d'argent derrière ce meurtre. Dans le show business circulent de grosses sommes. Et en plus pas très légales. C'est à cause de cet argent que Zotov a été tué. Et je n'exclus pas du tout que le coupable ne soit pas Vildanov. Ou alors, c'est vraiment Vildanov, mais il n'était pas tout seul. Il devait y avoir quelqu'un d'autre. Souviens-toi de ce que je te dis.

Nastia se rendit soudain compte que Korotkov avait engagé la voiture dans une direction inconnue. En tout cas, il n'avait pas pris l'itinéraire sinueux entre les immeubles qui conduisait chez elle.

– Chauffeur, où allons-nous ? demanda-t-elle. Annonce la couleur.

– À l'appartement de Zotov. Une perquisition est en train de se dérouler en ce moment même.

– Pour quelle raison ? Que voulez-vous découvrir ?

– La preuve de manipulations financières qui auraient pu être à l'origine du conflit. En fait, on agit selon le schéma ordinaire : le coupable est probablement celui qui avait le plus intérêt à le tuer.

– OK, c'est logique. Mais qu'est-ce que je viens faire là-dedans ? Pourquoi tu m'emmènes dans un endroit d'où je vais me faire virer à coups de pied au derrière dès que le juge d'instruction chargé de l'affaire remarquera ma jolie silhouette ?

– Le juge d'instruction ne te chassera pas. Aujourd'hui, c'est Boris Gmyria qui assure la permanence. Tu sais à quel point il t'apprécie. Tu te souviens de la fois où nous avons fait une perquisition tous les trois sans faire venir de témoin réglementaire ? Un autre juge aurait refusé, mais lui, il est normal. C'est agréable de travailler avec ce gars-là parce qu'il comprend les contraintes du service. D'ailleurs, comme c'est un ancien opérationnel, il ne s'énerve pas pour rien.

– Et il ne respecte pas le Code d'instruction criminelle en bon opérationnel qu'il était, fit remarquer Nastia, mi-figue, mi-raisin. Excusemoi, mais je ne comprends tout de même pas pourquoi tu m'entraînes là-bas.

– Ben… Nastia, s'il te plaît, ne te fâche pas. Le colonel Gordeïev m'a prévenu que si on ne trouvait pas des éléments pour ficeler l'affaire, celle du meurtre de Zotov tomberait sur ma pomme. Mais, toi, mon amie fidèle et de longue date, tu ne me laisserais pas tomber, hein ? Tu vas me donner un coup de main. Si tu participes à la perquisition, tu pourras fouiller dans les papiers et découvrir quelque chose que je n'aurais pas remarqué. Au fait, où étais-tu toute cette journée ? J'ai essayé de t'appeler, mais tu ne répondais pas.

– J'étais avec le vieux Nemtchinov.

– Alors ? Comment tu l'as trouvé ? Mes impressions étaient justes ?

272

– Absolument. Il a confirmé mes suppositions. Il avait découvert des cassettes chez son fils et les avait visionnées. Igor Vildanov était sur certaines d'entre elles. Évidemment, lorsqu'il s'est rendu compte à son retour de camp que sa petite-fille adorée fréquentait cet homme visiblement immoral, il a eu très peur pour elle. Étant donné leurs rapports, il n'avait aucun moyen de lui interdire quoi que ce soit. Quant à lui raconter la vérité, c'était impossible. D'abord, elle ne l'aurait pas cru. Et même si elle l'avait fait, son récit aurait ruiné l'image que la jeune fille se faisait de ses parents. Tout ce qu'il pouvait faire, c'était veiller sur elle le mieux possible, mais de loin. Dès qu'il a eu l'occasion d'attirer l'attention d'un flic sur Vildanov, il n'a pas hésité.

– Je m'en suis bien douté à la manière qu'il avait de me montrer les dessins de la gamine, reconnut Korotkov.

– Tu sais, reprit Nastia, il m'a raconté une chose curieuse. Il pense que les parents de Lera n'enregistraient pas ces cassettes par pure perversion. Ils avaient un client, ou plutôt un « employeur », qui leur disait quand il fallait organiser leurs orgies et qui ils devaient inviter. Et il payait très cher pour les cassettes. Pour que les Nemtchinov ne se rebiffent pas et que l'idée de tout arrêter ne leur vienne pas à l'esprit, ce type s'était débrouillé pour les rendre accros à l'héroïne. Quand on sait le prix d'une simple dose, surtout à l'époque, ils devaient être bien contents de vendre ces enregistrements.

– Pour revenir au grand-père... Il t'a dit ce qui l'avait poussé à agir ?

– Lorsqu'il a trouvé ces cassettes par hasard et qu'il les a visionnées, il est tombé de haut. D'autant qu'il voyait bien qu'elles avaient été tournées dans la datcha familiale. Son sang n'a fait qu'un tour et il a pris le premier train de banlieue pour s'y rendre. Jusqu'au dernier moment, il a espéré que Guennadi lui donnerait des explications, qu'il tenterait au moins de se justifier. En arrivant à la datcha, il n'a trouvé personne. Les Nemtchinov étaient partis en promenade ou faire des courses. En les attendant, il s'est occupé un peu du jardin. C'est à ce moment que notre témoin Belkine l'a remarqué. Lorsque les Nemtchinov sont enfin arrivés, Guennadi a reconnu sans peine tous ses agissements, y compris son addiction et celle de Svetlana aux drogues dures. Loin de faire amende honorable et de promettre de tout laisser tomber, il a ri au nez de son père en se trouvant de bonnes raisons pour continuer. C'était plus que le vieux Nemtchinov ne pouvait supporter. Il a soudain compris que si son fils et sa belle-fille étaient accros à l'héroïne, ils pouvaient avoir un problème à tout moment. Et que s'il leur arrivait un malheur, n'importe qui pourrait dénicher leurs cassettes et il serait impossible d'éviter le grand déballage. Tout ressortirait : les orgies, la pédophilie, la drogue... Les réputations du célèbre compositeur Nemtchinov et de sa parolière de femme seraient ruinées à tout jamais. Et la vie de sa petite-fille aussi. Comment pourrait-elle mener une vie normale en se sachant la fille de parents aussi dépravés ? Il a donc décidé d'agir en son âme et conscience.

– Mais de manière stupide, lança Korotkov. Il aurait pu trouver le moyen de ne tuer personne et de ne pas aller en taule.

– Sans doute, reconnut Nastia. Mais le passé est le passé et on ne peut rien faire pour le changer. À quoi bon revenir en arrière ? Le grand-père Nemtchinov a fait ce qu'il a fait. C'est trop tard... Zut, Iouri ! Pour toi aussi, c'est trop tard, tu viens de manquer la même bifurcation qu'hier !

– Excuse-moi, j'étais distrait par notre affaire. De toute façon, il suffit de prendre la rue parallèle.

*
* *

Le juge d'instruction, l'air préoccupé, accueillit Nastia d'un signe de tête.

– Salut, Kamenskaïa. Entre, prends ta place parmi nous. Comment vas-tu ?

– Comme d'habitude, Boris Vitalievitch, merci. Vous avez trouvé quelque chose ?

– Rien pour le moment. Nous avons examiné la chambre à coucher, la cuisine et les sanitaires. Il reste le bureau et le salon. Tu peux choisir.

Nastia opta pour le salon, même si elle comprenait bien que c'était plutôt dans le bureau qu'on risquait de mettre au jour des documents ou de la correspondance compromettante sur les affaires de Zotov. Mais elle ne ressentait aucun intérêt pour les papiers financiers de l'imprésario. Ce qui l'intéressait, c'était Viatcheslav Olegovitch Zotov lui-même, artiste bien formé et non sans capacités, qui s'était transformé volontairement en pédagogue doué. Un homme qui voyait près de lui un gamin comblé d'un don divin et qui souffrait parce que la nature n'avait pas donné ce talent à lui, l'homme intelligent et instruit, mais à un misérable petit monstre.

Dans l'histoire classique, Salieri tue Mozart. Mais ce soir-là, Nastia Kamenskaïa s'intéressait à Salieri, tombé sous les coups d'un adversaire de génie. Depuis qu'elle avait vu dans ce même salon, la veille, la cassette du film *Amadeus*, elle ne parvenait pas à chasser de son esprit les relations complexes qui peuvent lier une personne respectable mais moyennement douée et une personne géniale, mais vide et vaine.

Dans le film de Forman, Salieri, en voyant Mozart, tente de comprendre sincèrement pourquoi Dieu a doté de tant de bienfaits ce petit bout d'homme mal élevé qui court après tous les jupons qui passent et n'a pas conscience de la grandeur de son propre talent. Nastia gardait en mémoire la scène où Salieri visite la maison de Mozart, touche ses objets, hume l'air que respire le génie, tout cela en s'efforçant de découvrir la clé du mystère. Il essaie, essaie… Mais n'y parvient pas. Et Zotov, lui, comment percevait-il son élève Vildanov ? Désormais, il était impossible de le savoir. Mais en tout cas, il avait regardé *Amadeus*. Et plus d'une fois, à en juger par l'état de la pochette.

Salieri avait donc toutes les raisons de tuer Mozart. Là-bas et à l'époque. Et pourtant, c'était le contraire qui s'était produit, ici et maintenant : Mozart avait tué Salieri.

Nastia s'approcha des rayonnages où des dizaines de vidéocassettes s'alignaient dans un ordre strict, comme des livres. Des enregistrements de musique classique, des opéras, des concerts, des spectacles de chanteurs et de groupes modernes, des films russes et étrangers. Visiblement Viatcheslav Zotov détestait le désordre.

Elle examina les titres d'un air pensif, sans savoir réellement ce qu'elle espérait trouver tandis qu'elle passait le doigt sur le dos des boîtiers : Madonna, Michael Jackson, Les Scorpions, Trali-vali…

Elle s'arrêta soudain. Que venait faire Trali-vali là-dedans ? C'était un groupe russe. Il n'aurait pas dû être là, mais un peu plus loin, avec Docteur Watson et Valeri Meladze. Nastia retira la cassette du rayon. Le boîtier lui sembla bien léger. En tout cas, elle ne sentit pas sous ses doigts la densité habituelle de la cassette. À peine l'avait-elle soulevée qu'un objet en tomba et roula par terre : un dictaphone.

– Boris Vitalievitch ! cria-t-elle. Venez ici avec les témoins !

Ce qu'elle venait de faire n'était pas conforme au règlement, mais Nastia savait que le juge Gmyria ne se formaliserait pas d'une violation aussi minime. Normalement, la moindre fouille devait se dérouler sous les yeux des témoins, de manière à ce que personne ne puisse ensuite prétendre que telle ou telle autre pièce à conviction avait été apportée par la milice elle-même. Mais généralement, les enquêteurs voulaient terminer leurs perquisitions le plus vite possible : ils cherchaient dans plusieurs endroits simultanément et les témoins ne pouvaient pas être partout.

– Voilà, dit-elle en montrant le dictaphone sur la moquette tandis qu'elle tenait encore dans les mains la pochette de Trali-vali. Zotov l'avait dissimulé dans ce boîtier de cassette vide.

– Ce n'était peut-être pas Zotov, lui objecta Gmyria avec raison. Quelqu'un a pu le cacher là pour enregistrer une conversation. Dis donc, Korotkov, tu avais peut-être raison en pensant qu'on allait trouver des choses pas très claires ici. Moussine, ramène-toi. Nous avons une petite chose pour toi.

L'expert Moussine, que Nastia voyait pour la première fois, se pencha sur le dictaphone.

– Je prends les empreintes ? demanda-t-il au juge d'instruction. Ou je me contente de donner un avis technique ?

– Prends les empreintes ; il faut déterminer si Zotov a touché ce joujou. Si ce n'est pas le cas, c'est que quelqu'un l'a mis là.

– Il y a une inscription sur le côté, Boris Vitalievitch.

– Lis-la à haute voix, lui ordonna Gmyria.

– « Au vainqueur des compétitions interuniversitaires de lutte au corps à corps, Natik Aïvazov, 1997. »

– Aïvazov ? s'écria Nastia. Je connais ce nom. Il faisait partie du même groupe d'études que Barsoukov. J'ai appris toute la liste des étudiants par cœur : Natik Rakhmanovitch Aïvazov.

– Et qui est ce Barsoukov ? demanda Gmyria, soupçonneux. Pourquoi je ne le connais pas ?

– C'est le garçon qu'Igor Vildanov a embauché pour qu'il trouve le maître chanteur, expliqua Korotkov.

– Et où est-il maintenant, ce gamin ?

– Au même endroit que Zotov, *ad patres*. On l'a tué, lui aussi.

– Formidable ! fit Gmyria dans un soupir. Moussine, finis avec les empreintes et voyons ce que nous raconte ce dictaphone.

Une petite cassette audio y était insérée.

– Bon, on va l'écouter. Vas-y Moussine, branche-le, ordonna le juge d'instruction. Et toi, Korotkov, pas la peine d'user tes fonds de culotte ici, va donc téléphoner où il faut pour trouver cet Aïvazov et demande-lui à qui et pourquoi il a donné le dictaphone.

L'enregistrement n'était pas de très bonne qualité, mais les voix étaient bien nettes. On pouvait comprendre chaque mot, même si la conversation se déroulait dans un lieu fréquenté, peut-être un bar ou un café. La première voix se faisait entendre au milieu d'une phrase :

« ... tombée malade. Je ne sais pas ce que je dois faire. Le médecin doit venir aujourd'hui. J'ai laissé Katia, l'aînée, à la maison pour qu'elle reste avec sa mère, mais elle pleurait, la pauvre, parce que son frère Vitia avait le droit d'aller à la piscine, mais pas elle. Je peux lui téléphoner ?

– Vas-y, pas de problème. »

Nastia sentit un frisson lui parcourir l'échine, comme si un fantôme s'était dressé devant elle. Cette deuxième voix était celle de Viatcheslav Zotov. Le haut-parleur du dictaphone diffusait maintenant les couinements des boutons d'un téléphone : la succession de courtes notes aigrelettes indiquait qu'il devait s'agir d'un mobile.

« Katia ? fit le premier homme. Comment va maman ?... Le médecin est venu ?... Qu'est-ce qu'il a dit ?... Bon, tu me raconteras tout à l'heure. Tu as donné à dîner à Vitia ? ... Comment ça, il n'est pas rentré ? Il aurait dû être là depuis une heure !... Bon... Entendu...

– Alors, qu'est-ce qu'elle a ta femme ? demanda la voix de Zotov.

– Katia n'a pas bien compris, mais elle a dit que le médecin avait tout écrit sur une ordonnance. Vitia, lui, s'est barré quelque part, le petit saligaud. Il n'est pas rentré de la piscine. Je peux appeler encore ?

– Je t'en prie. »

La petite musique des touches pressées se fit encore entendre.

« Allô, Gocha ? Salut. Tu n'as pas vu mon gosse ?... Mais le tien est rentré de la piscine, non ?... Il y a longtemps ?... Bien, excuse-moi. Salut. »

Une pause.

« Slava, je sais que j'abuse, mais si tu permets, je vais passer un dernier coup de fil. Je ne suis vraiment pas tranquille.

– Mais oui, mais oui... »

Il y eut un déclic. L'enregistrement était terminé. Gmyria venait d'ouvrir la bouche pour commenter ce qu'il venait d'entendre lorsque le dictaphone se remit en marche.

« Alors ? redemanda la voix de Zotov.

– Rien, c'est tout le temps occupé. Slava, excuse-moi, mais je dois rentrer. Il faut que j'aille chercher mon gamin. Il lui est peut-être arrivé quelque chose. Écoute, je vais passer le coup de fil pour toi et je filerai à toute vitesse.

– Entendu, téléphone-lui dès que tu seras dehors et rappelle-moi tout de suite après pour me rendre compte. D'accord ?

– Oui, chef. J'y cours. »

Cette fois, l'enregistrement s'acheva pour de bon. Il n'y avait plus rien sur la cassette.

– Qu'est-ce que c'est que ce truc ? demanda Gmyria d'une voix sévère.

– C'était le citoyen Zotov en pleine conversation avec un inconnu, répondit Nastia.

– Mais qu'est-ce que ça vient faire dans le crime qui nous occupe ? Je n'y comprends rien : une femme malade, le fils qui ne rentre pas à l'heure de la piscine. C'est quoi, cette histoire ? Qu'est-ce que ça cache ?

– Je ne sais pas ce que ça cache, Boris Vitalievitch, répondit Nastia bien que la question ne s'adresse pas particulièrement à elle, mais je vois se profiler un tas de questions intéressantes : pourquoi l'inconnu devait-il courir pour aller téléphoner quelque part alors qu'il avait un appareil sous la main ? Il n'arrêtait pas de demander à Zotov l'autorisation de se servir de son mobile ; donc, s'il est parti appeler d'ailleurs, c'était sans doute pour utiliser un poste fixe. Peut-être d'une cabine. Cela signifie-t-il que le poste qu'il devait joindre n'était pas accessible avec un mobile ? Et pourquoi cette situation intéressait-elle quelqu'un au point de l'enregistrer au dictaphone ? On peut supposer que cette personne se tenait tout près d'eux avec l'appareil. Sans doute à une table voisine, si c'était dans un bar. Mais, dans ce cas, comment ce foutu dictaphone a-t-il fait pour se retrouver dans l'appartement de Zotov ?

– Dis donc, Kamenskaïa, tu en as des questions ! Un wagon et trois camions, comme toujours. Mais des réponses, tu n'en as pas des masses. Des idées ?

Nastia n'eut pas le temps de répondre car Korotkov revint dans la pièce en coup de vent.

– J'ai trouvé Aïvazov. Il dit avoir prêté le dictaphone à Sacha Barsoukov, mais qu'il ne sait pas ce que ce dernier en a fait.

– Et pourquoi Barsoukov avait-il besoin d'un magnétophone ? Qu'espérait-il enregistrer ? demanda Nastia.

– Aïvazov ne le sait pas... d'après ce qu'il m'a dit. Il a simplement rendu service à un copain, sans se pencher sur les détails.

Gmyria gardait le silence, l'air bourru et mécontent. Il venait de comprendre que le meurtre sur lequel il enquêtait était lié à une autre affaire, déjà conduite par un autre juge. Ça signifiait que les deux dossiers allaient être regroupés et confiés à l'un des deux magistrats instructeurs. Il devrait donc prier le ciel que ce ne soit pas lui car il détestait achever le travail commencé par d'autres. Mais, pour le moment, il n'y avait rien à faire. C'était à lui qu'il incombait de mener les investigations et il devait assumer ses responsabilités.

– Kamenskaïa, tu as des suggestions ?

– Oui, il faudrait appeler la Petrovka pour interroger encore le prévenu Vildanov et qu'il raconte quand et dans quelles circonstances il a vu Barsoukov pour la dernière fois.

– Comment se fait-il que vous ne lui ayez pas déjà posé la question ?

– Nous n'avons pas eu le temps, Boris Vitalievitch, dit Korotkov. Ce n'est qu'hier que nous avons appris, justement par Zotov, que Barsoukov connaissait Vildanov. Nous devions aller interroger le chanteur ce soir. Son imprésario nous avait dit que sa matinée et une bonne partie de sa journée seraient occupées par des interviews avec la presse : les rendez-vous étaient pris depuis longtemps et il était difficile de les remettre. Nous devions voir son petit génie en fin de journée. Je devais l'appeler vers sept heures du soir, pour convenir de la rencontre. Et c'est à six heures que nous avons été informés du meurtre.

– Bien, dit Gmyria, satisfait de la réponse. Retourne téléphoner et trouve quelqu'un pour poser à Vildanov les questions que Kamenskaïa vient de nous indiquer. Pendant ce temps, nous finirons la perquisition.

Nastia n'avait plus envie de participer à la fouille. Ce qu'on pouvait encore dénicher dans l'appartement ne présentait plus d'intérêt pour elle. Ils avaient déjà mis la main sur l'essentiel. Désormais, il ne manquait plus qu'un tout petit détail pour que toutes les pièces du puzzle se mettent en place. Et ce détail, c'était ce que Korotkov essayait de trouver au téléphone. S'il y parvenait, toute l'affaire serait résolue. Dans le cas contraire, ce serait à nouveau l'obscurité complète, sans aucune lumière au bout du tunnel.

Elle se sentit soudain envahie par une énorme vague de nostalgie pour le travail opérationnel. Là, elle y était étrangère : son travail ne consistait pas à élucider des meurtres, on ne l'avait appelée que par amitié et elle ne pouvait même pas intervenir auprès du juge d'instruction pour lui proposer telle ou telle hypothèse. Elle n'était plus rien dans la guerre éternelle entre les flics et les voyous.

Korotkov passait ses coups de fil depuis le poste de la cuisine pour ne pas gêner ceux qui menaient la perquisition dans le bureau et le salon. Nastia s'installa en face de lui pour écouter.

– Oui, avec Barsoukov… Quand, où, dans quelles circonstances… Le plus de détails possible. Et de toute urgence, Kolia. Rappelle-moi dès que possible… Oui, d'accord, je lui transmets.

Il raccrocha le combiné et contempla Nastia avec un grand sourire.

– Tu as le bonjour de Selouïanov. Tu sais qu'il va se marier ?

– C'est vrai ? demanda Nastia avec une joie non dissimulée. Avec Valentina ?

– Avec elle. De sorte que tu as intérêt à te préparer, l'amie. Il faut que tu achètes un cadeau et tout le reste… Mais pourquoi cette mine triste ? Il y a un instant tu étais gaie comme un pinson et maintenant tu fais la gueule.

Elle soupira et se passa une main dans les cheveux, plus pour se donner une contenance que pour les remettre en place.

– Iouri, je veux revenir.

– Où ça ? demanda Korotkov qui n'avait pas compris ce qu'elle voulait dire.

– Chez vous. Dans l'équipe de Gordeïev.

– Ben dis donc ! Tu ne sais pas ce que tu veux. Il y a à peine quelques jours, tu étais devant moi, les joues rouges et le regard brûlant, à me dépeindre les charmes du travail analytique. C'était ta passion, Nastia. Que s'est-il passé ?

– C'est toujours ma passion. Mais je pensais que je pourrais vivre sans vous et sans notre travail commun. Et je me rends compte que je ne peux pas. J'ai envie de hurler !

– Eh, attends ! s'écria Korotkov qui ne supportait pas les larmes et n'était pas à l'aise avec les dames en pleurs. Tu ne vas tout de même te lancer dans la production de mucosités, hein ?

Nastia éclata de rire. Elle se sentait plus légère et avait chaud au cœur. Comme c'était bon d'avoir des amis comme Iouri à qui on pouvait s'ouvrir sans avoir peur d'être mal compris.

– Oh, n'aie pas peur. Je parlais d'une manière figurée. Pour être honnête, je viens de comprendre que je regrette mon travail avec vous tous. Ça va sans doute me passer. Qu'est-ce que tu en penses ?

– Bien sûr que ça va passer, déclara Korotkov d'un ton péremptoire. Reçois d'abord tes galons de lieutenant-colonel et tu pourras ensuite regretter tout ce que tu veux. Dis, à ton avis, il y a des cendriers dans cette baraque ou je jette mes cendres dans l'évier ?

– J'ai vu un cendrier dans le salon. Va le chercher.

– Et puis quoi encore ? Gmyria est méchant comme une teigne. Tu comprends, il aime tout faire depuis le début, alors, lorsque le cadavre dont il s'occupe est lié à une autre affaire, il devient féroce. Il déteste travailler dans les équipes d'instruction… Bon, nous allons jeter nos mégots dans l'évier, nous ferons couler de l'eau par-dessus et, ni vus ni connus. Au fait, est-ce qu'il t'est venu quelques idées au sujet de toute cette histoire ?

– Quelques-unes, mais pas très fraîches, dit Nastia en plaisantant. Sacha Barsoukov avait quand même découvert quelque chose puisqu'il a estimé nécessaire de surveiller Zotov et d'enregistrer ses conversations avec d'autres gens. Il y a quelque chose qui ne colle pas dans ces histoires d'appels téléphoniques. Un tour de passe-passe qui m'échappe.

Ils restèrent un bon moment à réfléchir tout en fumant, à attendre le coup de fil de Selouïanov. Lorsque la sonnerie retentit enfin, Korotkov se dépêcha de décrocher. Il écouta attentivement le rapport de son collègue avant de tout rapporter à Nastia.

Igor Vildanov avait rencontré pour la dernière fois Barsoukov à la datcha de ce dernier, à la campagne. La visite du jeune milicien n'avait pas été longue : il s'était borné à poser quelques questions à propos de la vidéocassette qui servait au chantage et il était reparti. Mais il n'avait pas dû aller bien loin car il était revenu à peine une demi-heure plus tard et avait demandé le numéro du mobile de Vildanov. Zotov était arrivé à ce moment et Vildanov s'était dépêché de renvoyer Barsoukov qu'il avait présenté comme un fan, puisque à ce moment il essayait encore de régler le problème du chantage sans en parler à son imprésario. Vildanov se souvenait de l'épisode parce que, juste avant le retour du jeune milicien, le maître chanteur l'avait encore appelé, ce qui l'avait mis hors de lui. Et voilà tout.

– Eh oui, voilà tout ! C'est exactement ça, confirma Nastia avec un grand sourire. Je crois que nous avons fait notre travail. Je vais te dire ce qui s'est passé et pourquoi Barsoukov est revenu demander à Vildanov son numéro de mobile. En sortant de la datcha de la star, il est allé à la gare et, en attendant son train, il s'est réfugié au chaud dans un débit de boissons. Là, il a reconnu Zotov en grande conversation avec un inconnu. Pour une raison quelconque, il devait avoir l'imprésario dans le collimateur, et la curiosité l'a poussé à écouter la conversation et à l'enregistrer, sans doute à tout hasard. Et là, il a été intrigué par la même chose que nous, tout à l'heure. Pourquoi quelqu'un qui a sous la main un téléphone mobile avec lequel il a passé plusieurs coups de fil va soudain appeler dans une cabine ? Il a dû suivre le gars et le voir pianoter le numéro. Et là, il a eu une intuition fulgurante : il est reparti chez Vildanov pour lui demander son numéro de portable. C'était vraisemblablement celui que l'homme venait de composer. Dès lors, il savait que Zotov devait être impliqué dans le chantage. Barsoukov était un garçon intelligent, mais pas trop expérimenté. Il a sans doute voulu suivre l'imprésario pour en savoir plus, mais ce dernier l'a probablement repéré. Reste à savoir qui l'a tué, Zotov ou son complice ?

– Eh oui, ça se tient, grommela Korotkov. Mais je ne comprends pas pourquoi le type est allé appeler d'une cabine. Le mobile de Vildanov n'a pas la reconnaissance du numéro, j'ai vérifié. De quoi avaient-ils peur ?

– Mais des factures envoyées par son opérateur. On y indique le numéro appelant et la durée de la communication. Que crois-tu que Vildanov aurait pensé en découvrant sur son compte le numéro de Zotov à une date et une heure correspondant à un appel de son maître chanteur ? Même si l'imprésario tentait de présenter son élève comme un idiot fini, il est probable qu'il exagérait un peu. Le chanteur était sans doute capable d'additionner deux et deux. Tu sais, Iouri, les mensonges les plus difficiles à percer sont ceux qui reflètent presque la vérité.

– C'est vrai, reconnut Korotkov. Zotov nous a raconté presque tout. Il n'a dissimulé qu'un petit détail et, sans celui-ci, toute l'histoire semble bien innocente. Et le plus important, c'est qu'on ne peut rien objecter à la vérité. Les Nemtchinov avaient-ils transformé leur datcha en bordel clandestin où ils faisaient des tournages vidéo ? Oui, ils l'avaient fait. Le père de Guennadi l'avait-il appris ? Oui, il l'avait appris. Y avait-il des cassettes là-bas ? Peut-être, il n'en était pas sûr. Et ce doute était destiné à nous faire croire qu'il n'avait aucun lien avec ça. Lorsque, face au chantage, Vildanov a embauché Barsoukov par l'intermédiaire de Lera, Zotov l'ignorait totalement. Mais quand l'a-t-il su ? Certainement pas lorsque Vildanov et Lera le lui ont avoué comme il l'a prétendu devant nous.

– Sans doute lorsqu'il a remarqué le manège de Barsoukov et a décidé de l'éliminer lui-même ou de le faire éliminer pas son complice, répondit Nastia. Ils ont dû trouver le dictaphone sur le cadavre. Je me demande pourquoi il l'a gardé en le cachant chez lui. Il aurait mieux fait de s'en débarrasser.

– Si je comprends bien, résuma Korotkov, son plan était de faire peur à Vildanov pour pousser Lera à parler des cassettes à son grand-père. De deux choses l'une : ou Igor persuadait directement Lera d'aller demander au vieux Nemtchinov, ou il allait en parler à Zotov qui désormais avait une bonne raison de presser la jeune fille. Il n'avait pas imaginé le refus catégorique de Lera d'avoir des contacts avec son grand-père.

À mesure qu'elle parlait avec son collègue, Nastia se rendait compte que l'histoire que lui avait racontée Zotov comportait une faille qu'elle aurait dû remarquer : il avait prétendu ne pas être au courant des orgies organisées par les Nemtchinov alors qu'il fréquentait régulièrement leur datcha. C'était pratiquement impossible. Et comment pouvait-il ignorer que ses amis étaient accros à l'héroïne ? S'il avait tu ces faits aux enquêteurs, cela signifiait qu'à l'époque son rôle devait être beaucoup plus important qu'il ne l'avait prétendu. Participait-il aux parties pédophiles ? Non, c'était peu probable : Vildanov aurait su qui il était. Il devait jouer un rôle plus discret. Un rôle… d'organisation. Dans ce cas, tout collait.

Oui, telle était la vérité. Zotov connaissait déjà l'existence des cassettes à l'époque où les parents de Lera étaient encore vivants. Et cela pour une bonne raison : il était l'un des organisateurs – ou peut-être même le seul – de leur création. Il tenait les Nemtchinov par l'argent et la drogue, et leur faisait faire des cassettes compromettantes pour les personnalités qui participaient à leurs orgies. Lorsque le vieux Nemtchinov avait tué son fils et sa belle-fille, le filon s'était tari. La datcha avait brûlé et il n'avait jamais su si les dernières cassettes qui s'y trouvaient avaient été détruites ou si le grand-père les avait conservées en les planquant quelque part. Et voilà que, dix ans plus tard, alors qu'il s'est lancé dans tout autre chose, il lui faut savoir ce que sont devenus ces enregistrements. Quelqu'un les lui a-t-il demandés ? Un commanditaire d'alors ? Car, à l'époque des Nemtchinov, il n'avait sans doute pas les contacts et les connaissances nécessaires pour déterminer qui il devait compromettre : sous le pouvoir soviétique, il fallait être dans le sérail pour savoir qui faisait quoi dans le gouvernement et le Parti. Ces informations ne s'étalaient pas dans les journaux.

Bref, dix ans plus tard, il avait eu besoin de déterminer ce qu'étaient devenues les cassettes. Or, une seule personne le savait : Vassili Petrovitch Nemtchinov. Il devait trouver le moyen de lui poser la question, mais en faisant en sorte que personne ne devine qu'il était impliqué dans les magouilles du couple Nemtchinov. Or la seule personne à qui le vieil homme répondrait à coup sûr sans se dérober et sans envoyer promener le demandeur était Lera, sa petite-fille.

Zotov avait alors imaginé une combinaison simple et facile à mettre en œuvre : faire chanter Vildanov. L'imprésario imaginait qu'Igor, faible et peu intelligent, se dépêcherait de tout lui raconter. Il aurait alors demandé à Lera de questionner son grand-père en trouvant les mots et les arguments pour persuader la jeune fille rétive.

Il ne s'attendait pas à ce qu'Igor décide de manifester de l'indépendance et de ne pas courir se confier à son mentor. Au contraire, avec la jeune Lera, inexpérimentée mais amoureuse jusqu'aux oreilles, le chanteur avait commis la bêtise d'embaucher Sacha Barsoukov. Ça n'arrangeait pas du tout les affaires de Zotov. Il avait besoin que Vildanov vienne lui parler pour avoir un motif légitime de pousser Lera à interroger son grand-père. Il s'était donc arrangé pour trouver un moyen de mettre la pression sur le chanteur de manière à l'obliger d'avouer le chantage dont il faisait l'objet…

– Dis donc, Iouri, demanda-t-elle soudain à Korotkov. Vildanov a-t-il parlé de la raison qui l'a poussé à avouer à Zotov qu'il était victime d'un chantage ?

– Non, je n'en ai pas l'impression. Tout ce qu'il a dit, c'est que Zotov voulait le forcer à se marier avec la chanteuse Stella et que le grand déballage a commencé à ce moment...

– Stella ? Mais elle a au moins trente ans de plus que lui !

– Oh ! Mais c'était un mariage arrangé. Soi-disant pour doper leurs carrières. Tu sais, les magouilles du show business... En tout cas, Igor n'était pas du tout d'accord et cherchait à se défiler par tous les moyens.

– Dans ce cas, il a très bien pu avouer le chantage à ce moment-là : Stella n'aurait pas épousé quelqu'un qui risquait à tout moment d'être l'objet d'un scandale.

« Oui, ça se tient ! pensa-t-elle. Zotov a très bien pu se servir de cette histoire de mariage pour mettre une pression supplémentaire sur Vildanov et le pousser enfin à se confier. »

D'une manière ou d'une autre, il avait réussi. Et il avait enfin pu persuader Lera d'aller voir son grand-père. C'était à ce moment-là qu'elle, Kamenskaïa, était arrivée pour lui poser des questions sur les relations entre les Nemtchinov père et fils. Il avait tenté de semer le doute en insinuant qu'il pouvait y avoir une vieille histoire de famille pour expliquer le double meurtre et la conduite étrange du vieux Nemtchinov. Mais ensuite, lorsqu'elle était revenue avec Korotkov pour l'interroger sur la bague de Lera, pourquoi avait-il déballé si facilement l'histoire du chantage et des cassettes ? Si la milice s'en mêlait et si les enregistrements étaient toujours quelque part, elle risquait de les retrouver avant lui.

« Non ! se dit-elle. Il ne voulait sans doute pas les retrouver, mais seulement avoir la confirmation qu'ils avaient bien été détruits. Pour lui, ça n'avait sans doute aucune importance que ce soit la milice ou le vieux Nemtchinov qui lui apporte l'information. »

Et ç'aurait pu fonctionner. Si un Mozart un peu bêta ne s'était pas révolté et, en tentant de préserver son pauvre honneur, n'avait pas tué Salieri.

Épilogue

Même si Zotov était mort, l'enquête sur le meurtre de Sacha Barsoukov n'était pas finie pour autant. Certes, il avait très bien pu tuer lui-même le jeune milicien. Mais ce pouvait être aussi son complice, l'homme dont on entendait la voix sur la cassette audio du dictaphone.

Dans de tels cas, la procédure normale était d'établir la liste des relations de Zotov. Et pas seulement les actuelles, mais aussi celles de l'époque des orgies pédophiles et même d'avant. Il fallait donc remonter à plus de dix ans en arrière. La tâche était multiple : pendant qu'une équipe épluchait ses agendas, ses calepins et ses répertoires téléphoniques pour contacter tous ceux qui y étaient mentionnés, d'autres enquêteurs interrogeaient les deux ex-femmes de la victime, ses collègues de l'époque où il travaillait dans le domaine de la culture, ses anciens camarades de conservatoire et même les personnes présentes aux obsèques.

Kolia Selouïanov avait eu de la chance : on lui avait confié la mission relativement aisée de trouver les restaurants et les bars que fréquentait Zotov et d'interroger le personnel sur les personnes qu'il rencontrait. Ce fut ainsi que son attention fut attirée sur un certain Nikolaï Stepanovitch Levtchenko.

Iouri Korotkov fut un autre veinard. Lui eut pour mission d'interroger les anciens collègues du défunt, notamment à l'administration de la Culture et à la société philharmonique régionale. Il y apprit que Zotov était très copain avec un ancien chauffeur de la voiture de service du directeur. Il était de notoriété publique que leurs relations étaient nées d'une manière très terre à terre : Zotov qui n'y connaissait rien en mécanique confiait sa voiture à ce type qui savait très bien entretenir les véhicules. Il avait démissionné depuis longtemps et personne ne savait où il travaillait maintenant, mais il s'appelait Ser-gueï Ivanovitch Belozerov et on avait conservé son ancienne adresse.

Il ne fut pas difficile à trouver : il ne cherchait pas à se cacher et avait monté un garage de réparation automobile. Dès qu'il entendit sa voix, Korotkov sut qu'il venait de toucher le « jackpot ». Le niveau atteint par la technique moderne était incroyable : il était totalement abasourdi de constater la précision avec laquelle un banal dictaphone pas très perfectionné pouvait enregistrer et restituer une voix.

Belozerov était un gars solide, qui résista longtemps aux interroga-toires du juge d'instruction en faisant semblant de ne rien comprendre. Ses relations avec Zotov ? En quoi y aurait-il eu quelque chose de mauvais ? Non, il n'avait téléphoné à personne. Il ne savait rien de rien. Bon, peut-être qu'il avait appelé une fois. Et alors ? Son copain Slava le lui avait demandé. Il était donc interdit de rendre service à un ami ? Il ne savait pas à qui il avait passé ce foutu coup de fil : Slava lui avait donné le numéro et point barre. Une fois. Une fois seule-ment. Bon, peut-être deux. Et alors ? Qu'est-ce que ça changeait ?

Et ainsi à l'infini. Belozerov résistait tant qu'il pouvait. Les enquê-teurs et le juge d'instruction s'arrachaient les cheveux car, entre chacun de ses « Et alors ? » et de ses « Bon, peut-être », il pouvait se passer une heure, ou une nuit entière ou plusieurs jours d'affilée. Il était impossible de conduire des interrogatoires sans s'arrêter de onze heures du matin à sept heures du soir. Le prévenu avait le droit de se reposer. Il était pro-tégé par le Code de procédure pénale. Mais même si ce temps de repos était mis à profit pour suivre des pistes et réunir des pièces à conviction supplémentaires qui chaque fois permettaient de le pousser à d'autres « Bon, peut-être », l'enquête avançait très lentement.

Au bout de plusieurs jours, alors qu'Olchanski allait se résoudre à demander au parquet une prolongation de la détention provisoire, Belozerov finit par se retrouver acculé et fatigué.

– Si je vous dis tout, est-ce que vous me promettez d'aider ma femme ? Elle est malade, les gosses sont encore petits et elle n'y arri-vera pas toute seule…

– On l'aidera ! s'écria avec soulagement Korotkov qui menait l'interrogatoire décisif.

Tout s'était bien passé comme l'avaient imaginé Nastia et lui. Zotov n'avait pas prêté une attention spéciale au jeune homme qu'il avait rencontré dans la datcha d'Igor, mais il avait retenu son visage.

Quelle n'avait pas été sa surprise de le revoir un jour à Moscou et de constater qu'il tentait de le suivre, mais maladroitement, en se cachant mal ! C'étaient justement les efforts qu'il faisait pour ne pas se faire remarquer qui attiraient l'attention sur lui.

– Slava Zotov me l'a montré en me demandant de chercher à savoir qui il était et ce qu'il voulait. Je l'ai donc coincé et pris à la gorge. Le gamin n'était pas très futé, il m'a tout de suite fait comprendre qu'il savait quelque chose. Ça se passait tard le soir, il n'y avait personne autour de nous. J'avais un pistolet, j'ai tiré. C'est tout. J'ai trouvé le dictaphone sur lui. Je l'ai pris à tout hasard pour le donner à Slava.

– D'accord, dit Korotkov. Et si tu nous parlais maintenant de Sergueï Ivanovitch Levtchenko ? Quel est son lien avec toute cette histoire ?

– Levtchenko ? s'écria Belozerov, visiblement surpris. Vous êtes remonté jusqu'à lui ? Ou vous me posez juste la question comme ça ?

Korotkov fit mine de réprimer un bâillement et lui répondit avec une certaine aménité :

– Si c'était juste comme ça, mon petit gars, j'aurais mieux à faire. Je rentrerais dormir chez moi au lieu de m'accrocher à toi comme à la selle d'un cheval dans un rodéo mexicain. Dans deux jours, c'est le nouvel an. Je suis de service cette année et je n'ai même pas encore eu le temps de décorer un sapin et d'acheter des cadeaux. Alors, Levtchenko ?

– Levtchenko, c'était le chef.

– Le chef de quoi ?

– Des enregistrements compromettants qu'ils faisaient. C'est lui qui était à l'origine de tout : de la production à la distribution. Ça rapportait un pognon fou. Il avait plusieurs bordels du même genre, à la campagne, dans des coins reculés. En fait, il avait commencé bien avant cette histoire. À l'époque soviétique, il occupait un poste au sein du département de la culture au Comité central du Parti. Il avait des contacts au Glavlit, le comité de la censure, comme avec des gars de la *dieviatka,* la « neuvième » section du KGB chargée de la protection des huiles de la nomenklatura. Avec tous ces copains, il détectait des gens haut placés qui pouvaient se livrer à des déclarations antisoviétiques. Ensuite, il envoyait des complices, qu'on appelait des « bavards », pour mettre ces cibles en confiance, les faire parler et les enregistrer au magnétophone à leur insu. Il les faisait ensuite chanter en les menaçant de tout révéler au KGB. Ces gars étaient de véritables orfèvres en la matière : ils auraient pu vous forcer à traiter de sale con le secrétaire général du Parti et vous ne vous en seriez même pas rendu compte. Levtchenko était un maître : selon Zotov, il avait commencé dans les années soixante-dix. Il n'a eu l'idée des bordels pédophiles que lorsque les caméras vidéo sont apparues chez nous, vers le milieu des années quatre-vingt.

– C'est clair. Mais si Levtchenko était le chef, quel rôle jouait Zotov là-dedans ? Il organisait les bordels ?

– Non, pas vraiment. Il ne s'occupait que de celui des Nemtchinov.

– Et toi ? Tu étais aussi dans le coup ?

– J'étais chargé de ramener les gosses. Mais je n'obligeais personne. Je ne les forçais pas, je ne les intimidais pas. Ils restaient de bon gré. S'ils ne voulaient pas, personne ne les retenait.

– Il y en avait beaucoup qui partaient ?

– Ça ne va pas, la tête ? Ils étaient bien contents de gagner de l'argent si facilement. Certains ne voulaient pas partir du tout lorsque je leur demandais de déguerpir. Ils me suppliaient de les garder. Où pouvaient-ils aller ? Des petits vagabonds sans domicile fixe…

– C'est toi aussi qui as « embauché » Igor Vildanov ?

– Et comment ! Qui d'autre ? Lorsque Slava l'a entrevu chez les Nemtchinov, il s'est mis à trépigner. C'était un drôle de gosse : il n'arrêtait pas de chanter. Toujours un petit air aux lèvres. Et il avait une belle voix, en plus. Slava m'a dit que des comme lui, il n'y en a qu'un ou deux par siècle. Comme il évitait de se faire voir pendant les orgies des Nemtchinov, il m'a demandé de le prévenir lorsque le contrat du gosse serait fini.

– Et tu l'as fait ?

– Bien sûr. Deux jours avant. Slava est venu tout exprès l'attendre à la gare. Il a regardé les gosses partir avant d'aborder Igor. Il ne voulait surtout pas qu'il sache qu'il était lié aux activités de Nemtchinov. Il voulait garder une image propre et digne pour conserver un ascendant sur lui. Voilà pourquoi tout est allé de travers. Slava ne pouvait pas prendre le risque de demander directement à Lera de parler à son grand-père à propos des enregistrements : c'est une gamine normale. Elle n'aurait pas manqué de lui poser des questions : comment était-il au courant de l'existence de ces cassettes ? Il ne savait pas comment faire et il a passé des journées entières à se tortiller comme s'il était sur un gril en attendant que Lera ou Igor vienne lui parler de l'histoire du maître chanteur. Je ne sais vraiment pas pourquoi les choses ont mal tourné. Moi, je me contentais de téléphoner à Igor pour lui faire peur.

– Zotov était très inquiet ?

– Il ne savait vraiment pas où se mettre. Le temps passait, Levtchenko insistait pour connaître le sort de ces fichues cassettes – les « matériaux », comme il disait – et l'affaire n'avançait pas. Dites, c'est vrai que vous allez coffrer Levtchenko ? Ou c'est juste de l'air que vous remuez ?

– Je ne sais pas, avoua Korotkov honnêtement. Il ne va pas être simple de recueillir des preuves. Tu nous as tout raconté, mais Levtchenko niera tout en bloc et ce sera ta parole contre la sienne. Tu ne t'es jamais demandé pourquoi tu es toujours vivant alors que tu sais tant de choses sur cette ordure ? Tout simplement parce que Levtchenko n'a pas peur de toi. Il sait que tu ne peux rien prouver sur ses activités criminelles. Et les seules accusations crédibles que tu peux apporter ne sont pas punies par le Code pénal : il avait de mauvaises fréquentations ? Et alors ? Il pourra toujours prétendre qu'il est trop confiant et qu'il ne voit jamais le mal. Avec nous, il sera cent fois plus prudent qu'avec vous. Pour le coincer, il faut des preuves sérieuses et je ne sais pas si nous pourrons en trouver. Plus de dix ans ont passé... Non, vraiment, je ne peux pas te garantir que nous allons le coffrer, mais nous ferons tout notre possible pour y parvenir.

Belozerov poussa un soupir amer.

– Je crois que sous la démocratie, c'est comme sous le pouvoir soviétique : tout est pareil, c'est toujours les lampistes qui trinquent. Ce n'est pas très difficile de me foutre en taule alors que j'ai une femme malade et deux gosses. Vous dites que vous essayez de coffrer des gens comme Levtchenko, mais je ne vous crois pas. Vous n'en avez pas envie. Et même si vous le vouliez vraiment, il paiera pour rester libre. Avec tout son argent, il peut corrompre qui il veut : les flics, le procureur et les juges.

Korotkov vit rouge.

– Non mais dis donc, petite merde ! Levtchenko n'a tué personne. Mais toi, tu as ôté la vie à quelqu'un et tu n'as pensé ni à lui ni à sa famille. Pourquoi te plaindrais-je ? S'il y a quelqu'un à plaindre, c'est plutôt Sacha Barsoukov. Tu ne veux pas te recueillir avec moi en sa mémoire ?

Le visage de Belozerov se ferma et son regard se fit lointain. Korotkov regretta de s'être laissé emporter par la facilité... Mais il n'en pouvait plus de fatigue.

*

* *

Nastia Kamenskaïa dormait, nichée dans le creux de l'épaule de son mari, le visage contre son cou. Elle rêvait. Et dans son songe étrange et bien réel, elle voyait avec une exactitude cinématographique tout ce que lui avait raconté Vassili Petrovitch Nemtchinov. Elle le voyait arriver à la datcha. Elle l'entendait parler à son fils et à sa belle-fille. Pour une raison quelconque, ils étaient allés chercher de l'héroïne, mais ils étaient revenus les mains vides. Guennadi était incapable de penser à autre chose qu'à cette dose qu'on devait leur apporter. Les questions de son père le mettaient hors de lui et, dans sa fureur, il balançait à son père la terrible vérité.

Elle voyait le vieux Nemtchinov prendre le fusil accroché au mur et ouvrir le feu. Elle voyait s'effondrer les corps de Guennadi et de Svetlana. Elle voyait le vieil homme fouiller toute la maison à la recherche des cassettes. Il voulait les trouver pour supprimer toutes les preuves et que personne ne sache jamais l'innommable secret de sa famille. Il savait qu'il y avait quelque part un équipement vidéo perfectionné, mais il ne comprenait rien à ces technologies. Il décidait donc d'incendier la maison : ce qu'il pourrait découvrir, il l'emporterait, et le reste, le feu s'en chargerait. La seule chose qui comptait, c'était de laver la honte de la famille, de sauver la petite Lera, de sauver l'avenir de sa petite-fille. Tous les complices déjà au courant avaient intérêt à se taire. Donc, personne n'en saurait jamais rien.

Elle le voyait remplir un sac entier avec des cassettes, mettre le feu à la maison et partir dans les bois. Il arrivait dans un marais, loin du village, et se mettait à casser méthodiquement les cassettes en plastique avec une grosse pierre avant de les jeter dans une fondrière. Puis elle le voyait, sa tâche terminée, regarder du côté de la datcha et de la grande colonne de fumée qui s'élevait au-dessus des sapins séculaires.

Nastia rêvait et un murmure sortait de ses lèvres.

« Requiem aeternam dona eis, Domine. »

Accorde-leur, Seigneur, le repos éternel.

Ed Dee
Des morts à la criée
L'Ange du Bronx
Pas d'erreur sur la personne
Un saut dans le vide
La Fille de l'arnaqueur

Bradley Denton
Blackburn

William Olivier Desmond
L'Encombrant

Knut Faldbakken
L'Athlète

Robert Ferrigno
Pas un pour sauver l'autre

Stephen W. Frey
Offre Publique d'Assassinat
Opération vautour

Sue Grafton
K... comme killer
L... comme lequel ?
M... comme machination
N... comme nausée
O... comme oubli
P... comme péril
Q... comme querelle
R... comme ricochet
S... comme silence
T... comme traîtrise

Thierry Jonquet
Mon vieux

Faye Kellerman
Les Os de Jupiter
Premières Armes

Jonathan Kellerman
La Clinique
La Sourde
Billy Straight
Le Monstre
Dr la Mort
Chair et Sang
Le Rameau brisé
Qu'elle repose en paix
La Dernière Note
La Preuve par le sang
Le Club des conspirateurs
La Psy
Tordu
Fureur assassine
Comédies en tout genre

Faye & Jonathan Kellerman
Double Homicide
Crimes d'amour et de haine

Philip Kerr
Une enquête philosophique

Michael Koryta
La Mort du privé
Et que justice soit faite

Dominique Manotti
Sombre Sentier

Alexandra Marinina
Le Cauchemar
La Mort pour la mort
La Mort et un peu d'amour
La Liste noire
Je suis mort hier
Le Styliste
Ne gênez pas le bourreau
L'Illusion du péché

Petros Markaris
Le Che s'est suicidé
Actionnaire principal

Andreu Martín
Un homme peut en cacher un autre

Deon Meyer
Jusqu'au dernier
Les Soldats de l'aube
L'Âme du chasseur
Le Pic du diable
Lemmer, l'invisible

Chris Mooney
Déviances mortelles
L'Enfant à la luge

Walter Mosley
Le Casseur

Little Scarlet
Noirs Baisers

Dallas Murphy
Loverman

Håkan Nesser
Retour à la Grande Ombre
Le Mur du silence
Funestes carambolages

Kyotaro Nishimura
Les Dunes de Tottori

Sara Paretsky
Refus de mémoire
Canailles & Co
Chicago, banlieue sud

Michael Pearce
Enlèvements au Caire

George P. Pelecanos
Hard Revolution
Drama City
Les Jardins de la mort
Un jour en mai

Elvin Post
Faux et Usage de faux

Michael Pye
Destins volés

RÉALISATION : NORD-COMPO À VILLENEUVE D'ASCQ
NORMANDIE ROTO IMPRESSION S.A.S À LONRAI
DÉPÔT LÉGAL : FÉVRIER 2010. N° 83934 (100418)
IMPRIMÉ EN FRANCE